Melita M. wurde am 12.8.1976 in Zenica (Bosnien und Herzegowina) geboren. Während des Bosnien-Krieges flüchtete sie mit ihren Eltern nach Österreich. Heute lebt sie mit ihrem Mann und ihren zwei Kindern in Ansfelden.

Melita M.

Endlose Reise zu Dir

Roman

Umschlaggestaltung:
Ing. Martin Stepien, Melita M.

Foto: Ing. Martin Stepien

Lektorat: Media-Agentur Gaby Hoffmann
Manuela Rösner - Fürweger

Besuchen Sie mich auf Facebook:

https://www.facebook.com/pages/Endlose-Reise-zu-

Dir/791808487498189

ISBN: 978-3-200-03717-5

Für meine Mutter

Danke, dass du immer an mich geglaubt hast

FOREVER TOGETHER

Forever Together
sind die Worte unserer Jugend,
die Worte, die uns viel sagen,
und die uns viel bedeuten.
Auch wenn du alt wirst, sind sie unsterblich.
Und wenn du durch Erinnerungen blätterst –
von uns zwei.
Denk an die wunderschöne Zeit,
Tränen der Liebe und warme Worte der Ermutigung.
Uns zwei, als ob etwas durch uns fließt.
Ein Gewinde des Schicksals.
Weil das Schicksal es so wollte.
Dass wir zusammen leben und dass wir einander haben.
Um Freude und Trauer zu teilen.
Zu lieben und nie vergessen.
Liebe und erinnere dich!!!

FOREVER TOGETHER

PROLOG

Ein monotones Piepsen weckte mich. Ich versuchte, das Geräusch zu lokalisieren. Es schien von überall her zu kommen. Dieser Ton, der sich in meinem Kopf eingeprägt hatte, kam mir irgendwie vertraut vor. Vorsichtig öffnete ich die Augen, jedoch waren meine Lider so schwer, dass das grelle Licht, welches durch das Fenster ins Zimmer drang, mich blendete und gleichzeitig zwang, sie wieder zu schließen. Ich spürte den Schmerz. Meine Augenlider taten höllisch weh, ebenso wie der Rest meines ganzen Körpers. Aber am schlimmsten waren die Kopfschmerzen. Noch einmal riss ich die Augen auf; dieses Mal mit Erfolg. Der Raum, in dem ich mich befand, war leer, weiß gestrichen und hatte riesengroße Fenster, die fast die gesamte Länge einer Wand einnahmen. Ich lag in einem weichen Bett, eingewickelt in ein weißes Laken. Mein Herz raste, ich wusste nicht, wo ich war.

Aus den Augenwinkeln beobachtete ich einen Mann, der neben mir auf einem Sessel saß und fest schlief. Ich hatte keine Ahnung, wer dieser Mann war, und noch weniger, warum ich auf diesem Bett lag. Zum Glück schlief er immer noch.

Panik packte mich, Schweißtropfen liefen mir vom Gesicht hinunter. Ich wollte einfach losschreien und am liebsten weglaufen. Aber da fiel mir ein, dass ich ihn dadurch aufwecken würde und alles noch schlimmer machen könnte. Hastig bemühte ich mich, aufzustehen, um zu fliehen, doch die Schmerzen waren so unerträglich, dass es nicht möglich war. Oh Gott, vielleicht war das meine einzige Chance, ihm zu entkommen!

Mein Blick schweifte durch das Zimmer. Neben meinem stand noch ein leeres Bett, auch mit einem weißen Laken überzogen. Verblüfft stellte ich fest, dass ich mich in einem

Krankenhauszimmer aufhielt. Ich atmete erleichtert aus, denn meine schlimmsten Befürchtungen, ich sei von einem Psychopathen entführt worden, lösten sich in Luft auf.

Aber ich wusste noch immer nicht, warum ich in einem Krankenhaus lag und warum ich so höllische Schmerzen hatte. Vorsichtig tastete ich mit den Fingern meinen Kopf ab und bemerkte, dass er bandagiert war. Von meinem linken Arm verliefen durchsichtige Schläuche zu den Infusionen, die neben meinem Bett auf einem Infusionsständer hingen. Meine Schulter sowie mein Brustkorb taten so weh, dass ich mich kaum bewegen konnte – hoffentlich wirkte das Schmerzmittel in den Flaschen bald.

Ich wollte wissen, was passiert war, aber meine Erinnerungen waren wie ausgelöscht. Keine Gedanken, gar nichts, nur die Leere breitete sich aus.Ich wusste nicht einmal, wer ich war. *Wer bin ich eigentlich?* Diese Ungewissheit versetzte mich wieder in Panik. Auf einmal spürte ich, dass immer weniger Luft in meine Lunge drang, hatte das Gefühl, jemand würde mir die Lunge zusammenquetschen, mir die Luft nehmen. Noch einmal mühte ich mich, Luft zu holen, doch es wurde ständig schwieriger. *Ich kann nicht mehr atmen!*, schrie meine innere Stimme. Ich versuchte, mich zu beruhigen, aber es funktionierte nicht. Stattdessen wurde es noch schlimmer. Ich japste nach Luft. Ich fragte mich dauernd, warum ich keine Luft mehr bekam? *Ich ersticke!* Panik und Todesangst überfielen mich, und die Atemnot wurde noch stärker. Ich kämpfte um mein Leben! Tonlos schrie ich um Hilfe. *Ich sterbe, ich sterbe!*

»Tief eeeeinatmen!«, hörte ich eine beruhigende Stimme. »Tief eeeein- und ausatmen. Gleich wird es besser.«

Ich konnte die Stimme nicht zuordnen. Sie war so angenehm warm und wirkte beruhigend auf mich. *Es ist ein Engel. Ich bin im Himmel*, ging es mir durch den Kopf. Wie in Trance versetzt, befolgte ich die Anweisungen der beruhigenden Stimme und rang erneut nach Luft. *Es geht wieder! Ich kann wieder atmen!* Meine panische Angst vor dem Ersticken war vorbei.

»Emma, geht`s wieder?«, höre ich wieder diese sanfte Stimme.

Sie klang realer als vorher. Emma? Wer war Emma? *Bekommt man im Himmel einen anderen Namen?*

KAMPF UM LEBEN UND TOD

Es war schon hell, als ich seine Schritte hörte. Ich wusste, dass er gleich da sein würde, und versuchte, mich zu entspannen, ließ die Ereignisse der letzten 24 Stunden Revue passieren.

Ein Klingeln ertönte. Wurde lauter und lauter. *Verflucht, ich bin so müde und möchte einfach nur in Ruhe schlafen. Ist das so schwer zu verstehen? Wieso kannst du nicht von selbst aufhören und mich in Ruhe lassen?*

Doch das Klingeln hörte nicht auf, meine Gebete wurden nicht erhört.

Wieso konnte er keine Gedanken lesen? Ein Wecker, der die Gedanken las und alle in Ruhe schlafen ließ. Das wäre die Erfindung des Jahres. Aber nein, er musste einfach weiter läuten und mich nerven. Blöder Wecker!

Es war 6 Uhr in der Früh. Ich wollte laufen gehen, fiel mir ein. Die Sonne strahlte schon am blauen Himmel und tauchte das Zimmer in ein helles Licht. Ich spürte eine leichte Brise Meeresluft, die durch mein offenes Fenster wehte. Ach, wie ich diese Kombination aus Sonne und Meeresduft liebte, sie gab mir jeden Tag neue Energie.

Es war Hochsommer in Split. Heute würde wieder ein heißer Tag werden, und Freude überkam mich, denn ich hatte für heute Nachmittag eine Pool-Party organisiert. Es war der 18. Juli, mein Geburtstag, mein 18.! Endlich!

Mühsam hob ich den Arm und drückte die Ausschalttaste. Ich war immer noch zu müde, um aufzustehen. *Ich werde morgen wieder laufen gehen*, beschloss ich, außerdem musste ich heute fit für die Party sein. Ich schloss die Augen und schlief wieder ein.

Meine Oma saß auf der Couch in ihrem Zimmer und wartete auf mich. Mit ihren frisch gefärbten, kurzen schwarzen

Haaren und ihren blauen Augen sah sie viel jünger aus, als sie es tatsächlich war. Sie trug das gelbe Sommerkleid, das ich ihr zum Geburtstag geschenkt hatte. In diesem Kleid kam ihre schlanke Figur noch mehr zur Geltung. Sie schaute so wunderschön aus! Ich wünschte mir, ich würde eines Tages so schön sein wie sie.

Als ich den Raum betrat, lächelte sie mich an. In der Hand hielt sie eine kleine Schachtel, die mit goldenem Papier und schwarzer Schleife verpackt war. Ich ging zu ihr und umarmte sie. Sie küsste mich auf die Wange und flüsterte mir ins Ohr: »Es ist soweit, mein Liebes!« Sie streckte ihre Hand aus und überreichte mir die goldene Schachtel. Ich wusste, worauf sie anspielte. Dieses Geschenk wollte ich schon, seit ich klein war, und jetzt war es endlich an der Zeit. Ich nahm die Schachtel mit zittrigen Händen entgegen und entfernte vorsichtig die schwarze Schleife. Dann zerriss ich das goldene Papier und legte es auf den Tisch. Als ich die Schachtel öffnete, erblickte ich den lang ersehnten Ring. Er war aus Weißgold, im Zentrum glitzerten lauter Brillanten, die von zwei bronzefarbenen Perlen umrahmt waren. Ich liebte diesen Ring. Meine Oma bekam ihn von ihrer Mutter, und jetzt erhielt ich ihn. Es war ein Familienerbstück, das von Generation zu Generation übergeben wurde.

Ein unbeschreibliches Gefühl überraschte mich in diesem Moment. Als ich ihn auf meinen Finger stecken wollte, rutschte er mir aus der Hand und fiel in das große schwarze Loch, das sich auf einmal in Omas Zimmer gebildet hatte. Es war so düster, dass man gar nicht erkennen konnte, wie tief das Loch überhaupt war. Ich schrie laut auf.

Plötzlich betrat mein Großvater das Zimmer. Er ging mit langsamen Schritten zu Oma und nahm ihre Hand.

Sie stand auf und ging mit ihm. Als sie sich nah genug am schwarzen Loch befanden, blieben sie stehen. Sie lächelten mich an, und meine Oma sagte zu mir: »Alles wird gut. Mach dir keine Sorgen!« Und dann sprangen sie beide in das tiefe, schwarze Loch.

Ich schrie laut. Tränen strömten über mein Gesicht, sodass ich nichts mehr sehen konnte. Als ich gerade beschloss, hinterher zu springen, hörte ich eine Stimme:»Emma, Emma was ist passiert?«

Ich konnte die Stimme nicht zuordnen. Ich schrie noch lauter:»Oma, Opa lasst mich nicht alleine, ich komme zu euch.«

Plötzlich spürte ich eine warme Hand auf meiner Schulter, die Stimme wurde realer.»Emma, Emma, es ist nur ein Albtraum. Wach auf, mein Schatz!« Als ich die Augen öffnete, warf ich sofort einen Blick auf meine Hand. Gott sei Dank! Der Ring steckte noch an meinem Finger; ich atmete erleichtert aus. Erst jetzt sah ich das besorgte Gesicht meiner Mutter.

Vorsichtig wischte sie mir die Tränen vom Gesicht ab und nahm mich in ihre Arme. Sie hielt mich so lange fest, bis ich mich beruhigte.»Es war nur ein Albtraum«, wiederholte sie mit einer weichen klangvollen Stimme und küsste mich auf die Stirn.

»Ja, ich weiß, ich hoffe nur, dass heute nichts Schlimmes passieren wird«, sagte ich besorgt.

»Das glaube ich nicht. Heute wird ein großartiger Tag, das verspreche ich dir.«

»Danke Mom«, nickte ich noch immer schläfrig.

»Willst du noch schlafen?«

»Nein, ich stehe schon auf.«

»Na gut, während du dich umziehst, mache ich uns einen Kaffee und das Frühstück«, sie schloss die Tür hinter sich. Noch immer schläfrig, schleppte ich mich ins Badezimmer und putzte mir schnell die Zähne. Danach zog ich mein weißes kurzes Sommerkleid an und bündelte meine langen braunen Haare zu einem Zopf. Ein Duft nach frischem Kaffee und Pfannkuchen quoll mir entgegen, als ich meine Zimmertür öffnete. Mmmh Pfannkuchen, mein Lieblingsgericht! Der Tag war wohl gerettet, voller Vorfreude ging ich nach unten. Meine Mutter stand neben dem Tisch; als sie mich erblickte,

hob sie einen Teller empor, auf dem sich ein kleiner Schoko-
kuchen mit brennenden Kerzen befand, und ging auf mich
zu. Mit Tränen in den Augen sang sie mit ihrer sanften wei-
chen Stimme:
»Happy Birthday to you,
Happy Birthday to you,
Happy Birthday, Dear Emma,
Happy Birthday to you!«
Sie räusperte sich:»Wünsch dir was!«
Ich blies die Kerzen aus und wünschte mir, dass wir end-
lich eine glückliche Familie werden. Ich guckte sie erstaunt
an.»Du hast mich wirklich überrascht, Mom.«
Sie zog eine Augenbraue hoch und lächelte mich an.»Das
war noch nicht alles.«
»Wie das war nicht alles?«
»Komm mit!«, sie ging nach draußen.
Aufgeregt folgte ich ihr. Als wir draußen vor dem Haus
standen, staunte ich.»Wow, Mom, ich kann das nicht glau-
ben! Ist es wirklich für mich?«
Sie nickte und lächelte mich an.
»Danke Mom, du bist die Beste!«, ich fiel ihr stürmisch
um den Hals.»Danke, danke, danke, danke, danke!«, ich
küsste sie immer wieder auf die Wange.
»Willst du denn nicht dein Geschenk ausprobieren?«
Es war mein Lieblingsauto: ein schwarzer Audi TT. Ich
träumte schon die ganze Zeit davon. Ich hatte nicht damit
gerechnet, ihn zu bekommen.»Mom, willst du mitfahren?«,
fragte ich begeistert, bevor ich ins Auto stieg.
»Eine Rundfahrt mit dir im Cabrio kann ich mir doch
nicht entgehen lassen«, sie stieg ins Auto, während ich auf
den Knopf drückte, um das Dach zu öffnen.
Das Autodach faltete sich zusammen und glitt elegant
nach hinten, bis es im Kofferraum verschwand.
Es war so herrlich, am Meer entlangzufahren und noch
dazu im Cabrio! Ein Hauch von salziger Meeresluft strömte
an meinem Gesicht vorbei, ich atmete tief ein, während mei-

ne langen dunkelbraunen Haare im Fahrtwind flatterten. Am liebsten würde ich den ganzen Tag in meinem Cabrio verbringen, und den Wind und die Sonne an meinem Gesicht spüren, aber ich musste noch alles für die Party vorbereiten, also fuhr ich wieder zurück.

Wir gingen ins Haus, um zu frühstücken. Ich goss mir Kaffee und Milch in eine Tasse und schlürfte einen Schluck davon. Noch immer benommen von der Fahrt, hatte ich keinen Hunger, aber meiner Mutter zu Liebe zwang ich mich selbst ein wenig zu essen, und griff nach einem Pfannkuchen. Während des Essens sprachen wir über die bevorstehende Party am Nachmittag.

»Ich werde die restlichen Einkäufe tätigen, und du kannst dich um die Deko kümmern«, schlug meine Mutter vor.

»Danke Mom«, dann fragte ich sie ganz vorsichtig: »Was ist mit ihm?« Dabei dachte ich an meinen Vater.

»Er war gestern Abend kurz da; ich hatte ihm gesagt, dass du heute eine Party veranstalten wirst und er woanders übernachten solle.«

»Und wie hat er reagiert?«, forschte ich ängstlich.

»Du kennst ihn. Er war nicht einverstanden. Ich habe ihm aber erklärt, dass ich auch bei einer Freundin übernachten werde, und hoffe, er wird dasselbe tun und dir deinen großen Tag nicht ruinieren.«

»Das hoffe ich auch«, sagte ich ganz leise.

»Mach dir keine Sorgen um ihn! Er wird nicht kommen.«

In meinem Kopf spielten sich die Ereignisse vom letzten Jahr ab. Mein Vater war ein… Ich fand kein passendes Wort, das schlimm genug war, um ihn zu beschreiben. Die meiste Zeit verbrachte er bei irgendwelchen Nutten und wenn er nach Hause kam, tyrannisierte er mich und meine Mutter. An meinem 17. Geburtstag schlug er meine Mutter brutal zusammen und warf uns am Ende aus dem Haus. Meine Mutter hatte sich jedoch geweigert, ins Krankenhaus zu gehen, denn sie wusste, dass sie verpflichtet gewesen wäre, ihn anzuzeigen. So verbrachten wir den ganzen Abend draußen und schliefen am Strand. Zum Glück war Hochsommer, sonst wären wir draußen erfroren. Von den Erinnerungen wurde mir schlecht; ich bekam zugleich ein mulmiges Gefühl in meinem Bauch.

»Emma, hast du eigentlich schon einen Begleiter für deinen Abschlussball?«

Auf einmal wurde ich zurück in die Realität gerissen. »Mom, bitte verschon mich wenigstens heute damit!«

»Ah komm schon mein Schatz, du solltest das etwas lockerer sehen. Sei nicht so verkrampft!«

»Ich und verkrampft? Na dann erzähl mir, wer war eigentlich deine große Liebe?«, fragte ich sie kichernd.

Sie sah mich ganz überrascht an. So eine Frage hätte sie von mir nicht erwartet. Plötzlich veränderten sich ihre Gesichtszüge, sie wirkte viel entspannter und glücklicher. »Er hieß Johann, ich hatte ihn in seinem Wohnort Salzburg kennengelernt. Er spielte Geige in meinem Orchester, und hatte mich damals auch auf meine Welttourneen begleitet. Als die Tournee zu Ende war, blieb ich einige Zeit bei ihm. Das waren meine glücklichsten Jahre«, erinnerte sie sich träumerisch.

»Wieso habt ihr euch getrennt?«

»Er blieb in Salzburg, und ich hatte weitere Konzerte vor mir... Und dann lernte ich deinen Vater kennen«, ihre Stimme wurde immer trauriger.

»Das tut mir leid, Mom.«

»Das muss dir nicht leid tun, mein Schatz. Sonst hätte ich dich nicht«, sie schenkte mir ein liebevolles Lächeln.

Als wir mit dem Frühstück fertig waren, räumte ich den Tisch ab, und meine Mutter ging einkaufen. Zuerst fing ich mit der Dekoration im Garten an. Ich wollte überall Lichterketten aufhängen, was alles andere als einfach war. Ich wickelte mich selbst in die verdammte Lichterkette ein und brauchte fast eine halbe Stunde, um mich davon zu befreien. Es musste eine lebendige Lichterkette aus Horrorfilmen sein, sonst konnte ich mir das Ganze einfach nicht erklären. Nach einem schweren und langen Kampf bereitete ich den Grill vor, holte noch einen Tisch sowie einige Stühle aus dem Keller.

Auf einmal erschien meine Mutter mit vollen Einkaufstüten.

»Mom, warst du auch am Fischmarkt?«, fragte ich noch immer genervt von den Lichterketten.

»Ja, mein Schatz«, antwortete sie und stellte dabei die Einkäufe in die Küche.

»Mom, ich mache die Soße noch, danach muss ich mich duschen und umziehen.«

»Das kann ich auch tun.«

»Danke Mom, aber es reicht, wenn du das Fleisch und den Fisch vorbereitest.«

Als wir endlich fertig waren, ging ich in mein Zimmer hoch und duschte mich schnell. Ich trug ein wenig Make-up auf, während des Anziehens hörte ich meinen Vater kommen. Völlig überrascht von seinem Besuch lief ich nach unten, um mit ihm zu sprechen. Der Gedanke daran, dass ich ihn jetzt wegen der Party fragen musste, gefiel mir nicht. Ich traute mich nicht, das Thema anzusprechen, aber es blieb mir keine andere Wahl. Ich merkte, wie er in die Küche ging, daraufhin folgte ich ihm mit einem mulmigen Gefühl.

»Hallo Vater.«

»Hallo«, erwiderte er, ohne mich anzusehen.

An seiner Stimme erkannte ich, dass er wütend war.

»Du hast also deine Freunde eingeladen, ohne mich vorher um Erlaubnis zu bitten?«

»Ich wollte dich fragen, aber du warst seit Tagen nicht da, und dann habe ich mit Mom gesprochen.«

»Ah ja, das hast du natürlich ausgenutzt und alles mit Emilia ausgemacht.«

In dem Moment kam meine Mutter zu uns.

»Bitte Mario, wir haben schon wegen der Party alles abgesprochen, und ich hätte gedacht, dass wir uns einig sind. Lass sie bitte heute alleine mit ihren Freunden feiern! Ich werde bei Rebeka übernachten und hoffe, du kannst heute

Abend auch bei jemand anderem schlafen.« Rebeka war die beste Freundin meiner Mutter; ihr Sohn Sebastian war auch zur Geburtstagsparty eingeladen.

Plötzlich wurde das Gesicht meines Vaters rot vor Zorn.

Ängstlich wartete ich nur darauf, dass er seine Wut an uns ausließ, aber das tat er zum Glück nicht. Stattdessen nickte er nur, ging nach draußen, dabei knallte er die Tür mit voller Wucht hinter sich zu.

Ich zuckte zusammen; in dem Moment empfand ich gleichzeitig Traurigkeit, Angst, Erleichterung und Freude. Ich war traurig, weil er mir nicht einmal zum Geburtstag gratuliert hatte, geschweige denn, ein Geburtstagsgeschenk gebracht hatte. Die Angst vor ihm war da, weil ich nie wusste, was er als Nächstes tun würde. Aber ich war erleichtert, dass er wenigstens heute Abend nicht da sein würde und ich endlich eine Party ohne meine Eltern veranstalten konnte.

»Geh dich fertig umziehen!«, sagte meine Mutter mit ganz ruhiger Stimme. »Die Gäste kommen bald.«

Noch immer verwirrt von dem Vorfall, nickte ich nur und marschierte nach oben. Ich zog mein rotes, kurzes mit Perlen besetztes Kleid an. Der tiefe Herzausschnitt brachte mein Dekolleté noch mehr zum Vorschein und ließ mich sehr sexy und verführerisch wirken. Der mit Perlen verzierte Träger führte vom Ausschnitt bis zu meinen Schultern und fiel auf meinen nackten Rücken, wo er auf der anderen Seite befestigt war. Der fließende rote Stoff brachte meine schlanke Figur gut zur Geltung. Der Ring von meiner Oma passte perfekt zum Outfit sowie die Perlenohrringe. Sorgfältig kämmte ich meine langen braunen Haare und ließ sie auf einer Seite zurückfallen. Mit einer perlenbesetzten Blumennadel steckte ich das Haarbündel fest. Zum Schluss zog ich noch meine roten Sandalen an und warf einen letzten Blick in den Spiegel. Ich war mit meinem Aussehen mehr als zufrieden.

»Wow!«, rief meine Mutter, als sie mich erblickte; ich entdeckte eine Träne, die über ihre Wange hinunterrollte.

»Du siehst bezaubernd aus, mein Schatz!«

»Danke Mom.«

»Laura weiß, wo deine Geburtstagstorte steht, nur damit du es weißt.«

»Vielen, vielen Dank, Mom«, ich umarmte sie ganz fest. »So, jetzt geh, sonst fang ich auch zu weinen an!«, sagte ich und löste die Umarmung.

»Ich geh ja schon. Viel Spaß und genieß es!«, zwinkerte sie mir dabei zu.

»Das werde ich bestimmt machen, bis morgen«, ich drehte mich um.

Ich hörte, wie sie die Tür hinter sich schloss und schlenderte noch einmal in die Küche, um zu sehen, ob noch etwas für die Party fehlte, als es auch schon an der Tür klingelte. Meine Gäste waren zu meiner Überraschung überpünktlich. Ich hatte alle meine Schulfreunde aus dem Gymnasium und aus der Musikschule eingeladen oder besser gesagt meine ehemaligen Schulfreunde, denn wir hatten die letzte Klasse geschafft, sodass es auch eine Art Abschlussparty war und ich endlich Musik studieren konnte. Ich öffnete die Tür und schaute in die freundlichen Gesichter von Laura, Ane, Olga und Anita.

»Alles Gute zum Geburtstag!«, sagten sie gleichzeitig.

»Oh Danke.«

»Das Geschenk steht im Auto, es ist ziemlich groß; wir werden es dir später bringen, wenn es soweit ist«, erklärte Laura.

»Oh jetzt bin ich ganz neugierig, was es ist.«

»Es wird dir gefallen«, Olga zwinkerte mir zu.

»Ja das kann ich mir vorstellen«, zwinkerte ich zurück. »Gehen wir gleich zum Pool?«, fragte ich und ging als Erste voraus. »Ich hoffe, ihr habt eure Badeanzüge mit, denn wir werden die Zeit bis zum Essen beim Pool verbringen.«

»Wir haben deine Anweisungen für die Party befolgt«, meinte Ane.

Die anderen Gäste kamen ein wenig später; die Party kam

langsam in die Gänge. Sebastian war mein privater DJ und legte unsere Lieblingsmusik auf, alle amüsierten sich prächtig. Endlich kam die Zeit für die Torte und die Geschenke. Laura erschien mit einer riesigen Torte mit achtzehn brennenden Kerzen. Alle sangen:

»Happy Birthday to you,
Happy Birthday to you,
Happy Birthday, liebe Emma.
Happy Birthday to you!«

»Wünsch dir was!«, riefen sie und ich schloss meine Augen, neigte mich über die kleinen heißen Flammen, blies alle achtzehn Kerzen aus; alle klatschten. Es war so ein tolles Gefühl, achtzehn zu sein und diesen Anlass mit allen meinen besten Freunden zu feiern.

Nachdem wir die Torte gegessen hatten, kamen die Geschenke an die Reihe.

Ich packte alle meine Geburtstagsgeschenke aus und stellte fest, dass alles Mögliche dabei war, was ich liebte. Meine Lieblings-CDs, Parfüm, Kinokarten, Bücher …

Laura, Ane, Olga und Anita holten ihr großes Geschenk aus dem Auto. Es war eine große Schachtel mit roter Lasche. »Also Emma«, sagte Laura, »da du bis jetzt noch nicht deinen Traummann gefunden hast, schenken wir dir einen«, sie überreichte mir das riesengroße Geschenk.

Als ich es öffnete, sprang etwas aus der Schachtel heraus und blies sich von selbst auf. Ich zuckte vor Schreck zusammen, denn ich hatte nicht erwartet, dass etwas mit einer derartigen Wucht rausspringen würde: eine aufgeblasene männliche Puppe. Alles lachte und grölte.

Antonia rief mir zu: »Wenn er dir nicht gefällt, gib ihn mir!«

»Antonia, ich muss dich leider enttäuschen. Es ist Liebe auf den ersten Blick!« Dann blickte ich zu Olga, Anita, Ane und Laura. »Ich muss euch gestehen, ihr habt meinen Geschmack getroffen. Er sieht verdammt heiß aus, und außerdem habt ihr mich gerettet. Ich habe jetzt meinen Begleiter für den Abschlussball!«, schrie ich voller Begeisterung und sprang mit meinem neuen Lover in den Pool. Der Rest des Abends verlief ganz ruhig. Wir quatschten die meiste Zeit über den Abschlussball, der am Samstag in zwei Wochen stattfinden sollte. Viele von uns hatten bereits Ballkleider gekauft und hatten auch einen Begleiter. Ich dagegen hatte nur mein Kleid.

»Emma, hast du schon Roko zugesagt?«, fragte mich Laura, als wir alleine, ganz abgeschirmt von den anderen saßen.

Ich sah sie an und schüttelte den Kopf. Ich fühlte mich so mies. Roko ging in die Parallelklasse und war seit zwei Jahren in mich verliebt. Er sah gut aus mit seinen schwarzen Haaren, braunen Augen, und mit seinem gebräunten und durchtrainierten Körper brachte er die meisten Mitschülerinnen um den Verstand. Es tat mir selbst weh, und ich wollte ihn wirklich nicht verletzen, denn er war so nett. Nur ich war nicht bereit für eine Beziehung. Ich wusste nicht, ob es an der schlechten Ehe meiner Eltern oder wirklich nur an mir lag. Ich hatte Angst, verletzt zu werden, deswegen wollte ich mich nicht verlieben;

»Du kannst ihn nicht in der letzten Sekunde abblitzen lassen!«, sagte Laura mit Mitgefühl.

»Ich weiß, du hast recht, ich werde ihm zusagen. Er hatte es sich wirklich verdient, nach so langer Zeit etwas Positives von mir zurückzubekommen. Ich hoffe nur, mein neuer Lover wird nicht eifersüchtig sein!«, ich grinste sie mit meinem breiten Lächeln an.

»Den kannst du Antonia geben, sie wird sich sicher freuen«, kicherte Laura.

Ein schepperndes Geräusch ließ mich zusammenzucken und brachte mich wieder in die Realität zurück. Wie aus dem Nichts tauchte plötzlich mein Vater zwischen uns auf. Ich lag am Boden, wie der Rest meiner Gäste. Zum Glück schliefen die anderen noch. Ich hörte ihn schreien: »Was machen die Männer hier?«

Ich wusste, dass es nicht gut enden würde. »Vater, gehen wir woanders hin, sonst werden wir die anderen aufwecken«, flüsterte ich.

»Es ist mein Haus, und ich werde nirgendwo hingehen!«, brüllte er.

Von seiner lauten Stimme wurden alle wach; ich konnte an ihren Gesichtern bemerken, dass sie zugleich überrascht und erschrocken waren.

»Emma, wir gehen jetzt am besten!«, sagte Sebastian.

Ich war am Boden zerstört. Ich schämte mich wegen meines Vater; vor Scham konnte ich meinen Freunden nicht in die Augen schauen. Ich nickte nur und verabschiedete mich verlegen. »Es tut mir so leid, Leute, ich wusste nicht, dass er so früh kommen würde.«

»Es ist schon okay, Emma, es war trotzdem eine gute Party«, fand Antonia.

»Ich danke euch für euer Verständnis!«, flüsterte ich und ging zurück ins Haus. Als ich die Tür hinter mir schloss, hörte ich schon sein Geschrei.

»Emma, komm sofort nach oben!« Ich wusste, wie wütend er war, und lief die Treppe hinauf, wobei ich fast stolperte. »Was ist das für eine Unordnung hier? Überall stehen leere Flaschen, der Boden ist schmutzig. Wer waren diese Jungs, und wieso haben sie hier geschlafen?«

»Es tut mir leid, Vater, aber ich hatte nicht gewusst, dass du so früh kommen würdest. Ich mache alles gleich sauber«, ich hob automatisch die leeren Chipspackungen und Dosen auf, die am Boden lagen.

Er ging auf mich zu, nahm mir den Müll aus meinen Händen und schmiss es wieder auf den Boden. Ich zuckte zusammen.

»Ich habe dich etwas gefragt!«, brüllt er laut, und ich spürte, wie meine Beine vor Angst zitterten.

»Wer waren die Jungs, was hast du mit ihnen angestellt? Hast du mit ihnen geschlafen?«

Ich war schockiert von seinen Worten. Wie konnte er nur

so etwas von mir denken! »Sag mir Hure! Hast du mit allen geschlafen und wie oft?«

Ich bekam panische Angst davor, etwas Falsches zu sagen. Mein Herz klopfte wie wild. Ich verspürte ein übles Gefühl in meinem Bauch. Ich versuchte, zu reden, aber es kam kein einziger Ton aus mir heraus.

»Sag endlich was, du mieses Miststück!«

Ganz leise, mit zitternder Stimme antwortete ich: »Das waren nur meine Schulfreunde; ich habe mit niemandem geschlafen.«

»Lüg mich nicht an, Schlampe! Du bist nicht besser als deine Mutter. Ihr seid beide nur billige Huren und nichts anderes!«

»Bitte Vater«, seine Worten sorgten dafür, dass sich mein Magen umdrehte. »Wie kannst du nur so etwas behaupten?«

In diesem Moment merkte ich, wie sein Gesicht vor Zorn noch mehr errötete; seine Augen bekamen einen derartig bösen Ausdruck, welcher mir beinahe das Blut in den Adern einfrieren ließ. Er kam auf mich zu und schlug mir mit voller Wucht ins Gesicht, sodass ich zu Boden stürzte. Ich stöhnte vor Schmerz. Ich krallte meine Finger in den Parkettboden und überlegte, wie ich mich retten konnte, aber leider fand ich keinen Ausweg aus dieser Hölle. Ich schrie so laut um Hilfe, wie ich konnte, aber niemand hörte mich. Langsam stand ich auf und wollte wegrennen, doch sein fester Griff hielt mich davon ab.

Er legte eine Hand fest über meinen Mund und brachte mich zum Schweigen. Mit der anderen Hand schlug er mir in den Bauch und drohte mir: »Wehe du schreist noch einmal! Versuche ja nicht, wegzulaufen, sonst wirst du es bereuen!« Ängstlich nickte ich; schließlich löste sich seine Hand von meinem Mund, und ich dachte, es wäre vorbei. Jedoch war es das Gegenteil. Nichtsahnend bekam ich seine ganze Brutalität zu spüren. Er schlug wie besessen mit den Fäusten auf mich ein und schrie die ganze Zeit: »HURE, HURE!«

Das Blut rauschte in meinen Ohren und übertönte seine

Stimme. Ich war wie gelähmt und traute mich nicht einmal, mich zu bewegen. Die Schmerzen waren so stark, dass ich am liebsten schreien wollte, aber ich hatte Angst, dass er dann noch wütender wurde. Also stand ich nur da wie ein lebloser Boxersack und dachte, er würde sich bald beruhigen. Doch seine Schläge ließen nicht nach; er schlug wieder auf mich ein, sodass ich schließlich wieder zu Boden fiel.

»Steh auf, Hure!«

Vor Schmerzen zusammengekrümmt, lag ich am Boden und bewegte mich nicht. Ich dachte, wenn ich hier so ruhig liegen bliebe, würde er endlich aufhören. »Bitte Vater, hör auf! Ich habe doch nichts gemacht. Bitte hör auf!«, flehte ich ihn an.

Aber mein Gebet wurde nicht erhört. Er wurde noch wütender; jetzt spürte ich seine Tritte an meinem ganzen Körper.

Ich hielt mir die Arme vors Gesicht, um mich vor seinen Fußtritten zu schützen, obwohl ich wusste, dass es nicht viel bringen würde. Immer wieder traf er mich mitten ins Gesicht. Eine warme Flüssigkeit lief mir über das Gesicht hinab und tropfte auf den Boden. *Es ist mein Blut! Er wird mich umbringen!* Seine Schläge und Tritte drohten, mich zu brechen. Todesangst überfiel mich, aber schlussendlich nahm ich meine ganze Kraft zusammen und stand auf. Vergeblich versuchte ich, mich vor seinen Schlägen zu schützen. Mit der Zeit nahm ich die körperlichen Schmerzen nicht mehr wahr und überlegte nur noch, wie ich mich in Sicherheit bringen könnte.

Auf einmal hörte ich, dass die Eingangstür aufgeschlossen wurde und meine Mutter rief: »Emma wo bist du?!«

Ich war erleichtert, dass sie da war. »Mom hilf mir bitte!«, kreischte ich so laut, wie ich nur konnte. Plötzlich stand sie da. Ich sah ihren erschrockenen Blick, aber sie zögerte nicht und schlug auf meinen Vater ein. »Lass sie los, Bestie! Was bist du nur für ein Mensch? Schlägst brutal auf dein eigenes Kind ein!«

Auf einmal spürte ich seine Schläge nicht mehr. Ich blickte auf und beobachtete, wie er sich meiner Mutter näherte und sie bei der Hand nahm. Sie versuchte, ihre Hand loszureißen, doch er umklammerte sie mit einem festen Griff und zog sie näher an sich heran.

Voller Sorge schrie sie laut:»Lauf weg Emma, bring dich in Sicherheit!«

Er lächelte höhnisch und sagte:»Mach dir keine Sorgen, sie ist als Nächste dran.«

Ich guckte sie erschrocken an und merkte, dass sie Angst hatte. Inzwischen legte er seine linke Hand auf ihren Mund und brachte sie zum Schweigen.

Sie versuchte, sich zu befreien, jedoch fasste er sie mit beiden Händen an ihren Hals und drückte sie so fest, bis sie nicht mehr in der Lage war, sich zu wehren.

Ich brüllte laut:»Lass sie los, lass sie los, du wirst sie umbringen!«, aber er hörte mich nicht und würgte sie mit seiner ganzen Brutalität.

Meine Mutter röchelte und rang nach Luft. Ihre Hände krallten sich in seine, die ihren Hals umschlossen und ihr die Luft abschnitten.

Ich war wie gelähmt, und doch nahm ich meinen ganzen Mut zusammen und packte die zwei leeren Flaschen, die am Tisch standen, und zerbrach eine davon. Mit zitternden Fingern hob ich eine Glasscherbe auf, und drohte ihm, sie in den Hals zu stecken.»Lass sie los!«, befahl ich.

Aber er reagierte nicht.

Ich näherte mich ihm und legte die Glasscherbe ganz nah an seinen Hals, sodass er sie spüren konnte.»Wenn du sie nicht sofort loslässt, schneide ich dir die Kehle durch!« Er drehte sich vorsichtig zu mir um:»Das wirst du bereuen«, aber plötzlich ließ er meine Mutter los.

Sie war bereits blau im Gesicht und rang nach Luft.

Ich hielt ihm immer noch mit zitternden Händen die Glasscherbe an den Hals, ohne Überlegung schlug ich ihm mit der Flasche, die ich noch immer in der zweiten Hand hielt, auf den Kopf.

Plötzlich fiel er zu Boden, und so nutzten wir die Gelegenheit zu flüchten. Voller Panik rannten wir die Treppen hinunter und hörten noch seine Stimme: »Ich werde euch beide umbringen. Ihr seid nichts anderes als billige Nutten!« Wir konnten seine Schritte hören, während wir aus dem Haus auf die dunkle Straße hinausliefen. Wir rannten, ohne noch einen Blick nach hinten zu werfen, und hörten, wie er ins Auto stieg und losfuhr.

»Mom!«, schrie ich panisch: »Er verfolgt uns mit dem Auto.«

»Lauf so schnell, wie du kannst, mein Schatz!«, keuchte sie.«

Wir rannten um unser Leben. Ich drehte mich um und erblickte die Scheinwerfer seines Autos.

»Mom, wir müssen schneller laufen, er wird uns bald einholen.« Unsere Laufschritte wurden von Sekunde zu Sekunde schneller, bis wir dann eine Abzweigung erreichten und bogen nach rechts durch ein Gebüsch. Wir rannten weiter über das Feld zu einem Bahndamm. Wir liefen auf den Gleisen; plötzlich fiel mir etwas ein. »Mom, schnell, wir müssen uns zwischen den Gleisen hinlegen!«, sagte ich völlig außer Atem.

Ohne viel nachzudenken, legten wir uns zwischen die Gleise und bewegten uns kaum, in der Hoffnung, nicht entdeckt zu werden. Wir hörten ein brummendes Auto, das sich uns näherte. Auf einmal wurde es still; ein grelles Licht blendete uns. Vermutlich wollte er uns so aufspüren.

Ein Zittern durchströmte meinen ganzen Körper, mein Atem wurde schneller, mein Herz schlug mir bis zum Hals vor Angst. Plötzlich erlosch das Licht; es wurde dunkel. Wieder konnten wir das brummende Geräusch von seinem Automotor hören. Es wurde leiser und leiser; am Ende herrschte Stille.

Immer noch unter Schock, lagen wir eine Weile zwischen den Gleisen, ohne uns zu bewegen, bis meine Mutter schließlich mit schwacher Stimme sagte: »Schatz, du kannst schon aufstehen. Das Arschloch ist weg!« Besorgt näherte sie sich mir und sagte mit heiserer Stimme: »Lass mich deine Wunde ansehen!«

»Ist schon gut, Mom!«, beschwichtigte ich sie leise. »Es ist besser, wir suchen uns einen sicheren Ort, wo er uns nicht finden kann.«

»Da hast du recht!«, stimmte sie mir zu.

Wir trauten uns nicht, die Straße entlang zu gehen, so machten wir einen Umweg durch den Wald. Während wir hilflos, völlig ermüdet und ohne Kraft durch den Wald stampften, sagte ich panisch: »Mom, wir müssen zur Polizei!«

»Beruhige dich, mein Schatz!«, sprach meine Mutter flüsternd. Ihre Stimme war wie erloschen, er hatte sie schließlich fast zu Tode gewürgt.

Ich spürte, wie mir eine Träne die Wange herunterfloss. Ich wischte sie schnell weg, damit sie die Traurigkeit und die Verzweiflung in mir nicht sehen konnte. »Wir gehen zuerst zu Rebeka und dann sehen wir weiter«, bestimmte sie röchelnd.

Ich nickte nur, in der Hoffnung, dass sie die Kraft fand, um ihn endlich anzuzeigen.

Meine Mutter war eine begabte Pianistin. Als ich noch klein war, trat sie auf der ganzen Welt auf, währenddessen verbrachte ich die Zeit bei meinen Großeltern. Mein Vater war krankhaft eifersüchtig, konnte nicht ertragen, dass sie so begehrt und berühmt war. Er zwang sie schließlich dazu, sich zwischen der Familie und ihrer Karriere zu entscheiden. Natürlich entschied sie sich für die Familie und blieb eine lange Zeit mit mir zu Hause, jedoch wurde sie mit der Zeit von ihm finanziell abhängig. Deshalb verzieh sie ihm jedes Mal, wenn er handgreiflich und beleidigend wurde, nur damit wir eine Familie blieben.

Als wir vor Rebekas Wohnung standen, war es schon ziemlich spät; durch die Jalousien konnten wir auch nicht erkennen, ob sie noch wach war. Ganz verlegen blieben wir eine Weile vor der Tür stehen und überlegten, wo wir uns sonst noch in Sicherheit bringen konnten.

Schließlich meinte meine Mutter: »Schatz, wir haben keine andere Wahl«, und bevor sie an die Tür klopfte, stand auf einmal Rebeka vor uns. Sie war ganz erschrocken: »Kommt rein! Kommt rein!« Sie war über die Ereignisse verständigt, denn Sebastian hatte es ihr erzählt. Jedoch konnte sie nicht ahnen, dass es so schlimm geworden war.

»Er hat euch wieder geschlagen?«, stellte sie fest, als sie uns sah.

»Ja!«, sagte meine Mutter und erzählte ihr, was passiert ist.

»Ihr müsst unbedingt zur Polizei, sonst wird er euch noch umbringen.«

»Ich weiß, das werde ich nicht mehr zulassen. Bis heute habe ich alles ertragen, aber es reicht jetzt. Ich werde dieses Arschloch anzeigen. Mir reicht es endgültig!«

Noch am selben Abend gingen wir zur Polizei und erstatteten Anzeige.

EIN NEUER ANFANG

»Los, schnell Emma, wir werden unseren Flug verpassen, wenn du dich nicht beeilst! Pack nur die notwendigsten Sachen ein, damit wir am Flughafen mit unserem Gepäck keine Schwierigkeiten bekommen!«, forderte Mom mich auf.

»Ist schon gut, Mom, ich bin ja schon fast fertig«, antwortete ich.

Der Taxifahrer war schon angekommen. Ich nahm meinen Koffer und ging nach draußen. Es war ein schöner Tag, die Sonne strahlte. Ein letztes Mal warf ich einen Blick auf unser Haus. Es war ein schönes Haus, wo ich meine ganze Kindheit verbracht hatte. Das Einzige, was ich mitnehmen konnte, waren die zahlreiche Erinnerungen, die mir keiner wegnehmen konnte.

Mit dem letzten Gepäck kam meine Mutter aus dem Haus; an ihren Gesichtszügen konnte ich erkennen, dass sie sehr aufgeregt und zugleich verzweifelt war.

»Ich hoffe, du hast nichts Wichtiges vergessen?«, fragte sie mich.

Genervt antwortete ich: »Nein, Mom! Es ist alles eingepackt. Keine Sorge!«

Während der Taxifahrer unser Gepäck im Kofferraum verstaute, begaben wir uns auf die Rückplätze des Autos. »Zum Flughafen bitte!«

Wir saßen beide ganz still da, jeder mit seinen eigenen Gedanken beschäftigt. Ich schaute durch das Fenster und glitt mit meinen Gedanken mehr und mehr in einen Traum ab. Immer wieder erinnerte ich mich an den Abend, an dem er uns beinahe umgebracht hatte. Aufgrund unserer Aussagen wurde er zu fünf Jahren Haft verurteilt. Meine Mutter wusste, dass er nicht so lange im Gefängnis bleiben würde, da er gute Beziehungen hatte und mit seinem Geld alles kaufen konnte. Nur dieses Mal hatte er Pech gehabt, der Richter hatte sich nicht bestechen lassen, deswegen war das Urteil früher verkündet worden, als erwartet.

Wir hatten beschlossen, ein neues Leben in Österreich anzufangen. Wir verkauften unsere Autos, wertvolle Gegenstände und nahmen sämtliche Ersparnisse mit. Auf das Haus mussten wir leider verzichten, da es zum Teil auch meinem Vater gehörte. Meine Mom hatte riesengroße Angst, da sie wusste, dass er Rachepläne schmiedete und alles versuchen würde, um uns aufzuspüren, sobald er wieder auf freien Fuß gelangte. Aus diesem Grund erzählte sie niemandem von unserer Auswanderung. Nicht einmal Rebeka. So konnte ich mich auch nicht von meinen Freunden verabschieden.

Ich dachte an Roko und an den Abschlussball. Er würde mich sicher hassen. Ich hatte mich so sehr auf den Abschlussball gefreut, aber dazu kam es leider nicht mehr. Ich musste jetzt auf alles verzichten, sogar auf mein Musikstudium.

Am Flughafen war es schon extrem heiß und noch dazu sehr überfüllt mit Touristen. Wieder war eine Maschine gelandet, und ein Pulk von Fluggästen kam den Gang entlang. Wir gingen zum Check-in und gaben unsere Koffer ab.

Meine Mutter war die ganze Zeit schrecklich nervös. Erst als wir durch die Absperrung gingen, lösten sich ihre Nervosität und ihre innere Anspannung in Luft auf.

Als das Flugzeug abhob, schaute ich ein letztes Mal über meine Heimatstadt Split. Noch vor ein paar Wochen hätte ich nie gedacht, dass ich jemals diese Stadt für immer den Rücken kehren würde, aber irgendwie war ich auch erleichtert, denn ab jetzt konnte alles nur noch besser werden. Der Flug von Split nach Salzburg dauerte mit den Stopps in Zagreb und Wien acht Stunden.

Es war bereits Nacht geworden, als wir am Flughafen in Salzburg ankamen. Die Luft draußen war angenehm warm. Ganz aufgeregt und gespannt machten wir uns auf den Weg und suchten uns für die erste Nacht eine Unterkunft. Über eine Woche lang verbrachten wir unsere Zeit in einem billigen Hotel, bis meine Mutter endlich ein Haus für uns ausfindig machen konnte.

Es war ein uraltes, renovierungsbedürftiges Haus. »Oh Mom, es ist toll, ich habe sogar mein eigenes Zimmer mit Bad!«, ich bemühte mich, mit meinen schlechten Schauspielfähigkeiten Begeisterung vorzuspielen. Ich las am Gesicht meiner Mutter ab, dass sie es mir nicht abkaufte. Also lachte ich: »Mom, es ist grauenvoll. Es stinkt, die Wände sind schwarz, und wir haben keine Möbel. Es wird eine riesengroße Herausforderung für uns beide sein. Aber mit ein bisschen Farbe, jahrelangem Lüften und mithilfe von Duftsprays gestalten wir diese Ruine zu unserem neuen Heim.«

»Danke, mein Schatz, ich wollte wirklich nicht, dass du in so einer Umgebung aufwächst, aber zurzeit können wir uns nichts Besseres leisten.«

»Es ist schon gut, Mom. Ein Leben hier ist viel besser, als ein unglückliches Leben in dem goldenen Käfig, das wir vorher hatten. Wir sind endlich frei; jetzt kannst du tun, was du immer tun wolltest.«

»Warst du heute überhaupt im Theater beim Vorstellungsgespräch?«

Ich merkte, wie sich ihre Gesichtszüge veränderten und sie auf einmal traurig wirkte. »Ja, es ist leider nur so, dass sie sich schon für jemand anderen entschieden haben.«

»Es tut mir so leid, Mom. Du bist die Beste, das weißt du, und du wirst es schaffen!« Sie lächelte mich an.

»Ich war einmal gut, aber das ist schon lange her.«

Völlig verzweifelt blickte ich in ihr trauriges Gesicht: »Und daran bin ich schuld. Du hast es nur meinetwegen aufgegeben.«

»Schatz, es ist nicht deine Schuld. Ich bereue es nicht, dass ich damals meine Karriere für dich aufgegeben hatte. Denn ich hatte dich, und die Zeit mit dir war das Beste, was ich mir je wünschen konnte. Du bist das Wichtigste in meinem Leben. Morgen werde ich mir irgendeinen anderen Job suchen, damit wir normal leben können und du endlich studieren kannst.«

»Mom, tu das bitte nicht! Du darfst jetzt nicht wieder aufgeben!«, bat ich flehend. »Sobald du mir Deutsch beigebracht hast, werde ich mich auf die Arbeitssuche machen, und du kannst dich dann der Musik widmen.«

»Das kommt nicht infrage. Du wirst nicht arbeiten gehen, damit ich meinen Traum wieder leben kann, und du deinen zerstörst. Leider kann ich dir noch nicht dein Musikstudium finanzieren, aber sobald ich was gefunden habe, wirst du studieren gehen. Da gibt es keine Widerrede!«

Ich wusste, dass sie ihren Traum schon aufgegeben hatte, und ich wollte sie nicht mehr quälen, aber ich würde sie, sobald sich unsere finanzielle Situation verbessert hatte, wieder daran erinnern, wie glücklich sie die Musik einst gemacht hatte.

Am nächsten Tag ging meine Mutter auf Arbeitssuche. Ich versuchte, die schwarzen Wände durch ein bisschen Farbe aufzupeppen. Zum Glück hatten wir keine Möbel, sondern nur eine Matratze, sodass das Streichen sehr schnell vonstatten ging.

Gegen Abend kam sie nach Hause mit einer vollen Einkaufstasche und wirkte glücklich. So glücklich hatte ich sie seit längerer Zeit nicht mehr gesehen.

»Hallo, mein Schatz, du bist schon fertig mit dem Streichen?«, staunte sie.

»Glücklicherweise haben wir noch keine Möbel, deswegen war es sehr leicht und schnell!«

»Ja, was für ein Glück, dass wir keine Möbel haben!«, sagte meine Mutter; ihre Mundwinkel zogen sich nach unten.

»Mom, so habe ich es nicht gemeint«, sagte ich und musste lachen.

»Ich weiß. Jetzt sieht es viel besser aus!«, sie gab mir einen Kuss auf die Stirn.

»Ich habe Neuigkeiten!«, verkündigte sie und packte ihre

Einkäufe aus. »Wir haben was zum Feiern!«, sprach sie weiter und holte dabei ein Törtchen aus der Einkaufstasche heraus.

»Was ist passiert?«

»Ich habe einen Job gefunden!«

»Wow, das ist toll, Mom! Wo und was für ein Job ist es?«

»Ich war heute sehr aktiv unterwegs und hatte in fast jedem Geschäft nachgefragt, ob sie eine Hilfskraft bräuchten, aber leider bekam ich nur Absagen. Jedoch auf dem Heimweg ging ich an einer Musikschule vorbei. Die Fenster waren geöffnet, sodass ich die Musik hören konnte. Ich blieb einige Zeit unter dem Fenster stehen und lauschte der Melodie. Es war Air Suite Nr. 3 von Johann Sebastian Bach. Ich war so fasziniert von dieser gefühlvollen Melodie, dass mich meine innerste Seele zwang, die Musikschule zu betreten, um zu sehen, wer diese begabte Person ist. Es war eine ziemlich alte Schule; auf dem Gang war zum Glück niemand zu sehen. Ich ging in die Richtung, aus der die Musik kam, als ich plötzlich einer Frau begegnete, die um die 55 Jahre alt war. Sie fragte mich, ob ich jemanden suche. In diesem Moment bereute ich meine Tat, mir war es so peinlich, dass sie mich erwischt hatte. Ich wusste nicht, was ich ihr antworten sollte, und stellte mich einfach bei ihr vor.

Als sie meinen Namen hörte, stellte sie fest, dass sie mich kannte, denn sie hatte im Orchester gespielt, als ich damals in Wien auftrat. Wir erzählten uns gegenseitig, was uns seit dem letzten Treffen alles im Leben passiert ist. Ich erfuhr, dass sie seit 8 Jahren die Schuldirektorin der Musikschule ist. Sie teilte mir mit, dass sie zurzeit nur eine Reinigungsfrau suche, aber sobald sie jemanden in der Musikbranche bräuchte, würde sie sich bei mir melden.«

»Wow Mom das sind tolle Neuigkeiten! Ich bin so froh.«

»Nein, mein Schatz, das war noch nicht alles!«

»Nicht alles?«

»Ja, es geht weiter. Ich habe die Stelle als Reinigungsfrau angenommen.«

»Das ist nicht dein Ernst! Wie kannst du so was machen?«, sagte ich schockiert.

»Beruhige dich, mein Schatz!«, sprach meine Mutter mit sanftem Ton. »Ich brauche eine Arbeit; ich kann nicht ewig warten, bis sie jemanden brauchen werden. Außerdem haben wir zurzeit kein Piano, und so wie es aussieht, werden wir in Zukunft auch keines haben. Ich werde nicht üben können, wenn es länger dauert, werde ich auch aus der Übung sein.«

»Aber Mom ...«

»Es gibt kein Aber!«, unterbrach sie mich. »So, jetzt müssen wir feiern!«, sie goss Saft in die Plastikbecher. Ich holte uns zwei Pappteller und Plastikgabeln für die Torte; meine Mutter schnitt uns zwei Tortenstücke ab. »Prost und alles Gute in deinem neuen Job!«, ich hob den Becher.

»Prost, mein Schatz!«

An dem Abend blieben wir ziemlich lange wach. Meine Mutter war aufgeregt wegen ihres neuen Jobs und freute sich, endlich ihr eigenes Geld verdienen zu können.

Am nächsten Tag standen wir beide gemeinsam auf. »Mom, ich mach uns schnell Kaffee und Frühstück, und du kannst dich in Ruhe umziehen«, bot ich an.

»Danke!«, rief sie mir aus dem Bad zu. Während wir aßen, stellten wir unseren Tagesplan auf. »Ich werde in die Musikschule gehen und mich um die Arbeitserlaubnis kümmern«, sagte sie eifrig.

»Ich werde dich begleiten! Ich muss sowieso ins Einkaufshaus, um einige Sachen zu besorgen.«

Als wir die Musikschule erreichten, verabschiedete sich meine Mutter; ich machte mich auf den Weg ins Einkaufshaus.

Als ich mit den Einkäufen fertig war, kaufte ich uns rasch noch etwas zum Essen, da wir keinen Kühlschrank im Haus hatten und es draußen noch immer heiß war, mussten wir jeden Tag Lebensmittel einkaufen. Eigentlich konnten wir uns dank der Ersparnisse einen Kühlschrank leisten, aber meine Mutter war sich nicht sicher, wie lange wir von dem gesparten Geld leben müssten.

Zu Hause räumte ich unsere Koffer aus und wollte unbedingt noch die Vorhänge aufhängen, die ich vorhin eingekauft hatte. *So jetzt sieht es viel besser aus,* dachte ich mir und nahm mein Deutsch-Buch aus der Tasche. Ich legte mich auf die Matratze, um zu lernen. Mir war bewusst, dass ich jetzt eine neue Sprache lernen musste; es fiel mir auch nicht schwer, dies alleine zu tun, denn ich wollte unbedingt einen Job haben, um meine Mutter zu entlasten. Bevor meine Mutter nach Hause kam, bereitete ich uns in der Küche schnell Salat mit Putenstreifen vor. Als ich dabei war, den Tisch zu decken, hörte ich, wie sich die Eingangstür öffnete.

Meine Mutter kam nach Hause. »Emma, du hast Vorhänge gekauft und sie noch dazu aufgehängt?«, stellte sie überrascht fest.

»Ja, ich hatte noch etwas von meinen Ersparnissen übrig.«

»Du sollst dein Geld nicht für Vorhänge ausgeben.«

»Ich weiß, aber ich wollte es. Es sieht jetzt schon ein bisschen häuslich und gemütlich aus.«

»Mein Schatz, du hast das wirklich toll gemacht!« Ihre Augen strahlten vor Freude.

»Und hat es geklappt mit der Arbeitserlaubnis?«

»Ja, es wird einige Tage dauern, bis ich die Bewilligung bekomme; sobald sie da ist, kann ich gleich anfangen. Wir haben noch ein paar Tage frei, das müssen wir jetzt unbedingt ausnutzen. Was willst du machen?«

»Ich will die Stadt erkunden.«

»Das ist eine super Idee. Dann gehen wir gleich nach dem Essen.«

Die Tage, bis meine Mutter die Arbeitserlaubnis bekam, vergingen wie im Flug. Wir waren oft in der Stadt. Das Erste, was wir uns beschafften, war ein Kühlschrank. Ein unbeschreiblich schönes Gefühl war es, nach so langer Zeit wieder einen Kühlschrank zu besitzen. Und endlich kam der lang ersehnte Tag, der erste Arbeitstag meiner Mutter.

»Na, wie war dein erster Arbeitstag?«, fragte ich neugierig

als sie zurückkam.

»Etwas ganz anderes, als das, was ich bisher gemacht habe«, antwortete sie.

»Das kann ich mir sehr gut vorstellen, Madame Emilia!«, wir lachten.

»Und wie war dein Tag?«

»Wie immer. Ich habe Deutsch gelernt und war kurz spazieren.«

Meine Mutter wirkte nach langer Zeit erstmals wieder glücklich; ich freute mich sehr für sie.

Nach dem Essen blieben wir noch sitzen und quatschten ein wenig. Erst spät in der Nacht ging ich schlafen.

Jetzt mussten wir nicht mehr auf dem Boden schlafen, da jeder von uns sogar sein eigenes Bett besaß; seitdem schlief ich wie eine Prinzessin. Es war purer Luxus. Meine Mutter erhielt endlich ihr selbst verdientes Geld, was ihr noch mehr Kraft und Mut gab, um weiterzukämpfen, und ich merkte, wie sie selbstbewusster und stärker in dieser schweren Zeit geworden war.

Wir beide hatten es geschafft, aus unserem Schatten hinauszuspringen und nach vorne zu blicken.

Meine Mutter ging jeden Tag arbeiten; ich blieb alleine zu Hause und lernte Deutsch und kümmerte mich um den Haushalt. Seitdem wir hier lebten, hatte ich keine Lust, irgendwelche neuen Bekanntschaften zu machen. Ich wollte nichts unternehmen, was man sonst so in meinem Alter tat. Ich zog mich zurück, um zu mir selbst zu finden: kein Wirbel, keine schlaflosen Nächte, keine Partys mit Alkohol. Das alles hatte ich zu Hause zurückgelassen und wollte momentan nichts mehr damit zu tun haben. Jedoch hielt ich es nach einigen Monaten nicht mehr im Haus aus, nur faul herumzusitzen und nichts zu tun, deprimierte mich. Also begab ich mich auf Arbeitssuche.

»Es tut uns leid, aber wir brauchen keine Hilfskraft, sobald wir jemanden benötigen, werden wir uns bei Ihnen melden«, lautete der Standardspruch, den ich den ganzen Tag lang hörte.

Als ich am späten Nachmittag nach Hause kam, war meine Mutter schon da.

»Mom, was machst du schon um diese Uhrzeit zu Hause?«, fragte ich überrascht.

»Ich war heute früher fertig und durfte nach Hause gehen. Wo warst du?«

»Ich war auf Arbeitssuche, aber wieder erfolglos«, berichtete ich enttäuscht.

»Ah Schatz, mach dir keine Sorgen! Du musst nicht arbeiten gehen. Wir können uns zwar nicht viel von meinem Lohn leisten, aber wir kommen über die Runden.«

»Ich weiß, aber ich will es wirklich, sonst werde ich verrückt.«

»Schatz, es tut mir so leid, dass du noch nicht studieren kannst, ich weiß, es ist mein Fehler. Vielleicht hätten wir in Split bleiben müssen, dann hättest du ein normales Leben geführt. Du würdest studieren...«

»Mom, hör auf damit! Es ist nicht deine Schuld, du hast die richtige Entscheidung getroffen und uns gerettet. Endlich sind wir frei, und das ist das Wichtigste, nicht das Studium und die teuren Autos. Das alles ist nichts im Vergleich zu jetzt. Mom, sieh uns nur an, wir hatten bis gestern nichts zu essen, aber wir waren noch nie glücklicher!«

Sie guckte mich traurig an und sagte eine Weile nichts. Manchmal hatte ich das Gefühl, als ob ich die Mutter wäre und sie das Kind, denn sie machte sich immer viel zu viele Sorgen und gab sich jedes Mal die Schuld an allem. Das waren die Folgen des jahrelangen psychischen Terrors, den mein Vater an ihr ausübte. Sie schaute mich besorgt an.

»Oh Schatz, du bist wirklich erwachsen geworden. Ich bin so froh, dass ich dich habe!«, ihre Stimme klang etwas fröhlicher. »Wenn ich es mir genauer überlege, ist es vielleicht doch nicht so eine schlechte Idee mit der Arbeit, denn so könnten wir mehr sparen.«

»Das war eigentlich mein Plan, aber so wie es aussieht,

glaube ich nicht mehr daran. Ich werde keine Arbeit finden.«

»Du wirst sicher etwas finden, du bist noch so jung und motiviert, glaube mir! Auch wenn du nichts bekommst, geht die Welt nicht unter. Das Studium werden wir auch ohne deine Arbeit finanzieren können.«

Aber ich war noch immer frustriert.

»Ich habe dein Lieblingsessen gemacht: Lasagne!«

»Oh, super!« Das konnte ich wirklich gut gebrauchen. Ich hatte den ganzen Tag nichts gegessen.

Während des Essens erzählte ich meiner Mutter, wo ich überall gewesen war, und sie erzählte mir, wie ihr Tag abgelaufen war.

»Die Schuldirektorin Denise hat mir erlaubt, jeden Tag, wenn ich mit der Arbeit fertig bin, auf dem Klavier zu üben. Sie weiß ja, dass wir uns kein Klavier leisten können.«

»Mom, das sind tolle Neuigkeiten, du erzählst sie mir erst jetzt?«

»Ich bin so aufgeregt. Ich habe so lange nicht mehr gespielt, es fehlte mir so sehr!«

»Und wann darfst du anfangen?«

»Morgen, gleich nach der Arbeit!«

»Oh Mom, ich freue mich so sehr für dich. Jetzt geht es mir gleich besser.«

Am nächsten Tag versuchte ich mein Glück in einem Fast Food-Restaurant. Als ich die übliche Absage erwartete, fragte der Geschäftsführer: »Frau Kubat, wann können Sie anfangen?«

Ich konnte es kaum glauben. *Oh yeah, ich habe den Job!*
»Ich kann gleich anfangen«, sagte ich aufgeregt.

»Na, wenn das so ist, dann füllen wir gleich den Antrag für die Arbeitserlaubnis aus«, sagte er mit einem Lächeln.

Ich war so glücklich und konnte es kaum erwarten, meiner Mutter von den Neuigkeiten zu erzählen, also machte ich mich gleich auf den Weg in die Musikschule.

Während ich vor der Musikschule auf sie wartete,

erblickte ich eine Frau, die auf mich zuging.

»Hallo! Sind Sie Emilias Tochter?«

Ich starrte sie verwirrt an. »Äh ja, das bin ich.«

»Sie sehen ihr ganz ähnlich«, sagte sie mit einem breiten Lächeln. »Oh Entschuldigung, ich habe mich nicht bei Ihnen vorgestellt!«, fügte sie freundlich hinzu. »Ich bin Denise«, sie reichte mir die Hand.

»Sie sind die Schuldirektorin?«, stellte ich erstaunt fest.

»Ja, das bin ich. Sie warten sicher auf Ihre Mutter!«

»Ja, ich dachte, ich hole sie heute ab.«

»Emilia ist mit der Arbeit schon längst fertig. Sie spielt Klavier im 2. Stock, Zimmer 3. Sie können ruhig zu ihr gehen, bestimmt wird sie sich freuen!«

»Danke, Denise. Es hat mich gefreut, Sie kennengelernt zu haben!«

»Ganz meinerseits.«

Aufgeregt marschierte ich die Treppe hoch und hörte schon von weitem mein Lieblingsstück von Mozart - Turkish March. Meine Mutter hatte es mir jedes Mal vorgespielt, wenn ich traurig oder schlecht gelaunt war, um mich aufzuheitern. Eine Weile blieb ich vor der Tür und lauschte der Musik. Die Erinnerungen kamen hoch. Ich erinnerte mich daran, als ich noch klein war, wie meine Mutter vor dem Klavier saß und mit großer Leidenschaft Musikstücke spielte. Ich tanzte mit meinen Großeltern dazu. Ich stellte mir damals vor, dass wir in einem großen Schloss lebten und ein Fest veranstalteten. Ich trug ein rosa Prinzessinnen-Kleid und auf dem Kopf eine selbst gebastelte Krone, die ich mit meiner Oma angefertigt hatte.

Es waren lediglich Erinnerungen, die übrig geblieben waren. Ich spürte einen Stich in meinem Herzen. Meine Großeltern und die glücklichen Zeiten, die wir einst hatten, vermisste ich sehr. Ich vermisste unser Haus und meine Freunde.

Auf einmal merkte ich, dass meine Mutter mit dem Stück fertig war; ich war mir nicht sicher, ob sie weiter spielen würde. Also wartete ich noch kurz auf dem Gang. Als ich sie weiterspielen hörte, ging ich zur Tür und klopfte leise an, aber sie antwortete nicht. Vorsichtig öffnete ich sie. Es war ein großes, helles Zimmer. In der Mitte vom Raum stand das Klavier; meine Mom saß mit dem Rücken zu mir. Sie hatte mich nicht bemerkt, also entschied ich mich, leise zu sein, bis sie fertig war.

Als sie den letzten Ton spielte, klatschte ich. »Mom, du warst wie immer grandios. Du bist echt einmalig!«

Sie drehte sich schnell um, an ihrem Gesicht sah ich ihr an, wie überglücklich und überrascht sie war, mich zu sehen. Sie stand auf und schritt langsam zu mir. »Emma, wie bist du hier hereingekommen?«

»Ich habe unten Denise getroffen; sie hatte mir gesagt, dass du oben bist und Klavier spielst. Ich konnte es nicht erwarten, bis du nach Hause kommst, also bin ich gleich zu dir gekommen.«

»Ist was passiert?«

»Nein Mom, nichts Schlimmes!«

»Na dann muss es etwas Gutes sein!«, lächelte sie mich an. »Erzähl mir die Neuigkeiten!«

»Mom, ich habe einen Job gefunden!«

»Wo?«

»In einem Fast Food-Restaurant. Sobald ich die Arbeitserlaubnis bekomme, kann ich anfangen. Mom, hörst du mich?! Ich werde endlich mein eigenes Geld verdienen!« Ich war außer mir vor Glück.

An diesem Abend, sowie die Nächte danach schlief ich ziemlich spät ein, denn ich war so glücklich, wie schon lange nicht mehr.

Ich lag am Strand und spürte die Sonnenstrahlen auf meinem Körper. Das beruhigende Rauschen der Wellen, das gleichmäßige Schlagen des Wassers gegen den Strand, war das einzige Geräusch. Die blauen Wellen kräuselten sich an den weißen Sand und hinterließen dabei weiße schäumende Spuren. Eine leichte Brise Meeresluft wehte, ich sog die salzige Luft tief ein und empfand dabei eine Art innere Ruhe. Eine Weile lag ich einfach nur da und genoss das Meer sowie die Sonne. Dann stand ich auf, ging bis zum kristallklaren, blauen Wasser und spürte den warmen Sand unter meinen Füßen. Ich tat einige Schritte ins Wasser…

»Emma, steh auf, du wirst zu spät kommen!«, hörte ich eine Stimme, aber ich konnte sie nicht zuordnen.

Ich ließ den Sand durch meine Finger rieseln und hörte wieder dieselbe Stimme.

»Emma! Wenn du so weiterträumst und nicht auf der Stelle aufstehst, kommst du womöglich zu spät zur Arbeit.«

Erst jetzt wurde mir klar, dass es meine Mom war.

Ich öffnete rasch die Augen und sprang aus dem Bett. Heute war mein erster Arbeitstag.

»Guten Morgen, Schlafmütze!«, begrüßte sie mich, als ich die Küche betrat.

»Morgen Mom«, grummelte ich verschlafen.

»Na, hattest du gestern eine lange Nacht?«, scherzte sie, während sie uns Kaffee in die Becher goss.

»Ich glaube, ich bin erst gegen vier Uhr eingeschlafen, habe nicht einmal den Wecker klingeln hören.«

»Dafür ich!«, grinste sie.

»Es tut mir leid, Mom, ich wollte nicht, dass du
meinetwegen an deinem einzigen Tag, wo du vormittags frei hast, so früh aufstehst!«

»Ich wollte sowieso aufstehen, es ist doch dein erster Arbeitstag!«

Während des Frühstücks war ich mit meinen Gedanken beschäftigt. Ich dachte an diesen wunderschönen Traum. »Emma, was ist los mit dir?«, holte mich meine Mom in die Realität zurück.

»Ah nichts Mom, ich war mit den Gedanken in meinem Traum. Ich hatte geträumt, dass ich am Strand bin und die salzige Luft wieder riechen könnte.«

»Du vermisst Split und unser Haus, nicht wahr?« Ihre Stimme klang traurig.

Mit gesenktem Blick stand sie auf und räumte das Geschirr weg. »Es tut mir leid, dass du meinetwegen so leben musst. Ich habe einen großen Fehler gemacht und habe zugelassen, dass uns dein Vater erniedrigt. Deine ganze Kindheit habe ich dadurch ruiniert, jetzt bin ich dabei, dein restliches Leben zu ruinieren«, die Tränen liefen ihr über die Wangen. Es tat mir weh, sie so anzusehen. Irgendwie fühlte ich mich mitschuldig an ihrem Kummer, denn sie war nur meinetwegen so lange bei ihm geblieben, wollte nicht, dass ich ohne Vater aufwachse.

Ich stand auf, nahm ihre zittrigen Hände und wischte ihr die Tränen weg. »Mom, du hast nicht mein Leben ruiniert, sondern du hast uns gerettet! Ich bin so stolz und dankbar, dass du das alles nur meinetwegen ertragen hattest, obwohl ich mich dabei schlecht fühle. Ich kann nur froh sein, dass ich so eine tolle Mutter habe!«

Sie blickte liebevoll zu mir und umarmte mich ganz fest. »Danke, mein Schatz. Ich bin so stolz auf dich!«

»Ich auch auf dich, Mom, aber jetzt muss ich mich noch schnell umziehen, sonst komme ich zu spät«, ich löste die Umarmung.

Rasch zog ich mich an und lief nach draußen. Bevor ich die Haustür hinter mir schloss, hörte ich meine Mutter rufen: »Viel Glück!«

Kalter Wind pfiff mir um die Ohren; Regen peitschte mir

ins Gesicht. Oh das hatte mir noch gefehlt! Ich hatte meinen Regenschirm vergessen. Ich zog meine Jacke noch ein wenig enger und ging zur Bushaltestelle.

Ich lief die schwarzglänzende, menschenleere Straße entlang. Kein Wunder, der Regen war so heftig, dass die meisten Menschen sich in ihren Häusern versteckten. Mein Gesicht und meine Haare waren nass, eine eisige Kälte überfiel mich. Endlich, eben noch rechtzeitig hatte ich die Bushaltestelle erreicht. *Was für ein Glück!*, dachte ich, als ich den Bus kommen sah.

Der erste Arbeitstag verlief ziemlich gut. Ich lernte zwei nette Arbeitskolleginnen kennen: Loren und Alex. Alex war etwas älter als ich und immer für einen Spaß zu haben. Loren dagegen war ein schüchternes Mädchen, die etwas zurückhaltend war, aber auf ihre Art und Weise war sie nett. So wie der Tag angefangen hatte, hätte ich nie gedacht, dass er so gut enden würde. Am Abend schlief ich ziemlich früh ein, denn ich war so müde, dass ich nicht einmal etwas essen konnte.

Die Zeit verstrich rasch; unser Leben passte sich einer Routine an. Es geschah nichts Aufregendes. Das Spannendste war, dass unser Haus vollständig möbliert war und wir einen Fernseher kauften. Endlich ging es uns finanziell besser. Meine Mutter sparte wie zuvor fleißig, um mein Studium finanzieren zu können, denn sie wollte unbedingt, dass ich studiere, aber das wollte ich nicht mehr.

Wir saßen am Abend zusammen auf der Couch und quatschten über unser Leben. Plötzlich äußerte meine Mutter: »Emma, ich habe jetzt einen festen Job, und du hast bis jetzt auch fleißig gearbeitet, glaubst du nicht, es wäre an der Zeit, dass du dich endlich für dein Studium bewirbst? Wir haben jetzt etwas Geld gespart; ich werde mir noch einen Nebenjob suchen, sodass du dich ganz deinem Studium widmen kannst.«

»Mom, was redest du da?«, fragte ich schockiert. »Ich will

nicht, dass du dir zwei Jobs suchst, nur damit ich studieren kann!«

»Aber Emma, es geht nicht anders, und ich will, dass du studierst!«, sagte sie mit etwas gereizter Stimme.

»Das glaube ich dir«, erwiderte ich und versuchte, etwas ruhiger zu reden. »Aber ich will das wirklich nicht. Ich will nicht, dass du so ein Opfer bringst, nur damit ich studieren kann. Du sollst endlich das Leben genießen!«

»Ich soll das Leben genießen! Was ist mit dir? Sieh dich nur an! Was ist aus dir geworden? Seit wir in Salzburg leben, gehst du nicht aus, hast keine Freunde, hängst dauernd mit mir zu Hause herum.«

»Mom, bitte, es ist mein Leben, außerdem habe ich über alle Möglichkeiten nachgedacht, und ich habe mich gegen das Studium entschieden.«

»Das ist nicht dein Ernst! Dass du dein Leben nicht aus-kosten willst, mag deine Sache sein, aber das mit dem Studium lasse ich nicht zu! Du machst einen großen Fehler, den du später bereust! Du wirst studieren! Ich werde dich dabei un-terstützen, ganz egal, ob du es willst oder nicht. Ich werde nicht zulassen, dass du jeden Tag in einem Fast Food-Restaurant arbeitest, und ich nachher mit ansehen muss, wie unglücklich du dabei bist. Auf keinen Fall lasse ich zu, dass du deinen Traum aufgibst.«

»Mom, das Musikstudium ist nicht mein Traum.«

Ihre Miene änderte sich; sie stierte mich entsetzt an. »Das glaube ich dir nicht, was redest du da für einen Unsinn? Du wolltest doch immer Musik studieren. Hast du das etwa ver-gessen?«

»Mom, bitte, es war doch nicht mein Traum, sondern dei-ner!«, log ich. Ich wusste, dass ich sie mit meinen Worten verletzte, aber nicht so sehr wie, wenn ich zulassen würde, dass sie meinetwegen zwei Jobs annehmen musste.

Sie schaute mich fassungslos an. »Ist es dein Traum, in einem Fast Food-Restaurant zu arbeiten?«, fragte sie grob, sodass ich erschrak.

»Bitte beruhige dich! Ich habe gesagt, dass ich mich gegen ein Studium entschieden habe, aber ich habe nicht behauptet, ich wolle ewig im Fast Food-Restaurant arbeiten.«

Sie zog ihre Augenbrauen hoch.

»Mom, ich möchte Krankenschwester werden!« Ich beobachtete ihren Gesichtsausdruck, der sich nicht änderte. Ich wusste nicht, was sie dachte.

Eine Weile guckte sie mich ganz still an, danach fragte sie mich ganz besorgt: »Schatz, ist es das, was du wirklich willst, Krankenschwester zu sein, oder ist es, weil ich sonst extra arbeiten müsste? Bitte sag es mir ganz ehrlich!«

Ich merkte, wie sie meine Entscheidung bedrückte, aber ich musste lügen. Ich wusste selbst nicht, ob ich Krankenschwester sein wollte oder nicht, aber in diesem Moment schien mir das eine gute Lösung zu sein, also sagte ich: »Mom, es hat nichts mit dir zu tun. Ich will wirklich Krankenschwester werden!«

Ein Lächeln umspielte ihre Lippen.

Am nächsten Tag ging ich wieder zur Arbeit. Es war nicht viel los, Alex, Loren und ich standen vor unserer Kasse und quatschten die ganze Zeit. Die Eingangstür ging auf, und ein großer, schlanker junger Mann trat ein. Er war etwa in meinem Alter. Er trug eine braune Hose und ein kariertes Hemd. Seine braunen Haare waren durchgestuft und leicht verwuschelt; seine blauen Augen, die mich anstarrten, machten mich ganz nervös.

Ich sah ihn zum ersten Mal – ein Kunde wie jeder andere. Sein Blick war noch immer auf mich gerichtet; wie ferngesteuert kam er ausgerechnet zu mir. Er lächelte mich an.

Erst jetzt entdeckte ich hinter ihm ein hübsches Mädchen, aber irgendwie, schien er sie nicht ernst zu nehmen und seine ganze Aufmerksamkeit war nur auf mich fokussiert.

Er sah so attraktiv aus wie ein Model, sein bezauberndes Lächeln und seine blauen Augen brachten meine Beine zum zittern. Obwohl er neben sich eine Freundin stehen hatte, verursachte er ein Gefühlschaos in mir.

Sein süßes Lächeln blockierte meine Nervenzellen, sodass ich nicht in der Lage war, zu sprechen.

Als er mir das Trinkgeld überreichte, drohte mein Herz, noch schneller zu schlagen.

An dem Abend konnte ich nicht einschlafen, dachte nur an ihn, an sein verwuscheltes Haar und an sein süßes Lächeln. Ich war seinetwegen wie durch den Wind und fühlte mich in einer neuen Welt. Einer Welt, die ich vorher nicht kannte. Ich musste mich zusammenreißen und an etwas anderes denken, aber dies war nicht so einfach. Ich konnte es kaum erwarten, morgen wieder zu arbeiten. Aber was war, wenn er nicht kam? Der Gedanke daran, dass ich ihn nicht wiedersehen würde, sorgte dafür, dass sich mein Magen zusammenzog.

Am nächsten Tag ging ich vor lauter Aufregung früher zur Arbeit. Es war ziemlich viel los; die Zeit verflog schnell. Der Uhrzeiger auf der großen Wanduhr zeigte bald 16 Uhr an. Nur noch eine Stunde, dann hatte ich Feierabend.

Ich würde ihn nicht wiedersehen, ein seltsames Gefühl packte mich.

Ich bediente gerade die nächste Kundschaft, als er wie aus dem Nichts vor meiner Kasse auftauchte. Ein Lächeln überspielte meine Lippen, als ich ihn entdeckte.

Wieder war er mit seiner Freundin gekommen.

Oh, das glaube ich nicht! Das ist doch nicht dieselbe von gestern? Vielleicht ist das seine Schwester? Oh Mann, er steckt ihr die Zunge in den Mund. Igitt!!! Muss das wirklich sein? Kann er nicht warten, bis ich die Bestellung aufnehme, danach kann er sie von mir aus gleich hier flach legen. Mir doch egal, er ist mir so etwas von scheißegal! Nur wieso fühlte ich mich so, als ob Schmetterlinge in meinem Bauch eine Party veranstalten würden und gerade jetzt ein Hochbetrieb herrschte? Er machte mich ganz wahnsinnig.

Er kam jeden Tag mit einem anderen Mädchen und gab mir immer viel Trinkgeld. Ein süßes Lächeln auf den Lippen, das mir den Atem verschlug und in meinem Bauch einen

Aufruhr verursachte. Er war so unendlich süß. Einfach zum Anbeißen; jedes Mal, wenn ich in seine blauen Augen blickte, raste mein Herz. Ich konnte mich nicht mehr konzentrieren. Ich wusste nicht, was ich dagegen machen konnte, es war ein gefährliches Spiel, das er mit mir spielte, aber ich konnte mich nicht dagegen wehren.

Das Verlangen nach ihm war viel stärker als alles andere, mir war bewusst, dass er mir das Herz brechen würde und mich wie alle anderen, die er jeden Tag mitschleppte, ausnutzen würde. Trotzdem kreisten meine Gedanken dauernd um ihn. Um einen geheimnisvollen Unbekannten, der mein Herz erobert hatte.

Voller Freude ging ich jeden Tag ins Fast Food-Restaurant, nicht, weil mir die Arbeit Spaß machte, sondern weil ich mir erhoffte, ihn wieder zu sehen.

Tage und Wochen verstrichen, aber er kam nicht mehr; ich vermisste ihn umso mehr. Ich hatte keine Ahnung, was mit mir los war. Ständig musste ich an ihn denken, an seine blauen Augen, die mich durch seine langen Wimpern ansahen, und an sein bezauberndes Lächeln. Er kam einfach nicht aus meinem Kopf heraus. Die Zeit ohne ihn verstrich in quälender Langsamkeit. Ich versuchte, fröhlich zu wirken, was nicht leicht war, besonders, wenn ich Männer sah, die eine Ähnlichkeit mit ihm hatten. In solchen Momenten packte mich eine unerträgliche Sehnsucht nach ihm; er fehlte mir, und ich konnte an nichts anderes mehr denken, obwohl ich keinen Grund dafür hatte. Er hatte doch jedes Mal eine neue Freundin dabei gehabt, und ich wusste genau, dass ich mich von ihm fernhalten sollte. Ich durfte mich nicht in ihn verlieben.

Mit viel Arbeit lenkte ich mich ab und bediente eine Kundschaft nach der anderen.

Ich senkte meinen Kopf, um das Rückgeld aus der Kasse zu nehmen; als ich mich wieder aufrichtete, bemerkte ich, dass mich ein Junge am anderen Ende der Schlange fixierte, oder besser gesagt mit dem Röntgenblick von oben bis nach unten durchscannte. Aus den Augenwinkeln betrachtete ich zwei saphirblaue Augen, die mich noch immer anstarrten. Ich spürte, wie mir auf einmal schwindlig wurde. Plötzlich setzte mein Atem aus; in meinem Bauch begann es zu flattern. Das ist er! Das kann doch nicht wahr sein! Wahrscheinlich halluziniere ich. Der Typ ist alleine, ohne eine Begleitung hier.

Mein Blick wanderte wieder zu seinem wunderschönen Gesicht, um zu erforschen, ob er es wirklich war; dieses Mal trafen sich unsere Blicke; er lächelte mich an. Ich spürte, wie mein ganzer Körper zitterte.

War er wirklich alleine? *Nein, das glaube ich nicht. Doch er ist allein. Na wen interessiert das? Yeah, er ist wieder da! Danke, danke, danke, dass du wieder gekommen bist, ich dachte, ich würde dich nie wiedersehen. Oh mein Gott, ich drehe wirklich durch, jetzt führe ich noch Selbstgespräche in meinem Kopf! Ich muss mich beruhigen, damit ich wieder klare Gedanken fassen kann.*

Wie in Trance versetzt, nahm ich die Bestellung von den nächsten Kunden entgegen und bereitete das Essen vor, während mein Blick ständig zu ihm wanderte.

Er stand noch immer da, und zwar alleine!!! Wahrscheinlich war seine Begleitung kurz auf Toilette gegangen und würde jede Sekunde wieder da sein.

Die Schlange wurde kleiner, er näherte sich mir, jedoch kam seine Verabredung noch immer nicht zum Vorschein. Hatte sie eine Magenverstimmung oder was? Während ich noch in Gedanken war, stand er plötzlich vor mir.

Meine Stimme versagte fast: »Hallo«, presste ich ganz leise heraus und versuchte, ihm ein professionelles Lächeln zu schenken, was zum Schluss eher eine Grimasse wurde.

»Hallo, Emma«, sagte er fröhlich und lächelte mich an.

Mein Herz rutschte ohne Zwischenstopp in meine Hose, als ich meinen Name hörte. Hatte er wirklich *Emma* gesagt?

»Wo... woher weißt du, dass ich Emma heiße«, stammelte ich.

»Dein Namensschild hat dich verraten«, er zeigte mit der

Hand auf meine Bluse.

Oh Gott, wie blöd bin ich eigentlich? Wieso bin ich nicht selbst auf so eine simple Idee gekommen. Blut schoss mir in den Kopf, am liebsten wäre ich jetzt im Erdboden versunken. *Sesam öffne dich.* Aber wie es schien, hatte mich Sesam genauso verlassen wie mein Gehirn. Wenigstens war ich ein lebendiger Beweis dafür, dass das komplette Versagen des Gehirns nicht zwangsläufig zum Tod führte.

Ich stand noch immer vor ihm und alles, was ich herausbrachte, war: »Hm, äh, aha…« Was für eine Sprachwissenschaft! Ich könnte sogar den Nobelpreis für die dümmsten Antworten bekommen. Ich musste mich einfach beruhigen, er war doch nur ein Gast, wie jeder andere. *Also benimm dich endlich wie eine normale Kassiererin, und schalte deine veralteten Gehirnzellen wieder ein!*

»Nimmst du heute wieder dasselbe?«, fragte ich und hoffte, dass er die Unsicherheit in meine Stimme nicht wahrnahm.

»Ja, wie immer«, antwortete er, und wie zwei kleine Diamanten funkelten mich seine blauen Augen an.

Nach diesem unwiderstehlichen Blick raste mein Herz wieder wie verrückt; ich verlor die Konzentration, also versuchte ich, ihm beim Reden nicht direkt in die Augen zu schauen. »Und für deine Freundin?«, fragte ich und biss mir auf die Lippe.

Er guckte mich perplex an und fragte lächelnd: »Meine Freundin?« Er schaute sich um.

Oh Gott ich bin so dämlich, wieso musste ich ihn das fragen? Er ist doch allein.

»Oh, das tut mir leid«, erwiderte ich; bevor er irgendetwas sagen konnte, drehte ich mich rasch um und griff nach einem Trinkbecher, um ihn aufzufüllen. Sein Blick verfolgte mich die ganze Zeit, während ich ihm das Essen bereitstellte, dies machte mich noch nervöser, und dann kam der Höhepunkt. Als er mir das Geld gab, trafen sich unsere Hände; ich spürte, wie tausend Stromschläge durch meinen Körper flossen und in meinem Kopf einen Kurzschluss verursachten. Ich war wie gelähmt; ein Kribbeln durchlief meinen ganzen Körper, der meinen eingeschlafenen Körperzellen langsam wieder ein neues Leben gab. Ein Leben, das wieder zu fließen begann. Ein Leben, das ich vorher nicht kannte. Ich hatte noch nie für irgendjemanden solche Gefühle empfunden. Das machte mir Angst.

»Emma, würdest du mit mir ausgehen?«, holte er mich in die Realität zurück oder besser gesagt versetzte er mich wieder in Trance. Kaum hatte ich meine Gedanken zusammengefasst, brachte er mich wieder aus der Fassung. Wenn er so weitermacht, bekam ich womöglich Gehirnschäden, wenn man bei der Gehirnmenge, die ich momentan besaß, überhaupt einen Schaden nehmen konnte.

»Nein«, erwiderte ich und gab ihm das Rückgeld.

»Wieso nicht?«

Weil du Mädchen wie Spielzeug behandelst und mir womöglich das Herz brechen würdest, wollte ich am liebsten sagen, aber stattdessen äußerte ich nur: »Geht leider nicht.«

»Gibst du mir wenigstens deine Telefonnummer?«

Ich sah ihn verzweifelt an, dann schrie ich: »Alex, haben wir noch irgendwo Flyer?«

»Ja, die müssen neben der Kasse liegen«, brüllte Alex zurück.

»Ah, ja, ich habe es, danke Alex!«, sagte ich, während ich ihm einen in die Hand drückte. »Die Telefonnummer steht da unten«, ich lächelte ihn an.

»Das habe ich nicht gemeint. Ich dachte, du gibst mir deine Telefonnummer.«

»Ich weiß, was du gemeint hast, aber meine bekommst du nicht.«

»Na gut, dann werde ich solange draußen auf dich warten, bis du mit deiner Schicht fertig bist«, grinste er mich an. Ich war erstaunt, aber bevor ich irgendetwas erwidern konnte, war er schon weg.

Der nächste Kunde kam an die Reihe, und ich verlor ihn

aus der Sicht. Ich fragte mich, wieso er auf einmal alleine erschienen war und was er eigentlich von mir wollte. Aber ich fand keine Antworten dafür.

Meine Schicht war vorbei, ich zog mich um. Endlich Feierabend! Es war ein schöner Sommertag. Ich schlenderte die Straße zur Bushaltestelle entlang und überlegte, wie ich meinen Urlaub verbringen würde.

»Emma, Emma!«, rief eine männliche Stimme.

Ich drehte mich um und konnte es nicht fassen, dass er es wirklich war.

»Was machst du hier?«, fragte ich ihn überrascht.

»Ich habe dir doch versprochen, dass ich auf dich warten werde. Schon vergessen? Du hattest die Wahl!«

»Ah ja, ich hatte die Wahl und entschied mich für die Qual, was für eine Ironie«, ich musste lachen.

»Also, gehst du mit mir etwas trinken?«

»Ich kann nicht«, entgegnete ich leise.

»Du kannst nicht oder du willst nicht?«

»Ich kann nicht. K-A-N-N-S-T D-U M-I-C-H V-E-R-S-T-E-H-E N?«, buchstabierte ich vor mich hin.

»Nein, kann ich nicht.«

»Oh Mann, du bist echt hartnäckig!«

»Ja, das bin ich. Besonders, wenn ich etwas will.«

Ich würde so gern mit ihm ausgehen, aber ich hatte panische Angst davor, verletzt zu werden. *Verdammt, er sieht so unglaublich schön aus, wenn ich jetzt nicht zusage, bekomme ich womöglich nie eine zweite Chance, und das will ich nicht.*

»Ich gebe dir meine Telefonnummer; du kannst mich anrufen«, ich holte einen Zettel und einen Kugelschreiber aus meiner Tasche. Mit zitternder Hand schrieb ich meine Telefonnummer auf und überreichte ihm die Notiz.

Mit einem Siegerlächeln nahm er den Zettel entgegen: »Ich rufe dich heute noch an.«

»Ist gut«, ich drehte mich um und ging zur Bushaltestelle. Den ganzen Weg über musste ich nur an ihn denken, an seine perfekt geformten Lippen, an sein süßes Lachen, dass ich so gern mochte, sowie an den Klang seiner sanften Stimme. Noch immer mit den Gedanken beschäftigt, stürmte ich ins Haus und setzte mich neben das Telefon und wartete ab. Zum Glück war meine Mom nicht da. Ich wartete und wartete, aber das Telefon klingelte nicht. Nach paar Stunden nahm ich den Hörer ab, um zu prüfen, ob das Telefon wirklich funktionierte. Es tutete vollkommen normal.

Gegen Abend kam meine Mom und überreichte mir einen Brief, in dem stand, ich sei in der Krankenpflegeschule aufgenommen worden. Ich würde im Oktober anfangen. Eigentlich sollte ich mich darüber freuen, aber ich konnte es nicht. Er ging mir einfach nicht aus dem Kopf, ich wusste nicht mal, wie er hieß; trotzdem musste ich immer wieder an ihn denken. *Wieso ruft er mich nicht an? Er hat mir doch versprochen, dass er mich noch heute anrufen würde. Wieso tut er das?* Ich verbrachte meinen ganzen Urlaub neben dem Telefon und wartete wie verrückt darauf, dass er sich meldete, aber das tat er nicht. Das Telefon blieb stumm.

ERSTER SCHULTAG

Heute war es soweit. Der erste Schultag stand bevor. Wie lange hatte ich schon darauf gewartet, und jetzt, wo es endlich so weit war, spürte ich eine Unruhe in mir. In meinem Magen knurrte es, in meinem Kopf drehte sich alles. Ich war so aufgeregt, dass mir richtig schlecht war.

»Emma das Frühstück ist fertig!«, hörte ich meine Mutter rufen.

»Ich komme gleich!«, rief ich zurück. Ich zog meine Jeans und mein grünes Hemd an, sorgfältig kämmte ich meine langen Haare; als ich endlich mit meinem Äußeren zufrieden war, marschierte ich in die Küche und setzte mich an den Tisch neben sie. »Mom es tut mir leid, du hast dir viel Mühe gegeben, aber ich bin so aufgeregt, dass ich nichts essen kann.«

»Mach dir deswegen keine Sorgen! Ich gebe dir Geld, und in der Schule kannst du dir dann etwas zum Essen kaufen.«

»Danke Mom!«

Meine Mutter begleitete mich bis zur Bushaltestelle. Ein kalter Wind strömte gegen mein Gesicht. Der Himmel war schon bedeckt, dunkle Wolken ballten sich zusammen. Es dauerte nicht mehr lange, bis es zu regnen beginnen würde. »Das hat mir noch gefehlt!«, schimpfte ich, als ich aus der Ferne sah, dass der Bus bereits an der Haltestelle stand. In der letzten Sekunde, ohne mich von meiner Mom zu verabschieden, schaffte ich es gerade noch rechtzeitig, in den wartenden Bus einzusteigen, ehe er losfuhr.

Ich setzte mich gleich in die erste Reihe und wischte die beschlagene Fensterscheibe ab und schaute nach draußen zu meiner Mom.

Sie stand noch immer da und winkte mir zu. Von ihren Lippen konnte ich ablesen: »Viel Glück, mein Schatz!«

Der Bus fuhr durch die verregneten Straßen. Eine männliche Stimme vom Band kündigte die nächste Haltestelle an. Als der Bus an einer Haltestelle anhielt, stieg eine Touristengruppe hinzu und verströmte einen Geruch nach miesem Wetter.

Bei der nächsten Haltestellenankündigung stand ich auf und ging zur Tür. Zum Glück wurde der Regen schwächer, als ich mein Ziel erreicht hatte.

Im Schulgebäude musste ich mich beeilen, um mein Klassenzimmer zu finden, denn es war schon 7:25; ich wäre fast zu spät gekommen. Ich klopfte an die Tür, als keiner antwortete, öffnete ich sie vorsichtig. Unsicher betrat ich den mit Schülern gefüllten Raum und grüßte leise: »Hallo!« Die meisten merkten nicht einmal, dass ich hereinkam. Wie ich es schon vermutet hatte, saßen die anderen Schüler an ihren Plätzen, so konnte ich mir keinen freien Platz aussuchen. Es war fast alles besetzt.

In der letzten Reihe saß ein außergewöhnlich hübsches Mädchen. Ihre blonden lockigen Haare und blauen Augen passten genau zu ihrem ovalförmigen Gesicht. An ihren unruhigen Händen merkte ich, dass sie auch nervös war. Vielleicht, weil sie ebenso unsicher war wie ich, blieb ich stehen. »Hallo, ist der Platz noch frei?«

Sie schreckte zusammen und warf einen Blick über die Schulter, sodass ihre blonden, lockigen Haare nach hinten flogen. Klare, blaue Augen blickten mich an, ihr sanftes, gebräuntes Gesicht sah erschrocken aus. Sie versuchte zu lächeln, aber es war mehr ein Krampf. »Ja«, nickte sie. Ich setzte mich zu ihr: »Hallo, ich heiße Emma.« »Ich bin Isabell«, ihre Gesichtszüge entspannten sich etwas.

In dem Moment betrat eine mittelgroße, mollige Frau das Klassenzimmer. Sie trug eine weiße Nonnenkleidung, sodass man nur ihr rundes Gesicht sehen konnte, ihre kleinen braunen Augen strahlten vor Glück. Es war die Schuldirektorin.

»Guten Morgen, liebe Schülerinnen und Schüler. Ich heiße Sie herzlich willkommen an unserer Schule. Wie ihr sicher schon wisst, bin ich Sr. Maria, Ihre Schuldirektorin und werde euch in Pädagogik und in der Geschichte der Krankenpflege unterrichten. Unsere Krankenpflegeschule unterscheidet sich von den anderen in den Unterrichtsmethoden. Das heißt, auch für euch, dass ihr freiwillig entscheiden könnt, ob ihr an den Vorlesungen teilnehmt oder nicht. Ihr werdet für jedes Fach am Ende des Semesters eine mündliche Prüfung ablegen müssen, und im Falle, dass ihr zwei Prüfungen nicht besteht, müsst ihr das Jahr wiederholen.«

In dem Augenblick betrat ein großer junger Mann das Klassenzimmer. Er trug eine weiße Hose und ein weißes Hemd. Die weiße Farbe machte ihn noch attraktiver als er es bereits war. Weiß passte zu seinem schwarzen kurzen Haar und seinen braunen Augen.

Sr. Maria blickte kurz zu ihm, dann sagte sie: »So ich hoffe, ich habe mich kurz gehalten, und nun werde ich euch euren Klassenvorstand DGKP Christian vorstellen!« Sie verabschiedete sich.

Christian fing mit dem Unterricht an. Ich erfuhr, wer uns was unterrichtete, und wir bekamen unsere Vorlesungszeiten. In der Pause lernte ich andere Mitschüler kennen: Johanna, Petra, Corina und Bernhard.

Die meiste Zeit jedoch verbrachte ich mit Isabell. Sie kam aus Bosnien, sodass wir beide etwas Gemeinsames hatten. Ich wurde in Bosnien geboren, aber als ich noch klein war, zogen wir nach Split zu meinen Großeltern. Isabell war alleine hier. Sie hatte das Glück, dass an ihrer Schule ein Auslandsprogramm für die besten drei Schüler startete und sie sich daher aussuchen konnte, ob sie in Amerika oder in Österreich ihre Ausbildung machen wollte. Ihre Eltern finanzierten ihr eine kleine Wohnung, die nicht weit weg von unserem Zuhause lag. Sofort tauschten wir unsere Adressen und Telefonnummern aus, sodass wir uns auch nach der Schule treffen konnten.

Als ich nach Hause kam, war meine Mutter schon da. »Das Essen ist schon fertig!«, rief sie mir erfreulich zu. Während des Essens fragte sie neugierig: »Und wie war dein erster Schultag?«

»Es war aufregend. Ich habe Isabell kennengelernt. Sie kommt auch aus Bosnien; sie wohnt alleine hier. Du wirst sie morgen kennenlernen, weil ich sie zum Abendessen eingeladen habe. Ich hoffe, du hast nichts dagegen, Mom.«

»Nein im Gegenteil. Ich freue mich für dich, dass du endlich eine Freundin hast; ich würde sie auch gerne kennenlernen.« Als wir mit dem Essen fertig waren, begab ich mich in mein Zimmer, legte mich aufs Bett, und ließ den heutigen Tag in meinem Kopf Revue passieren. Völlig erschöpft von all den neuen Ereignissen sank ich schließlich in einen tiefen Schlaf.

Am nächsten Tag ging ich gemeinsam mit meiner Mutter in die Schule, denn sie hatte heute Spätdienst. Vor der Schule angekommen, verabschiedete ich mich von ihr und bewegte mich in Richtung Schuleingang. In der Klasse sah ich, dass Isabell schon da war. Die Vorlesungen waren sehr interessant, wir lernten andere Ärzte, die uns unterrichten würden, kennen. Mittags aßen die Schüler gemeinsam in der Mensa. Isabell und ich setzten uns an einen Tisch für zwei Personen, sodass wir alleine sein konnten. Plötzlich entdeckte ich einen Jungen, der sich am Nachbartisch hingesetzt hatte, schon beim Betreten des Speisesaals hatte er alle Blicke auf sich gezogen. Kein Wunder, denn er war groß, durchtrainiert, hatte schwarze kurze Haare und braune Augen.

Unsere Blicke trafen sich, und er schenkte mir ein Lächeln. Ich lächelte zurück, senkte meinen Blick auf mein Tablett und aß weiter.

»Na der ist aber süß!«, urteilte Isabell.

»Wer ist süß?«

»Na der Junge, den du gerade angelächelt hast.«

»Ah der!«, ich aß weiter. Ich hielt es aber nicht lange aus. Aus den Augenwinkeln betrachtete ich ihn weiter.

»Ich glaube, er starrt dich noch immer an!«, kicherte Isabell.

»Isabell, das ist kein Wunder, denn du starrst ihn ja auch die ganze Zeit an.«

»Emma, er ist hypnotisiert von dir. Sein Blickradius ist nur auf dich eingeschränkt.«

»Isabell, hör auf, ihn anzuglotzen!«, zischte ich.

»Weißt du was, Emma? Ich glaube, ihr zwei wäret ein gutes Paar.«

»Komm runter, Isabell!«

»Was denn? Es wäre doch perfekt, mit jemandem, den du liebst, gemeinsam in die Schule zu gehen und dann miteinander zu arbeiten?«

»Was soll daran so toll sein? Du bist mit ihm zusammen, dann lässt er dich wie eine heiße Kartoffel fallen! Isabell du bist eine Romantikerin. Du strahlst immer so eine positive Energie aus, aber deine Strahlen sind manchmal wirklich nicht zum Aushalten!«

»Meine Strahlen sind nicht zum Aushalten. Aber was ist mit dir? Von deiner negativ geladenen Laune kann man nur radioaktiv werden. Du Mörderin der Liebe!«, frotzelte sie. Als ich ihr zu einer Grimasse verzogenes Gesicht sah, musste ich lachen.

»Wieso lachst du jetzt auf einmal?«

»Hättest du dein Gesicht gesehen, hättest du auch gelacht.«

»Na mach dich nur über mich lustig!«

»Es tut mir leid, mein Sonnenschein, ich werde wieder brav sein. Ich hoffe nur, du kommst heute noch zu mir.«

»Klar komme ich zu dir, so schnell wirst du mich nicht los!«, sie zwinkerte mir zu.

Nach der Schule ging Isabell wie ausgemacht mit mir nach Hause. Als wir reinkamen, erwartete uns meine Mom schon. »Hallo Mom!«, ich gab ihr einen Kuss auf die Wange. »Das ist Isabell – Isabell, das ist meine Mutter Emilia - Kubat.«

»Hallo Isabell, freut mich, dich endlich kennenzulernen! Emma hat mir so viel von dir erzählt.«

»Ich freue mich auch, Sie, Frau Kubat, kennenzulernen!«, sagte Isabell.

»Ich bin Emilia; du kannst ruhig du zu mir sagen.«

Isabell lächelte. »OK.«

Der Abend verlief mit einem hervorragenden Abendessen und einem gemütlichen Gespräch.

Nach dem Essen räumte meine Mutter den Tisch ab und Isabell und ich setzten uns vor den Fernseher. Als die Sendung zu Ende ging, verabschiedete sich Isabell und ich ging schlafen.

Am nächsten Tag hatten wir in der ersten Stunde Physiologie, und bevor der Arzt das Klassenzimmer betrat, spekulierte ich mit Isabell darüber, wie der Lehrer wohl aussehen würde. »Er hat eine Glatze, Isabell, da bin ich mir hundert Prozent sicher!«, prophezeite ich.

»Das glaube ich nicht.«

»Ja, doch!«, beharrte ich selbstsicher.

Und dann kam er mit orangefarbenen üppigen Haaren herein. Ich sah Isabell an; wir gackerten wie zwei alberne Hühner.

EIN WIEDERSEHEN

Isabell und ich bekamen am Donnerstag ein gemeinsames Projekt, das wir bis Montag ausarbeiten mussten. Wir beschlossen, gleich nach der Schule in die Cocktailbar Sunrise zu gehen, damit wir uns in Ruhe über unser Projekt unterhalten konnten.

»Isabell, ich glaube, es wäre am besten, wenn wir den Theorieteil als Erstes durchgehen,da wir im praktischen Bereich besser sind, glaubst du nicht?«, fragte ich sie.

»Süße, er starrt dich die ganze Zeit an!«, sagte sie ganz leise, anstatt meine Frage zu beantworten.

»Wer?«, fragte ich mehr aus Höflichkeit, als aus Neugierde.

»Der Junge mit den braunen Haaren gegenüber von uns.«

Ich drehte mich langsam um, aber ich entdeckte niemanden, der so aussah. »Ich sehe ihn nicht«, ich wollte weiter über das Projekt reden, als Isabell mit dem Kopf zum Tisch in der anderen Richtung, wo zwei Jungs und ein Mädchen saßen, nickte.

Ich warf einen Blick auf die drei, und da erkannte ich ihn. Mein Herz stand still, und als sich unsere Blicke trafen, schlug es wie verrückt. Es waren wieder diese blauen Augen, die mich wahnsinnig machten. Er lächelte mich an, und ich merkte, wie mein Puls raste. Ich fühlte meine Beine nicht mehr, dann überkam mich wieder dieses unbeschreibliche Gefühl, das ich nur bei ihm kannte. Ich senkte schnell meinen Kopf nach unten, sodass ich ihn nicht mehr sehen konnte; ich hoffte, dass dieses Gefühl verschwinden würde. »Er kommt zu uns!«, sagte Isabell hastig.

»Hallo Emma!«, sagte er mit seiner freundlichen Stimme.

Wie konnte er es wagen, mich einfach so anzusprechen, nachdem er sich nicht mehr bei mir gemeldet hatte! Ich war so wütend auf ihn und gleichzeitig so froh, dass ich ihn wiedersah.

»Hallo«, stammelte ich nervös.

»Ich hatte nie eine Chance, mich bei dir vorzustellen«, sprach er weiter, während ich ihn sprachlos anstarrte.

Ich blieb stumm.

»Ich bin Leonardo Wurz, aber meine Freunde nennen mich Leo«, er reichte mir seine Hand.

Sie war so angenehm warm; ich spürte, wie mir schwindlig wurde. »Es freut mich! Das ist Isabell.«

»Hallo Isabell«, für einen Bruchteil einer Sekunde lag der Blick seiner blauen Augen auf ihr, dann huschte er weiter zu mir.

»Ich habe dich in der letzten Zeit nicht mehr gesehen. Hast du frei oder komme ich immer zur falschen Zeit?«, fragte er mich.

Am liebsten würde ich ihm eine reinhauen, aber die ganze Wut verrauchte, sobald er mich mit diesem unwiderstehlichen Blick ansah; ich erlag wieder seinem Charme. Er sah so süß aus; ich hatte ihn so vermisst. Ich musste mich beruhigen, aber es funktionierte nicht. Zumindest so lange nicht, wie er mich anstarrte. *Er darf nicht merken, dass er mich durcheinander bringt!*

»Ich arbeite dort nicht mehr, ich gehe jetzt in die Krankenpflegeschule.«

»Oh weh, oh weh, mir tut der Kopf so weh!«, schrie er auf einmal und fasste sich mit beiden Händen an den Kopf.

Ich guckte ihn erstaunt an, sein Gesicht verkrampfte sich vor Schmerz.

»Ich brauche eine Krankenschwester!«

»Lass mal sehen!«, ich stand auf und nahm seinen Kopf zwischen meine Hände. »Es sieht nicht gut aus«, erklärte ich beunruhigt »Ich glaube, wir müssen den Kopf amputieren. Aber zuerst fange ich mit der Narkose an. Mach dir keine Sorgen! Ich werde dich zuerst bis zur Bewusstlosigkeit schlagen, danach fange ich mit der Amputation an!«

»Wow, also so benehmen sich die zukünftigen Krankenschwestern, ganz temperamentvoll und das liebe ich so!«, sagte er euphorisch. »Gehst du auch mit Emma in die Schule?«, fragte er Isabell.

»Wieso? Geht es dir noch immer nicht so gut?«

»Ha, ha, nach der ausführlichen Behandlung von Emma geht es mir blendend. Ich werde in Zukunft wahrscheinlich einen Bogen um das Krankenhaus machen.«

»Na, das tut mir aber leid«, Isabell grinste. »Ja, wir gehen gemeinsam in die Klasse. Wenn du willst, kannst du dich ruhig zu uns setzen«, bot sie an; ich hätte sie dafür umbringen können.

»Ein anderes Mal vielleicht.«

»Du brauchst keine Angst zu haben. Wir werden dir nicht weh tun«, versprach sie amüsiert.

»Danke, das ist nett von dir, aber eigentlich muss ich dir etwas sagen.«

Ich registrierte, wie sich ihre Miene änderte.

Sie schaute ihn jetzt verwirrt an. »Mir?«, fragte sie noch immer unglaubwürdig.

»Ja, dir!«, antwortete er und drehte sich langsam zu ihr. »Siehst du den Jungen am Nachbartisch?« Ich drehte mich vorsichtig in die Richtung, in die er deutete, und entdeckte dort einen jungen Mann mit einem hübschen Mädchen. Er sah nicht besonders gut aus, aber er hatte das gewisse Etwas. Als er merkte, dass Isabell zu ihm hinüberblickte, strich er verlegen mit der Hand über seine hellbraunen Haare. Er schüttelte den Kopf, als er merkte, dass sein Freund über ihn sprach.

»Er ist extrem schüchtern und hat sich nicht getraut, dich anzusprechen!«, redete er weiter.

»Aber du schon?«, stellte Isabell fest.

»Na ja, eigentlich habe ich kein Problem damit, jemanden anzusprechen.«

In dem Moment kam der schüchterne Typ, von dem er sprach, und sagte: »Leo was redest du da für einen Unsinn?

Es tut mir so leid, dass ich euch störe; ich muss mich für das Benehmen von Leo entschuldigen. Ich bin Oliver«, er streckte seine Hand erst Isabell entgegen, dann mir.

»Ich bin Emma, das ist meine Freundin Isabell«, grüßte ich, als von Isabell keine Reaktion kam. Jetzt hatte es wohl Isabell die Sprache verschlagen. Sie war auf einmal so ruhig.

»Du kannst dich zu uns setzen, Oliver!«, sagte ich.

Isabell war kreideblass und wirkte sehr aufgeregt.

»Danke, aber ich will euch nicht stören!«

»Ah Quatsch, du störst nicht«, ich zeigte auf den freien Stuhl neben Isabell.

Bevor er irgendetwas sagen konnte, äußerte Leo mit hastiger Stimme: »Wenn du dich nicht hinsetzten willst, dann bleib ich bei den Mädels!«

Jetzt kam die angestaute Wut heraus. »Ah ja Casanova!«, knurrte ich brummig. »Es wäre besser, wenn du dich auf deine Freundin konzentrieren würdest, bevor du die anderen Mädchen ansprichst. Wie ich sehe, kommst du nicht mal mit der einen klar!«, urteilte ich verbittert.

Er guckte mich überrascht an, entschuldigte sich für sein Benehmen und ging zu seiner Freundin.

»Es tut mir leid, dass ich euch gestört habe«, wiederholte Oliver höflich, als Leo verschwand.

Ich merkte, wie Isabell ihn ansah und wie ihre blauen Augen leuchteten, während er sprach. »Oliver, du musst nicht gehen. Du kannst dich ruhig zu uns setzen, das Angebot gilt noch«, ich zeigte noch einmal auf den freien Sessel neben Isabell.

»Nur wenn ich euch wirklich nicht störe?«

»Nein, wirklich nicht.«

Er setzte sich; am Anfang sagte keiner was. Unsichere Blicke flogen zwischen Isabelle und Oliver hin und her. Also war ich die Einzige, die den Eisberg brechen musste. »Wohnst du hier in Salzburg?«, fragte ich.

»Ja, seit meiner Geburt«, er lächelte.

Isabell war die ganze Zeit still, als er sprach. Sie saugte

jede Bewegung, die er machte, und jedes Wort, das er sprach, auf.

Die beiden brauchten Zeit für sich alleine. Ich entschuldigte mich kurz und ging auf die Toilette. Ich warf einen Blick auf den Nachbartisch und sah, dass er leer war. Mist! Er war schon mit seiner hübschen Freundin verschwunden, und ich war so eine Idiotin. Ich hatte gedacht, er wäre meinetwegen an den Tisch gekommen, stattdessen war es nur wegen Oliver gewesen. *Ich hasse ihn, ich hasse ihn!*

Ich hielt mich länger in der Toilette auf, damit ich Isabell und Oliver genügend Zeit verschaffen konnte, um sich besser kennenzulernen, was nicht schwierig war, denn ich war mit mir selbst und mit meinen Gedanken beschäftigt. Als ich zurückkam, waren die beiden schon viel entspannter und lustiger.

Wir saßen noch eine Weile da, dann verabschiedete sich Oliver von uns. Bevor er wegging, tauschten sie sich noch ihre Telefonnummern aus.

Sie fand ihn extrem schön und konnte nicht glauben, dass er sie auch mochte. Wir redeten kurz über Oliver, danach machten wir uns an die Arbeit.

»Na endlich!«, seufzte ich, als wir mit unserer Arbeit fertig waren. Es war schon 19 Uhr; ich wollte nur noch nach Hause, um mich zu duschen und gleich ins Bett zu legen. »Bis morgen Isabell. Träum was Süßes!«

»Das werde ich«, sie lächelte.

Am nächsten Tag hatten wir nur am Vormittag Vorlesungen. Isabell war noch immer aufgeregt wegen Oliver. Noch am selben Abend hatte er ihr eine SMS geschickt; sie war außer sich vor Freude.

»Ich freue mich so für dich«, sagte ich, nachdem sie mich ausführlich über Oliver aufgeklärt hatte.

»Danke, Süße!«, strahlte sie. »Und was ist mit Leo?«, fragte sie auf einmal.

»Mit Leo? Was soll mit ihm sein?«, spielte ich die Erstaunte.

»Wieso hast du mir von ihm nie erzählt?«

»Da gibt es nichts zu erzählen!«, sagte ich zögernd und biss mir auf die Lippe. Nein, es gab nichts zu berichten – außer, dass ich die ganze Zeit an ihn denken musste und mir nicht erklären konnte, warum. Dass mein Herz jedes Mal schneller schlug und ein unglaubliches Gefühl meinen Körper durchströmte, wenn er mich anschaute. Ich wollte ihr das alles am liebsten sagen, aber das konnte ich nicht. Stattdessen erklärte ich nur: »Wie du gestern mitbekommen hast, kenne ich ihn vom Fast Food-Restaurant, in dem ich früher gearbeitet hatte. Er war nur ein Gast, sonst nichts«, ich merkte, wie mein Herz schneller pumpte, sogar während ich über ihn sprach.

»Du magst ihn, nicht wahr?«, bohrte sie.

»Wie kommst du da drauf?«

»Oh Mann Emma, ich habe doch Augen! Ich habe eure Blicke gestern beobachtet. Außerdem warst du so aufgeregt, als du ihn gesehen hattest.«

Sie hatte recht; ich spürte, dass meine Wangen rot anliefen, aber ich konnte ihr die Wahrheit nicht sagen, das musste ich nur für mich behalten. »Ich glaube, du übertreibst jetzt ein bisschen, denn du warst diejenige, die aufgeregt war.«

»Das gebe ich zu. Aber ich habe gesehen, wie er dich gestern angesehen hat. Das war kein normaler Blick. Das war viel mehr, viel intensiver. Er hat dich …«

Bevor sie den Satz zu Ende brachte, unterbrach ich sie. »Oh Isabell, ich glaube, du brauchst wirklich eine Brille, denn momentan siehst du durch deine rosarote Brille alles falsch!«

»Wie du meinst!«, sie wechselte das Thema, was mir ganz gut passte. Ich wollte nicht mit ihr über Leo sprechen. Eigentlich wollte ich mit niemandem über ihn sprechen. Jedes Mal, wenn ich an ihn dachte oder wenn wir über ihn redeten, spürte ich eine angenehme Wärme, aber das wollte ich nicht. Ich wollte, dass dieses Gefühl endlich aufhörte, damit ich wieder einen klaren Kopf bekam.

Nach der Schule ging ich gleich nach Hause; zum Glück war meine Mom noch immer bei der Arbeit. Ich nahm meinen MP3-Player und legte mich aufs Bett. Mit Musik wollte ich mich ablenken, jedoch brachte es nicht viel. Bei jedem Lied, das nur einen Hauch Romantik in sich hatte, musste ich immer wieder an ihn denken. *Wieso tue ich mir das alles an? Er will nichts von mir, das hat er mir damals bewiesen und gestern auch. Er ist nur ein Idiot wie alle anderen; ich muss ihn vergessen.*

Aber aus unerklärlichen Gründen kreisten meine Gedanken immer wieder um Leo. Den ganzen Tag und jetzt auch noch. Während ich so träumerisch im Bett lag und wieder an ihn dachte, klingelte das Telefon. Als ich ranging, hörte ich auf der anderen Seite Isabells Stimme. »Hallo Süße«, sagte sie. »Hast du Lust, heute am Abend mit mir ins *Sunrise* zu gehen?«

»Ich weiß nicht, Isabell, eigentlich wollte ich...«, aber sie unterbrach mich und sprach ganz aufgeregt weiter:

»Oliver wird kommen, und ich traue mich nicht, alleine hinzugehen. Ich bin noch nicht bereit, alleine mit ihm zu sein. Ich akzeptiere kein Nein!«, fügte sie schnell hinzu, bevor ich ablehnen konnte.

»Als ob ich eine andere Wahl hätte«, sagte ich lächelnd.

»Danke, danke, danke du bist die allerbeste Freundin!«, schrie sie vor Glück. »Also dann, bis heute Abend. Wir treffen uns am Parkplatz um 19 Uhr«, sie legte den Hörer auf.

Der Tag verging wie im Flug. Als ich auf die Uhr sah, war es fast 18 Uhr, und ich war noch nicht angezogen. Schnell ging ich ins Zimmer und suchte mir im Schrank etwas Passendes zum Anziehen aus. Nichts Passendes war zu finden. Ich wollte Isabell anrufen, um ihr abzusagen, aber das konnte ich ihr nicht antun. Sie hatte heute so verliebt ausgesehen. Ich konnte sie jetzt nicht im Stich lassen, also schlüpfte ich schnell in mein kurzes, schwarzes gestricktes Kleid und zog dazu einen passenden Cardigan mit Leopardenmuster über. Das Kleid war schlicht und betonte meine schlanke Figur.

Bevor ich zur Tür ging, warf ich noch einmal einen Blick in den Spiegel und schloss die Tür hinter mir. Ich setzte mich in das Auto, das mir meine Mom zu meinem letzten Geburtstag gekauft hatte, und fuhr los. Es war ein uralter Nissan Micra; ich kann mich nicht erinnern, dass ich mich je über irgendein Geschenk so gefreut hatte. Nicht einmal damals, als ich mein Traumauto bekam. Ich hätte nie im Leben gedacht, dass man mit einer Kleinigkeit so zufrieden und so glücklich sein konnte. Die Zeiten ändern sich wie die Menschen, aber leider gibt es Menschen, die sich nie ändern, und ich bin froh, dass ich keiner von denen geworden bin. Ein eiskalter Windstoß riss mich aus meinen Gedanken, und ich schaute automatisch zur Tür, die gerade von Isabell geöffnet wurde.

»Als ich dich gebeten habe, mich zu begleiten, habe ich nicht gemeint, dass du im Auto auf mich warten sollst«, sagte sie grinsend.

»Nicht? Dann habe ich dich wohl falsch verstanden. Wenn es so ist, gehe ich wieder«, ich lachte, als ich ihr erschrockenes Gesicht sah.

»Wehe du lässt mich heute Abend im Stich!«, drohte sie und zerrte mich aus dem Auto.

Die Bar war fast voll. Zum Glück war ein gemütlicher Platz in der Ecke noch frei, wo wir ungestört waren. Die Kellnerin kam zu uns, um die Bestellung aufzunehmen; als sie wieder auf dem Weg war, sagte Isabell ganz vorsichtig: »Süße, ich muss dir etwas sagen, aber bitte versprich mir, dass du nicht böse sein wirst!«

Ich guckte sie verwirrt an.

»Sie kommen!«

In meinem Kopf brüllten die Worte *SIE KOMMEN!!! Heißt das, dass er auch dabei ist??? Ist er alleine oder mit seiner Freundin?* Mein Herz schlug schneller, meine Hände wurden vor Nervosität feucht.

Plötzlich standen sie hinter uns; zu meiner Überraschung war Leo heute ohne weibliche Begleitung unterwegs.

Er näherte sich mir und verbeugte sich grandios vor mir, legte seine linke Hand auf den Rücken und nahm dabei mit seiner rechten Hand meine. Er gab mir einen Handkuss. »Hallo Emma, ich entschuldige mich für mein Verhalten vom letzten Mal. Ich war wirklich nicht besonders nett zu dir. Können wir bitte noch einmal von vorne anfangen?«

Ich sah ihn prüfend an, wusste nicht, was er damit meinte, aber dann reichte er mir seine rechte Hand: »Hallo, ich bin Leo.«

»Ich bin Emma!«, ich lächelte.

Wir begrüßten Oliver und die Jungs setzten sich.

Wir saßen eine Weile da und unterhielten uns über Belanglosigkeiten. Mit der Zeit konzentrierte sich Oliver ganz auf Isabell; mir blieb nichts anderes übrig, als mit Leo zu reden. Nur über was sollte ich mit ihm reden? Vielleicht wäre »wie verarsche ich Mädchen?« ein gutes Gesprächsthema?

Oh Gott, er machte mich total verrückt mit seinem Blick. Auf einmal wurde mir extrem heiß; ich zog den Cardigan aus. Noch immer spürte ich seinen Blick auf mir, jedoch wollte ich mich nicht aus der Ruhe bringen lassen und konzentrierte mich darauf, den Cardigan über den Stuhl zu hängen, um den Blickkontakt zu vermeiden.

»Hey«, plauderte ich, »es gibt einen neuen Club in der Stadt, den wollte ich schon längst erkundigen. Ich glaube er heißt *White Trash*.«

»Ja, den wollte ich mir auch anschauen«, sagte Leo.

Isabell und Oliver waren nicht dagegen; so beschlossen wir, dort gemeinsam hinzufahren.

Als Isabell und Oliver wieder in ihr Gespräch versunken waren, flüsterte mir Leo ins Ohr: »Fahren wir zwei mit deinem Auto?«

»Nein!«, rief ich entsetzt. »Wir fahren alle gemeinsam, so haben wir es ausgemacht.« Ich wollte nicht alleine mit ihm sein.

»Bitte Emma, es wäre viel besser, wenn wir ganz alleine hinfahren. So wie ich Oliver kenne, wird er, sobald wir dort sind, in anderthalb Stunden wieder wegfahren wollen. Bitte tu mir das nicht an!«, er guckte mich mit seinen blauen Augen flehend an.

Ich spürte, wie mir von seinem Blick ganz heiß wurde und konnte auch meine Herzschläge hören. »Kommt nicht infrage«, lehnte ich fest entschlossen ab.

Für einen Moment lang senkte er den Blick nach unten und sagte nichts.

Ich atmete tief aus und dachte, das Thema sei beendet, aber da schaute er durch seine langen Wimpern zu mir hoch und flehte mich an: »Bitte, bitte, bitte!« Er sah so unglaublich schön aus; ich erlag seinem Charme, und obwohl ich panische Angst davor hatte, sagte ich schließlich: »Okay, aber nur, weil du es bist.«

Seine perfekten Lippen hoben sich zu einem flüchtigen Lächeln, seine Augen strahlten. »Danke«, sagte er leise.

»Oliver, Isabell! Emma und ich fahren alleine; wir werden uns dort treffen.«

»Oho!«, zwitscherten die beiden gleichzeitig; ihr Grinsen war nicht zu übersehen.

»Hey ihr zwei, wir sind nur Freunde!«, behauptete ich beleidigt.

»Ja, ja«, nickte Oliver, »das waren meine Eltern auch, aber sieh, was aus Freundschaft geworden ist!«, er zeigte auf sich.

Leo lächelte und kniff die Augen zusammen.

Was denkt der sich dabei? Ich warf ihm einen wütenden Blick zu.

Rasch sagte er: »Ja, wir sind nur Freunde.«

»Na, wenn das so ist, Freunde, gehen wir!«, schlug Oliver vor.

Ich schüttelte den Kopf und musste selbst lachen.

Oliver ging mit Isabell händchenhaltend zum Auto.

Als wir mein Auto erreichten, öffnete Leo mir die Fahrertür und half mir, einzusteigen. Er wartete so lange vor der Tür, bis ich im Auto saß, dann schloss er sie wieder zu. Als er sich neben mich setzte, scherzte ich: »Aus welchem Jahrhundert kommst du eigentlich?«

»Ich wollte nur höflich sein«, erklärte er lächelnd.

»Aha!«, ich hob die Augenbrauen hoch.

»Was denn, sind Männer bei euch nicht so höflich?«, stichelte er.

»Nein, im Gegenteil, die sind sogar zu faul, um sich selbst die Tür zu öffnen.«

»So, so, na dann hast du mit mir definitiv den Jackpot gezogen«, er guckte mich mit seinem bezaubernden Lächeln an; mein Atem setzte aus. *Bitte Emma atme tief ein und aus, atme, und gleich wird es dir besser gehen! Atmen, atmen ...* Mit zitternden Fingern startete ich das Auto und fuhr los. Nach einer Zeit beruhigte ich mich und durchbrach die Stille.

»Ich habe kein Radio im Auto, nur dass du es weißt!«

»Das ist mir schon aufgefallen. Ich wollte dir gerade etwas vorsingen, aber ich war mir nicht sicher, ob du lieber was von Michael Bubble oder von Justin Timberlake hören willst.«

»Bitte nicht, außer du willst weiter zu Fuß gehen!«

»Wie wäre es dann mit Bruno Mars?«, er sang drauf los: »Just the way you are.«

»When I see your face,
there's not a thing that I would change
'Cause you're amazing just the way you are ... «

Seine Stimme klang so verführerisch und hinterließ Gänsehaut an meinem ganzen Körper.

Ich lächelte: »Wie wäre es damit: Ich will dein Gequake nicht hören, um Michael, Justin und Bruno in guter Erinnerung zu behalten.«

»Äh, ich glaube, das mit dem Singen war wohl nicht so eine gute Idee?«

»Halleluja, das haben wir endlich geklärt!«, aus dem Augenwinkel sah ich, wie sich seine Lippen zu einem flüchtigen Lächeln hoben.

»Wenn ich nicht singen darf, singst du mir dann was

vor?« Ich verzog mein Gesicht: »Ich glaube du bist echt scharf darauf, weiter zu Fuß zu gehen.«

»Aber wieso? Habe ich wieder etwas Falsches gesagt?«

»Nein, aber wenn ich singe, wirst du freiwillig davonlaufen.«

»Bitte verschone mich, ich werde ganz still sein!«

»Mach dir keine Sorgen, für solche Situation habe ich meinen MP3-Player mit!« Ich gab ihm einen Kopfhörer, und den anderen steckte ich mir in das rechte Ohr. Er saß so nah neben mir, dass ich beim Gangschalten mit meiner Hand sein linkes Bein streifte. Ich spürte dabei, wie tausende Blitzschläge durch meinen Körper flossen.

Er lehnte sich noch näher an mich heran: »Ich liebe diesen Song.« Es war von Lawson »Learn To Love Again«; ich konnte seinen atemberaubenden Duft riechen. Er roch so gut; ich war wie hypnotisiert von ihm, dennoch traute ich mich nicht, mich zu bewegen; für eine Weile setzte sogar mein Atem aus. Seine Nähe wirkte dermaßen betäubend auf mich. Ich musste mich auf das Fahren konzentrieren.

»Äh ..., das ist mein Lieblingslied«, stammelte ich und wünschte mir in dem Moment, dass ich mir am liebsten auf die Zunge gebissen hätte, bevor ich das sagte.

Er sah mich lächelnd an und verkündigte: »Hiermit erkläre ich dieses Lied zu unserem.«

Ich wollte etwas sagen, aber meine Stimme versagte zum Glück; ich nickte nur.

Als wir den Club erreichten, suchten wir uns einen Parkplatz.

»Isabell und Oliver sind noch nicht da!«, stellte ich fest.

»Sollen wir hinein gehen?«, fragte er.

»Ja, gehen wir, wer weiß, wann sie überhaupt kommen!«

DIE GANZE WAHRHEIT

Im Club war es dunkel, rote und blaue Led-Lampen bildeten auf der Wand eine Reihe von Sternen. Der Boden war mit einem violetten Teppich ausgelegt, es war ein ziemlich großer Club mit fünf Floors, auf denen die DJs verschiedene Musik auflegten.

»Die Musik gefällt mir!«, sagte ich zu Leo, als wir den ersten Floor betraten.

»Ja, mir auch. Wir haben den gleichen Musikgeschmack, das habe ich schon im Auto bemerkt.«

Wir standen neben der Tanzfläche und beobachteten die anderen beim Tanzen. Auf einmal spürte ich Leos Hand an meinem Hals. Mein Herz schlug schneller; das Adrenalin kursierte in meinen Adern. Ich war wie eingefroren und blinzelte völlig benommen. Er drehte meinen Anhänger in die richtige Position; als er merkte, dass ich ihn verwirrt anguckte, sagte er ganz verlegen: »Dein Halsanhänger war verkehrt herum.«

Ich war noch immer unfähig, mich zu bewegen, geschweige denn, irgendetwas zu sagen. Also nickte ich nur. Ich merkte, dass er sich auch jetzt unwohl fühlte. Als ich meine Gefühle wieder so weit im Griff hatte, wollte ich die angespannte Situation auflockern und fragte ihn: »Willst du tanzen?«

»Ja!«, sagte er; wir begaben uns auf die Tanzfläche. Durch die Musik wurde die Spannung zwischen uns aufgelöst. Wir tanzten eine ganze Weile und versuchten gegenseitig, Moves nachzumachen, was irre komisch aussah.

»Wie ich sehe, hast du dir einige Moves von DJ Bobo abgeschaut«, bemerkte ich.

»Ja, ich versuche dich die ganze Zeit zu beeindrucken, aber deine Reflexe sind wie bei einem toten Pferd«, grinste er. »Emma, du bist echt etwas Besonderes. Ich habe noch nie jemanden getroffen, der so lustig und so liebevoll ist, wie du«, sagte er auf einmal.

Um meine Unsicherheit zu verstecken, fragte ich ihn: »Brauchst du etwas von mir?«, ich lachte, als ich seinen verwirrten Blick sah. »Ich meine, so viele Komplimente bekommt man nicht umsonst.«

Seine bezaubernden Lippen hoben sich zu einem Lächeln.

»Du bist so süß!«

Isabell und Oliver waren noch nicht da. Leo wich mir nicht von der Seite. Langsam machte ich mir Sorgen und fragte ihn: »Wo stecken nur Oliver und Isabell?«

»Sie werden nicht kommen! Ich habe gerade eine SMS von Oliver bekommen. Sie sind dort geblieben.«

»Aha!«, murmelte ich verwundert.

»Da Oliver nicht kommt, habe ich niemanden, der mich nach Hause fahren kann.«

»Deshalb so viele Komplimente. Ich wusste, dass es nicht umsonst war.«

»Wie kommst du darauf? Ich habe erst jetzt seine SMS bekommen, alles, was ich dir gesagt habe, war ernst gemeint. Außerdem wohne ich nicht weit weg von hier.«

»Es war nur Spaß«, betonte ich lächelnd. »Es ist kein Problem, ich werde dich heimfahren.«

»Wow, du siehst wirklich fantastisch aus!«

»Aha, das Spiel geht weiter! Ist das alles? Wenn du willst, dass ich dich nach Hause bringe, musst du dich etwas mehr anstrengen!«

»Mmmh, du riechst so gut!«

»Oh, danke«, sagte ich, während er mich beschnupperte.

»Ich habe mich seit zwei Wochen nicht gewaschen.«

»Mmmh, du machst mich so an.«

»Okay, okay, du hast definitiv gewonnen. Das waren jetzt etwas zu viele Komplimente.«

Er sah mich so verführerisch an, dass mein Herz fast raussprang.

Wir blieben noch eine Weile im Club, da wir aber nicht richtig reden konnten, gingen wir in das nächste Kaffeehaus. Wir sprachen über unsere Vergangenheit. Ich erzählte ihm von meinem Vater, und wie ich nach Österreich kam.

»Mein Vater war ein Alkoholiker«, sprach er. »Er hat mich oft aus der Wohnung rausgeschmissen; ich habe draußen vor dem Haus geschlafen. Einmal bin ich in der Früh aufgewacht und merkte, dass ich draußen auf dem Boden lag. Es regnete stark; ich lag reglos im Matsch, sodass ich nicht einmal bemerkte, dass ich am ganzen Körper zitterte. Ganz erfroren war ich, als ich realisierte, was am Abend davor passiert war. Die Erinnerungen kamen wieder hoch. Ich versuchte aufzustehen, aber es ging nicht. Es tat so weh. Ich hatte Schmerzen am ganzen Körper. Er hatte mich überall geschlagen, bis sich meine Mutter zwischen uns gestellt hatte. Dann packte er mich von hinten am Halskragen, hob mich hoch mit seiner rechten Hand, und als ich dachte, dass ich wieder den Boden berührte, spürte ich einen kräftigen Schlag in meinem Hintern. Er trat mich mit seinem Fuß so stark, dass ich durch die Tür nach draußen flog. Ich verlor dabei mein Gleichgewicht und stieß mit dem Kopf gegen den Boden. Im Hintergrund hörte ich die Stimme meiner Mutter: ›Was hast du getan?‹ Mein Vater schrie zurück: ›Er hat es verdient, man muss ihn richtig erziehen, nur so wird ein richtiger Mann aus ihm.‹ Auf einmal war alles schwarz um mich herum. Wahrscheinlich hatte ich mein Bewusstsein verloren. Ich wusste nicht, wie lange ich auf dem Boden lag. In dem Moment ging mir durch den Kopf, dass meine Mutter versucht hatte, mich zu retten. Ich nahm die ganze Kraft zusammen und stand auf. Ich lief ins Haus und sah meine Mutter auf dem Boden. Sie lag da und bewegte sich nicht, überall war Blut. Ich blieb stehen und konnte mich kaum noch bewegen, atmete tief aus, ging langsam zu ihr und kniete mich nieder, um ihren Puls zu testen. Sie lebte, stellte ich erleichtert fest. Mit zitternden Händen versuchte ich, so schnell wie möglich, die Nummer der Rettung zu wählen.« Auf einmal war es still. Er sprach nicht mehr.

Ich merkte, wie er mit seinen Gefühlen kämpfte. Ich nahm seine Hand und blickte ihm tief in die Augen. »Es tut mir leid, dass du das alles erleben musstest!«

»Mir tut es auch leid, dass ich dir das mit deinem Vater nicht ersparen konnte.«

»Mach dir keine Sorgen um ihn, ich hatte zwei Möglichkeiten. Entweder einen Kampfsport zu erlernen, damit ich mich verteidigen kann, oder Laufsport auszuüben, damit ich wegrennen kann. Und ich habe mich für die sichere Variante entschieden: Wegrennen!«

»Wir haben wirklich viel gemeinsam«, stellte er jetzt fröhlicher fest. Dabei hob er meine Hand zu seinen Lippen und gab mir einen Handkuss. Seine Augen strahlten auf einmal auf.

Ich zog meine Hand automatisch aus seiner und schaute nach unten. Ich war überrascht von meinen Gefühlen. Es fühlte sich so gut und trotzdem so falsch an.

Ich darf mir das einfach nicht erlauben. Er ist nur ein Freund, und so muss es bleiben. Außerdem hat er schon eine Freundin, die sah wirklich hübsch aus. Meine Gedanken schlugen Purzelbäume.

»Ich mag dich wirklich, Emma. Du bist die Einzige, mit der ich über alles reden und lachen kann. Ich hätte nie gedacht, dass ich jemals so eine wundervolle Person wie dich kennenlernen würde.«

»Ja, ich bin auch so froh, einen guten Freund zu haben, mit dem man über alles reden kann.« Mein Puls beschleunigte sich. Einen Moment lang schwebten die Worte in der Luft. »Was ist mit deiner Freundin?«, erkundigte ich mich, um das Schweigen zu brechen.

Doch es war die falsche Frage. Er schaute weg, sein Gesicht verspannte sich. Ich wartete, dass er irgendetwas sagte, doch er antwortete nicht. Nach einer Weile Schweigen erklärte er schließlich: »Sie ist nicht wirklich meine Freundin.«

»Wie meinst du das, nicht wirklich deine Freundin?«

»Na ja, sie ist schon meine Freundin, aber nicht ... Ähm, es ist nicht so wichtig, Emma.«

Ich merkte, wie verzweifelt er war; das machte mich noch neugieriger, als ich es zuerst schon gewesen war. »Nein, ich will es jetzt wissen, Leo.«

»Es ist kompliziert, das wirst du nicht verstehen.«

»Mach dir keine Sorgen um meine Intelligenz, ich glaube, ich kann dir folgen!«

»Na gut, ich werde dir die Wahrheit erzählen, aber du musst mir versprechen, dass du nachher nicht böse auf mich sein wirst.«

Ich war überrascht und gleichzeitig neugierig auf das, was er zu sagen hatte. »Okay, ich werde nicht böse sein, ich verspreche es.«

»Na gut! Also ich hatte vor drei Jahren mit meiner Freundin Schluss gemacht. Sie hatte mich damals mit meinem besten Freund betrogen. Ich war 17 Jahre alt. An einem Tag hatte ich meine Freundin und meinen besten Freund verloren. Ich war am Boden zerstört, nicht, weil ich sie liebte, sondern weil sie mich mit ihm betrogen hatte. Er war wie ein Bruder für mich gewesen. Ich brauchte Monate, bis ich mich wieder fand; danach war ich mit jedem Mädchen zusammen, das willig war. Ich habe mit Oliver wieder mal gewettet, ob ich die Mädchen aufreißen kann. Also, sie ist wieder nur eine von vielen.«

Äh was war das denn, könnten wir noch einmal zurückspulen? Ich glaubte, mich gerade verhört zu haben. Sprach er von einer Wette? Ich war schockiert, ich konnte es einfach nicht glauben. Deswegen hatte er mich damals nicht angerufen, wahrscheinlich war die Wette nur darum gegangen, meine Telefonnummer zu bekommen. *Oh, ich bin so dumm, und das Schlimmste ist, ich habe ihm alles über mich erzählt und ihm vertraut.*

Entsetzt starrte ich ihn an, für den Bruchteil einer Sekunde überlegte ich sogar, zu verschwinden.

»Emma, worüber denkst du gerade nach?«, fragte er mich

vorsichtig.

»Worüber ich nachdenke? Ich denke darüber nach, dass mir erst jetzt einiges über dich klar geworden ist, und ich dich erst jetzt verstehen kann.«

Er runzelte die Stirn. »Was soll das heißen?«

»Ah, tue nicht so scheinheilig, als ob du nicht wüsstest, wovon ich rede! Du hast schon einmal, dank meiner Dummheit, die Wette gewonnen.«

»Emma, ich glaube, ich kann dir nicht folgen, was meinst du damit?«

»Ah, jetzt kannst du dich natürlich nicht daran erinnern. Aber da ich so dämlich bin, werde ich dein hübsches Gehirn wieder auffrischen. Ich habe dir damals meine Telefonnummer gegeben, du hast mich nie angerufen, und jetzt bin ich wieder dein nächstes Wettopfer. Nur ich weiß noch nicht, welche Wette du dieses Mal zu absolvieren hast, damit du Wettkönig wirst. Ich hoffe nur, dass du dich jetzt etwas mehr anstrengen musst als das letzte Mal!«, stieß ich wütend aus.

»Emma, so war es damals nicht!«, erwiderte er hastig.

»Ah ja, willst du mir sagen, ich habe mir das alles eingebildet? Oder war es dein böser Zwillingsbruder, der nicht angerufen hat?«

»Nein, das will ich nicht behaupten. Ich war es, nur ich habe dich damals angerufen, aber die Telefonnummer war falsch.«

»Ha, das ich nicht lache, und das soll ich dir jetzt glauben? Von einem wie dir habe ich wirklich eine bessere Ausrede erwartet, aber siehst du, da habe ich mich wieder mal getäuscht.«

»Emma, es sind keine Ausreden. Ich weiß, du glaubst mir nicht, aber ich kann es dir beweisen«, er holte aus seiner Hosentasche einen Zettel und reichte ihn mir. Es war mein Zettel, den ich ihm damals gegeben hatte. Er hatte ihn noch immer dabei. Aber wieso?

Ich las die Telefonnummer und stellte verblüfft fest, dass die Nummer wirklich falsch war. Ich war damals so aufgeregt gewesen und hatte eine Ziffer dazwischen vergessen, kein Wunder, dass er mich nicht erreichen konnte. Er hatte mir die Wahrheit gesagt, aber trotzdem änderte dies nichts. »Emma, bitte, du bist nicht wie die anderen. Ich meine, ich könnte dir nie wehtun.« Er schaute mir tief in die Augen. »Das mit uns ist anders. Ich mag dich wirklich; ich will, dass es zwischen uns nie zu Ende geht. Du bist mir sehr wichtig; ich kann mir vorstellen, was in deinem Kopf jetzt vorgeht, aber glaube mir, ich werde dir niemals wehtun oder dich anlügen.«

»Ja, so wie du den anderen Mädchen nicht wehgetan hast«, sagte ich ironisch.

»Emma, ich habe kein einziges Mädchen verletzt, sie haben schon im Vorhinein gewusst, auf was sie sich einlassen. Ich war mit jeder ehrlich.«

»Ha!«, rief ich wütend. »So ehrlich, wie du mit mir jetzt bist!«

»Emma, ich kann wirklich gut verstehen, dass du mir das alles nicht glaubst und dass du wütend auf mich bist. Ich habe es wirklich nicht anders verdient, aber denk bitte nach! Wieso sollte ich dir das Ganze erzählen, wenn es nicht die Wahrheit wäre?«

»Vielleicht ist das eine von deinen Maschen, um mich leichter ins Bett zu bekommen! Ist das die Wette, die du bei mir absolvieren musst?«

»Wie kommst du denn da drauf?!«, fragte er entsetzt, und an seinem Gesicht merkte ich, wie sehr ihn meine Worte verletzten.

»Emma, ich hatte nicht vor, mit dir ins Bett zu gehen. Ich mag dich wirklich; du bedeutest mir sehr viel.«

Er will mich nicht? Bin ich so hässlich, dass er mich nicht mal für eine Nacht haben will. Was bin ich für ihn? Jemand, den er nur zum Reden braucht und bei dem er seine Sünden beichten kann. Eine die ihm nur zuhört. Glaubt er, dass ich eine Pfarrerin bin, oder was? Dann soll er mich wenigstens in Ruhe lassen und in die nächste Kirche gehen und dort sei-

ne Sünden beichten. Nicht bei mir. Oh Gott, was ist nur los mit mir? Ich bin wütend auf ihn, weil er mich nicht ins Bett kriegen will.

»Emma, bitte glaube mir!«, er schaute mich flehend an. »Ich will dich nicht anlügen«, sprach er weiter. »Ich will nicht, dass wir etwas mit einer Lüge aufbauen, deshalb habe ich dir die ganze Wahrheit über mich erzählt. Ich weiß, dass ich für dich ein Aufreißer bin, einer, der ständig Mädchen ausnutzt und sie dann einfach fallen lässt, aber glaube mir, selbst die Aufreißer haben ihre Schwächen, nicht wahr?«, ich spürte seinen traurigen Blick, ein Blick, der mir einen Stich ins Herz versetzte. »Ich hoffe, du kannst mir vertrauen und mich nicht dafür hassen.«

Ich war so verwirrt. Am liebsten wollte ich ihn hassen, aber zwischen *Wollen und Können* liegen Welten. Stattdessen war ich einfach nur erleichtert, endlich die Wahrheit zu kennen. Meine ganze Wut verrauchte innerhalb einer Sekunde; ich wusste, dass er mir die Wahrheit sagte und, dass ich ihm trauen konnte. Irgendwann fand ich meine Sprache wieder: »Na gut, aber wehe, du kommst auf blöde Gedanken! Du weißt nicht, mit wem du es zu tun hast«, ich grinste ihn an.

Er warf mir einen vertrauten Blick voller Dankbarkeit und Erleichterung zu, dabei nahm er meine Hand und hielt sie fest. »Ich werde dich nicht enttäuschen«, versprach er und streichelte mit seinen weichen Fingern sanft meine Handinnenseite.

Wieder durchströmte mich ein unbeschreibliches Gefühl; mir wurde ganz heiß von seiner Berührung, und ich atmete tief aus. Völlig benommen saß ich da, unfähig, mich zu bewegen. Ich genoss seine Berührungen, während mein Herz aus meinem Brustkorb rausprang und im freien Fall auf die Erde zu sauste.

Wir redeten noch eine Weile, dann machten wir uns auf den Heimweg. Es war schon 2 Uhr in der Früh, als wir vor seinem Haus ankamen.

Er beugte sich ganz langsam zu mir herüber und gab mir

einen Kuss auf die Wange.

In meinem Bauch wirbelte es nur von tanzenden Schmetterlingen, die ein angenehmes Gefühl hinterließen.

»Gute Nacht, Prinzessin«, sagte er und wendete sich weg von mir.

»Prinzessin???«, wiederholte ich verblüfft.

»Ja, für mich bist du eine Prinzessin, besonders nach diesem wunderschönen Abend.«

»Na gut, aber für mich bist du noch kein Prinz, eher ein Pferd von dem hübschen Prinzen. Ich hoffe, eines Tages wirst du dich in einen Prinzen verwandeln.«

»Na ja, was anderes habe ich auch wohl nicht verdient. Aber solange ich kein Frosch bin, ist alles gut«, seine makellosen Lippen hoben sich zu einem bezaubernden Lächeln. Einem Lächeln, das mir den Atem raubte.

»Gute Nacht, mein Pferdchen«, lächelte ich, während er aus dem Auto ausstieg.

Als ich nach Hause kam, saß meine Mutter vor dem Fernseher. »Hallo Mama, du bist noch wach?«

»Ja, ich konnte nicht schlafen. Hattest du einen schönen Abend, mein Schatz?«

»Ja, es war schön. Wir waren mit Oliver und Leo etwas trinken.«

»Oliver und Leo?«

»Ja, Mom, ich habe dir schon von unserem Treffen im *Sunrise* erzählt.«

»Ah, jetzt erinnere ich mich wieder.«

»Mom, ich bin ziemlich müde und gehe gleich schlafen«, fügte ich schnell hinzu, bevor sie noch auf die Idee käme, mich weiter zu befragen.

»Na gut, aber morgen musst du mir über die zwei Jungs genauer erzählen«, sagte sie mit einem Lächeln.

Ich verdrehte die Augen: »Gute Nacht, du solltest auch schlafen, morgen musst du arbeiten.«

»Ja, ich gehe gleich. Gute Nacht, mein Schatz, schlaf gut.« Ich war so müde, trotzdem konnte ich nicht einschlafen.

Es war eine schöne Nacht, der Mond schien durch das Fenster wie nie zuvor. Ich hatte wieder dieses unbeschreiblich schöne Gefühl im Bauch.

Ich nahm ein Buch, um mich abzulenken, aber es half nicht. Die ganze Zeit musste ich an ihn denken, an seine blauen Augen, seine warmen Hände und sein süßes Grinsen... Ich konnte meine Gefühle nicht einordnen. Ich liebte ihn so sehr, sodass ich ihn nicht verlieren wollte; ich wusste aber genau, ihn als guten Freund zu haben, wäre der einzig richtige Weg. Ich war sowieso nicht sein Typ, er hatte schon eine Freundin. Irgendwie war ich froh darüber, weil mir bewusst war, dass die Liebe irgendwann zerbrechen würde, dann hasste man sich.

Ich merkte, wie ich langsam in den Schlaf versank, und legte mein Buch auf das Nachtkästchen, das neben meinem Bett stand.

Als ich wach wurde, war es schon hell. Ich war noch immer müde, aber ich konnte nicht schlafen. Ich schaute auf die Uhr auf dem Nachttisch. Diese zeigte erst 9 Uhr in der Früh an. Kein Wunder, dass ich noch müde war. Ich war erst gegen 5 Uhr eingeschlafen. Ich lag noch kurz im Bett, dann stand ich auf. Meine Mutter war schon längst bei der Arbeit.

Ich ging in die Küche, machte mir schnell Cornflakes, aß langsam, während ich dabei eine Zeitschrift durchblätterte, die am Tisch lag. Als ich mit dem Frühstück fertig war, überlegte ich, was ich heute den ganzen Tag machen sollte, damit ich nicht ständig an Leo denken würde. Es war 10 Uhr, definitiv zu früh, um Isabell anzurufen, also musste ich was anderes in der Zwischenzeit unternehmen. Ich entschied mich fürs Putzen.

Gegen 12 Uhr war ich endlich fertig und rief Isabell an. Es läutete und läutete, aber sie hob nicht ab. Als ich schon auflegen wollte, hörte ich von der anderen Seite ein verschlafendes »Hallo«.

»Isabell, habe ich dich aufgeweckt?«

»Ja, aber das macht nichts«, erwiderte sie schläfrig.

»Es tut mir leid, ich dachte du wärst schon auf. Wo seid ihr gestern gewesen? Warum seid ihr nicht nachgekommen?« Ich hörte ein lautes Lachen. »Wir haben euch einen Gefallen getan, wollten euch alleine lassen.«

Jetzt musste ich auch lachen. »Ich weiß nicht, wem ihr den Gefallen getan habt – uns oder euch selbst?«

»Triffst du dich heute wieder mit Oliver?«

»Ja, um 17 Uhr in der Stadt. Leo kommt auch, hat Oliver gesagt.«

»Wie Leo kommt auch? Woher weißt du das, ich meine, ich habe dich gerade aufgeweckt?«, fragte ich aufgelöst und spürte, wie ich langsam im Gesicht rot wurde und meine Hände zitterten.

Ich hörte ein lautes Lachen. »Emma, beruhige dich! Leo hat gestern Oliver eine SMS geschickt und ihm gesagt, dass er heute auch mitkommt und ich dich unbedingt mitnehmen müsse. Was hast du dem armen Jungen nur angetan? Anscheinend hat er sich gestern Abend nicht getraut, dich selbst zu fragen. Soll ich dich abholen?«

Meine Stimme versagte; ich brach kein Wort heraus. Ich war schockiert. *Will er mich wirklich sehen oder hat er es nur so gesagt? Vielleicht nimmt er seine Freundin mit?*

»Süße, bist du noch da?«

»Ja.«

»Also soll ich vorher zu dir kommen?«

»Nein, das brauchst du nicht.«

»Also, dann kommst du zu mir?«

»Nein Isabell, ich gehe heute Abend nicht mit.«

»Wie du gehst nicht mit?«

»Leo wird sicher mit irgendeiner Freundin da sein, und ich will euch nicht stören«, ich hoffte, dass sie die Trauer in meiner Stimme nicht erkannte.

»Natürlich kommst du mit, Oliver hat gesagt, ich soll dich unbedingt mitnehmen. Und wie kommst du darauf, dass er mit einer Freundin erscheint?«

»Keine Ahnung, ist nur ein blöder Gedanke von mir«,

murmelte ich.

»Wie ich sehe, muss dich Leo heute Abend auf andere Gedanken bringen«, meinte sie kichernd.

»Hör auf damit!«, zischte ich.

»Ist gut, jetzt erzähl schon, was habt ihr gestern gemacht?«

Nachdem wir uns die gestrigen Ereignisse gegenseitig erzählt hatten, beschlossen wir, uns danach bei ihr gegen 16 Uhr zu treffen.

Ich legte den Hörer auf. Ich hatte fast vier Stunden Zeit, um mich fertigzumachen. In der Zeit kochte ich etwas zu Essen, obwohl ich wusste, dass ich nichts runterbekommen würde. Ich war zu aufgeregt, um irgendetwas zu essen, aber meine Mutter würde sich bestimmt freuen, wenn etwas Fertiges im Kühlschrank stand. Anschließend schminkte ich mich schnell und probierte alles durch, was sich in meinem Kleiderschrank befand. Ich wollte etwas Besonderes anziehen, jedoch wurde die Zeit zu knapp, daher wählte ich meine enge Jeans und meinen Lieblingspulli. Bevor ich wegging, schrieb ich eine kleine Nachricht auf einen Zettel für meine Mom, damit sie Bescheid wusste, wo ich war.

Ich schloss die Tür hinter mir und machte mich auf den Weg. Es schneite, aber zum Glück war es nicht so kalt, wie ich gedacht hatte. Als ich bei Isabell ankam, war sie schon fertig.

Wir gingen den Weg zu Fuß und kamen pünktlich in der Stadt an. Oliver und Leo warteten schon auf uns; mir fiel ein Stein vom Herzen, als ich ihn ohne weibliche Begleitung sah.

Wir gingen ins Kaffeehaus, es war ziemlich voll drinnen, nur im Eck war noch ein Tisch frei.

Isabell und Oliver waren die ganze Zeit mit sich selbst beschäftigt, sodass ich wieder die Ehre hatte, mich mit Leo zu unterhalten.

»Und hast du gut geschlafen, Prinzessin?«, fragte mich Leo, als wir unsere Getränke bekamen.

»Ja, sehr gut«, log ich. Ich wollte ihm nicht die Wahrheit

beichten, dass ich die ganze Zeit nur an ihn hatte denken müssen und eine schlaflose Nacht hinter mir hatte.

»Und wie hast du geschlafen?«, fragte ich zurück.

Er lächelte, nahm meine Hand in seine und hielt sie für einen Moment fest, mit den Fingerspitzen streichelte er sanft die Haut zwischen Daumen und Zeigefinger.

Meine Haut glühte, überall, wo er mich berührte, hinterließ er kleine Stromschläge.

Dabei schaute er mir tief in die Augen und sagte leise: »Ich habe kein Auge zugemacht, ich habe nur an dich gedacht und an die letzte Nacht. Ich bin wirklich froh, dich kennengelernt zu haben.«

»Ich auch«, gab ich endlich zu, während er weiter meine Hand streichelte; es fühlte sich so gut an. Ich wollte, dass dieses Gefühl nie zu Ende ging. Ich war so aufgeregt und plapperte die ganze Zeit nur wirres Zeug, traute mich gar nicht, ihn anzuschauen und war wie ein Hochseil gespannt.

»Hey, ihr Turteltauben«, neckte Oliver uns, »gehen wir in die Stadt spazieren oder bleiben wir die ganze Zeit hier sitzen?«

»Willst du spazieren gehen?«, flüsterte mir Leo ins Ohr. Ich konnte seinen Atem an meinem Ohr spüren und bekam eine Gänsehaut. »Ja«, hauchte ich.

»Wir sind dabei, wenn ihr die Stadt unsicher macht«, frotzelte Leo.

Der Schnee rieselte sanft vom Himmel herunter und hinterließ dabei weiße Teppiche auf den Straßen; die Luft roch nach Glühwein und Zimt. Es war kurz vor Weihnachten, die ganze Stadt war beleuchtet. Mein angesagter Zwiebellook passte wunderbar für die Jahreszeit, dachte ich mir, während wir durch die Fußgängerzone spazierten.

Isabell und Oliver gingen händchenhaltend vor uns her; es war so schön, sie so zu sehen, wie glücklich sie waren. Wenigstens einer von uns war glücklich und traute sich, geliebt zu sein, stellte ich traurig fest.

Leo bombardierte mich mit Fragen. Er wollte alles über

mich wissen und saugte die Informationen wie ein Schwamm auf. »Willst du mir endlich verraten, wo du wohnst, wenn ich nicht mal deine richtige Telefonnummer bekommen kann?«, fragte er zum dritten Mal an diesem Abend.

»Ja, ich werde es dir verraten. Wir sind gleich da.«

Als wir in die Straße einbogen, wo ich wohnte, schämte ich mich, ihm unser Haus zu zeigen. Stattdessen zog ich ihn einige Straßen weiter in eine wohlhabendere Gegend. »Siehst du die Häuser dort? Da wohnen wir, in dem gelben Haus«, ich biss mir auf die Lippe. Ich fühlte mich so schuldig, ihn anzulügen. Zum Glück waren Isabell und Oliver einen großen Schritt voraus; somit konnte ich meine Lüge für mich behalten.

»Danke, dass du mir das verraten hast.«

»Bitte«, erwiderte ich, ohne ihn anzuschauen. Ich hasste mich dafür, aber ich konnte ihm nicht die Wahrheit sagen. Wir spazierten weiter, ohne irgendein Wort auszutauschen. Jeder von uns war mit seinen eigenen Gedanken beschäftigt.

Auf einmal fragte mich Leo: »Hey, willst du am Donnerstag mit mir ins Kino gehen? Ich will mir unbedingt eine Komödie anschauen, und Oliver ist mit Isabell, wie du selber siehst, andauernd beschäftigt. Also was sagst du?«

»Komödie klingt gut. Am Donnerstag habe ich Schule, aber nachher lässt es sich organisieren.«

»Danke, Prinzessin!«

»Gern, mein Pferdchen.«

Es war schon 1 Uhr in der Früh, und ich wollte nicht wieder so spät nach Hause kommen. »Isabell, ich muss nach Hause, wenn du willst, kannst du noch bleiben.«

»Ja«, mischte sich Leo ein, »ich werde sie nach Hause bringen.«

»Nein, danke!«, lehnte ich bebend ab. »Ich kann alleine nach Hause gehen.«

»Das kommt nicht infrage!«, sagt Leo beleidigt. »Um diese Zeit lasse ich dich nicht alleine durch die Stadt spazieren.«

Jetzt war ich wirklich in einer blöden Situation. Ich wollte nicht, dass Isabell meinetwegen schon nach Hause ging, aber noch weniger wollte ich, dass mich Leo zu der falschen Adresse brachte und dort erfuhr, dass ich ihn belogen hatte.

Zu meinem Glück ging Isabell mit. Sie hatte es irgendwie erraten, dass ich nicht mit Leo nach Hause gehen wollte. »Na, sag mal, was war da los?«, forschte Isabell, als wir uns von Oliver und Leo verabschiedet hatten.

»Was soll sein?«

»Na, das alles, wieso willst du auf einmal nicht, dass Leo dich nach Hause begleitet?«

»Ah, das meinst du.«

»Ja, das meine ich«, entgegnete sie jetzt etwas genervt.

»Ich habe ihm nicht die Wahrheit gesagt, wo ich wohne, weil ich mich deswegen schäme.«

»Oh du Dummerchen, wieso tust du das? Glaubst du, er wird dich weniger lieb haben, nur weil du nicht in so einem teuren Wohngebiet wohnst?«

Ich zuckte nur mit den Schultern, dann wechselte ich das Thema.

Auf dem Heimweg schwärmte Isabell von Oliver; ich hörte ihr aufmerksam zu. Sie waren wirklich ein schönes Liebespaar; es tat meiner Seele gut, wenigstens meine beste Freundin, glücklich zu sehen.

»Gute Nacht, Isabell«, sagte ich, als wir an der Kreuzung standen, wo sich unsere Wege trennten.

»Gute Nacht, Süße«, erwiderte sie und umarmte mich ganz fest. »Es war ein toller Abend!«, rief sie mir zu, während sie die Straße überquerte.

»Ja, fand ich auch.«

Als ich nach Hause kam, schlief meine Mutter vor dem Fernseher. Ich nahm die Fernbedienung und schaltete den Fernseher aus, beugte mich langsam über sie und küsste sie sanft auf die Wange. »Mom, willst du weiter im Wohnzimmer schlafen?«

Langsam öffnete sie ihre Augen und sagte schläfrig: »Du bist schon da! Ich bin wohl vor dem Fernseher eingeschlafen.

Wie spät ist es?«

»Es ist schon nach Mitternacht.«

»Wo warst du so lange?«

»Mom, ich war mit Isabell und den Jungs in der Stadt! Willst du nicht in dein Zimmer gehen?«, schlug ich vor, bevor sie mit der Befragung wieder anfing.

Sie nickte nur: »Gute Nacht, mein Schatz.«

Am nächsten Tag schlief ich länger. Meine Mutter hatte frei, und wir verbrachten den ganzen Tag gemeinsam. Wir bummelten durch die Stadt, schlenderten über den Weihnachtsmarkt und blieben bei einem Glühweinstand stehen, um uns dort aufzuwärmen. Wir tranken einen Glühwein und genossen die Winteratmosphäre. So ein Winter mit schneebedeckten Straßen hatte uns in Split gefehlt. Es war so schön, zu sehen, wie der Schnee in weichen Flocken auf die Erde rieselte. Die Touristen fuhren mit der Kutsche durch die weißen Straßen. Mmmh und dieser herrliche Duft nach Weihnachten! Es war so ein unbeschreiblich schönes Gefühl. Ich fühlte mich wie in einem Märchen. Es fehlte mir nur noch ein Prinz, dann wäre alles perfekt gewesen.

Bang, bang und wieder musste ich an ihn denken. An mein süßes Pferdchen. An seine blauen Augen und sein makelloses Gesicht.

Erst gegen Abend kamen wir nach Hause. Wir legten uns vor den Fernseher und schauten uns einen Film an. Danach versuchte ich, zu schlafen, was unmöglich war. Ich musste nur an ihn denken. Und jedes Mal spürte ich Schmetterlinge im Bauch und bekam das Gefühl, zu schweben. Irgendwann in einem schwerelosen Zustand schlief ich ein.

Am nächsten Tag hatte ich wieder Schule und musste zeitig aufstehen.

Heute hatte jeder von uns sein Projekt zu präsentieren. Kaum zu glauben, aber wahr: Wir bekamen für unser Projekt die beste Benotung und durften uns als Belohnung selbst ein Thema für die nächste Arbeit auswählen.

»Ich kann nicht glauben, dass wir nach so einem Abend,

wo wir Oliver und Leo trafen, so gut waren!«, sagte ich zu Isabell.

»Ja, ich auch nicht. So wie es aussieht, wirken die zwei positiv auf uns. Ich glaube, wir müssen sie für das nächstes Projekt wieder engagieren!«

Die restlichen Vorlesungen zogen sich bis in die Ewigkeit hin sowie die Tage danach. Ich vermisste ihn so sehr und konnte es kaum erwarten, ihn wieder zu sehen.

Als der Wecker am Donnerstag läutete, konnte ich nicht aufstehen. Ich war so müde, aber es war kein Wunder, denn ich hatte wieder kein Auge zugemacht. Ich dachte die ganze Zeit nur an den bevorstehenden Abend und an die Zeit, die ich mit Leo verbringen würde. Ich hatte ihn seit Samstagabend nicht mehr gesehen und gar nichts von ihm gehört. Wie denn auch? Ich hatte ihm meine Telefonnummer ja nicht gegeben. Isabell hatte ich ausdrücklich untersagt, ihm meine Telefonnummer und meine richtige Adresse mitzuteilen.

Ich war so müde und überlegte sogar, heute nicht in die Schule zu gehen, aber dann hätte ich Lernstoff nachholen müssen, also entschied ich mich schweren Herzens für die Schule. Die Zeit kroch nur so dahin. Ich konnte es kaum erwarten, endlich Leo zu sehen.

Isabell war heute mit Oliver verabredet. Sie war bei seinen Eltern zum Abendessen eingeladen. »Ich freue mich auf heute Abend, nur ich habe Angst, dass sie mich nicht mögen oder dass ich irgendwas Falsches mache«, sagte sie ganz nervös.

»Mach dir keinen Kopf darüber! Sie werden dich lieben, so wie Oliver dich liebt. Und du wirst das Richtige tun. Es ist vollkommen normal, dass du aufgeregt bist, aber es wird alles gut werden, glaube mir.«

Sie war so verliebt in ihn, dass sie die ganze Zeit nur über Oliver sprach.

Endlich war die letzte Vorlesung zu Ende. »Isabell, viel Glück heute Abend; du schaffst das!«, ich drückte sie fest zum Abschied.

»Danke, dir auch!«

Zu Hause ging ich ins Wohnzimmer, um nach meiner Mutter zu sehen, aber sie war nicht da. »Mom, bist du da?«, rief ich aus dem Wohnzimmer, aber sie antwortete nicht. Ich warf einen Blick in die Küche und entdeckte auf dem Küchentisch einen kleinen Zettel. Ich ging zum Tisch und las, was dort geschrieben stand.

»Hallo Emma,
ich bin einkaufen. Dein Mittagessen steht im Kühlschrank.
Ich hab dich lieb
Mama.«

Toll! Sie würde sicherlich nicht so schnell zurück sein und ich brauchte einfach Zeit für mich alleine, damit ich meine Gedanken wieder ordnen konnte. Mein Magen knurrte; ich öffnete den Kühlschrank. Ich fand das kalt gestellte Essen - mmmh, es war mein Lieblingsessen Lasagne. Während dem Essen musste ich wieder an Leo denken. In meinem Bauch knurrte es. Ich war so aufgeregt. Als ich mit dem Essen fertig war, räumte ich alles weg und ging schnell in mein Zimmer und suchte mir etwas Passendes zum Anziehen. Ich entschied mich für eine Jeans und einen marineblauen Pulli. Ich zog noch meine Jacke an und ging raus.

Leo wartete schon vor dem Kino auf mich. »Hallo Prinzessin«, er gab mir einen flüchtigen Kuss auf die Wange.

»Hallo Pferdchen.«

»Ich habe uns schon die Tickets gekauft.«

»Oh danke. Ich gebe dir gleich das Geld«, ich griff in meine Tasche.

»Das kommt nicht infrage«, wehrte er beleidigt ab. »Ich habe dich eingeladen, also zahle ich!«

»Aber, Leo du hast …«

»Es gibt kein Aber!«, unterbrach er mich.

»Danke, dann kaufe ich uns Popcorn.«

Wir machten es uns im Kinosessel bequem; nach kurzer Zeit ging das Licht im Kino aus. Der Film war sehr witzig. Vor lauter Lachen bekam ich sogar Bauchkrämpfe. Während des Films lehnte ich mich auf die Armlehne und berührte dabei unabsichtlich seine Hand, als ich dabei war, den Arm wegzuziehen, nahm er meine Hand und hielt sie fest. Ich versuchte es noch einmal, aber er hielt sie noch fester als zuvor; ich hatte keine Chance mehr meine Hand zu befreien. Als ich endlich aufgab, fuhr er mit der Fingerspitze zuerst über den Handrücken, dann über die Handinnenfläche. Jede Faser meines Körpers kribbelte und mein Herz schlug mir bis zum Hals. Es fühlte sich so gut an, aber das wollte ich eigentlich nicht. Ich wollte, dass meine Gefühle sich änderten. Ich wollte ihn nur als Freund und nichts mehr.

Nach dem Film hielt er immer noch meine Hand ganz fest, als ob er wusste, dass ich die ganze Zeit mit meinen Gefühlen kämpfte.

»Der Film war wirklich lustig, oder?«

»Ja, es war wirklich ein toller Film«, sagte ich kleinlaut. Ich war so nervös und fragte mich, wie lange er wohl noch meine Hand so halten wollte.

Er senkte seine Lippen auf meine Hand und gab mir einen flüchtigen Handkuss.

Ah, das hatte mir noch gefehlt! Ich spürte seinen warmen Atem auf meinem Handrücken; mein Herz raste wie ein wildes Tier, das aus einem Käfig hinausspringen wollte. Meine Knie wurden von Sekunde zu Sekunde schwächer; ich blieb kurz stehen und atmete tief ein.

»Was ist los, Prinzessin?«, fragte er ganz besorgt.

»Nichts, ich dachte, ich hätte jemanden gesehen.«

Er guckte mich misstrauisch an.

»Wie geht es dir in der Schule?«, fragte ich schnell, um meine Unsicherheit und meine Verzweiflung zu überspielen. »Ganz gut. Ich habe ziemlich viel zum Lernen, da wir dauernd Schularbeiten schreiben, aber das kennst du nicht«, sagte er und grinste dabei.

»Ja, ja, das kenne ich nicht. Ich gehe ja in eine Sonderschule, dafür habe ich für jedes Fach nur eine Chance, um eine Note zu bekommen und nicht wie du zehn«, ich konnte mir ein Lächeln nicht verkneifen.

Als wir bei der Kreuzung standen, wo wir uns eigentlich trennen sollten, blieb ich stehen und wollte mich von Leo verabschieden, aber er guckte mich mit seinen großen blauen Augen an: »Wieso bleibst du stehen?«

»Na ja, da sollten wir uns eigentlich verabschieden.«

»Wieso? Glaubst du, ich werde dich alleine gehen lassen?«

»Ja, wieso nicht?«

»Vielleicht, weil es schon spät ist und ich ein schlechtes Gefühl habe, wenn du alleine gehst.«

»Das brauchst du nicht, ich komme schon alleine zurecht, außerdem ist es nicht so spät.«

Er nahm wieder meine Hand und sprach jetzt etwas sanfter, fast flüsternd: »Bitte tu mir das nicht an!« Er sah mich so flehend und so besorgt an, aber wie sollte ich ihm erklären, dass ich nicht dort wohnte. Ich fühlte mich so schuldig, ihn belogen zu haben, sodass ich ihm fast die ganze Wahrheit erzählt hätte. Und dann fiel mir was ein. »Na gut, aber nur unter einer Bedingung.«

Er runzelte die Stirn und fragte: »Und das wäre?«

»Du begleitest mich nur bis zur Bushaltestelle in der Nähe unseres Hauses, von dort kann ich auch alleine gehen, und du kannst mit dem nächsten Bus nach Hause fahren.«

»Na gut!«

Den Rest des Weges hielten wir uns an den Händen. Als wir die Bushaltestelle erreichten, blieben wir stehen. Er drehte sich vorsichtig zu mir um, nahm meine Hand und sah mich mit seinen saphirblauen Augen an.

Sein Blick verschlug mir den Atem und mein Puls raste.

»Prinzessin, ich habe die ganze Zeit versucht, mich von dir fernzuhalten und mich auf etwas anderes zu konzentrieren, aber ich habe es nicht mal eine Stunde lang geschafft. Du bist wie ein Computer-Virus. Du hast dich nicht nur in meinem Kopf, sondern auch in meinem Herz so eingeschlichen, dass ich dich nicht mehr wegbringen kann. Also habe ich aufgegeben.«

»Aufgegeben?«, wiederholte ich verdutzt.

»Ja, Prinzessin, ich kann das nicht mehr.«

Ich starrte ihn verwirrt an und wusste noch immer nicht, was in ihm vorging. »Ich kann nicht mehr so tun, als ob du mir egal wärst. Ich habe schon damals versucht, dich zu vergessen, als du mir deine falsche Telefonnummer gegeben hast, aber das habe ich nicht geschafft. Stattdessen hatte ich nach dir im Restaurant gesucht, aber du kamst nicht mehr; ich wusste nicht, was ich tun sollte. Ich hatte keine Ahnung, wo ich dich sonst finden könnte. Und dann sah ich dich wieder, aber ich war nicht allein und wusste nicht, wie ich dir das Ganze erklären sollte. Emma, ich habe mich so lang von dir ferngehalten, aber das kann ich nicht mehr. Ab jetzt mache ich nur noch das, was mir mein Herz sagt und nicht der Verstand.«

Erstaunt von seinem Geständnis, starrte ich ihn an. Ich war wie paralysiert, konnte mich kaum bewegen, geschweige denn einen Ton rausbringen. Ich war erschrocken über das, was er mir gesagt hatte, aber innerlich auch sehr froh.

Seine saphirblauen Augen funkelten mich an, sein süßes Lächeln brachte mein Herz zum Schmelzen. »Du hast etwas in mir ausgelöst, was bis jetzt noch keiner geschafft hat. Etwas, wovon ich überzeugt war, dass ich es gar nicht spüren konnte. Prinzessin, uns verbindet viel mehr als nur Freundschaft. Da bin ich mir sicher, von dem ersten Augenblick, als ich dich sah. Aber ich wollte es nicht wahrhaben.«

Von seinen Worten wurde mir ganz warm ums Herz. Er mochte mich auch, und alles, was er sagte, fühlte sich so gut an und trotzdem irgendwie falsch. *Ich darf mich nicht in ihn verlieben*, sagte mir mein Verstand. Aber bei jedem Wort, das aus seinem süßen Mund kam, schlug mein Herz schneller, und als ich ihm in die Augen guckte, wurde ich wieder ganz schwach. Ich schüttelte den Kopf und sagte mir: *Sei bloß klug und folge deinem Verstand, wenn du nicht verletzt werden möchtest.* Ich musste meine Gefühle einfach nur für mich behalten. *Die werden sich sicher bald ändern, und er wird mir nichts mehr bedeuten, so wie ich ihm auch.*

Ich schloss für einen Moment die Augen, atmete tief durch und sammelte alle meine Kräfte zusammen. Ich musste das jetzt durchziehen, ganz egal, wie schmerzhaft es wurde.

Er starrte mich nervös an. »Leo, ich glaube, da liegst du falsch. Das Einzige, was uns verbindet, ist reine Freundschaft. Ich glaube, du hast dich da nur hineingesteigert, weil du nicht gewöhnt bist, eine weibliche Freundin zu haben, und das ist alles.« Traurigkeit spiegelte sich in seinen Augen. »Prinzessin, das stimmt nicht.«

»Du denkst, dass du mehr für mich empfindest als nur Freundschaft? Leo, ich glaube, du bist es nur einfach gewohnt, jedes Mädchen zu bekommen. Und da ich die Einzige bin, die du noch nicht hast, glaubst du etwas zu empfinden, das es nicht gibt.«

Er atmete tief durch und stieß einen leisen Seufzer aus: »Ich kann dich ganz gut verstehen, dass du der Meinung bist und mir nicht glaubst. Aber ob das nur eine freundschaftliche Liebe ist, wie du es behauptest, glaube ich nicht. Von meiner Seite sicher nicht. Ich weiß, was ich für dich empfinde, denn so etwas habe ich bis jetzt für niemanden empfunden. Ich weiß nur, dass ich für dich alles tun werde, nur damit du glücklich bist.«

Ich stand da, wie auf dem Boden angewachsen. Ich war unfähig, mich zu bewegen, geschweige denn, irgendetwas zu sagen. Ich war überwältigt von seinen Gefühlen und von seinem Geständnis. In meinem Kopf drehte sich alles. Ich schloss die Augen, damit ich mich besser konzentrieren konnte.

Und dann tat er etwas, womit ich bei ihm niemals gerechnet hätte. Er nahm mich in seine Arme, hob mich hoch und dabei küsste er mich zärtlich auf den Mund.

Ein Feuerwerk brach in mir aus. Ich sehnte mich so sehr nach seinen Küssen. Mir schoss das Blut in den Kopf; mein ganzer Körper zitterte. Es fühlte sich so gut an, am liebsten wollte ich, dass er nie mehr aufhörte, aber dann meldete sich plötzlich mein Verstand: *Emma, du darfst ihn nicht küssen, hör auf, bevor es zu spät ist! Du wirst es nur bereuen. Er ist nicht gut für dich.* Aber ich konnte ihm einfach nicht widerstehen und schmolz dahin. Seine Lippen waren so sanft; ich spürte seinen bezaubernden Atem. Irgendwann ließ er mich vorsichtig nach unten und hielt mich noch immer fest in seinen Armen; ich konnte mich nicht wehren. Nicht, weil er mich so fest hielt und er viel stärker war, sondern, weil sich jegliche Gedanken, als ich seine weichen Lippen auf meinem Mund spürte, in nichts auflösten. Seine Nähe wirkte betäubend auf mich, und dieser Kuss fühlte sich ganz besonders an, anders als all die anderen, die ich in meiner Erinnerung hatte. Aber irgendwie war es trotzdem falsch. Ich hatte Angst, ihn zu verlieren. Ich nahm meine ganze Kraft zusammen und versuchte, mich loszureißen.

Er ließ mich vorsichtig herunter und schaute mich liebevoll an.

Ganz benommen stand ich da und wartete darauf, dass mein Atem ruhiger wurde. Am liebsten wäre ich weggerannt. Aber ich wusste, wenn ich das tue, würde ich ihn für immer verlieren.

»Emma, egal, wie du dich entscheidest, ich werde dich immer lieben, ich werde dich nie im Stich lassen.«

»Du glaubst, dass wir für einander bestimmt sind, nicht wahr?«

Er antwortete nicht, sondern nickte nur und guckte mich traurig an.

Ich hatte nicht bemerkt, dass mir Tränen über die Wangen liefen, erst als er seine Hand hob und mir sie vorsichtig wegwischte. »Es tut mir leid, Prinzessin, ich wollte dich nicht verletzen«, seine Stimme bebte vor Bedauern.

Ich traute mich nicht, ihn anzuschauen. Ich hatte Angst vor meinen Gefühlen, denn sie waren so unendlich stark und drohten, auszubrechen. Ich wollte mir die ganze Zeit nicht eingestehen, wie sehr ich ihn liebte, und belog mich deswegen selbst. Sollte ich ihn auch jetzt anlügen und ihm sagen, dass ich nichts für ihn empfinde? *Nein, das kann ich nicht. Er ist doch mein Freund. Ich muss ihm einfach die Wahrheit sagen. Hallo, hier spricht dein Verstand: Das kannst du nicht, er wird dich verletzen. Ich muss stark sein und auf meinen Verstand hören.*

Einen Moment lang sagte keiner etwas, es herrschte Stille. Ich blickte auf die Straße, traute mich noch immer nicht, ihm einen Blick zuzuwerfen.

»Was denkst du?«, erkundigte er sich besorgt.

Ich schüttelte nur den Kopf, wusste nicht, wie ich es ihm erklären sollte, was in mir vorging.

Leo war einer, der die Mädchen so oft wechselte, wie ich meine Socken. Ich konnte mir nicht vorstellen, dass er es so lange mit einer wie mir aushalten würde. Insbesondere mit einer, die nicht so sexy und so hübsch war wie seine Verflossenen. Er war mein bester Freund, und so sollte es auch bleiben.

Ohne aufzublicken, sagte ich mit leiser, zitternder Stimme: »Leo, bitte verstehe mich nicht falsch. Ich will dir nicht wehtun, aber es ist für uns beide am besten, wenn wir einfach vergessen würden, was heute passiert ist.« Meine Stimme war traurig und drohte, bei jedem Wort zu versagen. Ich wusste, dass ich ihn damit verletzte sowie ich mich selbst verletzt hatte, aber in dem Moment schien mir das die einzig gute Lösung zu sein. »Ich will, dass es so ist, wie es immer zwischen uns war; ich will dich nicht verlieren.« Vorsichtig blickte ich zu ihm hinauf und sah, dass sein Gesicht schmerzerfüllt war.

»Bitte, sag nicht, dass es für uns beide besser ist! Wenn du der Meinung bist, dann muss ich es wohl akzeptieren. Aber was mich angeht, es war der beste Kuss, den ich je erlebt habe; ich werde uns nie aufgeben. Ich liebe dich und ich werde dich immer lieben, das werde ich dir beweisen. Eines Tages wirst du das selbst einsehen und mir endlich vertrauen können, dass ich es mit dir wirklich ernst meine.«

Er liebt mich trotz allem. Oh Gott, was soll ich jetzt tun. Ich liebe ihn auch so sehr, sodass es weh tut. Ich spürte, wie mein Herz aussetzte, dann schlug es doppelt so schnell. Am liebsten würde ich mich ihm an den Hals werfen und ihm auch sagen, wie sehr ich ihn liebe, aber das wäre falsch und extrem gefährlich. Als ich wieder zu mir kam, sagte ich ganz schnell, bevor ich es mir anders überlegte: »Es tut mir leid, aber es ist schon spät, ich muss jetzt gehen.« Ich reichte ihm meine Hand, um mich von ihm zu verabschieden, aber er starrte mich nur traurig an. Ich sah ihn noch einmal an, aber als er nicht reagierte, drehte ich mich langsam um und wollte gehen.

»Du willst es, wie es immer war?«, seine Stimme klang fest und entschieden.

Ich drehte mich vorsichtig zu ihm um und nickte verlegen. Und dann umarmte er mich, wie er es immer tat, und gab mir einen flüchtigen Kuss auf die Wange. Ich nahm die ganze Kraft und lächelte ihn an. Sein qualvoller Blick stach mir wie ein Messer ins Herz. »Gute Nacht, Prinzessin«, flüsterte er.

»Gute Nacht, Pferdchen«, sagte ich, als ich schon weg war, sodass er mich nicht mehr hören konnte.

Ich spürte noch immer den Schmerz in meinem Herz. Es tat so höllisch weh. Wieso musste die Liebe so schmerzhaft sein? Wieso ausgerechnet er? Er war doch der letzte Mensch, den ich verletzten wollte. Die Tränen sammelten sich in meinen Augen und flossen über meine Wangen. Am liebsten wollte ich zu ihm zurücklaufen und ihm sagen, dass ich es mir anders überlegt hatte, aber das tat ich nicht. Stattdessen wischte ich mir die Tränen ab und versuchte auf dem Weg nach Hause, meine Gedanken neu zu ordnen. Den ganzen Weg kämpfte ich mit den Tränen.

Als ich das Haus betrat, war es dunkel. Zum Glück schlief meine Mutter schon. Ich zog vorsichtig meine Jacke aus und hängte sie auf den Kleiderständer. Auf Zehenspitzen schlich ich durch das finstere Haus, ohne das Licht anzuschalten, und als ich in meinem Zimmer war, schloss ich die Tür hinter mir, zog meinen Pyjama an und legte mich ins Bett. Ich fühlte mich so schlecht. *Wieso muss mir immer so etwas passieren? Wieso kann das Leben nicht so einfach sein?* Ich weinte wieder, obwohl ich wusste, dass die Tränen meine Situation nicht ändern würden. Irgendwann schlief ich ein. Als ich am nächsten Morgen aufwachte, fühlte ich mich leer. Meine Lider taten höllisch weh und fühlten sich so schwer an. Ich stand auf und ging ins Badezimmer. Als ich mich im Spiegel sah, war ich ganz erschrocken. Meine Augen waren geschwollen, ich hatte schwarze Augenringe. Mein Gesicht war kreideblass, meine Haare verwuschelt.

Ich ging in die Küche. Zum Glück war meine Mom schon bei der Arbeit. Ich goss mir Kaffee und Milch in den Becher und ging frustriert ins Wohnzimmer, setzte mich auf das Sofa und überlegte, ob ich heute in die Schule gehen sollte. Ich fühlte mich elend und beschloss, die Schule zu schwänzen. Außerdem war es keine Pflicht, die Vorlesungen zu besuchen. Ich schaltete den Fernseher ein, aber meine Gedanken waren wieder bei ihm; ich ärgerte mich über mich selbst.

Wieso habe ich ihm gestern nicht gesagt, wie sehr ich ihn liebe und dass kein einziger Tag verstreicht, ohne dass ich an ihn denke? An seine blauen Augen und seine perfekten Lippen.

Ich schloss die Augen und erinnerte mich daran, wie er mich gestern geküsst hatte, strich mir mit meinen Fingern über die Lippen. Wenn ich mich ganz fest konzentriere, konnte ich es sogar spüren. Ich konnte seinen unwiderstehlichen Geruch riechen. Ich hatte alles kaputt gemacht.

Ich werde seine Küsse nie wieder spüren und er hasst mich. Ich habe meinen besten Freund verloren. Ich kann das nicht mehr ändern. Ich musste mich beruhigen, nahm die Fernbedienung und zappte durch die Fernsehprogramme. An einem alten Liebesfilm blieb ich hängen. Es handelte sich um ein Mädchen und um einen Junge, die gemeinsam ein College besuchten. Sie verliebten sich ineinander und es entstand eine große Liebe, die leider ein tragisches Ende nahm. Nach dem Film fühlte ich mich noch mieser.

Ich musste mich ablenken, also brauchte ich unbedingt eine Beschäftigung. Ich öffnete den Kühlschrank und überlegte, was ich kochen könnte. Für Gulasch mit Knödeln fehlten mir einige Sachen, also musste ich einkaufen gehen. Ich zog mir schnell meine Jeans sowie meinen roten Pulli an und nahm meine Jacke vom Kleiderständer. Als ich draußen war, spürte ich einen kalten Wind auf meinem Gesicht. Ich schloss meine Jacke noch mehr zu und mit fast rennendem Tempo betrat ich das Geschäft. Ich blieb etwas länger, als erwartet. Als ich nach Hause kam, packte ich die Einkäufe aus und verstaute sie am richtigen Platz, dabei dachte ich wieder an Leo und an unseren ersten Kuss. Für mich war es auch der beste Kuss, denn ich je bekam, und ich sehnte mich nach noch mehreren Küssen. Dabei fühlte ich eine angenehme Wärme in meinem Bauch. Ich ging zum Radio und schaltete die Musik ein, damit ich mich auf das Kochen Konzertieren konnte. Auf einmal hörte ich unser Lied von »Lawson« im Radio. Die Tränen rollten über mein Gesicht, mit zitternder Stimme sang ich mit:

»That you and I could learn to love again
After all this time
Maybe that is how I knew you were the one
That you could still believe in me again
After all our trials
Maybe that is how I knew you were the one ...«

Na toll, jetzt fühlte ich mich noch schlechter. *Hat sich jeder gegen mich verschworen? Ich kann nicht mal Radio hören, ohne dass mich irgendetwas an ihn erinnert.*

Ich fing mit den Knödeln an, nur damit ich keine Zeit hatte, an Leo zu denken. Kaum war ich mit dem Kochen fertig hörte ich meine Mutter ins Haus kommen.

»Hallo Emma, du bist schon da?«, stellte sie überrascht fest.

»Ja Mom, ich war heute den ganzen Tag zu Hause. Ich fühlte mich in der Früh nicht so gut, deshalb ging ich nicht zur Vorlesung.«

»Bist du krank?«

»Nein Mom, mir geht es gut; ich hatte mich gestern mit Leo gestritten, das ist alles.«

»Nur weil ihr euch gestritten habt, gehst du nicht zu der Vorlesung?«, fragte sie verdutzt.

»Ja Mom.«

»Worüber habt ihr euch denn gestritten?«

»Ah Mom, es ist nicht so wichtig, und du würdest es sowieso nicht verstehen.«

Sie schaute mich einfühlsam an und sagte: »Mmmh, da riecht es aber gut«, sie wechselte absichtlich das Thema, was mir ganz gut passte. »Was hast du uns Leckeres gekocht?«

»Gulasch mit Knödeln. Bis du dich umgezogen hast, ist das Essen schon fertig.«

Nach dem Essen ging ich in mein Zimmer und verbrachte dort den Rest des Tages.

»Emma, Telefon für dich«, rief meine Mutter aus dem Wohnzimmer.

»Ich komme gleich«, ich rannte zum Telefon.

Als ich den Hörer nahm, hörte ich auf der anderen Seite die besorgte Stimme von Isabell. »Süße, was ist passiert? Wieso warst du heute nicht in der Schule?«

Ich erzählte ihr, was gestern passiert war; sie war überrascht. Sie war überrascht wegen meiner Reaktion, nicht wegen Leos, und das ärgerte mich.

»Emma, ich verstehe dich einfach nicht«, sprach sie. »Ich dachte, du magst ihn auch.«

»Ja, das stimmt«, gab ich zu, »aber ich habe Angst, dass ich ihn irgendwann verlieren werde oder, dass er mich nicht mehr lieben wird. Außerdem bin ich mir sicher, dass er sich nicht nur auf eine Freundin fokussieren kann.«

»Du bist echt verrückt«, sie lachte. »Nur du kannst auf solche blöden Gedanken kommen. Glaubst du etwa nicht, dass du ihn nicht mit der jetzigen Aktion verlieren würdest?«

»Ich hoffe nicht«, sagte ich ganz leise.

»Du musst ihm sagen, dass du ihn auch liebst.«

»Das kann ich nicht«, erwiderte ich.

»Wieso nicht?«

»Weil ich es nicht kann und nicht will!«, ich zuckte zusammen vor lauter Traurigkeit. »Bitte, ich will nicht über ihn reden. Erzähl mir, wie war es gestern beim Abendessen?«

»Es war toll.« Ich merkte an ihrer Stimme, wie glücklich sie war. »Seine Eltern sind echt nett. Seine Mutter ist Verkäuferin, sein Vater ist Elektriker. Ich habe auch seine ältere Schwester kennengelernt. Sie studiert Sportwissenschaft und ist nicht so oft zu Hause. Sie ist so cool, am liebsten hätte ich auch so eine Schwester. Ich muss zugeben, ich habe mich in seine ganze Familie verliebt«, schwärmte sie.

»Das freut mich!«

Wir sprachen noch eine Weile, danach ging ich schleppend ins Zimmer. Jetzt musste ich wieder an ihn denken. Wieso musste sie auch auf seiner Seite sein? Wieso verstand mich keiner?

Ich legte mich aufs Bett. Ich fühlte mich so leer, irgendwann in Gedanken versunken, schlief ich ein. Eine ganze Woche blieb ich zu Hause und war zu gar nichts mehr fähig. Meine Gedanken kreisten immer um Leo und um seine Worte: *»Bitte sag nicht, dass es für uns beide besser ist, wenn du es so meinst, dann muss ich es wohl akzeptieren, aber, was mich angeht, es war der beste Kuss, den ich je erlebt habe, und ich werde uns nie aufgeben. Ich liebe dich und ich werde dich immer lieben.«* Wenn er es doch wirklich so meinte, wie er es sagte, aber das konnte ich mir bei ihm nicht vorstellen. Vielleicht fühlte er wirklich etwas, aber das würde sich sicher ändern, sobald er mit mir geschlafen hätte.

Die meiste Zeit verbrachte ich im Zimmer. Isabell besuchte mich fast jeden Tag und brachte mir die Unterlagen der Vorlesungen und versuchte mich gemeinsam mit meiner Mutter aufzumuntern.

»Na, wie geht es dir?«, fragte sie mich, als wir alleine in meinem Zimmer waren.

»Frag lieber nicht! Ich vermisse ihn so sehr.«

»Oh Süße, wieso machst du es euch so schwer? Er fragt jeden Tag nach dir.«

»Er hat nach mir gefragt?«

»Ja Emma, er hat mich heute nach deiner Telefonnummer und nach deiner Adresse gefragt.«

»Er hat was?! Ich hoffe für dich, dass du sie ihm nicht gegeben hast!«

»Emma, ich habe ihm leider nichts gegeben, aber am liebsten würde ich das tun.«

»Gut für dich!«

»Süße, ich kann dich wirklich nicht verstehen. Du bist meine beste Freundin, und ich mag dich so sehr, aber so wie du dich jetzt aufführst, will ich dir am liebsten eine reinhauen, damit du endlich aufwachst. Hier!«, sie schob mir einen Zettel vor die Nase.

»Was ist das?«, fragte ich etwas gereizt.

»Seine Telefonnummer. Wenn du nicht willst, dass er deine erfährt, kannst du ihn wenigstens anrufen.«

Ich war überrascht, mit zittrigen Händen nahm ich den Zettel aus ihrer Hand. »Hat er ihn dir gegeben?«

»Ja, er gab es mir heute, nachdem er nichts von mir erfahren konnte.«

»Danke.«

Sie schaute auf die Uhr: »Sorry, aber ich muss jetzt gehen, Oliver wartet schon auf mich.«

»Ja, ist schon klar. Grüß ihn von mir!«

»Werde ich machen. Ich hoffe, du rufst ihn an!«

»Mal sehen!«, erwiderte ich und schloss die Tür.

Ich nahm den Zettel und starrte darauf. Ich war so froh, dass er sich über mich erkundigt hatte. Das heißt, dass er nicht böse auf mich war. *Soll ich ihn wirklich anrufen? Und wenn ja, was soll ich ihm dann sagen, dass ich meine Meinung geändert habe?* Das konnte ich nicht tun.

Es ist doch sinnlos, wenn ich ihn anrufe. Es gibt nichts, was ich ihm sagen könnte, damit es besser wird. Ich konnte mir nicht vorstellen, dass er weiterhin mit mir befreundet sein möchte. Ich fühlte mich so schlecht. Mein Magen zog sich vor lauter Schmerz zusammen. Es war kein Wunder, ich hatte seit Tagen fast nichts gegessen. Ich überlegte, ob ich in die Küche gehen sollte, um mir etwas zum Essen zu holen, aber schon der Gedanke daran, dort meiner Mom zu begegnen, hinderte mich daran.

DAS GELBE HAUS

Nach einer Woche fühlte ich mich etwas besser und ging wieder zur Schule. Ich hatte meine Gefühle halbwegs im Griff. Die Vorlesungen taten mir gut, so konnte ich mich wieder auf etwas anderes, was nicht Leo hieß, konzentrieren.

Während des Mittagessens saßen wir wie immer auf unserem Platz in der Mensa und ich sah wieder diese schokobraunen Augen, die mich anstarrten. Von diesem Blick des fremden Jungen war ich ganz verwirrt. Er schenkte mir ein Lächeln. Ich nickte nur und aß weiter, während Isabel mir Geschichten von Oliver erzählte.

Nach der Schule gingen wir gemeinsam nach draußen. Oliver stand schon vor der Eingangstür und wartete sehnsüchtig auf Isabell. Es war so schön, sie dermaßen verliebt zu sehen; mein Schmerz und die Sehnsucht nach Leo stiegen in mir hoch.

Als ich nach Hause kam, bekam ich den Schock meines Lebens. Mein Herz sauste mit hoher Geschwindigkeit wie eine Rakete hoch hinaus und raste im freien Fall wieder auf die Erde zu. Meine Mutter wartete auf mich, nur sie war nicht alleine. Das konnte doch nicht wahr sein! Es war nicht nur so, dass ich ständig an ihn dachte, jetzt halluzinierte ich noch. Das musste eine Fata Morgana sein, sonst konnte ich mir das nicht erklären.

Er saß neben meiner Mom. Ich war wie paralysiert. Ich konnte mich kaum bewegen.

Meine Mutter stand auf, nahm ihre Jacke, gab mir einen Kuss auf die Wange und flüsterte mir ins Ohr: »Er ist ein guter Junge. Gib ihm doch eine Chance!«

Ich stand noch immer wie angewurzelt an derselben Stelle und rührte mich nicht, hörte nicht auf, ihn anzustarren.

»Ich muss noch kurz weg, ihr habt euch sicher viel zu erzählen«, sie lächelte. Bevor sie weg ging, drehte sie sich noch einmal um, zwinkerte Leo ermutigend zu und schloss die Tür hinter sich.

»Hallo Prinzessin«, er ging mit dem süßesten Lächeln auf mich zu. Ich nickte nur.

Als er fast neben mir stand, fühlte ich auf einmal, wie meine Knie wegsackten, und als ich dabei war, auf den Boden zu fallen, hielt er mich fest und hob mich hoch. Dabei zog er mich ziemlich nah an sich heran, sodass ich seinen Atem spüren konnte. Wie immer roch er so gut; sein bezaubernder Duft betäubte mich; wieder wurde ich schwach, und meine Beine verließen mich zum zweiten Mal.

Er nahm mich in seine Arme, trug mich bis zur Couch und legte mich ganz sanft hin. Dann setzte er sich neben mich. »Ich habe wirklich alles von dir erwartet aber, dass du mir gleich zweimal vor die Füße fällst, wenn du mich siehst, hätte ich wirklich nie im Leben gedacht«, er grinste mich an.

»Grins nicht so doof! Das nennt man Gastfreundlichkeit«, sagte ich und konnte mir ein Lächeln nicht verkneifen.

»Aber jetzt musst du mir erklären, wie du mich gefunden hast?«

»Wieso hast du mich belogen?«

»Es tut mir leid, ich wollte dich damals nicht belügen. Ich dachte, …«

»Was dachtest du? Dass ich dich nicht mehr lieben werde oder ich nicht mehr mit dir befreundet sein will?«

»Ich wollte es dir schon früher sagen, aber ich hatte Angst, dass du nichts mehr von mir hören willst. Ich weiß, dafür gibt es keine Entschuldigung«, stammelte ich und senkte meinen Blick nach unten.

Er hob mein Kinn nach oben, sodass ich ihm ins Gesicht sehen konnte: »Wann geht das endlich in deinen Dickschädel! Es ist mir egal, ob du reich oder arm bist. Das einzig Wichtige bist du, und alles andere ist unwichtig.«

»Dickschädel?«, wiederholte ich und tastete mit den Finger meinen Kopf ab. »Willst du mir sagen, dass ich jetzt dick bin. Ist das deine Art mir mitzuteilen, dass ich zugenommen habe?«

Seine makellosen Lippen hoben sich zu einem Lächeln. »Du bist echt verrückt.«

»Danke für das Kompliment, aber würdest du mir jetzt bitte erzählen, wie du mich gefunden hast?«

Er musterte mich amüsiert: »Ich glaube, ich muss dich noch ein wenig quälen dafür, dass ich mich heute vor so vielen Leuten unbeliebt gemacht habe und dass ich fast den ganzen Tag unterwegs war.«

»Bitte Leo, sag es mir, oder soll ich mich noch einmal vor deine Füße legen?«

»Wenn ich es mir recht überlege, wäre das nicht so eine schlechte Idee.«

»Grrr Blödmann, es amüsiert dich, mich zu quälen.«

»So, wie du mich die ganze Zeit gequält hast!«

»Es tut mir leid, ich wollte dich wirklich nicht verletzen.« Als ich ihn jetzt neben mir sitzen sah, spürte ich, wie sich meine Augen mit Tränen füllten.

Sein Lächeln verschwand, als er die Tränen verräterisch über meine Wangen rollen sah. Mit seinen Fingern strich er mir sanft die Tränen von den Wangen und nahm mein Gesicht in beide Hände. Er kam ganz nah an mich heran, sodass ich seinen heißen Atem an meinem Gesicht spüren konnte. Ich hielt die Luft an und war nicht in der Lage, mich zu rühren, saß atemlos vor ihm.

Millimeter vor meinen Lippen hielt er inne: »Bitte versprich mir, dass du mir immer die Wahrheit sagen und dich nie dafür schämen wirst, für das, was du bist, denn ich liebe dich, so wie du bist. Mir ist es egal, ob du arm oder reich bist. Bitte Emma, lüge mich nie wieder an!«

Verzweifelt versuchte ich, meine Fassung wieder zu erlangen: «Ich werde dich nie wieder anlügen; ich verspreche dir, dass ich mich nie wieder schämen werde. Die letzten Tage ohne dich waren die schlimmsten Tage in meinem bisherigen Leben; ich habe es wirklich bereut, dich angelogen zu haben. Nur bei dir kann ich, ich selbst sein und muss mich nicht verstellen. Ich habe dich so gern, denn du bist mein bester Freund; ich will dich nicht verlieren«, sprudelte ich in einem Atemzug heraus.

Er lächelte und hielt mein Gesicht in seinen Händen, immer noch wenige Zentimeter von seinem entfernt. »Ich bin froh, dich endlich wieder gefunden zu haben. Ich habe in den letzten Tagen über uns nachgedacht; heute habe ich mit deiner Mutter auch darüber gesprochen.«

Ich sah ihn etwas verwirrt an.

»Es tut mir leid, dass ich dich bedrängt habe. Das wollte ich nicht. Deine Mutter hat mir von deiner Angst erzählt, und ich kann dich verstehen. Ich verspreche dir, ich werde dich nie wieder zu irgendetwas drängen und bin froh, dein bester Freund zu sein.«

Mir fiel ein Stein vom Herzen. »Danke Leo! Ich bin froh, dass du mich so akzeptierst, wie ich bin, und dass du so geduldig mit mir bist, denn so konnte ich nicht weiter leben. Ein Leben ohne dich ist kein Leben.«

»Da sind wir uns einig!«

»So, und jetzt will ich die Geschichte hören!«

»Ah die Geschichte, die hast du wohl nicht vergessen?«

»Nein, wie könnte ich so eine Story vergessen?«

»Na gut, dann erzähl ich dir die Geschichte: ›Wie findest du Emma.‹ Ich machte mich heute auf den Weg zu dem gelben Haus, wo ich dachte, dass du wohnst. Als ich dort ankam und mir eine junge hübsche Dame die Tür öffnete, fragte ich sie, ob ich mit dir reden könne. Aber sie starrte mich ganz überrascht an und erklärte mir, dass da keine Emma wohne. Ich glaubte ihr am Anfang nicht und dachte, dass du sie rausgeschickt hast, um mich loszuwerden.«

Ich lachte, als er mir das erzählte.

»Ich wünschte, ich hätte in diesem Moment deinen Gesichtsausdruck sehen können!«

»In diesem Moment war ich sehr wütend auf dich, sodass es besser war, dass du mich nicht gesehen hast«, lachte er.

»Ich schrie ganz laut nach dir und sagte, dass du eine Lügnerin bist und keinen Mut hättest, dich vor mich hinzustellen. Ich schrie so lange, bis ein älterer Herr und, wie sich später herausstellte, der Vater der jungen Dame herauskam, und mir ganz freundlich erklärte, dass da wirklich keine Emma wohne. Ich fühlte mich so gedemütigt und schämte mich. Nachdem ich mich entschuldigt hatte, ging ich weiter. Am Anfang wollte ich gleich nach Hause laufen und dich einfach vergessen, aber ich war so wütend auf dich, dass ich dich sehen musste, um dich zur Rede zu stellen. Zuerst wollte ich auf dich vor der Schule warten, aber das schien mir keine gute Idee zu sein, denn die letzte Woche hatte ich dort jeden Tag umsonst gewartet. Außerdem wollte ich deinen Gesichtsausdruck sehen, wenn du mich vor deiner Tür siehst.«

Ich machte eine Menge verschiedener Grimassen und Geräusche und versuchte, so richtig böse auf ihn zu schauen.

»Ich rief Oliver an und fragte ihn, ob er zufällig wüsste, wo du wohnst, aber er wusste es auch nicht. Ich bat ihn, Isabell auszuhorchen. Aber Isabell war in der Schule, und er konnte sie nicht erreichen. Mir blieb nichts anderes übrig, als zu warten, bis Isabell aus der Schule kam und sie dann irgendwie zu zwingen, mir deine Adresse zu geben.«

»Ah, jetzt weiß ich es«, unterbrach ich, »Isabell war die Verräterin.«

»Nein! Ich konnte nicht auf sie warten, ich war außer mir und musste dich einfach weiter suchen. Also marschierte ich von Tür zur Tür. Es hat ewig lang gedauert, bis ich auf einen Mann gestoßen bin, der mit der Beschreibung deiner Person etwas anfangen konnte und mir diese Adresse hier nannte. Als ich bei euch ankam, öffnete deine Mutter mir die Tür. Den Rest kennst du.«

»Ich bin so froh, dass du mich gefunden hast!«

»Ich auch«, er beugte sich zu mir herunter und küsste mich ganz sanft auf die Stirn. Danach hob er den Kopf und sah mir tief in die Augen und ließ dabei seine sanften Finger über meine Wange gleiten.

Ich zuckte zusammen und spürte wieder dieses unbeschreibliche Gefühl.

»Und was machen wir jetzt?«, fragte er mich lächelnd.

»Sicher nicht das, was du ihm Kopf hast«, ich schubste ihn weg.

Er kicherte. »Eigentlich hatte ich vor, fernzusehen, aber wenn du nicht willst, können wir was anderes machen.«

»Das hättest du wohl gern«, ich nahm die Fernbedienung. Den Rest des Tages verbrachten wir auf der Couch vor dem Fernseher.

Gegend Abend kam meine Mutter nach Hause. »Hallo ihr zwei.« Sie hielt drei Pizzaschachteln in den Händen. »Ich habe uns was zum Essen mitgebracht, ich hoffe, ihr habt Hunger?«

»Danke Mom, wir sterben vor Hunger.« Ich schaltete den Fernseher ab; wir gingen in die Küche.

»Leo, du kannst dich schon an den Tisch setzen«, sagte ich, während ich die Teller und den Tabasco aufdeckte.

Während des Essens sprachen wir kaum. Nachdem ich seit Tagen nicht richtig gegessen hatte, war ich so hungrig, dass ich die ganze Pizza alleine aufaß.

»Ich glaube, ich muss jetzt gehen«, meinte Leo, als wir mit dem Essen fertig waren. »Danke Emilia für den heutigen Tag und für die Pizza.«

»Gerne! Ich hoffe, du wirst uns in Zukunft öfter besuchen. Emma wird sich freuen.«

»Mom!«, schimpfte ich und verdrehte genervt die Augen.

»Was denn, habe ich etwas Falsches gesagt?«, fragte meine Mutter unschuldig.

»Es ist alles in Ordnung, Emilia«, Leo zwinkerte mir zu. »Nachdem ich jetzt weiß, wo sie wohnt, werde ich deine Tochter so oft wie möglich besuchen.« Beide lachten.

»Ihr zwei seid unmöglich«, sagte ich. »Mom, ich werde die Pizzaschachteln zum Papierkorb hinausbringen«, ich ging mit Leo nach draußen.

Als ich die Tür hinter uns schloss, hörte ich meine Mutter

sagen: »Bleib nicht zu lange weg, morgen musst du in die Schule gehen!«

Ich verdrehte die Augen, als ob ich Gott weiß wohin gehen würde.

»Na ja ich glaube nicht, dass du so brav bist und jedes Mal den Müll entsorgst«, Leo grinste mich an.

»Jetzt fängst du auch noch an.«

»Es tut mir leid, aber ich wollte dir nur übermitteln, was deine Mutter sich dabei gedacht hatte.«

»Bla, bla, bla ...«

Als ich die Pizzaschachteln wegwarf, kam Leo näher zu mir. Ich spürte wieder seinen unwiderstehlichen Duft. Er nahm meine Hand und sah mir tief in die Augen. »Jetzt muss ich dich wohl nach Hause begleiten.«

»Na ja, wenn du nicht willst, dass mich jemand auf dem Heimweg überfällt, solltest du das tun«, ich lief weg.

»Na warte, gleich werde ich dich überfallen.«

»Zuerst musst du mich fangen«, ich lief noch schneller. Er lief mir nach.

Ich spürte seine warmen Hände auf meiner Taille. »Jetzt habe ich dich!«, er hob mich hoch. Er legte mich mit einer Leichtigkeit über seine Schulter und rannte die Straße hinunter.

»Lass mich los!«, schrie ich lachend und schlug ihn mit beiden Händen auf den Rücken.

»Ich denke nicht daran.«

»Jiha, Pferdchen«, rief ich lachend. »Lauf schneller, mein Pferdchen, lauf schneller!«

»Brrr!«, wieherte er wie ein Pferd und lief weiter. Als wir vor dem Haus standen, nahm er mich vorsichtig herunter.

Er war außer Atem.

»Na Pferdchen, schlechte Kondition?«

»Ich brauche dringend eine Mund-zu-Mund-Beatmung von einer Krankenschwester«, er rang nach Luft.

»Ich behandle leider nur Menschen, keine Pferdchen, aber weil du mir so wichtig bist, rufe ich dir gleich einen Tierarzt an.«

»Einen Tierarzt? Wie nett von dir«, er schenkte mir das süßeste Lächeln der Welt.

Ich wollte nicht, dass der Abend zu Ende ging. Am liebsten würde ich die ganze Nacht mit ihm verbringen.

»Prinzessin, ich befürchte jetzt muss ich dich loslassen«, bedauerte er. »Es ist schon spät, und ich will nicht, dass du meinetwegen Ärger bekommst. Heute war nach längerer Zeit wieder mal ein toller Tag. Ich hoffe, wir sehen uns morgen?«

»Ja, es war schön mit dir. Ich freue mich auf morgen.«

»Gut, ich hole dich morgen nach der Schule ab; wir können dann gemeinsam bei mir zu Hause lernen.« Und bevor ich antworten konnte, gab er mir ein Kuss auf die Wange und ging.

Ich blieb noch eine Weile stehen und sah ihm nach. Ein unbeschreiblich schönes Gefühl durchflutete meinen Körper. Ich spürte die Wärme in meinem Herz. Ich war so glücklich, wie noch nie zuvor.

Am nächsten Morgen stand ich ziemlich bald auf. Ich freute mich auf die Schule und auf Leo.

»Morgen Mom«, sagte ich mit einem Lächeln auf meinem Gesicht, als ich aus dem Badezimmer hinaustrat.

»Morgen mein Schatz, wie ich sehe, hast du gut geschlafen.«

»Mom, bitte, fang jetzt nicht wieder an!«

»Ich habe gar nichts gesagt«, wehrte sie sich.

»Noch nicht, aber wie ich dich kenne, wird es bald losgehen.«

»Ich freue mich für dich, mein Schatz. Nur ich verstehe immer noch nicht, wieso du ihm keine richtige Chance gibst, wenn du ihn so sehr liebst?«

»Mom!«, schrie ich. »Siehst du, du hast wieder angefangen.«

»Es tut mir leid, aber wie es aussieht, kennst du mich besser, als ich mich selbst«, gab sie lächelnd zu.

Ich goss mir eine Tasse Kaffee ein und aß mein Honigbrot auf. »Mom, Leo holt mich nach der Schule ab. Wir wollen gemeinsam lernen.«

»So, so gemeinsam lernen.«

»Mom, was ist heute los mit dir!?«, schrie ich.

»Nichts, was soll sein? Ich habe nur laut gedacht.«

»Na, dann denk in Zukunft nicht so laut nach!«

»Ich muss jetzt gehen«, ich nahm meine Tasche.

Als ich in die Schule kam, wartete Isabell schon sehnsüchtig auf mich.

»Hat er dich gefunden?«, war das Erste, was aus ihrem Mund kam, als sie mich sah.

»Guten Morgen, Isabell. Wie geht es dir?«

»Emma, lass das Gesülze! Erzähl mir lieber, was gestern

passiert ist!«

»Bevor ich dir alles erzähle, musst du mir versprechen, dass du mir keine Fragen stellst und nicht versuchst, mich vom Gegenteil zu überzeugen.«

»Ich weiß nicht, was du damit meinst, aber ich verspreche es dir. Nun fang jetzt endlich an!«

Als ich ihr alles erzählt hatte, guckte sie mich eine Weile still an, bevor sie loslegte: »Ich versteh dich wirklich nicht. Vor was oder wem hast du so eine große Angst, dass du ihm nicht wenigstens einmal eine Chance gibst? So wirst du ihn irgendwann verlieren. Bitte Emma, sei vernünftig, und denk gut nach! Gib ihm doch die Chance, dich wirklich zu lieben!«

»Isabell, du hast mir etwas versprochen, also bitte halte dich daran!«, sagte ich streng.

»Na gut, aber ich hoffe, eines Tages wirst du es nicht bereuen.«

In dem Moment kam Dr. Hofer; die Vorlesung begann. Zu meiner Überraschung verging der Tag wie im Flug, ich musste mich auf die Vorlesungen konzentrieren, was mir extrem schwer fiel, da meine Gedanken immer wieder bei Leo landeten. Als die letzte Vorlesung zu Ende ging, konnte ich es kaum erwarten, nach draußen zu laufen, um Leo endlich zu sehen.

Isabell ging mit mir hinaus; wir konnten schon die Burschen sehen, wie sie auf uns warteten. Wir redeten eine Weile, dann sagte Leo: »Na Emma, gehen wir?«

Ich nickte; wir verabschiedeten uns von Oliver und Isabell. »Wie war dein Tag, Prinzessin?«, fragte Leo, als wir auf dem Weg zu ihm waren.

»Frag lieber nicht, ich habe so viel zu lernen. Ich muss alles nachholen, was ich in der letzte Woche verpasst habe.«

»So ist es, wenn man die Schule schwänzt.« Er schien es zu genießen, dass ich mich so schlecht fühlte. Aber was anderes hatte ich auch nicht verdient.

»Wie war es bei dir?«, wollte ich wissen.

»Ich hatte heute eine Matheschularbeit.«

»Und welches Gefühl hast du?«

»Ich denke, ich bekomme einen Einser.«

»Streber!«

Als wir sein Haus erreichten, blieb er vor der Haustür kurz stehen. Er atmete tief durch und guckte mich mit einem beinahe flehenden Blick an.

Ich wusste, oder besser gesagt, ich konnte mir denken, dass es nichts Gutes sein konnte, und spürte, wie mir im Magen flau wurde. Ich wusste nicht, was mich erwartete. Und da gestand er ganz leise, fast flüsternd:»Meine Mutter ist auch da. Sie erwartet uns zum Abendessen. Ich hoffe, du hast Hunger«, fügte er noch schnell zu.

Bevor ich irgendwas erwidern konnte, öffnete er die Tür, nahm meine Hand und zog mich ins Haus. Ich stand da wie eine Statue. Ich konnte mich nicht bewegen. Ich sah ihn wütend an; wenn Blicke töten könnten, wäre er auf der Stelle tot umgefallen. Das hatte er absichtlich gemacht, er wusste, dass ich damit nie im Leben einverstanden wäre. Ich war noch nicht bereit, seine Mutter kennenzulernen. Das ging mir alles zu schnell. Ich war so böse auf ihn, dass ich am liebsten weglaufen wollte.

»Leo, seid ihr das?«, holte mich eine weibliche Stimme in die Realität zurück.

»Ja Mom, wir sind schon da.«

»Kommt doch in die Küche, das Essen ist in 5 Minuten fertig.«

»Wir kommen gleich, Mom.« Leo starrte mich verzweifelt an.»Es tut mir leid«, flüsterte er mir ins Ohr.»Bitte sei nicht böse auf mich, Prinzessin!« An seiner Stimme merkte ich, dass er es wirklich bereute. Er nahm wieder meine Hand und sagte jetzt fröhlicher:»Komm, gehen wir in die Küche!« Ich folgte ihm noch ein wenig verzweifelt. Als wir die Küche betraten, sah ich eine kleine Frau.

Sie hatte braune kurze Haare. Als sie uns kommen hörte, drehte sie sich zu uns um. Sie hatte braune Augen und ein hübsches Gesicht. Jetzt wusste ich, bei wem sich Leo für sein Aussehen bedanken sollte. »Hallo, du musst Emma sein«, grüßte sie freundlich.

Ich nickte nervös.

»Ich bin Norah Wurz«, sie streckte mir die Hand hin.

»Es freut mich, Sie kennenzulernen, Frau Wurz.«

»Du kannst ruhig Norah zu mir sagen. Ich hoffe, du hast Hunger?«

»Ja.«

»Setz dich, fühl dich wie zu Hause!«

Jetzt wusste ich auch, woher Leo diese Freundlichkeit hatte.

»Kann ich Ihnen … ich meine, dir helfen?«, fragte ich jetzt mit fast normaler Stimme.

»Danke Emma, ich bin schon fertig.«

Während des Essens sprach ich die meiste Zeit mit seiner Mutter. Leo dagegen war sehr ruhig. Es schien so, als ob er sich damit amüsierte, uns beim Reden zuzuhören.

»Leo hat mir erzählt, dass deine Mutter eine Pianistin ist.«

»Ja, meine Mutter war eine sehr gute Pianistin.« Ich erzählte ihr einen kurzen Lebensabschnitt meiner Mom.

»Leo hat mir so viel über dich erzählt, aber wir haben nie davon gesprochen, wo du arbeitest?«, fragte ich sie.

»Ich arbeite in einem Büro. Am Anfang habe ich nur halbtags gearbeitet, aber seitdem Leo groß geworden ist und auf dem richtigen Weg ist, arbeite ich jetzt ganztags.«

Wir redeten eine ganze Weile; irgendwann unterbrach uns Leo: »Mom, wir müssen noch lernen.«

»Oh, das habe ich jetzt total vergessen. Ich habe nicht jeden Tag die Gelegenheit, ein so wunderbares Mädchen kennenzulernen. Ich weiß nicht, ob Leo es dir schon gesagt hat, aber du bist das erste Mädchen, das er nach Hause mitgebracht hat.«

Ich schaute ihn erstaunt an. Ich konnte es nicht glauben, dass er bis jetzt noch kein einziges Exemplar mitgebracht hatte.

»Mom, das reicht jetzt!«, sagte Leo fast wütend. »Wir

sind in meinem Zimmer, wenn du etwas brauchst.«

»Lernt nur, ich werde euch nicht stören«, versprach sie.

Als wir sein Zimmer betraten, schloss er die Tür hinter uns zu. Es war ein großes helles Zimmer. An den Wänden waren überall Bilder aufgehängt. Es waren meistens Porträts.

»Leo, sind das deine Bilder, hast du sie gemalt?«, fragte ich ihn ganz überrascht.

»Ja, die stammen alle von mir«, antwortete er etwas verlegen.

»Ich wusste nicht, dass du so gut malen kannst. Wieso hast du mir nie davon erzählt?«

»Es ist nur ein Hobby, außerdem habe ich nicht gewusst, dass dich so etwas interessieren würde.«

»Wie kannst du nur so was denken? Mich interessiert alles, wenn es um dich geht. Und ich finde, dass die Bilder wirklich gut sind.«

»Meinst du?«, er kratzte sich am Kopf.

»Ja, das meine ich wirklich. Ich hätte nie gedacht, dass hinter dir ein wahrer Leonardo da Vinci steckt. Du musst mir versprechen, sobald ich den verpassten Stoff nachgeholt habe, mich auch zu malen.«

»Ich verspreche es dir, ich werde eine Mona Lisa aus dir machen, aber jetzt müssen wir wirklich lernen«, sagte er grinsend.

»Alles klar Da Vinci.«

»Da du mein Gast bist, kannst du dir aussuchen, wo du dich zum Lernen hinsetzen willst.«

»Wo sitzt du normalerweise?«

»Es ist egal, wo ich sitze, ich werde mich nach dir richten.«

»Danke, das ist aber sehr nett von dir«, ich legte mich auf sein Bett.

»Ich habe gesagt sitzen, nicht liegen!«

»Ich sitze in liegender Position, außerdem habe ich dir absichtlich deinen Sitzplatz beim Tisch gelassen, sodass ich dir keine Umstände mache.«

Nach fast zwei Stunden intensivem Lernen war ich erledigt. »Ich gehe dann.«

»Ich werde dich nach Hause bringen.«

»Leo, ich kann schon alleine gehen.«

»Das weiß ich doch, du bist ein großes Mädchen, aber ich werde dich trotzdem begleiten«, sagte er fest entschlossen. Ich wusste, ich konnte ihm dies nicht ausreden, also gab ich mich geschlagen und zuckte nur mit den Schultern. »Wie du meinst! Ich werde mich noch von deiner Mutter verabschieden«, und ging ins Wohnzimmer, wo Leos Mutter vor dem Fernseher saß. »Auf Wiedersehen, Norah, danke für das hervorragende Essen und für die Gastfreundlichkeit«, als ich ihr die Hand reichte, umarmte sie mich.

»Es hat mich sehr gefreut, dich kennengelernt zu haben, Emma!«

In der Zwischenzeit kam Leo auch ins Wohnzimmer. »Mom, ich werde Emma nach Hause begleiten.«

»Das solltest du unbedingt«, hörten wir sie sagen, während wir nach draußen gingen.

Auf dem Heimweg befragte ich ihn über seine Bilder. »Seit wann malst du eigentlich?«

»Ich habe als Kind sehr gern gezeichnet, und in der Grundschule habe ich mit meinen Zeichnungen nicht nur meine Kunstlehrerin aufmerksam gemacht, sondern auch die Schuldirektorin. Sie war so fasziniert, dass sie meine Bilder in der ganzen Schule ausgehängt hat. Ihrer Meinung nach sollte ich eine Kunstschule besuchen; meine Mutter war so stolz auf mich. Aber ich habe immer an mir gezweifelt, dass ich nicht gut genug sein würde. Weil wir nicht viel Geld haben, habe ich mich doch für die HTL - Höhere Technische Lehranstalt entschieden. HTL war nicht mein Traum, aber wenigstens habe ich danach eine gute Chance, eine Arbeit zu finden; außerdem muss man in meiner Schule auch hin und wieder Zeichnungen anfertigen«, ich merkte an seiner Stimme, dass er mit dem nicht zufrieden war.

»Na ja, man darf seine Träume nie aufgeben. Vielleicht

kannst du dir eines Tages doch das Geld für das Studium leisten, ich fange nämlich nächste Woche in einer Pizzeria als Bedienung an. Wenn du willst, kann ich nachfragen, ob sie noch jemanden brauchen.«

»Du bist echt etwas Besonderes. Ich habe noch nie an so etwas gedacht.«

»Das wäre ein Wunder bei der Gehirnmenge, die du im Schädel hast«, ich grinste.

Er sah mich ganz verwirrt an.

»Neben so vielen Mädchen, die du hattest, hätte ich mich gewundert, wenn du auf irgendwelche normalen Gedanken gekommen wärst.«

»Ah, jetzt weiß ich, wie der Hase läuft.«

»Gut, dass wir endlich auf einer gleichen Wellenlänge sind!«

Als wir vor meiner Haustür standen, fragte ich ihn grinsend: »Soll ich dich jetzt auch begleiten, ich kann dich auch nicht so spät alleine gehen lassen?«

Er verzerrte sein Gesicht und starrte mich an. »Das gefällt dir?«

»Was?«

»Mich andauernd auszulachen, wenn ich mir Sorgen um dich mache.«

»Da ist etwas Wahres dran«, erwiderte ich.

»Gute Nacht, Prinzessin, wir sehen uns morgen«, sagte er und gab mir einen Kuss auf die Wange.

»Gute Nacht, mein Pferdchen«, erwiderte ich und ging ins Haus.

An dem Abend schlief ich schnell ein. Nach schlaflosen Nächten war das die erste Nacht, in der ich mich vollkommen ausschlafen konnte. Ich war so froh, wieder in Leos Nähe zu sein.

Jeden Tag nach der Schule trafen wir uns entweder bei mir oder bei ihm zu Hause.

Norah war so fürsorglich und lieb zu mir, dass sie sozusagen eine Ersatzmutter für mich geworden war. Deswegen lud

ich sie und Leo eines Abend zu uns zum Abendessen ein.
»Mom, mach dir keine Sorgen, ich habe alles im Griff. Du
wirst sehen, sie ist echt nett«, sagte ich gelassen.

Meine Mom war sehr nervös, da wir seit Ewigkeiten keinen Besuch gehabt hatten und da sie eine Perfektionistin war,
wollte sie, dass alles an dem Abend erstklassig wurde, angefangen von der Tischdekoration bis zum Essen.

Als unsere Gäste eingetroffen waren und sie endlich Norah kennenlernte, war ihre Nervosität gleich weg.

Der Abend verlief gemütlich. Da unsere Mütter dasselbe
Schicksal mit ihren Ex-Männern teilten, hatten sie genug
Gesprächsstoff für die nächsten zwanzig Jahre. An dem
Abend waren die beiden bis zu Tränen gerührt und zeigten
sich als zwei Seelenverwandte, die sich endlich gefunden
hatten. Erst spät in der Nacht verabschiedeten sich Norah und
Leo von uns. Als sie weg waren, sah ich ein strahlendes Gesicht an meiner Mom.

»Und hatte ich recht?«, fragte ich lächelnd.

»Ja, meine Nervosität war umsonst. Norah ist wirklich genau so, wie du sie mir beschrieben hattest. So liebevoll und
einfühlsam. Wir haben uns gleich wieder für morgen verabredet«, verkündigte sie fröhlich.

Während sie sprach, musste ich die ganze Zeit gähnen.
»Das ging aber schnell, gleich nach dem ersten Tag, sich zu
verabreden.«

Sie guckte mich etwas verwirrt an, und ich klärte sie auf:
»Mom, das war nur Spaß. Es freut mich, dass ihr euch so gut
versteht.«

Sie schenkte mir ein Lächeln.

»Es tut mir leid, aber können wir das Gespräch auf morgen verschieben, ich bin so müde«, sagte ich gähnend.

Sie nickte lächelnd: »Gute Nacht, mein Schatz, schlaf
gut!«

»Danke Mom, du auch.«

Ich war so müde, dass ich, als ich mich auf dem Bett ausstreckte, auch schon eingeschlafen war.

HAPPY NEW YEAR!!!

Es war endlich Silvester. Wir konnten uns nicht entscheiden, wo wir heute Abend feiern sollten. Den ganzen Vormittag hatten Isabell, Oliver, Leo und ich eine Telefonkonferenz und entschlossen uns in der letzten Minute für einen Club außerhalb von Salzburg. »Ich werde fahren, denn ich habe heute keine Lust, mich zu betrinken«, verkündigte ich; die anderen freuten sich darüber. »Ich hole euch gegen 20 Uhr ab«, versprach ich.

Den ganzen Tag verbrachte ich mit meiner Mom, um ein passendes Outfit für heute Abend zu suchen. Meine Mom fand natürlich schnell eins. Sie wollte bei Norah Silvester verbringen; die zwei wollten es sich zu Hause gemütlich machen. Ich war froh darüber, dass sie nicht alleine sein würde. Jetzt musste ich wenigstens kein schlechtes Gewissen mehr haben, weil ich mit meinen Freunden feierte.

Als ich endlich gestylt war, fuhren wir zu Norah und Leo. Ich trug ein langes, enges, rosa Kleid mit Fransen. Der Ausschnitt am Rücken reichte mir fast bis zur Hüfte und entblößte ein langes V-förmiges Stück meiner Haut. Ich lehnte mich an den Sessel und hoffte, wenn Leo den Ausschnitt nicht mehr sehen würde, würde er aufhören, mich so anzustarren. Aber er sah mich unentwegt, ohne zu blinzeln, an. Die ganze Zeit war sein Blick auf mich fixiert; ich kam mir nackt vor. Wieso hatte ich dieses blöde Kleid angezogen?

»Emma, möchtest du was trinken?«, fragte mich Norah.

»Ja, bitte irgendeinen Saft«, stammelte ich nervös, denn sein Blick ruhte noch immer auf mir. Mein Herz galoppierte wie verrückt in meiner Brust. Wieso tat er das?

Als mir Norah den Apfelsaft brachte, nahm ich das Glas und trank es hastig aus. Das gab es doch nicht, er wendete nicht einmal für eine Sekunde lang den Blick von mir.

Ein aufregendes Gefühl machte sich in mir breit. Er brachte mich völlig aus der Fassung.

Zum Glück waren unsere Mütter dermaßen in ihr Gespräch vertieft, dass sie es nicht merkten. *Oh Gott, bring mich irgendwohin! Ich werde überall gebraucht, nur nicht hier.*

Ich hielt seinen Blick nicht mehr aus und sagte: »Leo, gehen wir?«

Endlich schaute er woanders hin. »Es ist erst kurz nach 19 Uhr, wir haben noch genug Zeit.«

»Egal, ich werde langsamer fahren«, erwiderte ich und stand auf.

»Wie du meinst«, nuschelte er, und wir verabschiedeten uns von unseren Müttern.

Den ganzen Weg fuhr ich ganz langsam, sodass fast jeder der vorbeifuhr, uns beim Überholen anhupte. Einer zeigte mir sogar den Stinkefinger.

»Prinzessin, muss das wirklich sein? Könntest du nicht schneller fahren«, meinte Leo jetzt etwas genervt.

»Ich kann, aber du wolltest nicht, dass wir dort zu bald erscheinen.«

»Das stimmt nicht.«

»Oh doch!«

»Na gut, ich habe einen Fehler gemacht. Könnten wir jetzt schneller fahren? Uns überholen sogar die Fußgänger.«

»Nee«, erwiderte ich.

»Prinzessin, das nennt man Nötigung.«

»Ah ja, und was war bei euch zu Hause? Nennt man das auch Nötigung?«

»Was meinst du?«

»Du weißt genau, was ich meine. Deine Scann-Aktion. Du hast mich wieder so angestarrt. Nächstes Mal, wenn ich ein CT- Bild brauche, könnte ich es glatt von dir abholen. Denn so ein ausführliches Scanning würde nicht mal ein CT-Gerät durchführen können.«

»Das kannst du ruhig machen, aber nur damit du deine

Zeit einplanen kannst, ich war heute mit dem Scanning noch nicht fertig.«

»Oh siehst du, dass nennt man Nötigung«, sagte ich entsetzt. Um Punkt 20 Uhr standen wir vor Isabells Wohnung. Zu unserer Überraschung warteten sie schon draußen auf uns.

»Wo wart ihr so lange?«, fragte Isabell, während sie einstigen.

Ich sah sie verdattert an.

»Isabell, es ist Punkt 20 Uhr«, erläuterte Leo, und ich fuhr endlich mit normalem Tempo los.

»Wir haben vor ein paar Wochen in der Schule einen IQ-Test gemacht«, erzählte uns Leo während der Fahrt.

»Und hast du das Ergebnis schon bekommen?«, erkundigte ich mich.

»Ja«, sagte er.

»Und?«, forschte Isabell neugierig.

»125!«

Die Ampel war rot und ich blieb stehen. Neben uns auf der Nebenspur erschien ein Auto, voll mit Jugendlichen besetzt. Während wir auf grün warteten, hörte ich ein infernalisches Brüllen des Automotors.

»Emma, anscheinend wollen sie mit uns ein Rennen fahren!«, bemerkte Leo.

»Ja, es sieht ganz so aus«, stimmte ich zu und trat im Leerlauf auf das Gas.

»Komm Schumacher, gib Gas, und zeig es ihnen!«, sagte Oliver amüsiert.

Ich trat aufs Gaspedal, und der Motor gab ein starkes Dröhnen von sich.

»Yeah Schumi, zeig's denen!«, schrie Leo.

Und dann war es grün; ich trat auf die Kupplungspedale. Als ich dabei war, den Schalthebel in den ersten Gang zu setzen, spürte ich unter meinem linken Fuß, wie das Kupplungspedal seinen Geist aufgab. Das durfte doch nicht wahr sein! Das Kupplungspedal bot auf einmal keinen Widerstand mehr und ließ sich komplett bis zum Boden drücken. Und das Schlimmste war, es kam nicht mehr zurück, und ich konnte keinen Gang mehr einlegen.

»Prinzessin, es ist schon grün«, sagte Leo.

»Ich weiß«, erwiderte ich und kämpfte weiter.

Die Jugendlichen fuhren an uns wie eine Rakete vorbei.

»Emma, grüner wird's nicht«, hörte ich Isabell sagen.

»Schumi, was ist los? Hast du es dir anders überlegt?«, fragte mich Leo; bevor ich antworten konnte, sprach Oliver: »Nee, sie gibt denen nur einen Vorsprung!«

»Meinst du? Aber es ist wieder rot. Die werden wir nie einholen können!«

»Jungs, hört endlich damit auf!«, schrie ich so laut, dass sich keiner mehr traute, irgendetwas zu sagen. »Das Auto ist kaputt. Es lässt sich kein Gang mehr einlegen«, sagte ich verzweifelt.

»Wie es lässt sich kein Gang mehr einlegen?«, fragte Leo verwirrt.

»Das Kupplungspedal gibt keinen Widerstand mehr. Es ist tot. Ich kann tun, was ich will, aber es passiert nichts.«

»Emma, du solltest die Warnblinkanlage einschalten. Es ist wieder grün«, riet Isabell.

»Oh danke, das habe ich total vergessen. Es fehlt uns noch, dass uns jemand reinfährt.«

»Prinzessin, beruhige dich! Du solltest weiterhin im Leerlauf bleiben; sobald es wieder grün ist, werden Oliver und ich das Auto vorne auf die Seitenstraße schieben.«

»Na gut.«

Leo und Oliver stiegen aus dem Nissan Micra aus und schoben das Auto bis zur Seitenstraße.

»Prinzessin, würdest du mich mal ranlassen?«, Leo bedeutete mir, das Auto zu verlassen.

Er versuchte, das Auto in Gang zu bringen; jedoch war er nicht besser dran. Danach probierte es Oliver vergeblich. Leo öffnete die Motorhaube; beide verkrochen sich darunter und führten Fachgespräche, als ob sie eine Ahnung davon hätten.

»Es ist wahrscheinlich das Getriebe kaputt«, diskutierten die beiden.

Na toll, wir kommen dem Nullpunkt immer näher. Währenddessen blieben Isabell und ich im Auto sitzen; jeder, der vorbeifuhr, blieb bei uns stehen. Nachdem alle möglichen Leute, angefangen vom Bäcker bis zum Anwalt, unter meiner Motorhaube nach dem Schaden geforscht hatten, kamen alle zu dem gleichen Schluss: »Das Getriebe ist kaputt!«, äußerte eben der 46. Mann, der sich mein Auto angeschaut hatte.

Als er wegfuhr, stieg ich etwas genervt aus dem Auto: »Grrr ich kann das nicht mehr hören! Getriebe ist kaputt!!! Was machen wir jetzt?«

»Wir können den ÖMTC anrufen«, meinte Oliver.

»Geht leider nicht, ich bin kein Mitglied.«

»Oh!«, kommentierte Oliver.

»Oder wir rufen uns ein Taxi an, ich nehme mein Auto, und du kannst dich dann von mir abschleppen lassen«, schlug Leo vor.

»Das kommt nicht infrage. Unsere Mütter sind bei dir, und sie werden es gleich erfahren.« Während wir überlegten, was wir tun könnten, kletterte Leo ins Auto und experimentierte weiter herum.

»Ich habe es geschafft, ich habe es geschafft!«, schrie er laut aus dem Auto. »Ich habe den Schalthebel in den zweiten Gang eingelegt«, verkündete er fröhlich. »Jetzt können wir wieder zurückfahren und mein Auto nehmen.«

»Es ist 22 Uhr und wir sind auf dem halben Weg. Mit dem zweiten Gang werden wir auf keinen Fall so schnell bei dir zu Hause sein«, gab ich zu bedenken.

»Ja, aber was bleibt uns sonst übrig?«, erwiderte Leo.

»Wir fahren einfach weiter«, ich stieg wieder ins Auto.

»Bist du dir sicher?«, staunte Leo.

»Na klar, wir wollen doch nicht das neue Jahr im Auto verbringen, oder? Isabell, komm bitte wieder ins Auto, und ihr zwei schiebt uns!«, sagte ich.

Die Beifahrertür ließen wir offen sowie den Beifahrersitz im umgeklappten Zustand, damit Oliver und Leo wieder ins

Auto hereinspringen konnten.

Sie schoben das Auto in den zweiten Gang; ich blieb die ganze Zeit auf der Kupplung stehen. Als das Auto ca. 10 km/h fuhr, ließ ich die Kupplung los; der Motor sprang an. Ich fuhr ganz langsam, damit sie wieder ins Auto gelangen konnten. Im Rückspiegel sah ich die zwei, wie sie hinter uns zurück blieben.

Nach einer Weile schrie Leo atemlos: »Kannst du bitte etwas langsamer fahren?«

Der Tachometer zeigte 10 km/h an. »Ich fahre gerade 10km/h, wenn ich langsamer fahre, überholt ihr mich!«

Nach einem Marathon hüpfte unser erster Stuntman Oliver ins Auto, gleichzeitig klappte er den vorderen Sitz nach hinten, sodass Leo auch hineinspringen konnte.

Die ganze restliche Fahrt über japsten die zwei nach Luft. Zum Glück für unsere zwei Stuntmänner dauerte es etwas länger, bis wir den Club erreichten, da ich den ganzen Weg im zweiten Gang zurücklegte. Wenigstens hatten wir Glück, dass wir eine grüne Welle hatten und ich bei keiner Ampel mehr stehen bleiben musste.

Als wir eintrafen, waren nur zwei Kellner und ein DJ dort beschäftigt. Außer uns vier war keine Menschenseele zu sehen, als ob wir kurz vor dem Atomkrieg stehen würden und alle hätten sich im Bunker verkrochen.

Schweigend guckten wir uns an; keiner traute sich, irgendetwas zu sagen.

Da brach Oliver das Schweigen. »Wollen wir uns so weiter anglotzen oder werden wir endlich was unternehmen? Uns bleibt nämlich nicht viel Zeit. Fahren wir wieder zurück?«

»Aber dieses Mal gehen wir auf Nummer sicher. Ins White Trash«, schlug Leo vor.

Isabell und ich sahen uns nur an und nickten. Schweigend und mies gelaunt gingen wir wieder zum Auto zurück.

Als ich ins Auto einsteigen wollte, fragte mich Leo, ob ich kurz draußen warten könne und setzte sich auf den Fahrersitz.

Während ich genervt auf ihn wartete, winkte mir Isabell aus dem Auto und machte komische Grimassen, so lange, bis ich endlich lachte.

»So, jetzt habe ich es geschafft, den Schalthebel in den fünften Gang zu legen. Du kannst dich wieder hineinsetzen. Oliver und ich werden euch wieder schieben«, erklärte Leo.

»In den fünften Gang?«, fragte ich verblüfft.

»Ja, wenn du im zweiten Gang weiterfährst, werden wir erst morgen zu Hause ankommen.«

»Das hätte ich wissen müssen«, nuschelte ich.

Sie schoben wieder das Auto, nur diesmal dauerte es etwas länger, da es nicht mehr bergab ging und ich mit hoher Geschwindigkeit fahren musste, bis sich der Motor meldete. Deswegen legten die beiden immer wieder eine kurze Pause ein. Während wir wieder eine Pause machten, blieb ein Auto neben uns stehen; drei Jungs stiegen aus.

Sie gingen zu Leo und Oliver, sprachen mit denen, stiegen wieder kopfschüttelnd ins Auto und fuhren weg.

»Emma, bist du bereit, wir werden wieder einen Versuch starten«, erkundigte sich Leo.

»Ja, ihr könnt loslegen!«, erwiderte ich.

Sie schoben das Auto an – diesmal mit Erfolg. Der Motor startete; ich musste jetzt etwas schneller fahren, damit es nicht wieder zum Stillstand kam. Ich fuhr 50km/h; im Rückspiegel sah ich die beiden hinter dem Auto herlaufen. Sie rannten und rannten.

»Soll ich stehen bleiben?«, rief ich ihnen zu.

»Nein, fahr nur«, brüllten sie gleichzeitig völlig außer Atem.

Im Rückspiegel bemerkte ich, wie sie immer kleiner und kleiner wurden; da blieb ich stehen.

Nach einer Weile erreichten sie uns keuchend und setzten sich ins Auto. Als sie wieder genug Luft hatten, fing Oliver zu reden an. »Emma, wieso bist du stehen geblieben? Wir hätten euch schon eingeholt.«

Ich starrte ihn verdutzt an:»Ja, bestimmt! Nur die Frage wäre dann, wo und wann?«

»In Salzburg in 10 Jahren«, erwiderte Isabell; wir beide mussten lachen.

»Ja, ja für euch beide ist das lustig. Wie wäre es, wenn wir die Rollen tauschen würden und ihr zwei das Auto schiebt«, offerierte Leo.

»Danke Leo, aber so respektlos sind wir nicht. Wir würden gern dein Angebot annehmen, aber da wir es bei 50km/h schaffen werden, ins Auto hineinzuspringen, werdet ihr euch damit nur blamieren. Also werden wir so tun, als ob du uns das Angebot nie gemacht hättest.« Isabell und ich kicherten wieder.

Sie schauten uns nur an und schüttelten mit dem Kopf.

»Jetzt erzählt uns, was wollten die drei Jungs von euch?«, fragte Isabell neugierig.

»Sie haben uns vorgeschlagen, das Auto zu schieben«, berichtete Oliver.

»Ja total irre, als ob wir das selbst nicht tun können«, fügte Leo hinzu.

Isabell und ich gackerten wieder los.

»Wieso lacht ihr schon wieder?«, wollte Leo wissen.

»So viel zu deinem IQ Test – 125.«

Er zog seine Augenbrauen hoch.

»Ihr zwei solltet im Auto mit uns sitzen, während die Jungs uns schieben. Es ging nicht darum, ob ihr das Auto schieben könnt oder nicht, sondern ums Hineinspringen. Das war die Pointe. Seid ihr wirklich nicht draufgekommen, dass die Jungs euch nur helfen wollten?«

Oliver und Leo sahen sich nur an.»Daran haben wir wirklich nicht gedacht«, gestand Oliver.

»So, jetzt können wir nur hoffen, dass jemand stehen bleibt und uns hilft«, seufzte Isabell.

Aber da kein Auto vorbeifuhr, blieb Oliver und Leo nichts anderes übrig, als wieder das Auto zu schieben und danach einen Marathon zu laufen. Nach einigen Versuchen hatten die zwei schon eine bessere Kondition und kamen immer näher und näher zum Auto heran, dann hatten sie es endlich geschafft! Yeah, unser erster Stuntmann Oliver sprang hinein und machte wieder dieselbe Prozedur mit dem Sitz. Jetzt warteten wir alle auf Leo, aber er lief immer noch hinterher.

»Leo, soll ich stehen bleiben«, schrie ich.

»Nein, fahr nur weiter; ich werde euch schon einholen«, schrie er zurück; nach einer Weile hatte er es wirklich geschafft, ins Auto reinzuspringen.

Jetzt fuhr ich wieder schnell, aber wir hatten keine Chance, rechtzeitig ins *White Trash* zu kommen. Es war kurz vor Mitternacht, als ich ein Schild »in 100 m Tankstelle« entdeckte, da fiel mir etwas Verrücktes ein: Als wir uns ganz nah an der Tankstelle befanden, bremste ich, um die Geschwindigkeit zu reduzieren, damit ich leichter nach rechts abbiegen konnte.

»Wieso bremst du auf einmal, und wieso zum Teufel bleibst du stehen?«, Leo`s Stimme klang etwas gereizt.

»Es ist kurz vor Mitternacht. Wollt ihr wirklich im Auto hocken, während alle anderen feiern?«, fragte ich.

»Nein, aber wir haben keine andere Wahl«, sagte Isabell.

»Doch das haben wir«, ich stieg aus dem Auto.

Alle gafften mich an, als ob sie gerade einen Außerirdischen gesehen hätten, und bewegten sich nicht.

»Na los!«, forderte ich sie auf. »Ihr werdet es nicht bereuen.«

Noch immer verwundert, folgten sie mir bis zur Tankstelle. »Was machen wir auf einer Tankstelle. Willst du hier feiern?«, fragte mich Leo.

Ich lächelte ihn an: »Nein, wir werden uns alles, was wir für eine Party brauchen, hier kaufen, danach werden wir am Parkplatz neben dem Auto mit selbstaufgelegter Musik feiern.«

»Du bist echt verrückt!«, urteilte Leo und lächelte mich an.

»Tolle Idee!«, zwitscherten Oliver und Isabell gleichzeitig.

Nachdem wir für die Party versorgt waren, gingen wir zurück zum Auto. Während Oliver und Leo sich nicht wegen der Musik einigen konnten, sangen Isabell und ich das Lied aus dem Film *Happy New Year* von Jon Bon Jovie »Have a little faith in me« und tanzten eng umschlungen.

»And when the tears you cry
Are all you can believe
Give these loving arms a try baby
Have a little faith in me
Have a little faith in me …

Und da kamen Oliver und Leo zu uns. »Darf ich dir Isabell entführen?«, fragte er lächelnd.

»Nur weil du es bist«, erwiderte ich.

Ich spürte Leos Hände an meiner Hüfte und mein Herz pochte heftig gegen meine Rippen.

Ich drehte mich langsam zu ihm; er zog mich ganz nah an sich heran, sodass ich jetzt seinen warmen Atem an meinem Hals spüren konnte. Mir blieb nichts anderes übrig, als meine Hände um seinen Hals zu schlingen und mit ihm zu tanzen. Eng umschlungen, tanzten wir, und dann sang er das Lied von »Bon Jovie«.

»I've been loving you for such a long time
Expecting nothing in return
Just for you to have a little faith in me
You know time, time is our friend
'Cause for us there is no end
All you gotta do is to have a little faith in me …«

Ich spürte, wie mein ganzer Körper zitterte, nicht weil mir kalt war, sondern weil ich wusste, dass jedes einzelne Wort für mich bestimmt war: »Ich liebe dich seit so langer Zeit. Ich erwarte keine Gegenleistung. Nur dass du ein wenig Vertrauen in mich hast. Du weißt, die Zeit, die Zeit ist unser Freund. Denn für uns gibt es kein Ende. Alles, was du tun musst, ist, ein wenig Vertrauen in mich zu haben.« Das Lied war wie für uns geschrieben. Ich hoffte, dass die Zeit wirklich unser Freund war und ich irgendwann stark genug sein würde, um ihm vertrauen zu können.

Das farbenfrohe Spektakel am Himmel erinnerte mich, dass es schon Mitternacht war.

»Frohes neues Jahr, Prinzessin«, er senkte den Kopf, seine Lippen berührten meine Wange und fuhren sanft darüber. Wieder ließ er diese dämlichen Schmetterlinge in meinem Bauch erwachen; ich sehnte mich so sehr nach seinen weichen Lippen. »Frohes neues Jahr, Pferdchen«, wünschte ich mit zittriger Stimme.

NO PROBLEM

Die Monate mit Leo vergingen und ich arbeitete fleißig nach der Schule in der Pizzeria als Bedienung. Als uns ein Angestellter aus der Küche kündigte, hatte ich gleich die Situation genutzt, um Leo bei meinem Chef vorzustellen. Da er mit Leo ganz zufrieden war, stellte er ihn ebenfalls fest ein. So arbeitete Leo in der Küche und war mein Pizzameister. Wir verbrachten unsere Tage entweder bei der Arbeit oder wir lernten gemeinsam.

Unsere Mütter waren beide endlich zufrieden. Leos Mom war insbesondere froh darüber, dass er jetzt immer zu Hause war und sie sich nicht die ganze Zeit fragen musste, wann und ob er überhaupt nach Hause käme. Es schien mir zu sein, als ob er sich wirklich geändert habe, denn ich sah ihn nie mit einem anderen Mädchen zusammen. Zumindest solange er mit mir zusammen war, und in der letzten Zeit waren wir ständig zusammen.

Es war Wochenende; wir verbrachten den Abend gemütlich vor dem Fernseher und sahen uns einen DVD-Film an.

»Emma, gehen wir etwas trinken?«, fragte Leo plötzlich mitten im Film.

»Jetzt, um die Zeit?«

»Ja, wieso nicht? Es ist doch Wochenende; wir haben den ganzen Abend vor uns. Vor dem Fernseher können wir auch später sitzen oder hast du einen besseren Vorschlag?«, er lächelte mich verführerisch an.

»Das hättest du wohl gern, aber nein danke! Was trinken gehen, das klingt gut. Ich ziehe mich nur schnell um, dann können wir gleich los«, ich lief in sein Zimmer. Ich hatte bei Leo immer etwas zum Umziehen dabei, da ich ständig bei ihm war und nie so richtig wusste, was wir als Nächstes machen würden.

»Wo fahren wir hin?«

»Lass dich überraschen! Dort warst du bestimmt noch nie.« Wie immer öffnete er mir die Tür und nahm meine Hand. Als wir in den Aufzug gingen, stieg die Aufregung noch mehr. Im 12. Stock hielt der Aufzug an; die Tür glitt auseinander. Leo stieß mich vor sich aus dem Aufzug und führte mich durch die Glastür in eine Bar, oder besser gesagt, in eine Skybar. »Die Überraschung ist dir gelungen«, flüsterte ich ihm ins Ohr, während wir uns einen freien Platz suchten. Die Bartheke war aus weißem Hochglanzholz und die Sessel mit weißem Kunstleder überzogen. An den Wänden hingen Bilder von berühmten Schauspielern und Sängern; im Hintergrund hörte man Musik. Aber das Beste war der Ausblick. Von hier oben konnte man die ganze Stadt sehen. Leider waren alle Plätze mit dem Ausblick auf die Stadt besetzt; wir setzten uns in die Mitte, wo noch einige Plätze frei waren.

»Na, habe ich zu viel versprochen oder gefällt es dir?«

»Nein, es ist ganz schön hier«, sagte ich noch immer überrascht.

Die Kellnerin erschien mit den Getränken und ging wieder. »Die ist aber zackig. So schnell hatte ich bis jetzt nirgendwo was zum Trinken bekommen.«

»Die sind wirklich schnell hier; das rechne ich ihnen hoch an.«

Wir redeten wieder über belangloses Zeug, dann nahm Leo wieder meine Hand und sah mich verliebt an.

Mein Herz fing schneller zu pumpen an.

»Bitte Leo, tu das nicht wieder«, sagte ich ganz leise und unsicher.

»Was soll ich nicht tun?«

»Das alles, ich meine, meine Hand zu halten, mich so anzusehen.«

»Wie sehe ich dich an?«

Mein Herz sauste von seinem Anblick.

»Als ob du in mich verliebt wärest.«

»Und das gefällt dir nicht.« Es war keine Frage, sondern eine Feststellung.

»Ah Leo, fang jetzt bitte nicht wieder damit an!«

»Mit was soll ich nicht anfangen?«, musterte er mich, als ob er sich mit einem Blick in mein Gehirn einhacken könnte.

»Muss ich dir jedes Wort aus der Nase ziehen. Du weißt ganz genau, wovon ich spreche. Mit deinen romantischen Anschlägen ist jetzt ein für alle Mal Schluss!«, sagte ich genervt.

»Heißt das, dass es dir egal wäre, wenn ich eine andere hätte«, äußerte er gelassen, ohne seinen Blick von mir zu wenden.

Ich war schockiert über seine Worte und guckte ihn skeptisch an.

Als er meinen Gesichtsausdruck bemerkte, zuckte sein Mundwinkel, als versuche er zu lächeln, wusste jedoch nicht, wie das ging.

Das kann doch nicht wahr sein! Fragt er mich um Erlaubnis oder will er mich nur testen? Von der Vorstellung, dass er eine andere hätte, bekam ich Panik, und mein Magen zog sich vor Schmerzen zusammen. Ich würde das nicht ertragen, er würde mir das Herz brechen. Aber das konnte ich nicht zugeben, stattdessen sagte ich:»Ich dachte, dieses Thema wäre längst passé.«

»Na gut, ich wollte mich nur vergewissern, dass es dir wirklich nichts ausmachen würde, wenn ich mit einer Freundin auftauche.«

Ich spürte einen Stich in meinem Herz und stand kurz vorm Tränenausbruch. *Hat er schon eine Freundin? Das kann er mir nicht antun! Ich liebe ihn doch, das würde mich umbringen. Aber ich kann nichts dagegen tun.* Ich wusste, dass es dazu kommen würde, also sammelte ich meine ganze Kraft und lächelte ihn an.»Nein, wirklich nicht, wir sind doch nur Freunde; du kannst tun, was immer du willst.«

Er schaute mich noch immer mit dem Blick an, als würde er jede Sekunde in mein Gehirn einbrechen.

Wir saßen eine Weile da; keiner traute sich, irgendetwas zu sagen. Auf einmal wurde Leo unruhig, irgendetwas stimmte nicht mit ihm, als ich ihn fragen wollte, stand er auf und sagte: »Ich komme gleich, Prinzessin.«

Ich starrte ihn überrascht an, aber es schien ihn nicht wirklich zu interessieren, was ich dachte.

Er drehte sich um, bevor ich irgendetwas sagen konnte und ging zum Nachbartisch. Er setzte sich neben ein rothaariges Mädchen.

Als sie ihn bemerkte, lächelte sie ihn an und gab ihm einen Kuss.

Er erwiderte ihren Kuss; mit seiner Hand strich er ihr über ihre langen roten Haare.

Ich spürte, wie sich meine Augen mit Tränen füllten. War es das, was er mir sagen wollte, dass seine Freundin auf ihn wartete? Hatte er das alles geplant und mich deswegen hier hergelockt?

Ich wischte mir unaufmerksam die Tränen weg, sodass es keiner sah. Es tat so weh, ihn mit einer anderen zu sehen. Ich hatte gewusst, dass er es ohne eine Freundin nicht lange aushalten würde. Eigentlich sollte ich froh darüber sein, dass ich nie mit ihm was hatte. Es war doch die beste Entscheidung, dass wir nur Freunde blieben. Ich drehte meinen Kopf in die andere Richtung, sodass ich ihn nicht mehr sehen konnte. Aber mein Blick wanderte immer wieder zu ihm. Ich konnte das nicht mehr ertragen und wollte einfach nur weglaufen, um mich in meinen Tränen ertrinken zu lassen. Aber wenn ich jetzt verschwand, würde er wissen, dass ich doch etwas für ihn empfand; das wollte ich auf keinen Fall. Ich lief zur Toilette. Ich blieb eine Weile dort, bis ich mich halbwegs beruhigt hatte. Danach ging ich wieder zu unserem Tisch und setzte mich hin.

Leo saß noch immer bei der Rothaarigen, und ich konnte sie lachen hören. Sie war so schlank und hübsch. In ihrem schwarzen Minikleid sah sie umwerfend aus.

Es war kein Wunder, dass er sie mochte. Ach du heiliger

Strohsack, jetzt kuschelt sie sich noch an ihn. Igitt! Ich versuchte, woanders hinzuschauen, um mich abzulenken. Also nüchtern würde ich das alles auf keinen Fall ertragen. Nervös blätterte ich durch die Cocktailkarte und entdeckte das passende Getränk für mich – »No Problem«. Da ich fast nie Alkohol trank, würde ich wahrscheinlich sogar mit dem harmlosen Cocktail dicht sein.

Als mir die Kellnerin das Getränk brachte, nahm ich gleich einen kräftigen Schluck davon. Mmmh, das schmeckte echt lecker.

Ich wippte nervös mit dem Fuß. *Was tut er so lange? Glaubt er, ich werde da bis Weihnachten auf ihn warten? Aber hallo, da bewegt sich was!*

Jetzt konnte ich seinen Blick auf mir spüren. Es sah so aus, als hätte er sich endlich in mein Gehirn eingehackt. Ständig drehte er seinen Kopf zu mir und dann zu ihr. Was machte er da? Hatte sich bei ihm etwa eine Zwangsneurose entwickelt, dass er seinen Kopf immer wieder zu mir drehen musste. Oder hatte er noch immer nicht kapiert, dass, egal wie er sich drehte, sein Arsch immer hinter ihm blieb. *Mist, ich bin immer noch bei Bewusstsein. Der Alkohol ist noch nicht in meiner Blutbahn angelangt. Macht er jetzt einen Umweg um die Erde oder was?* Ich nahm wieder einen kräftigen Schluck vom Getränk und drehte mich zu ihm.

Alter Schwede!!! Das gibt es doch nicht. Ich sah, wie er ihr ins Ohr flüsterte.

Sie nickte nur und schaute in meine Richtung.

Ich glaube, ich kriege einen Herzinfarkt. Das Blut schoss mir in den Kopf. Sprach er gerade mit ihr über mich? Aus dem Augenwinkel registrierte ich, wie er aufstand und wieder zu mir kam. Ich guckte in eine andere Richtung und tat so, als würde ich mich amüsieren.

»Es tut mir leid Prinzessin, ich hoffe, du hast dich nicht gelangweilt«, meinte er wieder ganz gelassen, als ob das völlig normal wäre und setzte sich an seinen Platz.

»Nein, ich habe mich prächtig amüsiert«, sagte ich ironisch.

»Warte mal... Alles klar bei dir, geht es dir wirklich gut?«
Ich drehte mich zu ihm: »Ja, alles bestens, mir scheint die
Sonne aus dem Arsch, ich hoffe ich habe dich nicht geblen-
det!«

»Irgendetwas stimmt nicht mit dir? Wieso redest du auf
einmal so komisch?«

Ich musterte ihn und nippte an meinem Cocktail.

Er griff nach meinem Glas. »Ist das Alkohol?«, fragte er
fassungslos und nahm einen Schluck davon.

»Nö.«

Sein Gesicht war bestürzt, als er merkte, dass ich ihn angelogen hatte. »Prinzessin, was ist los mit dir? Seit wann
trinkst du Alkohol?«, seine Stimme klang jetzt besorgt.

Ich wusste nicht, was ich sagen sollte, also zuckte ich mit
den Schultern.

Er sah mich besorgt und liebevoll an, sodass es weh tat.
Die Freundschaft mit Leo war nicht einfach. Ich hatte es mir
irgendwie viel leichter vorgestellt und damit gerechnet, ich
könnte mit meinen Gefühlen gut klar kommen, aber da lag
ich falsch. Vor allem jetzt, wo ich ihn mit einer anderen gesehen hatte und auf einmal alles über mir zusammenzubre-
chen drohte. Ich konnte nicht mehr, ich spürte einen Stich in
meiner Brust. Es tat so weh. Ich wusste nicht, was ich tun
sollte. Am liebsten würde ich jetzt nach Hause fahren, aber
das ging nicht. Wenn ich jetzt alleine gehen würde, würde er
wissen, dass ich doch etwas für ihn empfinde. Ohne viel
nachzudenken, rutschte mir die Frage einfach so heraus: »Ist
sie deine neue Freundin?«, ich biss mir auf die Lippe. Wieso
musste ich ihn das fragen? Ich könnte mit ihm über das Wetter reden oder über irgendetwas anderes, aber nicht über seine Freundin.

Überrascht sah er mich an. »Ich dachte, das Thema wäre
längst passé.« Wieder zuckte sein Mundwinkel, nur dieses
Mal mehr nach oben und deutete ein zaghaftes Lächeln an.
»Nein! Wie kommst du darauf?«, sagte er schließlich.

Ich zuckte einfach nur mit den Schultern und wusste, dass ihn das amüsierte, mich so zu quälen. Meine Hände waren so fest auf meinen Oberschenkeln zu Fäusten geballt, dass ich spürte, wie sich die Nägel in meine Handflächen gruben. Ich wusste noch nicht einmal, warum ich so angespannt war. Ich war diejenige, die es nicht wollte, mit ihm zusammen zu sein, also konnte er tun, was er wollte. Das hatte ich ihm doch vor ein paar Minuten auch gesagt.

Eine Weile guckte er mich noch eindringlich mit seinen himmelblauen Augen an.

»Sie ist dann wieder eine von vielen«, stellte ich fest und biss mir auf die Lippe. Wieso musste ich mit dem Blödsinn wieder anfangen? »Es geht mich ja nichts an«, fügte ich schnell hinzu.

Er lachte.

»Das ist nicht lustig«, erwiderte ich.

»Das ist sogar sehr lustig.«

»Was ist so lustig daran?«

»Bist du jetzt auf einmal eifersüchtig?«

»Natürlich nicht!«, rief ich empört zu.

»So sieht es aber nicht aus.«

»Du weißt genau, dass wir nur Freunde sind, und ich habe dich rein freundschaftlich gefragt«, ich runzelte die Stirn.

»Jetzt mach doch nicht dieses Gesicht, Prinzessin, du kennst mich doch, mach dir ihretwegen keinen Kopf!«, er nahm meine Hand und streichelte sie sanft.

Es war so ein tolles Gefühl, wieder seine warme Hand zu spüren. Ich liebte ihn so sehr, dass es weh tat. Am liebsten würde ich ihm in die Arme springen und ihn küssen. Aber da dachte ich an die Rothaarige und kam mir so jämmerlich vor. Ich zog meine Hand mit so einer Wucht weg, dass ich mich selbst erschrak.

Er sah mich erstaunt an. »Was ist los mit dir, ich verstehe dich wirklich nicht?«

»Tut mir leid, aber ich wollte nicht, dass sie uns so sieht«, versuchte ich, mit einer Notlüge meine Nervosität zu überwinden.

»Wie denn sieht?«

»Na ja, wie du meine Hand hältst?«

»Na und, ich kann tun, was ich will, ich kann dich sogar küssen, wenn ich es will?«, er beugte sich ganz langsam zu mir. Sein heißer Atem traf mein Gesicht und betäubte mich.

Ich blinzelte völlig benommen. Ich war unfähig, mich zu bewegen, dann spürte ich seine weichen Lippen auf meinem Mund; ich bekam ein großes Verlangen, ihn zu küssen. Ich schloss meine Augen und erwiderte seinen Kuss. *So schön könnte es sein, wenn wir ein Paar wären. Ich liebe ihn und will endlich mit ihm zusammen sein*, dachte ich. Ich wünschte, dieser Augenblick würde nie mehr enden.

Er löste seine Lippen ganz sanft. »Siehst du, sie ist doch nicht meine Freundin.«

»Aber hast du es ihr auch gesagt, denn sie kommt jetzt rasend zu uns und sieht nicht begeistert aus.«

»Du verlogenes Schwein!«, schrie sie. »Wie kannst du es wagen ...«

»Kim, bitte beruhige dich!«, unterbrach sie Leo, bevor sie den Satz zu Ende gebracht hatte.

»Ich habe dir doch gesagt, dass ich nichts Festes will; ich dachte, du hast es verstanden.«

»Ja, aber du hast mit mir gevögelt. Leonardo, wir haben es so oft wie Kaninchen getrieben und...«

Igitt, ich konnte das nicht mehr hören. Qua, Qua, Qua ... Ich musste dieses Weib zum Schweigen bringen, sonst würde ich gleich kotzen.

»Na, alles klärchen bei dir?«, stoppte ich ihren Redefluss, was ihr natürlich nicht passte.

Sie starrte mich finster an: »Das geht dich nichts an, außerdem hast du mich gerade unterbrochen.«

»Ups sorry, dass ich dich unterbrochen habe, aber es interessiert mich wirklich nicht im geringsten, was du da laberst!«

»Leonardo, könntest du bitte dieses Miststück zum

Schweigen bringen!«, knurrte sie wütend.

Aber er reagierte nicht, stattdessen lächelte er nur amüsiert. Es schien so, als ob ihm unsere Konversation Spaß machte. Vielleicht erwartete er, dass wir uns jetzt an den Haare ziehen und um ihn kämpfen würden. *Blödmann, darauf kann er ewig warten, solange, bis er grau wird.*

»Ey Alde, jetzt beruhige dich doch mal! Es liegt nicht an dir, glaube mir. Leo ist einfach so. Er pisst dich voll an, und dann furzt er dich trocken. Nimm's locker, und sei froh, dass er dich danach wenigstens getrocknet hat!« Ich entdeckte Wut und Hass auf ihrem makellos hübschen Gesicht. Sogar so sah sie umwerfend aus.

»Weißt du was, Leonardo, schau mal im Lexikon unter ‚Arsch' nach, da ist dein Gesicht abgebildet. Und du Miststück, schon mal in den Spiegel geguckt, sogar mein Arsch sieht besser aus als dein Gesicht.«

»Oh bitte nicht! Jedes Mal, wenn er jetzt mein hübsches Gesicht sieht, wird er nur an deinen sexy Arsch denken müssen, und ich werde von ihm im Gesicht gebumst. Nein mal im Ernst, du hast uns jetzt wirklich Angst eingejagt. Glaubst du, es wäre nicht an der Zeit, die gruselige Maske weg zu geben, damit wir endlich dein wahres Gesicht sehen können«, sagte ich kichernd.

Ihr ganzes Gesicht war jetzt rot vor Wut und drohte, zu explodieren, aber sie sagte nichts. Ob ein Darmverschluss sie zum Schweigen brachte? Ich würde es nie erfahren.

Sie drehte sich schnell um und ging ohne ein Wort raus.

»Wow Prinzessin, hast du heute eine falsche Pille eingenommen oder lag es am Getränk? Ich glaube, ich nehme auch so einen Drink wie du«, Leo lachte.

»Hör auf zu lachen, Blödmann! Sie ist so hübsch, ich verstehe dich wirklich nicht, wieso du sie so abserviert hast.«

Er zauberte wieder sein unwiderstehliches Lächeln auf seine Lippen. »Aber nicht so hübsch wie du.« Er küsste mich wieder sanft.

Wir blieben noch eine Weile kuschelnd sitzen. »Schläfst

du heute bei mir?«, fragte er mich, während wir zum Auto gingen.

»Bei dir?! Ich weiß nicht, ich glaube, meine Mom wird sich bestimmt Sorgen machen, wenn ich nicht nach Hause komme.«

»Du kannst ihr eine SMS schreiben. Bitte Prinzessin, ich will heute Nacht neben dir einschlafen.« Der Gedanke daran, gemeinsam mit ihm die Nacht zu verbringen und in seinen Armen einzuschlafen, verursachte ein angenehmes Kribbeln in meinem Bauch. Ich wünschte es mir so sinnlich, aber ich hatte Angst. Angst, zu versagen. »Ich weiß nicht, Leo, ob das wirklich so eine gute Idee ist.«

»Ah komm schon, Prinzessin, ich habe so lang auf diesen Moment gewartet, und du wirst mich jetzt im Stich lassen?«

»Na gut«, gab ich endlich nach.

Während der Fahrt schrieb ich meiner Mom eine SMS.
»Hallo Mom, ich werde heute bei Leo übernachten. Mach dir keine Sorgen um mich, und stell bitte keine Fragen! Ich habe dich lieb! Emma.«
Nach kurzer Zeit piepste mein Handy: »Ok ☺ Ich hab dich auch lieb! Mom.«

Als wir das Haus betraten, war es ziemlich spät. »Meine Mutter schläft schon«, flüsterte mir Leo ins Ohr, und von seinem heißen Atem stellten sich mir die Nackenhaare auf.

Schleichend auf Zehenspitzen liefen wir die Treppe hinauf. Er öffnete die Tür zu seinem Zimmer, sobald wir drinnen waren, schloss er sie wieder zu. Zu meiner Überraschung schaltete er nicht gleich das Licht an, sondern knipste die Schreibtischlampe an. Eine knisternde Spannung breitete sich aus. Jetzt fühlte ich mich im Dämmerlicht noch unsicherer; meine Beine zitterten, sodass ich mich gleich auf das Bett setzte. Als er mich so durcheinander sah, lächelte er mich an; ohne den Blick von mir abzuwenden, kam er auf mich zu und setzte sich nah an mich heran. Ein prickelnder Schauer durchfuhr meinen Körper, als sich unsere Beine dabei berührten. Ich war wie hypnotisiert von seinem Blick, saß still da und traute mich nicht, mich zu bewegen, sogar mein Atem setzte für einige Sekunden aus. Noch nie war ich so aufgeregt gewesen, wie jetzt.

Er nahm mein Gesicht in seine warmen Hände, schaute mir tief in die Augen und kam langsam näher, sodass ich seinen süßen Atem spüren konnte. Kurz bevor seine Lippen meine berührten, hielt er inne. »Danke Prinzessin, dass du mich nicht alleine schlafen lässt«, seine Finger glitten ganz langsam von meinen Wangen hinunter über die nackte Haut meines Halses. Durch seine Berührung schoss mir das Blut ins Gesicht.

Sein Lächeln vergrößerte sich zu einem breiten Grinsen. »Was?«, fragte ich völlig außer Atem.

»Du bist so süß, wenn du aufgeregt bist.«

Ein leises Stöhnen entfuhr mir, als er sanft meinen Hals mit seinen warmen Lippen berührte und ein heißes Verlangen in mir weckte. Ich vergrub meine Hände in seinen Haaren und zerzauste sie noch mehr, atmete seinen unwiderstehlichen Duft tief ein. Meine Finger glitten unter sein T-Shirt und streiften seine warme nackte Haut, die ein Feuer in mir auslöste. Ich spürte, wie seine Muskeln sich unter meinen Berührungen anspannten.

»Du machst mich so glücklich«, hauchte er, während seine weichen Lippen nach oben glitten, sich meinem Mund näherten und ihn zuerst ganz leicht berührten.

Fordernd öffnete ich meinen Mund und ließ seine gierige Zunge hineingleiten. Es fühlte sich wie eine Explosion an, als sich unsere Zungen berührten; ein wohliger Schauer überfiel mich; ich schmolz dahin.

Währenddessen ließ er mich ganz vorsichtig auf das Bett gleiten und legte sich auf mich.

Ich spürte seinen schnellen Herzschlag gegen meine Brust schlagen; es fühlte sich gut an, zu wissen, dass nicht nur mein Herz wie wild pochte, sondern seins auch. Und dann wurde aus zwei Herzschlägen nur ein wilder Herzschlag; in dem Moment wusste ich, dass ich die Kontrolle über meinen

Körper verloren hatte und nur ihm gehörte. Tonlos schrie ich vor Lust und drängte meinen Körper noch fester an ihn, während seine Hände meinen ganzen Körper erforschten. Überall, wo er mich berührte, hinterließ er angenehme heiße Spuren; jede Nervenfaser wollte die Erste sein, die seine Aufmerksamkeit gewann. Seine warme Zunge glitt meinen Hals herunter zu meinem Dekolleté; das heiße Verlangen wurde größer. Ich fühlte mich der Ohnmacht näher, als ich einen alarmierenden harten Druck von seinem Unterleib spürte. Meine Lust war nicht mehr zu stoppen, denn ich merkte, wie erregt er war, jedoch hatte ich Angst, zu versagen.

Ich löste mich schnell von ihm, und ein Seufzer entfuhr ihm.

»Was hast du?«

»Ich, ich …« Ich konnte den Satz nicht zu Ende bringen. Ich wusste nicht, wie ich es ihm am besten sagen konnte.

»Was hast du, Prinzessin?«, frage er mich jetzt ganz besorgt.

»Nichts, ich weiß nur nicht, wie ich es dir sagen soll. Ich habe noch nie mit jemandem geschlafen«, sagte ich ganz leise und merkte, wie ich im Gesicht rot anlief.

Zum Glück war es dunkel; er konnte es nicht sehen. Er hob seine Hand und strich mir eine Haarsträhne vom Gesicht. Er atmete tief aus: »Du wirst mich wirklich umbringen.«

Ich guckte ihn verzweifelt an, und als er meinen Blick sah, sprach er weiter. »Ich meine nicht das, dass du mit niemandem geschlafen hast, sondern ich hatte eigentlich gedacht, dass du dir es anders überlegt hast. Das mit uns meine ich. Prinzessin, ich will nicht mit dir schlafen«, er gab mir einen Kuss auf die Stirn.

Ich war erstaunt. »D… du willst nicht mit mir schlafen? Bin ich dir nicht hübsch genug wie die Rothaarige, oder magst du mich nicht? Ich meine, mit anderen treibst du es, wie die Kaninchen …«

»Prinzessin, hör auf damit!«, unterbrach er mich. Sein Blick war jetzt ernst. »Wie kannst du dir nur so was ausdenken? Emma, du bist das erste Mädchen, bei der ich nicht nur an Sex denke.«

»Oh danke, wie schmeichelhaft, jetzt fühle ich mich viel besser. Weißt du, wenn dein Hirn aus Glas wäre, könnte man die ganze Scheißarbeit sehen!«

»Prinzessin, so habe ich das nicht gemeint, ich wollte dir erklären, dass du mir sehr wichtig bist. Du bist nicht wie alle anderen, du bedeutest mir viel zu viel, und ich finde dich sehr hübsch und extrem sexy. Du glaubst gar nicht, wie schwierig es für mich ist, mich dauernd von dir zurückhalten zu müssen. Es ist nicht so, dass ich es nicht will, sondern ich will nicht, dass wir es überstürzen. Wir haben alle Zeit der Welt. Du bist etwas ganz Besonders; ich liebe dich. Ich liebe dich so sehr, dass ich es nicht ertragen könnte, einen einzigen Tag ohne dich zu sein.«

In meinem Kopf drehte sich alles, mein Blick flackerte kurz.

»Es tut mir leid, ich wollte dich nicht wieder mit meinen Gefühlen überrumpeln.«

Ganz benommen, schüttelte ich den Kopf. »Nein, es geht. Ich … ich … ich meine, äh, Leo, ich …«

Er umarmte mich fest, für eine Sekunde löste er die angestaute Anspannung in mir. »Prinzessin, du musst mir nichts sagen, ich weiß, was du fühlst, und das reicht mir«, er küsste mich dieses Mal total leidenschaftlich und gierig.

Ich drückte mich an ihn. »Leo, schlaf mit mir, bitte!«, flüsterte ich in sein Ohr.

»Prinzessin, lass uns noch Zeit!«, stöhnte er und sah mich ganz benommen an.

»Aber was ist, wenn ich nicht mehr warten will. Ich will dass du mein Erster bist, bitte!«

»Oh Gott Prinzessin, du treibst mich doch in den Wahnsinn. Du weißt wie hart das für mich ist. Ich will nicht, dass du es später bereust.«

»Wieso soll ich es bereuen. Willst du mich danach verlassen?«

»Verlassen!«, wiederholte er fassungslos. »Wie kannst du dir immer wieder so was ausdenken! Ich verspreche dir, ich werde dich nie verlassen, ich werde immer bei dir sein. Ich will nur, dass du glücklich bist«, seine himmlisch blauen Augen leuchteten.

»Dann mach mich glücklich!«, lächelte ich ihn verführerisch an.

»Du gibst wohl nicht auf.«

»Nicht, wenn ich etwas will.«

Er zog mich näher an sich heran und hauchte mir ins Ohr:

»Heute Abend wirst du es wohl müssen«, und gab mir ganz sanft einen Kuss auf die Stirn. »Jetzt schlaf gut, Prinzessin, und träum was Schönes!«

»Gute Nacht, Pferdchen.«

Er rutschte etwas näher zu mir, legte seinen Arm um mich und zog mich ganz sanft zu sich. Ich kuschelte mich an ihn heran und legte meinen Kopf an seine Brust. Ich konnte hören, wie sein Herz noch immer wild schlug; ich wusste, wie viel Überwindung ihn das gekostet hatte. Es dauerte nicht lange, bis ich einschlief.

Am nächsten Morgen brauchte ich einen Moment, um mich zurechtzufinden. Ich war mir nicht sicher, ob es nur ein Traum gewesen oder ob es wirklich passiert war. Ich spürte Leos Arm, der um mich gelegt war und öffnete die Augen. Ich erblickte sein bezauberndes Lächeln.

»Guten Morgen, Prinzessin«, er küsste mich auf die Nasenspitze.

»Guten Morgen.«

»Hast du gut geschlafen?«

Ich nickte nur.

»Ich glaube, meine Mom hat uns schon Frühstück vorbereitet, heute ist Sonntag; es gibt dein Lieblingsessen, Prinzessin.«

»Pfannkuchen?«, fragte ich, und schon der Gedanke an - Norah errötete mein Gesicht. »Ich habe deine Mutter total vergessen. Was wird sie sagen, wenn sie es erfährt, dass ich bei dir geschlafen habe?« Ich war außer mir.

»Beruhige dich, Prinzessin, glaubst du wirklich, dass sie es noch nicht weiß.«

»Woher soll sie es wissen?«

»Hast du nicht gestern deiner Mom eine SMS geschickt«, lächelte er mich an.

»Oh«, stieß ich aus. »Meine Mom! So wie ich die zwei kenne, hatten sie heute in der Früh ein langes Gespräch, zum Glück wissen sie noch nicht, warum ich bei dir übernachtet habe«, sagte ich erleichtert.

»Sie können es nur vermuten.«

»Meine Mutter wird sich freuen, und ich bin mir sicher, deine auch, wenn sie erfahren, dass wir endlich zusammen sind.«

»Wir werden es ihnen noch nicht erzählen, oder?«

Ich schaute ihn prüfend an.

»Prinzessin, wovor hast du Angst? Sie werden sich freuen. Wieso sollten wir warten? Außer du willst es unbedingt, dann werden wir uns so verhalten, wie bisher. Erst wenn du wirklich bereit bist, werden wir es sagen.«

Ich guckte ihm in die Augen, erkannte, dass er glücklich war und es kaum erwarten konnte, es seiner Mutter zu erzählen. Ich wollte ihm sein Glück nicht zerstören. Nur weil ich dauernd Angst hatte und nicht fähig war, eine normale Beziehung zu führen, musste ich ihn nicht wieder verletzen. Ich hatte ihn oft genug verletzt, und ab jetzt musste ich versuchen, ihn auch glücklich zu machen. »Ich will nicht warten! Wir können ihnen die Neuigkeiten berichten.«

»Wir müssen das nicht tun, Prinzessin, wenn du nicht willst.«

»Ich weiß, aber ich will es wirklich«, ich gab ihm einen Kuss auf die Wange. Aber zuerst machte ich mich noch schnell frisch. Nachdem wir gestern in unseren Klamotten geschlafen hatten, hatten wir uns das Anziehen heute in der Früh schon erspart. Ich machte einen Umweg ins Badezimmer und putzte mir schnell die Zähne, danach marschierten wir händchenhaltend in die Küche.

Als wir den Raum betraten, stand Norah vor dem Ofen und stellte die letzten fertigen Pfannkuchen auf den Tisch. Wie Leo es prophezeit hatte, wirkte sie nicht überrascht, als sie mich sah. Also hatte sie von meiner Mom schon erfahren, dass ich die Nacht bei Leo verbrachte. Ah die zwei ...! Erst als sie uns händchenhaltend bemerkte, guckte sie uns noch einmal prüfend an. Ihre Gesichtszüge veränderten sich zu einem Lächeln. »Na endlich, ich bin so froh, dass ihr den Weg zueinander gefunden habt!« Sie kam zu uns und drückte uns fest. »Ich hoffe, ihr habt Hunger?«

»Und wie«, rief Leo.

Später fuhren wir zu mir nach Hause; als uns meine Mutter begrüßte, war sie überglücklich. Alle freuten sich, dass wir endlich zusammen waren, nur ich alleine hatte Angst vor dieser Beziehung. Ich wusste nicht, wieso. Vielleicht, weil ich ihn so sehr liebte und ihn nicht verlieren wollte. Den Rest des Tages verbrachten wir bei mir zu Hause. Wir lernten, danach spielten wir Schach.

»Ich habe gewonnen, ich habe gewonnen!«, ich tanzte vor Freude.

»Ja, aber nur, weil ich dich gewinnen ließ.«

»Träum weiter, Verlierer!«

»Na gut, du hast gewonnen, und jetzt bekommst du deine Belohnung.«

»Was, ich bekomme eine Belohnung?«

»Ja, so ist es immer, man gewinnt und wird dann belohnt.«

»Na, gut und welche Belohnung bekomme ich?«

»Lass dich mal überraschen und mach die Augen zu!«

Ich schloss die Augen, da spürte ich seine weichen Lippen auf meinem Mund. Er küsste mich sanft; ich spürte, wie ich schwach wurde.

»Mmmh, es ist doch toll, ein Gewinner zu sein«, meinte ich, als er sich vom Kuss löste.

»Ja, und ein Verlierer auch.«

Wir saßen eine Weile im Bett und sagten nichts.

»Schläfst du heute bei mir?«, fragte ich ihn plötzlich. Ich wollte nicht, dass er nach Hause ging. Es war so schön gestern bei ihm, in seiner Nähe zu sein, und das wollte ich jeden Tag spüren.

»Na klar, schlafe ich bei dir. Glaubst du wirklich im Ernst, ich würde dich je wieder alleine einschlafen lassen?«

»Leo, Emma!«, hörte ich meine Mom rufen, »das Abendessen ist fertig.«

»Ja, Mom, wir kommen gleich.«

Während des Essens redeten wir nicht viel. Die meiste Zeit sprach meine Mom und erzählte uns dauernd, wie glücklich sie sei, dass wir jetzt endlich ein Paar seien. Ihr strahlendes Gesicht hätte ganz Salzburg beleuchten können. Je mehr sie sich freute, desto mehr bekam ich Angst.

Nach dem Essen gingen wir wieder in mein Zimmer. Nachdem Leo sich schon zum Schlafen vorbereitete, begab ich mich in das Bad. Ich zog mein T-Shirt an. Mir wurde klar, dass er mich jetzt halb nackt sehen würde. *Was soll ich jetzt tun? Mich wieder anziehen und dann etwas anderes zum Schlafen holen, oder soll ich wieder meine Jeans anziehen und sie erst im Bett ausziehen? Nein, das kann ich nicht, er wird sich denken, dass ich bekloppt bin. Oh Gott, was soll ich jetzt tun?* Ich bekam Panik und ich hatte keine Ahnung, wie lange ich noch gegrübelt hätte, hätte ich seine Stimme nicht gehört.

»Prinzessin, schläfst du heute Nacht im Badezimmer oder kommst du endlich heraus?«

»Ja, ich komme gleich.« Mit zittrigen Händen öffnete ich die Tür und atmete tief aus.

Er lag schon im Bett.

Ich spürte seinen drängenden Blick auf meinem Körper; mein Herz raste vor Aufregung noch schneller und drohte, hinauszuspringen. Mein ganzer Körper bebte.

Er schaute mich von oben bis unten an, seine Mundwinkel zogen sich nach oben.

»Du siehst verdammt heiß aus!«, meinte er, als ich neben dem Bett stand.

Ich legte mich vorsichtig neben ihn; als ich mich unter der Decke versteckte, spürte ich seine nackten Beine. Er sah mein erschrockenes Gesicht und lachte. »Prinzessin, hast du geglaubt, ich würde wieder angezogen schlafen?«

»Ich ... äh, na... natürlich nicht«, stammelte ich. *Und wie soll ich da bitte schön einschlafen, wenn er jetzt neben mir so halb nackt im Bett liegt und ich seinen heißen Körper spüren kann. Oh, Emma was hast du dir bloß dabei gedacht, dass er die ganze Zeit so schön verpackt in deinem Bett schläft?*

Plötzlich spürte ich seine Hand an meiner Wange, wie er mir zärtlich die Haarsträhne von meinem Gesicht strich.

Ich drehte mich langsam zu ihm und guckte ihm tief in die Augen.

Er lächelte mich verführerisch an, rutschte etwas näher zu mir, seine Hand strich über meine heiße Wangen. Ganz sanft und vorsichtig glitten seine Finger über meinen Hals zu meinem Dekolleté, als wäre ich aus Glas, das in jeder Sekunde zerbrechen würde. Ich zuckte zusammen; und jede Berührung seiner Finger hinterließ kleine Stromstöße an meinem ganzen Körper.

»Du raubst mir den Atem, ist dir das klar?«, sagte er fast flüsternd, während sein Blick an meinem Mund hängen blieb.Langsam näherte sich sein Mund dem meinen; unsere Lippen berührten sich. Sanft und zärtlich küsste er mich, legte seine Hand zwischen meine Schulterblätter und zog mich noch näher an sich heran, sodass ich seinen fast nackten Körper spüren konnte. Ich schlang meine Arme um seinen Hals und spürte seine Hand an meiner Taille. Seine Küsse wurden immer leidenschaftlicher; ich drängte mich noch näher an ihn und stöhnte, als er sich auf den Rücken legte und mich geschmeidig bei dieser Bewegung mitnahm. Jetzt lag ich auf ihm; ich spürte, wie sich mein Herzschlag beschleunigte; das Blut rauschte mir in den Ohren. Ich merkte, wie erregt er war; ich sehnte mich so sehr nach mehr, dass ich fast wahnsinnig wurde, ohne nachzudenken, zog ich ihm sein T-Shirt über den Kopf. Mit meinen Fingern strich ich seinen gut gebauten nackten Körper entlang und fühlte, wie er dabei zusammenzuckte. Ein zufriedenes Seufzen entrang sich ihm. Seine Hände glitten unter mein T-Shirt und streichelten meinen Rücken. Ganz vorsichtig schob er mein T-Shirt nach oben; als er dabei war, es mir über den Kopf zu ziehen, stoppte er seine Bewegung auf einmal. Stattdessen schob er es wieder nach unten. Ich wollte es so sehr, ich wollte dass er weitermachte, wo er aufgehört hatte und mir endlich das T-Shirt vom Leib riss, aber das tat er nicht. Ich wusste, wie sehr er es wollte und damit kämpfte.

Er gab mir einen sanften Kuss auf den Mund.

Ich versank in seinen himmelblauen Augen und musste mich einfach von diesem blöden T-Shirt jetzt befreien. Als ich dabei war, mein T-Shirt nach oben zu ziehen, griff er nach meinen Händen und hielt sie nach unten. »Bitte verstehe mich nicht falsch, aber tu das nicht! Nicht heute!«

Ich sah ihn verwundert an. »Du willst es noch immer nicht, ist das wahr?«, fragte ich beleidigt.

»Prinzessin, du wirst mich umbringen. Weißt du überhaupt, was du mir antust? Ich will es auch, mehr als alles andere auf dieser Welt, aber ich will es nicht so. Nicht, bevor du dir wirklich sicher bist. Es ist dein erstes Mal, und das soll ganz besonders sein. Ich will nicht, dass wir es überstürzen. Kannst du dich nicht nur mit Kuscheln zufrieden geben?«

Ich konnte mir vorstellen, dass er es sich nicht leicht machte, also gab ich auf.

»Vorerst schon, aber nicht mehr lange«, nickte ich lächelnd und kuschelte mich noch mehr an ihn heran.

Es war so schön, in seinen Armen einzuschlafen und dann wieder aufzuwachen. Es gab nichts Schöneres auf dieser Welt, als in der Früh aufzuwachen und sein makelloses hübsches Gesicht zu sehen.

Bevor ich mich von Leo verabschiedete, wir mussten ja beide wieder in die Schule, sagte er: »Da wir jetzt offiziell zusammen sind, hast du Lust, heute nach der Schule ein richtiges Date mit mir zu haben?«

»Ein Date?«

»Ja, ein Date«, betonte er.

»Ja, wieso nicht?«

»Gut, ich hole dich von der Schule ab«, er gab mir einen Abschiedskuss.

In der Mittagspause erzählte mir Isabell, wie sie ihr Wochenende mit Oliver verbracht hatte. Ich versuchte, mich zu konzentrieren, aber meine Gedanken weilten immer bei Leo. Als ich wieder in Isabells Welt ankam, musste ich lächeln, während sie mir ihre Details schilderte, wie sie Oliver zwingen musste, Oliven zu essen, denn ich hatte keine Ahnung, wovon sie eigentlich sprach. Und was hatte Oliver mit Oliven zu tun?

»Emma, hörst du mir überhaupt zu, und wieso lächelst du so?«

»Natürlich höre ich dir zu.«

»Und wieso lächelst du dann so?«

»Weil ich deine Geschichte komisch finde.«

»Komisch? Emma, ich habe dir gerade von unserem ersten Streit erzählt, und du findest das komisch«, sagte sie entsetzt.

»Oh, das tut mir leid! Habt ihr euch versöhnt?«

Sie sah mich an und lachte los.

Ich starrte sie verwirrt an: »Wieso lachst du jetzt?«

»Süße, ich habe dir gleich am Anfang von unserem Versöhnungssex erzählt, und du fragst mich, ob wir uns versöhnt haben.«

»Oh, ich glaube, ich war nicht ganz bei der Sache.«

»Süße, du bist den ganzen Vormittag nicht bei der Sache. Es ist doch was passiert, habe ich recht?«

»Na ja, eigentlich muss ich dir was beichten.«

»Was ist geschehen? Jetzt erzähl schon!«, löcherte sie mich neugierig.

»Ich bin mit Leo zusammen.«

»Wow!«, schrie Isabell so laut, dass uns alle im Speisesaal anstarrten.

»Wie konntest du mich so lange warten lassen? Wieso hast du mich nicht gleich angerufen?«

»Isabell, du kennst mich doch. Ich wollte es eigentlich noch niemandem erzählen, bis wir uns sicher sind, aber Leo konnte es nicht erwarten.«

»Ich versteh dich wirklich nicht, Emma, wovor hast du so große Angst? Sei glücklich, und genieße die Zeit mit deinem Leo! Ihr liebt euch so sehr. Mann, ich bin so froh für euch, ich dachte, du würdest ihm nie eine Chance geben.«

Die Zeit in der Schule zog sich ins Unendliche. Ich konnte es nicht erwarten, Leo wiederzusehen.

Nach der Schule ging ich mit Isabell nach draußen. Oliver war schon da, aber ich konnte Leo nirgendwo entdecken. »Oliver, hast du Leo gesehen?«

»Nein, wieso sollte ich?«, er tat so, als wäre er überrascht.

»Weil ihr zufällig in derselben Klasse seid?«

Stille

»Ah komm Oliver, tue nicht so, als ob du es nicht wissen würdest! Ich bin mir sicher, dass er es dir schon erzählt hat.«

Er lächelte. »Ich bin wohl ein schlechter Schauspieler.«

»Na ja, für eine Nominierung für den Oskar bist du wohl eher nicht geeignet, aber für die Goldene Himbeere wärst du mein Top-Favorit.«

»Wenigstens bin ich für irgendetwas gut«, antwortete er lachend. Während wir auf Leo warteten, scherzte Oliver die ganze Zeit über mich und Leo.

»Na, da kommt er endlich!«, winkte Oliver ihm zu.

»Wo warst du so lange?«, fragte ich ihn.

Er lächelte mich an und legte seine weichen warmen Lippen auf meinen Mund und küsste mich intensiv. Ganz vorsichtig löste er den Kuss und begrüßte die anderen. »Hallo ihr zwei!«

»Hallo Leo! Na mein Bester, eine wie Emma lässt man nicht warten«, ulkte Oliver wieder.»Wo ihr jetzt endlich zusammen seid, sollten wir was trinken gehen«, schlug er vor.

»Das müssen wir leider verschieben«, erwiderte Leo. »Ich habe eine Überraschung für Emma organisiert, deswegen bin ich so spät dran.«

»Na, wenn das so ist, dann lasst euch nicht weiter stören!«

»Wir sehen uns übermorgen, dann können wir was trinken gehen.«

Als Oliver und Isabell weggingen, fragte ich ihn verdutzt: »Wieso übermorgen, und eine Überraschung hast du auch für mich?«

»Ja, meine Prinzessin.«

»Aber wir haben doch nur ein Date ausgemacht.«

»Es ist doch ein Date, aber mal anders!«

»Jetzt machst du mich ganz neugierig.«

Wir schlenderten die Straße entlang, und da sah ich sein Auto parken.

»Ich hoffe, dass wir es rechtzeitig zur Arbeit schaffen.«

»Nein, wir werden es nicht schaffen.«

Ich war verblüfft. »Leo, wir müssen heute arbeiten, hast du das etwa vergessen?«, fragte ich panisch.

»Nein, ich habe schon gestern mit dem Chef ausgemacht, dass wir uns heute frei nehmen können, aber dafür müssen wir am Donnerstag arbeiten. Ich hoffe, dass es am Donnerstag bei dir auch geht, sonst haben wir ein Problem?«

»Ich muss in meinem Terminkalender nachschauen, ob ich Zeit habe«, scherzte ich. »Willst du mir wirklich nicht verraten, was es ist?«

»Nein, aber es wird dir gefallen, da bin ich mir sicher.« Er fuhr aus der Stadt hinaus.

»Leo, wir sind nicht mehr in Salzburg, wo fahren wir hin?«, aber er sagte nichts, sondern lächelte mich nur an. »Hast du deswegen zu Oliver und Isabell gesagt, dass wir uns übermorgen treffen? Wir haben morgen Schule, oder hast du das etwa auch geregelt?«

Er grinste mich nur an.

»Leo, sag bitte nicht, dass wir morgen nicht in die Schule

gehen!«

»Nein, wir gehen morgen nicht in die Schule, Prinzessin. Ich habe mich für morgen entschuldigt, und du bist sowieso nicht verpflichtet, die Vorlesungen zu besuchen.«

»Aber wie soll ich das meiner Mutter erklären?«, fragte ich ihn skeptisch.

»Das brauchst du nicht, sie weiß schon Bescheid.«

Ich schaute ihn geschockt an. »Wie das …, ich meine …«

»Mach dir nicht so viele Gedanken darüber! Ich habe alles geregelt. Du sollst es nur genießen.«

Ich spürte, wie sich mein Magen umdrehte. Ich war so aufgeregt. Wir fuhren noch eine Weile, ich schaute jetzt gelassener durch das Fenster. Es war meine Lieblingsjahreszeit Sommer; ich genoss die Fahrt.

Auf einmal blieb er auf einer Schotterstraße stehen. »Wir sind schon da«, sagte er fröhlich.

»Wir sind schon da?« Ich sah nur eine Wiese und einige Bäume, sonst nichts.

»Ja Prinzessin, wir sind angekommen.« Er stieg aus dem Auto und öffnete den Kofferraum und hob eine große Tasche heraus. Ich stierte ihn prüfend an.

Als er registrierte, wie ich ihn beobachte, sagte er grinsend: »Das werden wir noch brauchen.«

Geschockt nickte ich nur.

Er nahm meine Hand. »Komm, wir gehen!«

Ich folgte ihm wortlos. Wir spazierten durch den Wald, es war noch immer sehr heiß draußen; der Weg wurde stetig steiler und steiler.

»Wie lange müssen wir noch gehen?«, fragte ich ihn fast außer Atem; Schweißperlen bildeten sich auf meiner Stirn. Ich nahm ein Taschentuch aus meiner Handtasche und wischte mir den Schweiß von der Stirn.

»Nicht mehr lange, Prinzessin . Es geht gleich bergab.«

Der Rest des Weges war tatsächlich leichter, da es wirklich bergab ging. Als wir endlich den Rand des Waldes erreichten, erblickte ich ein Tal und einen See. Es war so

schön. Das Tal war ringsherum von kleinen Bergen einge-
schlossen; mitten im Tal lag ein kristallklarer See, umgeben
von verschiedenen Gräsern.

Plötzlich entdeckte ich eine kleine Holzhütte direkt am
See. Es war wie im Märchen.

Leo lief bis zum Steg, der sich vor der Holzhütte befand,
und stellte die Tasche ab. »Komm, Prinzessin!«, er reichte
mir die Hand.

»Ich hätte nie gedacht, dass es so einen schönen Platz hier
gibt«, staunte ich, als ich seine Hand nahm. Ich war so überrascht, dass bei dem Wetter keiner außer uns da war. »Leo,
kannst du mir bitte erklären, wie es möglich ist, dass wir hier
ganz alleine sind?«

»Es ist ein Privatgrund.«

Ich hob meine Augenbrauen hoch. »Aber was ist, wenn
der Besitzer kommt und uns sieht?«

»Mach dir keine Sorgen, er wird nicht kommen.« Es
schien mir so, als ob er sich darüber amüsiere, mich dauernd
durcheinander zu bringen.

»Wieso grinst du so? Kennst du den Besitzer?«

»Ich kenne seinen Sohn. Alex, mein Schulkollege. Ich hatte etwas gut bei ihm, das habe ich jetzt gleich ausgenutzt.
Seine Eltern verbringen hier die meiste Zeit übers Wochenende, darum konnte ich die Hütte am Wochenende nicht bekommen.«

»Die Hütte?«, ich merkte, wie mein Herz hörbar gegen
meine Rippen hämmerte; meine Stimme zitterte vor lauter
Aufregung. Er hatte es doch wieder geschafft, mich zu überraschen.

»Ja die Hütte«, er küsste meine Hand.

»Pferdchen, du bist wie ein Überraschungsei, von außen
so süß, richtig zum Anbeißen und im Inneren voller Überraschungen.«

Seine Mundwinkel zogen sich zu einem Grinsen, und ich
wusste, woran er dabei gedacht hatte. »Oh Gott, das habe ich
nicht so gemeint«, ich musste selbst lachen.

»Ich zeige dir jetzt die Hütte.« Leo holte die Schlüssel aus seiner Tasche und öffnete die Tür. Das Wohnzimmer war groß und hell, und die gegenüberliegende Wand bestand aus Glas, sodass man einen wunderschönen Ausblick auf den ganzen See hatte. Es war grandios.

»Dieser Ausblick erinnert mich an unser Haus. Wir hatten auch so einen schönen Ausblick auf das Meer. Ich wünschte, du hättest es sehen können.«

»Eines Tages wirst du mir den Ausblick zeigen.«

»Das werde ich, ich verspreche es dir.« Ich ging weiter und erforschte die Hütte.

In der Mitte des Zimmers waren ein helles Sofa und natürlich ein Kamin vorzufinden. Die Küche war klein, aber mit allen möglichen Geräten ausgestattet. Die Hütte war nicht so klein, wie es von außen wirkte.

»Ich zeige dir noch das Schlafzimmer«, flüsterte Leo mir ins Ohr; ich spürte seinen heißen Atem, der meinen Nacken streifte, und einzelne Härchen stellten sich auf. Bei dem Gedanken, dass wir die Nacht ganz alleine verbringen würden, raste mein Puls auf hundertachtzig. Ich war so aufgeregt.

Er hielt noch immer meine Hand und ich folgte ihm. Das Schlafzimmer war im Holzstil eingerichtet. Das Bett war aus Bambus. »Für heute waren es doch ziemlich viele Überraschungen, und ich weiß nicht, wie ich mich bei dir bedanken soll. Du machst mich so glücklich, dass es mir Angst macht.«

Er kam etwas näher zu mir.

Ich versuchte, ganz normal zu atmen, aber das ging nicht. Seine Nähe machte mich ganz verrückt. »Du brauchst mir nicht zu danken, ich bin sehr froh, wenn ich dich glücklich sehe. Ich will nur, dass du glücklich bist, sonst nichts.« Er küsste mich so leidenschaftlich, dass es mir den Atem raubte.

Ich war wie gelähmt. Mit meinen Händen strich ich durch seine weichen Haare und dann auf einmal löste er den Kuss und sagte. »Komm gehen wir nach draußen! Ich will im See baden. Das Wasser ist sicher noch warm«, bevor ich irgendwas erwidern konnte, nahm er meine Hand und zog mich mit nach draußen.

Es war noch immer warm; die Sonne ging langsam unter.

»Leo, ich weiß nicht, ob das so eine gute Idee ist«, sagte ich, als ich sah, wie er Stück für Stück seine Kleidung auszog, seinen makellosen Körper entblößte und in den See sprang. Sein makelloser Körper verschlang mir den Atem. Ich stammelte: »Äh. Ich ... ich meine, ich habe keinen Bikini.«

»Wofür brauchst du einen Bikini? Wir sind ganz alleine hier, keiner sieht dich.«

»Bist du blind? Niemand außer dir!«

»Oh Prinzessin, sag nicht, dass du dich jetzt meinetwegen schämst! Ich habe dich doch halb nackt im Bett gesehen, außerdem warst du damals bereit, auch dein T-Shirt auszuziehen, also jetzt hast du die Möglichkeit dazu.«

Als er mich an die Aktion mit dem T-Shirt erinnerte, spürte ich, wie ich rot im Gesicht wurde.

»Ah Prinzessin, komm endlich, ich bin doch dein Freund und kann dich doch jetzt wohl in Unterwäsche sehen.«

Zum Glück hatte ich wenigstens meine Beine gestern am Abend rasiert.

»Jetzt komm doch rein, ich werde mich umdrehen, während du dich ausziehst.«

Ich zog mich schnell aus, sprang ins Wasser hinein, bevor ich es mir anders überlegte.

»Du hast es geschafft Prinzessin! Darf ich jetzt zu dir schwimmen oder muss ich den Sicherheitsabstand beibehalten?«

»Nur, wenn du mich fängst, dann darfst du neben mir schwimmen«, ich schwamm in die andere Richtung.

»Nichts leichter als das!«, er schwamm mir nach.

»Da bin ich mir nicht so sicher«, ich schwamm so schnell, wie ich nur konnte. Ich kraulte bis zum anderen Ufer.

»Bitte Prinzessin, lass mich zu dir schwimmen!«

»Na, das muss ich mir erst gut überlegen. Wie war das: ›Nichts leichter als das!‹ Da hat sich wohl jemand überschätzt.«

»Ja, ich gebe es zu, du hast gewonnen, aber bitte lass mich jetzt zu dir!«

»Na gut, ich warte auf der anderen Seite auf dich.«

»Ah warte mal, wenn ich dich nur erwische, dann werde ich dir zeigen…«

»Uuu, da bekomme ich aber Angst. Na komm, zeig es mir!«

»Warte mal ab, du wirst dich noch wundern.«

Als ich fast die andere Seite erreichte, spürte ich, wie mich Leo an den Füßen zu sich zog. »Na, was sagst du jetzt?«

»Jetzt bin ich sprachlos.«

Er zog mich ganz nah an sich heran, sodass ich seinen warmen nackten Körper spüren konnte. »Das Wasser ist angenehm warm.«

»Ja, weil der See so klein ist und es sich schnell erwärmt«, antwortete Leo.

»Ich habe das Wasser so vermisst. Seit wir hier leben, war ich noch nicht schwimmen«, sprach ich mit Trauer in meiner Stimme. »So wie du gesehen hast, bin ich aus der Übung«, sagte ich etwas fröhlicher.

»Da habe ich aber Glück, sonst hätte ich dich nie erwischt.«

»Es scheint ja heute dein Glückstag zu sein!«

»Sieht so aus. Willst du noch im Wasser bleiben?«

»Ja, wenn du nichts dagegen hast. Ich sollte noch ein wenig trainieren, damit ich dich nächstes Mal schlagen kann.«

»Übertreib nur nicht!«, er gab mir einen flüchtigen Kuss auf den Mund. »Ich geh mich schnell duschen. Ich werde dir ein Handtuch draußen lassen.«

Als er aus dem Wasser stieg, betrachtete ich seinen durchtrainierten Körper. Ich spürte ein angenehmes Kribbeln in meinem Bauch. Ich schwamm noch eine Weile.

Als ich später die Hütte betrat, sah ich Leo vor dem Ofen stehen. »Hey, du kochst!«

»Na ja, ich bin ein Überraschungsei, schon vergessen.«

»Wie es aussieht habe ich wirklich mit dir den Jackpot geknackt.«

»Für meine Prinzessin tue ich doch alles.«

»Das werden wir noch sehen, aber in der Zwischenzeit geh ich noch schnell duschen.«

»Beeile dich nur, das Essen ist gleich fertig.«

»Ja Eure Hoheit, ich werde mich beeilen.« Als ich mit dem Duschen fertig war, zog ich mir nur ein T-Shirt an und ging in die Küche, wo Leo schon mit dem Essen auf mich wartete. »Mmmh, es riecht gut«, sagte ich, als ich mich zu ihm setzte. »Die Nudeln sind echt lecker und die Tomatensoße mmmh. Es ist köstlich, Leo!«

»Es freut mich, dass es dir schmeckt.«

»Du musst mir unbedingt das geheime Rezept verraten.«

»Das musst du dir erst verdienen.«

Nach dem Essen räumte ich den Tisch ab, während Leo das Feuer im Kamin anzündete. Obwohl es Sommer war, war es am Abend doch ein wenig frisch. Wir befanden uns schließlich in den Bergen.

Als ich fertig war, kuschelte ich mich neben Leo aufs Sofa. »Es ist so wunderschön hier, der Kamin und dieser Ausblick auf den See«, schwärmte ich. »Im Winter muss es noch viel schöner sein, wenn das Ganze mit Schnee bedeckt ist.«

»Dann müssen wir wohl im Winter auch kommen.«

»Leo, du hast mich heute so glücklich gemacht, wie noch niemand in meinem ganzen Leben. Dafür bin ich dir unendlich dankbar«, sagte ich und ging zum Fenster, um meine Gefühle zu sortieren.

»Du brauchst dich bei mir nicht zu bedanken, das habe ich dir so oft gesagt. Ich habe so lange auf dich gewartet, und jetzt, wo ich dich endlich habe, werde ich das Beste aus unserer Beziehung machen.« Ich hörte seine langsamen Schritte und verspürte, wie sich alles in mir zusammenzog. Ich japste nach Luft, als ich seine Nasenspitze hinter meinem Ohrläppchen spürte. Ein Berg voller Lust überflutete mich, als ich seine zärtlichen Lippen an der gleichen Stelle fühlte. Seine starken Hände umhüllten mich von hinten; ein Vulkan brach in mir aus. Das Verlangen, ihn zu küssen, konnte ich nicht länger unterdrücken. Vorsichtig nahm ich seine Hände, und unsere Finger überkreuzten sich, während ich mich zu ihm drehte. Ich stellte mich auf die Zehenspitzen und senkte meine Lippen an seine. Er presste seinen Körper an meinen, während seine Hände jeden Millimeter meines Körpers abtasteten. Durch meine glühende Haut schoss eine riesige Welle der Lust. Ich schnappte ihn bei den Händen und drückte ihn gegen die Glaswand.

Seine Augen vergrößerten sich, und sein lustvolles Grinsen war nicht zu übersehen. Plötzlich packte er mich am Hintern und hob mich hoch.

Dabei umschlangen meine Beine seinen Körper.

Ich sehnte mich so sehr nach ihm; ich wollte viel mehr als das, sodass ich fast wahnsinnig wurde.

»Leo, schlaf mit mir!«, bat ich leise.

Sein Atem wurde schwerfälliger; er schloss die Augen. »Prinzessin, du bringst mich um den Verstand«, keuchte er. Ich spürte seinen warmen Hauch über meine Lippen streichen.

»Bitte Leo, las mich nicht mehr warten, dies bringt mich um. Ich will es jetzt und hier«, sagte ich flehend.

»Bist du dir sicher, willst du das wirklich, Prinzessin?« Anstatt seine Frage zu beantworten, presste ich meine gierigen Lippen an seine und küsste ihn noch leidenschaftlicher.

Er erwiderte meine Küsse ganz zart, und trug mich ins Schlafzimmer. Ganz vorsichtig legte er mich auf das Bett, beugte sich über mich, sah mich jedoch nur an. Mein ganzer Körper schien zu zittern vor lauter Aufregung. Seine blauen Augen funkelten mich an, und erst nach einigen Augenblicken küsste er mich. Seine Küsse waren derart zärtlich und doch so leidenschaftlich. Eine wohlige Wärme breitete sich in meinem ganzen Körper aus; ich stöhnte. Ich schob meine Hände unter sein T-Shirt und mit der Handfläche strich ich ihm über den Rücken. Es war so schön, seine Haut und seine

Lippen an meinem ganzen Körper zu spüren. Ich konnte seine Berührung bis in die Zehenspitzen fühlen. Überall, wo er mich berührte, hiterließ er brennendes Feuer an meinem ganzen Körper. Ganz langsam und vorsichtig schob ich sein T-Shirt aufwärts. Mehr und mehr entblößte sich seine Brust, meine Neugier stieg. In meinem Bauch kribbelte es, mein Herz sauste wie eine Rakete ins All und das T- Shirt landete am Boden. Ich war berauscht von dem Anblick. Er hatte einfach den perfekten Körper. Seine Hände wanderten unter mein T-Shirt, und ich keuchte.

»Bist du dir sicher, dass du es noch immer willst?«

Ich nickte aus Angst, meine Stimme könne versagen. Ganz hastig, als ob er Angst hatte, ich könnte es mir anders überlegen, schob er mir das Shirt ganz nach oben und zog es aus.

»Du bist so wunderschön, Prinzessin«, er genoss den Anblick meiner prallen Brüste.

Sein gieriger Blick ließ mich erröten; ohne nachzudenken, griff ich automatisch nach meinem Shirt und deckte meinen nackten Körper zu.

Er schaute mich eindringlich an. »Wir müssen das nicht tun, wenn du das nicht möchtest«, flüsterte er.

»Ich will es aber!«, beteuerte ich flüsternd.

Er nickte lächelnd, vorsichtig nahm er das Shirt von meinem Körper und schmiss es auf den Boden. Er lächelte mich verführerisch an und senkte seine Lippen auf meine. Seine Hände glitten nach unten und blieben bei meinen Brüsten. Seine Finger streichelten meine Brustwarzen, bis sie hart wurden. Das Adrenalin schoss durch meine Adern, als ich seine Zunge an meinen Knospen spürte; ich stöhnte leise auf. Während seine Zunge meine Brustwarzen liebkoste, griff ich an den Bund seiner Boxershorts und zog sie ihm langsam aus. Er glitt mit seiner Zunge hinunter zu meinem Bauchnabel, dann zu meinen Schenkeln, ehe er mir langsam meinen Slip über meine Beine streifte. Ich grub meine Fingernägel in seinen Rücken. Das Gefühl von seiner nackten Haut auf meiner machte mich wahnsinnig. Ich spreizte meine vor Verlangen zitternden Beine; eine gewaltige Explosion durchfuhr meinen ganzen Körper, es fühlte sich so gut an.Er war so vorsichtig, als ob er mich zerbrechen könnte; mein Körper schien zu brennen. Es war vollkommen. Der Vollmond leuchtete durch das Fenster und hinterließ einen Schatten auf unseren völlig erschöpften Körpern; ich fühlte mich überwältigt. Dank ihm war mein erstes Mal einfach perfekt. Irgendwann eng umschlungen und berauscht von herrlichen Gefühlen, die uns gegenseitig durchströmten, schliefen wir ein.

Am nächsten Tag spürte ich die Sonnenstrahlen auf meinem Gesicht, die durch das Fenster schienen. Ich öffnete langsam meine Augen und sah sein hübsches Gesicht an. Er lag neben mir und schlief. Es war kein Traum, es war wirklich passiert. Wir hatten es getan; die Erinnerungen kamen wieder hoch. Ein angenehmes Gefühl überflutete mich. Er öffnete die Augen, blickte mich liebevoll an, ein Lächeln huschte über sein makelloses Gesicht. »Guten Morgen, Prinzessin«, er zog mich ganz nah an sich heran. »Hast du Hunger?«

»Hunger habe ich schon, aber nicht nach Essen. Ich habe heißen Hunger nach deinen Küssen. Nur du und deine Liebe machen mich satt.«

»Na, wenn das so ist, darf ich dich nicht verhungern lassen«, er küsste mich sanft. Wir spielten wieder das leidenschaftliche Spiel von gestern Abend.

Erst gegen Abend kamen wir nach Hause. Wir fuhren zu Leo, da meine Mutter auch dort war. Während des Essens schwärmte ich vom See, der Hütte und der faszinierenden Natur. »Es war das beste Geschenk, das ich je bekommen habe«, sagte ich gerührt.

Nach dem Essen verabschiedete sich meine Mom und ging alleine nach Hause.

Als wir in seinem Zimmer waren, fragte ich ihn: »Leo, kannst du mir einen Gefallen tun?«

»Was immer du willst, Prinzessin!«

»Ich möchte, dass du mich malst.«

»Jetzt?«

»Ja jetzt, ich will, dass dieser Gesichtsausdruck für immer da ist.«

Als er mit meinem Porträt fertig war, war ich verblüfft. Ich sah so real aus. Mein Gesicht strahlte; ich wirkte überglücklich, als ob ich auf dem Blatt Papier tatsächlich lebte.

»Danke, Pferdchen«, ich küsste ihn.

DAS NACHTKONZERT

Am nächsten Tag ging ich etwas früher in die Schule. Ich wusste, dass Isabell es nicht erwarten konnte, mich endlich zu sehen, um zu erfahren, was passiert war.

Als ich mitten drin war, ihr die ganze Geschichte zu erzählen, kam Dr. Hofer in die Klasse und begann mit der Vorlesung. Ich entdeckte Enttäuschung auf ihrem strahlenden Gesicht. Die ganze Zeit während den Vorlesungen saß sie wie eine Henne auf den Eiern da. Und dann kam die lang ersehnte Mittagpause; während des Essens erzählte ich ihr bis zum Schluss alles, was passiert war.

Als ich ihr von meinem ersten Mal erzählte, schrie sie laut vor Freude auf, sodass uns die anderen anstarrten. »Süße, ich kann nicht glauben, dass ihr es getan habt! Das habe ich wirklich nicht von dir erwartet. Oh, Süße ich bin so glücklich, dass du nicht mehr so verkrampft bist, und dass du es endlich genießt, geliebt zu sein. Ich bin stolz auf dich«, die Worte aus ihrem Mund sprudelten wie ein Wasserfall.

Als die letzte Vorlesung zu Ende ging und wir auf dem Weg nach draußen waren, warteten dort Oliver und Leo.

»Na ihr zwei Hübschen«, begrüßte Leo uns. »Gehen wir gemeinsam etwas trinken?«

»Auf jeden Fall, das hast du uns versprochen. Außerdem haben wir was zum Feiern«, frohlockte Isabell.

Wir gingen in die Cocktailbar, blieben aber nicht lange, da ich meiner Mom versprochen hatte, heute früher nach Hause zu kommen.

Als wir nach Hause kamen, war meine Mom gerade dabei, ihre Haare zu stylen. Sie hatte ihr schwarzes Abendkleid an. »Mom, du siehst so hübsch aus. Hast du ein Date?«, fragte ich sie neugierig.

»Ja, mein Schatz, ich habe ein Date.«

»Ehrlich? Mit wem?«

»Ich habe mit euch ein Date.«

»Mit uns?«, wiederholten Leo und ich gleichzeitig.

»Ich lade euch zum Abendessen ein. Ich habe uns für 20 Uhr einen Tisch für 4 Personen in dem Restaurant *Ikarus* reserviert.«

»Im *Ikarus*, im Hanger 7!?«, wiederholte ich ungläubig.

»Ja, im Hanger 7«, meine Mom zupfte ganz gelassen weiter an ihren Haaren. Sie drehte sich zu mir und lächelte, als sie uns noch immer auf dem selben Fleck stehen sah. »Na macht euch zurecht, ihr habt nicht mehr viel Zeit! Leo, deine Mutter wird auch gleich da sein, sie bringt dir deinen Anzug.«

Wir beide starrten uns verwirrt an. Ich flüsterte ihm zu: »Ich glaube, ihr geht es nicht so gut, in der letzten Zeit hat sie dauernd Kopfschmerzen; ich hoffe, sie dreht nicht durch!«

»Wenn du willst, kannst du dich vorher hier duschen, Leo. Oder was immer du willst, nur bitte, ihr müsst rechtzeitig fertig sein«, sprach meine Mom weiter.

»Ich lasse euch kurz alleine«, flüsterte mir Leo ins Ohr und verschwand im Badezimmer.

Ich machte mir Sorgen um sie. Ich war mir nicht sicher, ob sie überhaupt bei klarem Verstand war. Ich ging langsam zu ihr und fragte sie leise: »Mom, weißt du, wie teuer das Essen dort ist?«

»Ja, mein Schatz«, ich sah an ihrem Gesicht, dass es ihr Spaß machte, mich so verzweifelt zu sehen.

»Mom, geht es dir wirklich gut? Ich meine ... «

»Schatz, es ging mir nie besser, glaube mir, ich bin nicht verrückt; wir können uns heute das Essen dort leisten. Und jetzt geh schnell, mach dich fertig!«

Um Punkt 20 Uhr standen wir vor dem Restaurant. Der überfreundliche Kellner brachte uns zu unserem Tisch. Ich war erstaunt. Das Restaurant befand sich im Obergeschoss. Das ganze Gebäude war aus Glas und war mehr als atemberaubend. Wir genossen ein achtgängiges Menü von einem

Spitzenkoch. Es war sehr köstlich. Ich konnte es einfach nicht glauben, dass wir wirklich in diesem Luxusrestaurant saßen.

Nach dem Essen überreichte uns meine Mom eine Einladung. Ich war so neugierig und öffnete das Kuvert gleich. Als ich die erste Zeile las, stockte mir der Atem:

SALZBURGER MOZART NACHTMUSIK
Wir laden Sie ganz herzlich ein.
Am 26. Juni um 19 Uhr
zum Salzburger Mozart Nachtkonzert.
In der Mirabell – Mozartsaal
mit der internationalen Pianistin
Emilia Kubat.
Besuchen Sie die Mozart Nachtmusik,
und lassen Sie sich durch die Musik
in eine Traumwelt verführen!

Als ich es vorgelesen hatte, schrie ich fast: »Mom, das ist schon nächste Woche!«

Wir alle waren überrascht. Nachdem wir ihr gratuliert hatten, flüsterte ich ihr zu: »Mom, das musst du mir alles genauer erklären, wenn wir nach Hause kommen.«

»Das werde ich, mein Schatz.«

Wir genossen den Abend der Reichen.

Als wir das Restaurant verließen, verabschiedeten wir uns von Norah, und ich fragte Leo: »Wirst du auf mich böse sein, wenn ich heute ganz alleine zu Hause schlafe?«

»Nein Prinzessin, das wollte ich dir sowieso vorschlagen, denn ich weiß, dass ihr heute viel zu besprechen habt.«

»Danke, du bist der Beste!«, ich gab ihm einen Abschiedskuss.

Zu Hause bohrte ich: »Jetzt erzähl schon, Mom, wie ist es dazu gekommen, und wieso hast du es mir nicht früher gesagt?«

»Ich wollte dich überraschen.«

»Das ist dir wirklich gelungen«, sagte ich lächelnd. »Und jetzt erzähl schon, ich bin ganz Ohr!«

»Vor drei Monaten …«

»Drei Monate?!«, schrie ich. »Du weißt es schon seit drei Monaten und hast mir nichts davon erzählt?«

»Ich werde es wieder gut machen«, sie lächelte mich verlegen an.

Ich wusste, dass sie mich nur überraschen wollte; ich konnte es ihr nicht übelnehmen, also nickte ich nur.

»Vor drei Monaten kam Denise zur mir und fragte mich, ob ich einige Schüler unterrichten könnte, was ich natürlich annahm. Da die meisten Schüler begeistert von mir waren und Denise ebenfalls, fragte sie mich, ob ich nicht doch auf einem Konzert spielen wolle. Am Anfang war ich mir nicht sicher, aber nach einer Woche sagte ich zu. Aber das Beste kommt morgen.«

»Morgen?«

»Ja, morgen bekommen wir endlich wieder ein Piano. Ich habe es günstig erstanden. Denise hat alles organisiert, sie ist so eine tolle Frau«, sagte meine Mom mit großer Begeisterung.

Bis tief in die Nacht redeten wir über ihr bevorstehendes Konzert. Wir beide waren glücklich und aufgeregt. Das war schon immer unser Traum gewesen. Jetzt würde er in Erfüllung gehen.

Die Tage bis zu ihrem Konzert verstrichen schnell. Meine Mom hatte jeden Tag bis in die Nacht gespielt; ich hatte es genossen, sie wieder zu hören. Und dann kam der langersehnte Tag. Sie war total neben der Spur. Sie drehte sich den ganzen Tag im Kreis. Egal, was sie angefangen hatte, sie führte es nicht zu Ende oder sie machte es kaputt. In der Früh hatte sie sogar statt Zucker, Salz in ihren Kaffee geschüttet. Zum Glück hatte ich uns das Mittagessen gemacht, wer weiß, was ich da sonst gefunden hätte.

»Wo ist mein Teller mit dem Essen?«, fragte sie ganz verwirrt.

»Dein Teller?«

»Ja, mein Teller, ich war gerade dabei, mein Essen in der

Mikrowelle aufzuwärmen, und jetzt finde ich den Teller nicht mehr.«

»Mom, hast du in der Mikrowelle nachgeschaut?«

»Na klar, das war das Erste.«

»Ich kann es nicht glauben.« Ich stand auf.

»Was machst du da?«

»Ich will nur nachsehen, ob die Mikrowelle wirklich leer ist.«

»Ich bin doch nicht blind, in der Mikrowelle ist nichts«, sagte sie genervt; tatsächlich war das Essen nicht in der Mikrowelle.

»Vielleicht ist es im Kühlschrank«, ich sah nach. Aber dort war es auch nicht. Also machten wir uns auf die Suche nach dem vollen Teller.

»Da hast du dich also versteckt!« , verkündete ich.

»Wo hast du ihn gefunden?«, fragte sie ganz neugierig.

»In der Lade, unter der Mikrowelle.«

»Ich bin so aufgeregt«, gestand sie, bevor sie zum Konzert aufbrach.

»Mom, du brauchst nicht aufgeregt zu sein. So schlimm kann es nicht werden. Das Piano steht schon im Konzertsaal, und die Chance, dass es wie dein voller Teller mit dem Essen davonläuft, ist eher gering.«

Sie lächelte mich noch immer nervös an.

»Mom, du bist die Beste; das ist doch nicht dein erster Soloauftritt. Ich bin mir sicher, du wirst sie alle begeistern.«

»Danke mein Schatz. Ich sehe dich auf dem Konzert«, sagte sie, bevor sie das Haus verließ.

»Darauf kannst du dich verlassen. Viel Glück, Mom!«, fügte ich noch schnell hinzu, bevor sie die Tür schloss.

Ich hatte noch drei Stunden bis zum Konzert, also genug Zeit, um mich fertigzumachen. Ich zog mein gelbes Abendkleid an und kämmte sorgfältig meine Haare. Ich ließ sie offen über meine Schulter fallen. Ich öffnete meinen Schmuckkasten, nahm den Ring von meiner Oma und steckte ihn auf den Mittelfinger. Ich drehte mich vor dem Spiegel und war mit dem Ergebnis sehr zufrieden. Jetzt konnte es losgehen! Ich lächelte noch einmal in den Spiegel, als ich die Klingel an der Tür hörte. Es war Leo. Als ich die Tür aufmachte, war er einen Augenblick sprachlos. »Wow Prinzessin, du bist so wunderschön!« Er küsste mich so leidenschaftlich, dass er mein Herz zum Hüpfen brachte.

Ich schlang meine Arme um seinen Hals und zog ihn unauffällig etwas näher an mich heran.

Er stöhnte, der Kuss wurde intensiver. Seine Hände strichen zärtlich über meinen Rücken und wanderten bis zu meiner Taille, während er seine Lippen über meinen Hals gleiten ließ. Mit meinen zitternden Fingern strich ich durch sein Haar und wanderte über seinen Rücken hinab.

»Ich liebe dich so sehr, Prinzessin!«, sagte er stöhnend, während er weiter seine Lippen über meinen Körper gleiten ließ. Mein ganzer Körper kribbelte und glühte von seinen Berührungen. »Prinzessin, ich will dich so sehr. Ich habe dich so vermisst«, flüsterte er in mein Ohr.

Mein Körper sehnte sich nach ihm, ich wollte ihn auch spüren.

Auf einmal löste er seine Lippen von meinem Mund und guckte auf die Uhr. »Wir haben noch eine Stunde Zeit, wir müssen uns beeilen«, er grinste mich an. Bevor ich noch irgendetwas sagen konnte, hob er mich in seine Arme und trug mich in mein Zimmer.

In der letzten Minute erreichten wir den Mozartsaal. Norah war schon dort und wartete die ganze Zeit auf uns. Sie war aufgeregt. »Wo wart ihr so lange?«, fragte sie etwas nervös.

»Es war ziemlich viel Verkehr«, antwortete Leo ganz gelassen, und ich musste lachen.

Ich schaute mich um; der Saal war sehr voll. Nur noch wenige füllten die leeren Plätze, die noch übrig waren. Der Vorhang ging auf; das Orchester beendete das langwierige disharmonische Einstimmen der Instrumente.

Und dann kam sie, meine Mom. Sie sah so wunderschön

in ihrem weißen langen Kleid aus. Höflich verbeugte sie sich, mit einem freundlichen Lächeln auf ihrem Gesicht vor dem Publikum und zwinkerte mir zu, als sich unsere Blicke trafen. Und dann wandte sie sich an das Orchester. Sie schritt zum Piano, das in der Mitte stand. Die Lichter erloschen; berauschend schöne Musik erfüllte den Saal. Sie spielte so gefühlvoll, dass mir die Tränen über die Wange liefen. Ich war so glücklich wie noch nie. Ich freute mich so sehr, denn keiner hätte es mehr verdient, auf dieser Bühne zu stehen, als meine Mutter.

Als die Musik verklang, standen alle auf, und meine Mom bekam ihr erstes Standing Ovation nach so langer Zeit wieder. Sie hatte es geschafft!

WENN DER ALBTRAUM WAHR WIRD

Wieder hatte ich diesen Albtraum. Ich träumte von Leo. Ich ging mit Isabell ins Kaffeehaus und entdeckte Leo mit einer anderen. Er küsste sie leidenschaftlich und sagte ihr, dass er sie über alles liebe. Als ich ihn so sah, spürte ich einen Stich in meinem Herz; die Tränen liefen mir über die Wange. Ich schrie vor Schmerzen so laut, dass er mich hören könnte. Er wandte seinen Blick zu mir, dann kam er und sagte:»Es tut mir leid, Emma, aber zwischen uns ist es aus.«

Ich kniete vor ihm.»Bitte Leo, du hast es mir versprochen, dass du mich nie verlassen wirst. Bitte verlass mich nicht!«, flehte ich ihn an.

Er lachte laut und sagte gefühllos:»Du bist so jämmerlich, du glaubst wirklich noch an Märchen. Emma, du bist nicht mein Typ, schau dich nur mal an! Dass mit dir war nur eine gewonnene Wette.« Er ging zu seiner Freundin zurück. Ich blieb noch immer am Boden hocken und weinte um ihn.

»Prinzessin«, flüsterte Leo, die Arme umschlangen fest meinen Körper.»Geht es dir gut?«

»Ja«, sagte ich mit einer weinerlichen Stimme. Ich konnte das Schluchzen nicht verbergen, die Tränen strömten wie in dem Traum.

»Prinzessin, was ist passiert?«, fragte er jetzt ganz besorgt. Mit seinem Finger wischte er mir die Tränen vom Gesicht.

»Nichts. Es war nur ein Albtraum, sonst nichts.«

Er nahm mich in die Arme, schaukelte mich hin und her und versuchte, mich zu beruhigen.»Es ist alles gut, Prinzessin. Ich bin da. Hattest du wieder diesen Traum?«

Ich nickte nur und wischte mir die restlichen Tränen vom Gesicht. Ein Lächeln spielte um seine Lippen.»Mit wem habe ich dich dieses Mal betrogen? War sie zumindest hübsch?«

»Mach dich nur über meinen Traum lustig! Gleich wird es dir leidtun, denn dieses Mal warst du mit einer, die so hässlich und dick war, dass sie dich fast aufgefressen hat, zusammen.«

»Was für ein Glück, dass es dieses Mal nur ein Traum war!« Den Tag verbrachte ich zu Hause. Heute hatte ich wieder Nachtdienst im Krankenhaus und wollte fit für den Dienst sein. Ich war auf der Pneumonie-Station und versuchte, mich vergeblich auf die Patienten zu konzentrieren. Dieser Traum fühlte sich so real an, dass ich ihn den ganzen Tag und jetzt noch die ganze Nacht nicht aus meinen Kopf brachte. Als ich am nächsten Tag in der Früh vor dem Krankenhaus stand, hörte ich jemanden im Auto hupen, aber ich beachtete es nicht. Ich war dabei, die Straße zu überqueren, und hörte wieder dieses Hupen, nur dieses Mal war es so nah. Der Wagen parkte direkt vor mir, eine Hand winkte durch das Fahrerfenster. Es war Leo.

Ich war froh, ihn zu sehen. Die ganze Zeit war ich traurig und schlecht gelaunt gewesen, aber jetzt fühlte ich mich wieder gut. »Pferdchen, was machst du hier um die Zeit? Wieso schläfst du nicht? Es ist Samstag in der Früh.«

»Ich wollte dich abholen. Ich habe eine Überraschung für dich. Ich hoffe, du hast Hunger?«

»Ich sterbe vor Hunger!«

»Na dann, es ist ein wenig weiter weg von uns, aber glaube mir, es lohnt sich, zu warten«, er fuhr los.

Ich war so müde und das monotone Brummen des Motors wirkte auf mich so entspannend, dass ich ganz friedlich einschlief.

»Prinzessin, wir sind schon da«, er küsste mich zärtlich. Ich öffnete die Augen ganz langsam und stellte fest, dass wir wieder die Stadt verlassen hatten und uns irgendwo im Nirgendwo befanden. Überall waren nur Bäume zu sehen, sonst nichts. Trotz Müdigkeit war ich sehr aufgeregt; mein Magen knurrte so laut, dass wir beide lachen mussten.

Ich stieg aus dem Auto.

Leo holte einen Picknickkorb aus dem Kofferraum.
»Ich hoffe, du hast da drinnen das Essen versteckt!«
»Ich dachte, du lebst von meiner Liebe und meinen unwiderstehlichen Küssen?«
»Das stimmt, aber heute brauche ich etwas Essbares.«
Er küsste mich ganz zärtlich und lange.
»Ich glaube, du bringst mich um«, sagte ich seufzend.
»Mach dir keine Sorgen, du wirst schon irgendwie überleben!«, er nahm meine Hand.
Wir spazierten einen schmalen Waldweg entlang. Vor uns lag ein Tal mit einem kleinen See. »Wow Pferdchen, es ist atemberaubend schön hier!«, sagte ich ganz fasziniert. Es war ein kleiner See, der von großen Bäumen eingerahmt wurde. Es sah so aus, als ob die großen Bäume den kleinen See beschützten. Sein grünes Wasser bedankte sich, indem es die Bäume spiegelte.

Es waren nur wenige Menschen da, wir fanden einen Platz, wo wir ganz alleine sein konnten. Leo legte die Decke auf das Gras und stellte den Korb ab, in dem sich alle möglichen Frühstücksleckereien befanden. Ich hatte so einen riesigen Hunger, dass ich alles durcheinander aß. Während ich aß, bemerkte ich seinen amüsierten Blick.

»Was ist, habe ich etwas auf dem Gesicht?«, fragte ich und wischte mir automatisch das Gesicht ab.

»Du siehst so wunderschön aus, wenn du isst.«

»Ich bin wunderschön, während ich esse? Ich weiß nicht, von welchem Baum du gerade geraucht hast, aber es tat dir definitiv nicht gut. Ich glaube, du brauchst dringend etwas zu essen«, ich schob ihm ein Stück von meinem Honigbrot, was ich gerade aß, in den Mund. »Na siehst du, gleich wird es dir besser gehen.«

»Nein«, er zog mich an sich heran, sein Atem kitzelte auf meiner Haut. Er senkte langsam seinen Kopf und berührte dabei meine Lippen. »Jetzt geht es mir wieder viel besser, nachdem ich meine richtige Droge genommen habe.«

Als wir mit dem Essen fertig waren, streckte ich mich auf

der Decke aus und beobachtete ihn, während er die Sachen zurück in den Korb packte. Als er fertig war, setzte er sich zu mir und hob meinen Kopf, der auf dem Gras lag und legte ihn auf seinen Schoß. Er betrachtete mich so verführerisch, dass mir von dem Blick schummerig wurde. Mit einem Finger strich er ganz sanft über meine Wange und über die Konturen meines Mundes. Von seinen Berührungen durchfuhr meinen Körper ein Zittern. Ich bekam keine Luft mehr, als ich seine unwiderstehliche Lippen auf meinem Mund spürte. Ich schloss die Augen und genoss dieses berauschende Gefühl. Es war ein schöner Ausflug, und das hatte ich wirklich nach so einer harten Woche gebraucht.

Erst gegen Abend kamen wir erholt nach Hause; ich schlief gleich ein. Das ganze Wochenende lernte ich Chirurgie für die letzte Prüfung in diesem Jahr.

Am Montag war es dann soweit. Ich war sehr nervös. Zum Glück bestand ich die Prüfung; damit war das erste Jahr vorüber. Deswegen hatten Isabell und ich eine kleine Feier für heute Abend organisiert. Natürlich waren nur Oliver und Leo eingeladen. Yeah! Jetzt müssten wir nur ein Praktikum machen, keine Schule mehr. Kurz vor der Feier wusste ich wieder mal nicht, was ich anziehen sollte. In der letzten Sekunde entschied ich mich für mein weißes Minikleid.

Als ich das Lokal betrat, war es überfüllt. Alle Tische waren besetzt; die anderen Leute standen an der Bar mit den Getränken in der Hand.

Zum Glück waren Isabell, Oliver und Leo schon da. Sie saßen an unserem reservierten Tisch. Während ich mich durch die Menge drängte, bemerkte ich, wie ein blondes Mädchen in Leos Richtung ging. Als sie bei ihm war, küsste sie ihn. Ich war wie gelähmt. Das musste wieder dieser Albtraum sein. Ich würde bestimmt jetzt aufwachen, und Leo würde mich trösten. *Es muss doch ein Traum sein!*

Ich sah, wie er etwas zu ihr sagte; sie drehte sich um und verschwand.

Ich war so wütend auf ihn, dass ich ihn nicht mehr sehen

wollte. Ich war nicht bereit für irgendeine sinnlose Diskussion. Ich wollte nur weg, weg von ihm.

Zum Glück hatte mich keiner gesehen. Als ich mich umdrehen wollte, um zu gehen, entdeckte mich Isabell und winkte mir zu. So ein Mist, jetzt musste ich doch zu ihm!

Ich stampfte ziemlich wütend durch die Menge; als ich den Tisch erreichte stand Leo auf, um mich zu küssen, aber ich wich ihm aus und begrüßte nur Isabell und Oliver.»Prinzessin, was ist los mit dir?«, fragte er ganz außer sich.

»Was los ist?!«, schrie ich.»Wie kannst du noch wagen, mich so etwas zu fragen, glaubst du, ich habe es nicht gesehen, wie du die Blondine geküsst hast?«

»Ah, das meinst du«, seine Gesichtszüge entspannten sich.»Prinzessin, ich habe sie nicht geküsst«, er wollte mich umarmen, aber ich schubste ihn weg.

Isabell mischte sich ein:»Emma, bitte glaube ihm! Er hat nichts damit zu tun. Sie hat ihn geküsst, aber er hat sie weggeschoben. Er hat ihr erklärt, dass er in dich verliebt ist und mit dir zusammen ist.«

»Du verteidigst ihn auch noch. Ich dachte, dass du meine beste Freundin bist.«

»Ich bin deine beste Freundin, deswegen erzähle ich dir das. Ich will nicht, dass du eine Dummheit machst, die du später bereuen könntest.«

»Die einzige Dummheit, die ich gemacht habe, war, ihm zu trauen«, ich merkte, wie sich meine Augen mit Tränen füllten. Ich wollte nicht, dass sie es sahen, und drehte mich um und rannte nach draußen. Ich konnte nicht mehr bleiben. Es tat so weh, zu wissen, dass Isabell vielleicht doch recht hatte.

Ich hörte, wie Leo sagte:»Nein Isabell, ich gehe mit ihr.« Vor dem Pub spürte ich, wie seine Hand mich festhielt.»Bitte Prinzessin, lass es mich dir erklären!«, bat er.»Du weißt, dass du die Einzige bist, die ich liebe und die mich wirklich interessiert.«

»Ah ja. Warum hast du sie dann geküsst, wenn es so ist?

Du interessierst dich noch immer für die anderen, nicht wahr?«

»Das tu ich doch nicht. Sie war eine von vielen und hat mich gesehen. Sie hatte nicht gewusst, dass ich mit dir zusammen bin, deswegen hat sie mich geküsst.«

Ich schüttelte den Kopf, während die Tränen immer weiter flossen.

»Du glaubst mir nicht, oder?«, flüsterte er; sein Gesicht wurde blasser. »Warum glaubst du jedes Mal an Lügen, aber nicht an die Wahrheit?«

»Es war schon immer abwegig, zu glauben, dass du nur mich lieben könntest.«

Er kniff die Augen zusammen und spannte seine Kiefer an. »Ich liebe dich, nur dich, sonst niemanden; ich werde es dir beweisen. Bitte glaub mir!«

Ich schluckte meinen Ärger hinunter. »Ich wusste, dass es für dich nicht einfach wird. Ich dachte, du hättest dich geändert. Bis jetzt. Aber ich habe mich getäuscht. Am Anfang wusste ich nicht, was ich von unserer Beziehung erwarten soll …«

Auf einmal sah er so wütend aus, dass ich mitten im Satz verstummte. »Hast du das die ganze Zeit erwartet, Emma?! Hast du damit gerechnet, dass ich dich verletzen würde?« Ich hielt den Blick gesenkt.

»Ich weiß es nicht«, sagte ich fast flüsternd.

»Oh Gott Emma, wie kannst du nur so blind sein? Ich habe mich wirklich geändert; ich liebe dich so sehr, alles andere interessiert mich nicht. Ich verstehe dich wirklich nicht, wieso du es einfach nicht akzeptierst, dass ich nur mit dir zusammen sein will. Wie oft soll ich dir es noch sagen, ich habe sie nicht geküsst. Das haben dir Isabell und Oliver auch bestätigt.«

»Du brauchst es mir nicht mehr erklären.« Tief im Inneren wusste ich, dass er die Wahrheit sagte. Aber ich hatte Angst, irgendwann verletzt zu werden. Ich wusste, dass ich mit all den anderen, mit denen er früher zusammen gewesen war, nicht mithalten konnte. Die waren alle so hübsch und sexy. Er würde sicher irgendwann schwach werden und mich im Stich lassen, und jetzt war der richtige Zeitpunkt, dies zu ändern.

Er kniff die Augen zusammen, dann atmete er tief durch und nickte. »Du hast recht. Was geschehen ist, ist geschehen, und ich kann es nicht mehr ändern. Es hat keinen Sinn, dir irgendetwas zu erklären, denn du willst es anscheinend so«, sagte er wehmütig.

»Leo, bitte ...«

»Pssst!«, er legte seinen Zeigefinger auf meine Lippe. »Ich habe dir ja mitgeteilt, ich will nur, dass du glücklich bist. Emma, sag mir bitte die Wahrheit, und ich werde es akzeptieren, ganz egal, wie es ausgeht. Wirst du glücklicher ohne mich sein?«, seine Stimme brach.

»Oh Leo, wie kannst du mich so etwas fragen? Du weißt doch, dass ich mit dir am glücklichsten bin, aber ich kann dir einfach nicht vertrauen. Bitte Leo, versteh mich, und mach es mir nicht so schwer!«

»Ich soll es dir nicht so schwer machen??? Und für mich ist es nicht schwer, oder was?«

Nach diesen Worten schien mein Körper innerlich zu zerreißen. Ich bemühte mich, meine Unsicherheit und meinen Schmerz mit einem Lächeln zu überspielen. Er durfte nicht erfahren, wie sehr es mir wehtat, ihn zu verlassen.

»Wir könnten wieder Freunde sein, wie früher oder?«, schlug ich vor, obwohl ich wusste, dass so etwas nie wieder funktionieren könnte.

»Freunde?!«, wiederholte er zynisch. »Du verlässt mich und willst, dass ich so tue, als ob nichts passiert wäre? Als ob zwischen uns nie was gewesen wäre? Ich liebe dich, Emma, wie soll ich dein Freund sein? Es tut mir leid, aber ich kann das nicht, nicht jetzt.«

Als ich ihn so verletzt sah, wurde mir klar, wie sehr ich mir wünschte, dass er mich in seine Arme nahm und mich küsste, aber jetzt gab es kein Zurück mehr. Ich musste es beenden, bevor er es beendete und mich verletzte. Ich würdigte ihn eines letzten Blickes, um mir sein wunderschönes Gesicht genau einzuprägen, und ging. Es kostete mich große Überwindung, ihn einfach so verletzt stehen zu lassen. Ich würde sein schmerzerfühltes Gesicht nie vergessen; es schmerzte mich umso mehr, da ich wusste, dass ich ihm Unrecht getan hatte. Ich tat uns beiden weh; das zerriss mein Herz in tausend Stücke. Die Tränen flossen mir über die Wange wie ein Wasserfall; ich bekam keine Luft mehr.

Ich marschierte absichtlich zu Fuß nach Hause, damit ich mich beruhigen konnte. Ich wollte nicht, dass mich meine Mom so aufgebracht sah. Ich war nicht bereit, irgendjemandem zu erklären, wieso ich das getan hatte. Ich wusste, dass mich jeder dafür verurteilen würde. Das Schlimmste war, dass ich mich selbst dafür verurteilte. Ich hasste mich so sehr dafür, dass ich ihn so verletzt hatte, den liebsten Mensch auf der ganzen Welt, den ich unendlich liebte. Ich war ein richtiges Monster. Ein normaler Mensch könnte so etwas niemandem antun.

Als ich nach Hause kam, war es ziemlich spät; zum Glück schlief meine Mutter schon. Auf Zehenspitzen schlich ich in mein Zimmer und legte mich ins Bett. Ich sehnte mich so sehr nach ihm, ich konnte seinen Duft an meinem Polster riechen; das Bett wirkte auf einmal so riesengroß ohne ihn. Ich nahm mein Polster und inhalierte seinen Duft. Immer wieder atmete ich diesen unvergesslichen Duft ein; mit jedem Atemzug konnte ich mich ihm näher fühlen. Es fühlte sich wie eine Droge an. Als mir die leere Seite des Bettes neben mir bewusst wurde, liefen mir die Tränen über das Gesicht. Ich wandte meinen Blick durch das Fenster zum sternenklaren Himmel und wischte mir die Tränen ab. Ich spürte, wie sich mein Herz zusammenkrampfte; ein heftiger Schmerz durchfuhr mich. Der Schmerz wurde immer schlimmer und schlimmer, es war nicht mehr zum Aushalten. Am liebsten wollte ich laut schreien. Ich biss mir auf die Lippen und schluckte den Schmerz hinunter. Die ganze Nacht verbrachte ich weinend in meinem Bett. Ich konnte nicht mal für eine Minute meine Augen zudrücken. Als es hell wurde, stand ich auf und ging mich duschen. Ich blieb fast eine Stunde unter der Dusche; am liebsten wollte ich den ganzen Schmerz hinunterwaschen. Auf der anderen Seite des Spiegels blickte mich ein tiefverletztes junges Mädchen an, dessen Herz gebrochen war. Das konnte ich nicht sein. Wie konnte ich so verletzt und so gebrochen sein …, von dem, was ich mir selbst ausgesucht hatte?

Ich wollte ohne ihn sein, und das hatte ich jetzt. Er würde mich nicht verletzen, aber das Schlimmste war, dass ich mich selbst verletzt hatte, und das tat noch mehr weh. Ich hatte nicht gewusst, dass es so weh tun würde. Ich muss mich einfach zusammenreißen und aus meinen Fehlern lernen. Ich würde immer so oder so verletzt sein. *Ich kann das einfach nicht verhindern. Ich kann mich nicht vor der Liebe dauernd beschützen. Anstatt mich zu schützen, habe ich jetzt uns beide verletzt. Das weiß ich, und es tat umso mehr weh, zu wissen, dass es umsonst war. Denn jetzt sind wir beide verletzt und müssen wegen meinen Fehlern bezahlen.* Am liebsten hätte ich das alles rückgängig gemacht, aber es war zu spät dafür. Der Schmerz wurde schlimmer und schlimmer; ich hielt es nicht mehr im Haus aus.

Ich musste einfach weg! Weg von hier, sonst hatte ich das Gefühl, zu zerplatzen. Ich hinterlegte meiner Mom einen Brief und ging ziemlich bald in die Schule.
»Guten Morgen Mom,
ich konnte nicht schlafen, gehe zu Fuß in die Schule. Ich brauche frische Luft. Ich habe dich lieb.
Emma.«

Als ich in der Schule ankam, war noch keiner da, wie ich es mir schon dachte. Aber kaum hatte ich mich hingesetzt, hörte ich jemanden kommen. Als ich zur Tür blickte, erkannte ich Isabells erschrockenes Gesicht.

Sie umarmte mich fest. »Süße, was hast du nur getan?«

Zu meiner Überraschung war sie liebevoll zu mir, sodass

ich es nicht mehr aushielt; ich ließ die Tränen über die Wange einfach laufen. »Isabel äh«, ich versuchte schluchzend, in ihren Armen die richtigen Worte zu finden. »Ich wollte ihn wirklich nicht verletzen.«

»Ich weiß Süße, ich weiß. Aber trotzdem kann ich dich einfach nicht verstehen, er liebt dich wirklich so sehr«, sie änderte ihre Miene: »Wie konntest du nur?! Nachdem du mit ihm Schluss gemacht hast, kam er zu Oliver. Er war so fertig. Ich hatte noch nie einen Jungen so leiden sehen. Einen der wegen eines Mädchens weinte.«

»Er hat geweint?«, fragte ich mit zitternder Stimme, und ich spürte einen Schmerz in meinem Herz.

»Ja Emma, er hat deinetwegen geweint, was glaubst du, wie es ihm wohl geht. Oder wie viel er dich geliebt hat, wenn er es nicht mal vor uns zurückhält. Du hast ihm das Herz gebrochen, das hat er wirklich nicht verdient. Nicht von dir, Emma, denn er hat dich so unendlich geliebt und vergöttert wie keiner anderer. Das weißt du selbst.« Jedes Wort, das aus ihrem Mund kam, traf mich wie ein Messer ins Herz. Alles, was sie sagte, war wahr; ich musste die Wahrheit ertragen, egal, wie schmerzhaft es für mich war. Am meisten tat mir weh, sie darüber reden zu hören, wie sehr er darunter leiden würde. »Isabell, ich wollte nicht, dass er so leidet. Das wollte ich wirklich nicht, ich liebe ihn so sehr, bitte glaube mir, für mich ist es auch nicht einfach.«

»Emma, ich kann dir nicht folgen. Du liebst ihn und machst trotzdem Schluss mit ihm?!«, stieß sie entsetzt aus.

»Ja, so ist es.« Ich fühlte mich schuldig.

»Aber wieso?«

»Weil ich Angst hatte. Ich hatte Angst, von ihm verletzt zu werden, und jetzt habe ich uns beide verletzt. Ich habe es wirklich nicht gewusst, dass ich ihn durch meinen eigenen Selbstschutz verletzen würde.«

»Aber du musst es ihm sagen. Süße, er wird dir verzeihen, er liebt dich, und du liebst ihn!«

»Es ist nicht so einfach, Isabell. Ich kann ihm das nicht

mehr antun. Ich habe ihn schon einmal verletzt und jetzt wieder. Ich glaube, es ist an der Zeit, dass ich ihn einfach gehen lassen muss, ganz egal wie schmerzhaft das auch ist. Ich bin nicht die Richtige für ihn; ich habe seine Liebe nicht verdient.«

»Oh Emma, das stimmt nicht. Willst du, dass ich mit ihm rede?«

Meine Kehle war wie zugeschnürt; ich nickte nur stumm. Die Tränen flossen wieder; ich rannte auf die Toilette. Es dauerte eine Weile, bis ich mich beruhigte.

Als ich in das Klassenzimmer kam, waren die anderen Schüler schon da. Die Vorlesungen zogen sich in eine Unendlichkeit, so wie die Zeit danach. Ich lebte in einem Wachkoma. Alles, was lebendig in mir war, starb an dem grauenvollen Tag, wo sich unsere Wege trennten. An dem Tag im Juli, kurz vor meinem Geburtstag, als ich ihn so leiden sah. Ich war da, aber ich nahm die anderen nicht wahr.

Meine Mom und Isabell versuchten hoffnungslos, mich ins Leben zurückzuholen, aber ohne Erfolg.

Das zweite Jahr hatte mittlerweile angefangen; ich konzentrierte mich endlich mal auf die Vorlesungen. Ich hatte über ein halbes Jahr gebraucht, um mit dieser Situation klarzukommen.

Als ich dachte, es geschafft zu haben, sah ich ihn wieder, aber er war nicht allein. An seiner Seite war ein Mädchen. Mein Herzschlag setzte aus, als sich unsere Blicke trafen. Er lächelte mich an.

Der Anblick schmerzte mich mehr, als ich es erwartet hatte. Wie gern würde ich ihn umarmen und seine weiche Lippen wieder auf meinen spüren. Aber ich war diejenige, die uns aufgegeben hatte. Wie konnte ich ihn dafür verantwortlich machen, dass er eine Neue hatte?

Er kam auf mich zu und gab mir einen Kuss auf die Wange.

Ich spürte, wie mein Puls sich beschleunigte.

»Sophie, das ist Emma, meine beste Freundin«, stellte er

mich verlegen vor.

Ich musterte das Mädchen und merkte, dass sie sich auch in der Situation unwohl fühlte. »Es freut mich, Sophie!« Ich quälte mir ein Lächeln ab.

Sie nickte nur und richtete den Blick auf den Boden.

»Es tut mir leid, aber ich muss los«, sagte ich schnell, bevor Leo irgendetwas äußern konnte.

»Es hat mich gefreut, dich wiederzusehen, Emma.«

»Ja, mich auch«, steif drehte ich mich um. Wie ferngesteuert, marschierte ich weg, weit weg von ihm.

Ich spürte wieder denselben Schmerz in meiner Brust, wie damals, als ich ihn stehen ließ. Ich hatte es nicht anders verdient, außerdem war es auch zu erwarten, dass er eine Neue finden würde. Eigentlich müsste ich darüber froh sein. Ich sollte dankbar sein, dass er mich endlich vergessen hatte und wieder glücklich war. Aber das konnte ich nicht. Ich war so egoistisch, aber mit der Zeit musste ich lernen, wie ich am besten mit der Situation zurechtkam.

Ich traf ihn danach öfters, fast jedes Mal in Begleitung einer anderen Frau. Am Anfang tat es extrem weh, aber mittlerweile hatte ich mich damit abgefunden; irgendwie konnte ich mir Leo ohne eine neue Barbiepuppe einfach nicht vorstellen.

Ich fing wieder an, mein Leben, soweit es möglich war, ohne Leo zu genießen.

Heute hatten wir den ganzen Vormittag Vorlesungen in Psychiatrie. Dr. Berger erzählte uns zuerst über Oligophrenie (Schwachsinn, geistige Behinderung); ich fand das Thema äußerst interessant; danach kam ein Kapitel über psychoanalytische Neurosenlehre. *Ein Fall für mich*, dachte ich, als er über die Typen der Neurose referierte: 1) Angstneurose, 2) Phobisches Syndrom (Phobie), 3) Anankastisches Syndrom (Zwangsneurose). Während er die Restlichen aufzählte, konnte ich mich nicht entscheiden, welche mich wohl mehr betraf. Die Erste oder doch die Zweite ...? Obwohl die Dritte traf auch auf mich zu.

Ich war ein hoffnungsloser Fall, der alles gleichzeitig hatte und sich nicht dagegen wehren konnte. Ich würde für immer alleine sein, wenn ich mich meinen Ängsten nicht stellte.

Ich fühlte mich deprimiert, versank in meinen Gedanken und landete wieder bei Leo. Ich liebte ihn immer noch, aber ich musste mich von ihm befreien und ein neues Leben beginnen. Ein Leben ohne Angst.

»Süße, gehst du essen?«, Isabell holte mich wieder in unsere Welt zurück.

»Ja«, ich folgte ihr wortlos in den Speisesaal.

Als wir uns an der Kantine anstellten, unterhielt sich Isabell mit Johanna, einer Klassenkameradin.

Ich warf aus reiner Gewohnheit einen Blick in den Speisesaal zu dem Tisch in der Mitte; zu meiner Überraschung erblickte ich ihn. Er saß da, und unsere Blicke trafen sich. Ich schaute schnell zu Boden und merkte, wie meine Ohren glühten und mein Gesicht langsam rot wurde.

»Was nimmst du zum Essen, Süße?«, Isabell holte mich wieder in die Realität zurück.

»Ich weiß noch nicht genau, wahrscheinlich Spaghetti Bolognese«, stammelte ich, ohne aufzuschauen, sodass sie mein Gesicht nicht sah.

Ich folgte ihr mit gesenktem Blick zum Tisch. Wir aßen ausnahmsweise schweigend.

Nach einer Weile fragte mich Isabell: »Emma, was ist los mit dir, du bist die ganze Zeit so still?«

Ich merkte, wie ich wieder rot wurde, und fragte sie verzweifelt: »Isabell, siehst du den Jungen mit den schwarzen Haaren und den braunen Augen am Nachbartisch?« Sie musterte ihn flüchtig. »Meinst du den Typ mit dem roten T-Shirt, den du einmal vor langer Zeit angelächelt hast?«

»Ja, den meine ich.«

»Was ist mit Gabriel?«, forschte sie neugierig.

»Mit Gabriel?«, wiederholte ich überrascht. »Du kennst seinen Namen?«

»Wir arbeiten in derselben Station; er geht in die Parallelklasse. Es wundert mich, dass du den Typ noch nicht kennst.«

»Wieso sollte ich ihn kennen?«

»Na den kennt jeder. Ein superreicher Typ mit Porsche.«

»Wow, das habe ich nicht gewusst!«

»Emma, willst du mir endlich sagen, was mit Gabriel ist?«

»Äh nicht so wichtig.« Sein Blick traf meinen und ich spürte wieder diese Wärme in meinem Herzen.

»Ist es das, woran ich denke?«, fragte sie besorgt. Als sie mein rotes Gesicht sah, wusste sie es. »Emma, wieso er?«

Ich bemerkte eine Enttäuschung in ihrer Stimme. »Was meinst du, wieso er? Hast du nicht vor längerer Zeit gesagt ,Ihr zwei wärt ein gutes Paar'? Oder täusche ich mich?«

»Ja, aber damals kannte ich ihn nicht. Süße, er ist ein reicher, arroganter, aufgeblasener Typ, der glaubt, kein Mädchen auf unserer Schule sei gut genug für ihn.«

»Ah ja«, erwiderte ich jetzt etwas gereizt.

»Verstehe mich nicht falsch, aber ich meine, er ist nicht gut genug für dich. Er spielt nicht in unserer Liga.«

»Isabell, ich weiß nicht, was mit dir los ist. Aber wie ich

sehe, spielst du auch nicht in meiner Liga.«
»Schätzchen, ich will nicht, dass er dich verletzt.«
»Danke Isabell, aber ich kann selbst auf mich aufpassen«, sagte ich gekränkt. Lustlos rollte ich ein paar Spaghetti auf, als ich ihn neben unserem Tisch entdeckte.
»Hallo«, grüßte er mit einem süßen Lächeln.
Mit offenem Mund starrte ich ihn an. Und im nächsten Moment rutschte mir die Gabel aus der Hand. Sie fiel laut und klirrend zu Boden. Ich spürte, wie ich wieder rot im Gesicht wurde und senkte meinen Kopf nach unten. Gleichzeitig beugten wir uns, um die Gabel aufzuheben, aber bevor wir die Gabel erreichten, stießen wir mit den Köpfen aneinander. Oh Gott, wie dumm! Ich war nicht mal im Stande, meine Gabel aufzuheben, ohne mich zu blamieren.

»Es tut mir leid«, bedauerte er, und als wir gleichzeitig wieder nach der Gabel griffen, trafen sich unsere Hände. Die Berührung seiner Hand löste einen Stromschlag aus, der meinen ganzen Körper durchrieselte. Ich zuckte zusammen und zog meine Hand zurück. In dem Moment trafen sich unsere Blicke; mir wurde ganz heiß. Vermutlich lief ich wieder rot im Gesicht an.

»Ich hol dir eine neue Gabel«, und bevor ich irgendetwas entgegnen konnte, verschwand er.

Isabel schien das Ganze zu amüsieren.

»Hallo Isabell«, sagte er und gab mir die Gabel.

Ich spürte, wie meine Knie weich wurden. Zum Glück saß ich noch.

»Hallo Gabriel«, erwiderte sie.

»Willst du mir deine hübsche Freundin nicht vorstellen?«, er schaute mich mit diesen Schokoaugen an.

»Emma, das ist Gabriel.«

Er reichte mir die Hand:»Gabriel!« Seine weißen Zähne waren so perfekt wie sein ganzes Aussehen. Er duftete so unwiderstehlich, dass ich von dem Geruch ganz betäubt wurde.

»Emma!«

Er hielt meine Hand etwas länger, als gewöhnlich. Und als ich sie aus seiner Hand befreien wollte, hielt er sie noch fester. Ich weiß nicht, warum, aber ich zog mit so einer Wucht meine Hand aus seiner und befreite mich. Dabei stieß ich meinen Teller um; die Spaghetti landeten auf dem Boden. Der Teller zerbrach in hundert Stücke. *Na toll, das hast du gut gemacht, Emma!* Alle Blicke im Speisesaal waren jetzt auf mich gerichtet. *Bitte Erdboden öffne dich und lass mich versinken!* Ich wusste nicht, was mit mir los war. Normalerweise war ich nicht so tollpatschig, aber heute hatte ich es in das Guinnessbuch der Rekorde geschafft. Ich hockte mich auf den Boden und wollte die Scherben einsammeln, dabei kniete er sich und half mir. »Wie ich sehe, bleibst du heute ohne Essen.«

»Ist schon okay«, sagte ich ganz leise, ohne ihn anzuschauen.

»Eigentlich fühle ich mich dafür schuldig; ich würde dich deshalb gerne zum Essen heute Abend einladen.«

Nach allem, was ich angestellt hatte, wollte er mich jetzt noch zum Essen einladen? Der musste lebensmüde sein. »Es war meine Schuld, du bist mir nichts schuldig.«

»Bitte Emma, sonst würde ich mich schlecht fühlen, sag einfach JA.«

»Gabriel, sie hat heute Abend schon etwas vor«, hörte ich Isabells Stimme.

»Oh, wenn das so ist, hast du morgen auch was vor?«

Ich bedachte Isabell mit einem bösen Blick und lächelte Gabriel an. »Ich glaube, heute wird es auch gehen.«

»Na dann sag mir bitte deine Adresse; ich hole dich um 18 Uhr ab.«

Als er weg war, zischte ich Isabell an: »Wie konntest du nur?«

»Es tut mir leid, Emma, ich dachte nur …«

»Isabell, es ist besser, wenn du nicht viel denkst.« Ich ging alleine zur nächsten Vorlesung.

An dem Tag herrschte Funkstille zwischen uns.

Nach der Schule lief ich nach Hause; als ich feststellte, dass meine Mom nicht da war, war ich erleichtert. Ich ging in mein Zimmer, um mich fertigzumachen. Ich war aufgeregt und wusste nicht, was ich anziehen sollte. Ich probierte alle Kleider durch, die ich im Schrank fand, und wurde noch immer nicht fündig. Ich konnte mich nicht zwischen elegant und sportlich entscheiden, da ich nicht wusste, in welche Art von Restaurant wir gingen. Auf keinen Fall wollte ich mich wieder blamieren, also entschied ich mich doch für ein Kleid, das zur jeden Gelegenheit passte.

Um Punkt 18 Uhr klingelte es an der Tür. Da stand er mit einem Blumenstrauß in der Hand.

Jetzt war ich nicht nur aufgeregt, sondern verblüfft. Ich hätte nicht erwartet, dass er mit einem Blumenstrauß aufkreuzen würde.

»Du siehst wunderschön aus«, sagte er mit einem Lächeln auf dem Gesicht. Ich nickte nur, weil ich nicht im Stande war, irgendetwas zu sagen. Er hatte es wieder geschafft, mich aus der Fassung zu bringen. Noch immer lächelnd, streckte er mir die Blumen entgegen. Ich nahm sie ganz verlegen und traute mich nicht, ihn richtig anzusehen.

»Danke, ich stelle die Blumen schnell in die Vase«, ich ging in die Küche, während er draußen auf mich wartete. Sein schwarzer Porsche parkte vor unserem Haus. Während der Fahrt sprach er meistens. Ich war so nervös, dass ich nicht mal einen ganzen Satz, geschweige denn eine Frage aus dem Mund brachte. Nur wenn er mich etwas fragte, antwortete ich ganz kurz mit ja oder nein.

Plötzlich blieb er bei der Ampel stehen. Es war rot. Er sah mir direkt in die Augen, ohne einmal zu blinzeln.

Werde bloß nicht rot wie die Ampel, schoss es mir durch den Kopf. Ich weiß nicht, wie lange ich diesen Blick aushalten konnte, ohne rot anzulaufen.

Zum Glück wurde es schnell grün, er fuhr weiter auf einen kleinen Berg. Als wir oben ankamen, parkte er seinen Porsche: »Wir sind schon da.«

Das Restaurant befand sich auf einem Berg mit einem wunderschönen Ausblick über die ganze Stadt. Es war traumhaft.

Er führte mich zum Eingang, wo ein Kellner stand.

»Guten Abend Herr Mayr-Madam«, begrüßte uns der Kellner und führte uns zu unserem Tisch.

Der Kellner kannte seinen Namen, also musste er wohl ein Stammgast sein, stellte ich fest.

»Du kommst oft hier her?«, fragte ich, als wir uns hinsetzten.

»Ja, wir kommen immer am Sonntag zum Mittagessen. Mit *wir* meine ich meine Eltern und ab und zu meine Schwester.«

»Dachte ich mir«, ich versuchte, aus meinem verkrampften Gesicht ein Lächeln rüberzubringen.

In dem Moment erschien der Kellner wieder; als er uns die Speisekarte geben wollte, sagte Gabriel zu mir: »Ich hoffe, du hast nichts dagegen, wenn ich uns etwas bestelle? Ich bin mir sicher, dass du es auch magst.«

Ich nickte.

Er wisperte dem Kellner etwas zu.

»Also, du kommst aus Kroatien«, sagte er, sobald der Kellner verschwunden war.

»Kroatien?«, wiederholte ich verwirrt. »W-woher weißt du, dass ich aus Kroatien komme?«

»Genauer genommen, kommst du aus Split«, sagte er, anstatt meine Frage zu beantworten.

Jetzt sah ich ihn ganz geplättet an.

Er lächelte, als er meinen Gesichtsausdruck wahrnahm: »Ich habe mich vorher erkundigt, mit wem ich mein erstes Date verbringe.«

»Erstes Date!«, wiederholte ich schon wieder. Jedes Wort, das er sagte, brachte mich aus der Fassung.

»Nenne es, wie du willst, aber es ist unser erstes Date.«

»Du hättest mich wenigstens vorher fragen können«, sagte ich empört. Da gingen mir Isabells Worte durch den Kopf:

»Ein reicher, arroganter, aufgeblasener Typ, der glaubt, kein Mädchen auf unserer Schule sei gut genug für ihn.« Was ist, wenn sie wirklich recht hatte? Bei dem Gedanken daran, durchfuhr mich eine heftige Verzweiflung. »Gabriel, es wäre besser, wenn ich jetzt gehe«, als ich aufstehen wollte, nahm er meine Hand und hielt mich fest. Ein Kribbeln durchfuhr meinen Körper. Es fühlte sich so gut an, seine warme Hand zu spüren.

»Es tut mir leid, Emma, ich wollte deine Gefühle nicht verletzen.« Anscheinend bereute er es wirklich.

»Bitte bleib hier, und lass es mich erklären!«, bat er fast flehend. Und dann guckte er mich wieder mit diesem verführerischen Blick an. Ein Blick, dem ich nicht widerstehen konnte.

Irgendwie war mir alles egal. Auch wenn er in Wirklichkeit ein aufgeblasener Typ war, wen interessiert's! Es zählte nur dieser Moment hier, alles andere war überflüssig.

»Na gut!«

»Emma, ich habe so lang auf diesen Abend gewartet. Ich sah dich jeden Tag in der Schule, aber du hast mich nie beachtet. Du bist ganz anders, als alle diese Mädchen, die mir nur wegen meines Autos hinterherlaufen. Am Anfang warst du glücklich und voller Lebensfreude, später warst du so traurig. Ich wusste nicht, was mit dir los war.«

Aber ich schon, das war die Zeit gewesen, als ich mich von Leo getrennt hatte. Ich hatte nicht gewusst, dass es irgendjemandem aufgefallen war, dass ich traurig war.

»Du hast mich also das gesamte letzte Jahr beobachtet?«

»Ja, ich habe immer auf den richtigen Moment gewartet. Hätte ich dich heute um ein Date gefragt, hättest du mit Sicherheit ‚nein‘ gesagt, habe ich recht?«

»Stimmt, ich hätte abgelehnt.«

»Na also, ich habe das Richtige getan«, bevor ich irgendetwas erwidern konnte, fragte er mich: »Wie lange bist du schon hier?«

»Seit fast drei Jahren.« Er wollte alles genau wissen, aber

zum Glück kam das Essen. Es war eine riesengroße Platte mit allen möglichen Leckereien aus dem Meer. Angefangen von Jakobsmuscheln, Austern, Hummer bis zum Fisch. »Erwartest du noch jemanden?«, fragte ich überrascht, als ich diese riesengroße Platte erblickte.

»Noch jemanden?«

»Ja, das Essen reicht für 5 Personen oder ist es eine Sicherheitsmaßnahme im Falle, dass der Teller wieder auf dem Boden landet.«

»Ah das«, er lachte. »Das mit dem Teller habe ich schon vergessen. Nein, es ist nur für uns zwei. Es sieht nur so viel aus, aber glaube mir, wenn du es mal gekostet hast, wirst du nicht genug bekommen. Ich hoffe du magst es.«

»Ich liebe es«, sagte ich mit vollem Mund. »Ich habe seit Ewigkeiten nicht mehr so etwas Gutes gegessen.«

»Das freut mich«, sagte er lächelnd.

Das Abendessen verlief in einer angenehmen Stimmung. Nach dem Essen gingen wir zum Auto. Ein warmer Wind strich mir durch die Haare; ich roch die frische Bergluft. Über uns wölbte sich der sternenklare Himmel. Als wir vor dem Auto standen, genoss ich noch einmal diesen wunderschönen Ausblick auf die Stadt. In der Nacht sah es noch schöner aus durch die vielen Lichter; die ganze Stadt glitzerte. »Willst du, dass wir noch eine Weile hier im Auto bleiben?«, riss mich Gabriel aus meinen Gedanken.

»Wenn es dir nichts ausmacht?«

»Nein, im Gegenteil.«

Wir blieben einen Augenblick im Auto still sitzen. Auf dem Heimweg war ich jetzt viel lockerer. Als ich aus dem Auto aussteigen wollte, zog er mich an sich heran und küsste mich auf die Wange. Es war ein sanfter Kuss; in meinem Kopf drehte sich alles und mein Herz schlug wie wild. »Ich danke dir für das erste Date und für einen schönen Abend. Ich hole dich morgen um 7:30 Uhr ab und keine Widerrede«, bestimmte er, bevor ich etwas äußern konnte.

Meine Mom war noch immer wach; als sie mich so glücklich sah, wollte sie unbedingt wissen, was passiert war. Ich erzählte ihr die Ereignisse.

Als ich fertig war, sagte sie ganz besorgt:»Schatz, ich freue mich, dass du heute Abend viel Spaß hattest, aber versteh mich bitte nicht falsch, so wie du ihn mir beschrieben hast, glaube ich nicht, dass du mit ihm glücklich wirst.«

»Mom, wie kannst du nur so etwas sagen, nach allem, was passiert ist und was ich durchgemacht habe!«

»Schatz, bitte, ich will nur, dass du glücklich bist, und mit Leo warst du das.«

»Mom!«, schrie ich laut.»Das mit Leo ist vorbei! Bitte akzeptiere das! Nur zu deiner Information, Gabriel wird mich morgen in der Früh abholen.«

Ich war so wütend auf meine Mom, mit ihren Kommentaren hatte sie mir den ganzen Abend vermasselt. Ich legte mich ins Bett und dachte wieder an Gabriel und an seinen Kuss. Bei dem Gedanken huschte ein Lächeln über meine Lippen. So schlief ich nach einer langen Zeit friedlich ein.

CARPE DIEM

Um Punkt 7:30 Uhr stand Gabriel vor der Tür. Ich war so aufgeregt an dem Morgen gewesen, dass ich schon um 5 Uhr aufgestanden war. Ich konnte die Vögel zwitschern hören. Es war Frühling, die richtige Zeit für eine neue Liebe, dachte ich mir. Die ganze Zeit spürte ich ein Kribbeln in meinem Bauch.

»Hallo Emma, hast du gut geschlafen?«, fragte er mich zur Begrüßung und gab mir wieder einen Kuss auf die Wange.

»Ja Danke«, sagte ich und stieg in das Auto. Er fuhr langsam; wir redeten über die Schule. Die ganze Zeit war ich so nervös, dass ich nicht mal mitbekommen hatte, dass wir schon vor meinem Vorlesungsraum standen. »Wir sehen uns in der Mittagspause«, verabschiedete er sich.

Isabell war schon da und lächelte mich an. »Es tut mir leid wegen gestern«, sagte sie, als ich mich neben sie setzte.

»Ist schon okay.«

»Nein Emma im Ernst. Ich hatte wirklich überreagiert. Ich mache mir nur Sorgen um dich.«

»Ich weiß Isabell, und ich kann dir nur sagen, dass du dir meinetwegen keine Sorgen machen musst. Ich weiß, was ich tue. Ich kann euch alle verstehen, ihr liebt Leo über alles, und keiner von euch kann es wirklich akzeptieren, dass es zwischen uns vorbei ist. Isabell, ich muss auch wieder nach vorne blicken, ich kann nicht dauernd von den Erinnerungen leben. Die Vergangenheit kann man nicht mehr ändern, aber die Zukunft schon.«

Sie umarmte mich. »Ich weiß Emma. Jetzt erzähl schon, wie war es gestern? Ich will alle Einzelheiten hören. In der Schule spricht es sich bereits herum, dass du den Typ geknackt hast. Einige Mädchen sind eifersüchtig auf dich und

fragen sich, was du wohl hast, was sie nicht haben?«
»Na ja, den richtigen Code – einen vollen Teller mit Spaghetti Bolognese«, sagte ich, und wir lachten.

Ich erzählte ihre alles bis ins Detail; als ich fertig war, sah ich an ihrem Gesicht, dass sie sich wirklich freute.

Ich versuchte, mich auf die Vorlesung zu konzentrieren, aber meine Gedanken kreisten immer wieder um Gabriel; ich konnte es kaum erwarten, ihn wiederzusehen. Mein Blick wanderte dauernd auf die Uhr, aber der blöde Uhrzeiger bewegte sich nicht. Entweder streikte der Uhrzeiger oder er hatte den Geist aufgegeben. Denn mir kam es so vor, als ob ich seit Ewigkeiten hier sitzen würde und die blöde Uhr zeigt an, dass nur 2 Minuten um sind. Nur 2 Minuten von 236 Minuten und 40 Sekunden. Nach Ewigkeiten ging auch die letzte Vorlesung vor der Mittagspause zu Ende; ich stürmte sofort vor die Tür. Gabriel war schon da und wartete auf mich.

»Hallo Emma, ich habe dich so vermisst«, flüsterte er mir ins Ohr. Er nahm meine Hand, als er gehen wollte, fragte ich ihn leise: »Würde es dir etwas ausmachen, wenn Isabell auch mitkommt? Ich lasse sie so ungern alleine essen.«

Er schaute mich überrascht: »Wieso fragst du so etwas, natürlich kann sie mitkommen.« So gingen wir drei in den Speisesaal. Ich merkte rasch, wie sich neugierige Blicke auf uns richteten. Die meiste Zeit sprachen wir über die Schule und die Arbeit auf den Stationen. Wir ignorierten die anderen, die hinter unseren Rücken tuschelten. Die restlichen Vorlesungen verstrichen etwas schneller, und ich machte mich auf den Weg mit Isabell.

Gabriel wartete wieder auf mich vor der Tür. Zu meiner Überraschung nahm er jetzt meine Hand, sodass wir händchenhaltend nach draußen gingen.

Als ich Oliver sah, spürte ich einen Stich im Herz. Sein Blick war verwundert, als er mich mit Gabriel entdeckte. Isabell rannte glücklich zu ihm.

»Hallo Oliver«, grüßte ich und versuchte, meine Unsicherheit zu verstecken.

»Hallo Emma«, erwiderte er unfreundlich und musterte Gabriel.

»Oliver, das ist Gabriel, Gabriel das ist Oliver –Isabells Freund.«

Die Männer reichten sich die Hände und begrüßten sich steif.

Ich merkte, wie angespannt die Situation zwischen uns allen war: »Also bis morgen, Isabell«, sagte ich und winkte schnell zu Oliver.

»Bis morgen Süße.«

»Emma, wieso hat der uns so finster angeschaut?«, fragte Gabriel, als wir im Auto saßen.

»Das bildest du dir nur ein.« Ich ahnte, dass er mir das nicht abkaufte, aber zum Glück wechselte er das Thema. »Wollen wir heute gemeinsam lernen? Meine Eltern sind nicht zu Hause.«

»Aber deine Schwester schon?«

»Ich glaube nicht, dass meine Schwester aus Amerika ausgerechnet heute unerwartet kommen wird.«

»Deine Schwester ist in Amerika?«, fragte ich überrascht.

»Ja, sie studiert dort.«

Ich sollte zu ihm nach Hause fahren? Das ging mir zu schnell. Was würden seine Eltern denken, wenn ein Mädchen, das ihren Sohn erst seit Kurzem kennt, gleich zu ihm nach Hause kommt.

»Ich weiß nicht«, stammelte ich verlegen. »Ich würde mich nicht wohlfühlen, wenn ich heute gleich mit dir nach Hause gehe.«

»Wieso nicht? Wir werden nur lernen«, er grinste mich an. Ich spürte, wie ich wieder rot im Gesicht wurde.

»Ich weiß, dass wir nur lernen würden, aber trotzdem möchte ich nicht.«

»Würdest du dich wohler fühlen, wenn ich mit zu dir nach Hause komme?«, fragte er lächelnd.

»Auf keinen Fall! Meine Mom ist zu Hause.«

»Na und, noch besser, dann kann ich sie gleich kennenlernen.«

»Du akzeptierst wohl kein Nein?«

»No way!«

»Wenn du mit mir zusammen sein willst, musst du wohl lernen, ein Nein zu akzeptieren«, ich schmunzelte.

»Na gut, heute lasse ich dich alleine lernen, aber morgen akzeptiere ich kein NEIN. Morgen nach der Schule kommst du zu mir, und ich werde dir meine Eltern vorstellen.«

Ich war verblüfft. Er wollte mich jetzt schon seinen Eltern vorstellen.

»Ist das nicht zu früh? Wir kennen uns erst seit kurzer Zeit.«

»Emma, die Zeit spielt keine wichtige Rolle in meinem Leben, die Augenblicke sind relevant. Glaubst du, es wäre für dich was anderes, wenn ich dich nach einem Monat meinen Eltern vorstelle?«

Ich wusste nicht, was ich sagen sollte. »Ich meine, vielleicht werden wir nicht so lange zusammen sein, dann hättest du deinen Eltern das Ganze erspart.«

»So denkst du also! Emma, wir leben nur einmal, wir wissen nicht, wie lange jeder von uns noch zu leben hat. Wieso sollten wir nicht jeden Tag ausnutzen und genießen, als ob es der Letzte wäre? Glaubst du nicht?«

Wow, das war ein Schlag ins Gesicht! Ich war die Verklemmte, die sich nie was traute, wenn es um Liebe ging. Ich war erstaunt. Was hatte man eigentlich zu verlieren, jeder von uns würde irgendwann verletzt werden; das blieb niemandem erspart, ganz egal, wie man sich davor schützte. Das Einzige, was wir zu verlieren hatten, waren die schönen Momente, die uns in Erinnerung bleiben würden und die uns in schweren Situationen am Leben erhalten werden. Ich fragte mich, wieso ich eigentlich nicht früher selbst auf diese simple Idee gekommen war - *Carpe Diem*. Vielleicht hätte ich dann bei Leo nicht so überreagiert, und wir wären noch immer zusammen. Bei diesen Gedanken spürte ich eine Traurigkeit; mein Herz schmerzte.

Ich vermisste ihn so sehr, aber als ich in Gabriels schoko-
braune Augen sah, überfiel mich ein angenehmes Gefühl; ich
spürte eine Sicherheit bei ihm.
»Gut ich werde morgen zu dir kommen«, versprach ich
schließlich.
»Wirklich?«, seine Augen glitzerten vor Glück.
»Ja, außer du willst es nicht mehr«, ich grinste ihn an.
»Danke, Emma«, er gab mir einen flüchtigen Kuss auf die
Wange.
»Konzentriere dich lieber aufs Fahren!«, ich verdrehte die
Augen.
Als er vor meinem Haus stand, blieben wir noch eine Wei-
le im Auto sitzen. Er küsste mich zart auf die Wange, nur
heute dauerte der Kuss etwas länger als sonst. Mein Puls be-
schleunigte sich.
»Wir sehen uns morgen«, sagte er.
»Ja bis morgen«, erwiderte ich und stieg hastig aus dem
Auto.
Als ich im Haus war, griff ich gleich nach meinem Handy
und wählte Leos Nummer. Es klingelte eine Ewigkeit. Gera-
de, als ich auflegen wollte, hörte ich eine vertraute Stimme.
»Hallo Prinzessin, schön, dich wieder zu hören!«
»Leo ich muss unbedingt mit dir reden«, sagte ich hastig.
»Ist was passiert, Prinzessin, soll ich zu dir kommen?«
»Nein Leo, es ist alles in Ordnung, mir geht es gut. Ei-
gentlich wollte ich die Sache zwischen uns klären. Erst heute
hat mir jemand die Augen geöffnet. Mir ist klar geworden,
wie dumm ich damals gewesen bin. Ich weiß, welchen Fehler
ich gemacht habe. Ich will nicht, dass durch diesen Fehler
von damals unsere Freundschaft kaputt geht. Leo können wir
wieder Freunde sein, ich vermisse meinen besten Freund.«
Auf der anderen Seite hörte ich nur Stille.
»Leo, bist du noch da?«
»Prinzessin, hast du einen festen Freund?«
Ich war erstarrt. Woher wusste er davon, dann fiel mir
Oliver ein. Na klar, er hatte es ihm erzählt, wer sonst? Ich

spürte einen Stich in meinem Herz. Ich fühlte mich wie eine Verräterin.

»Ja.«

»Kenne ich ihn?«

»Nein, du kennst ihn nicht, er geht mit mir in die Schule.«

»Ist er der Grund, warum du mit mir Schluss gemacht hast, warst du in ihn verliebt?«

»Leo!!!«, schrie ich. »Wie kannst du nur so etwas von mir denken. Nein!!! Ich war damals so dumm, das habe ich dir eben gesagt; ich habe ihn damals nicht mal gekannt.«

Ich hörte sein schweres Atmen. »Wieso versuchen wir es dann nicht noch einmal?«

Ich war wie gelähmt, ich spürte meine Beine und meine Hände nicht mehr; das Einzige, was ich fühlte, war dieses Kribbeln in meinem Bauch. Mein Herz schien als einziges Organ zu funktionieren, es schlug so schnell, dass ich dachte, wenn ich mich nicht sofort beruhige, würde es bald herausspringen. Ich war kurz davor, zu hyperventilieren. Ich wusste nicht, wieso ich so reagierte. Ich dachte, ich hätte dieses Thema ein für alle Male abgehakt und jetzt das!

»Prinzessin, bist du noch da?«

Ich brachte kein einziges Wort hinaus. Da hörte ich ein stürmisches Klingeln an meiner Tür.

Wie ferngesteuert, ging ich zur Tür und machte sie, ohne nachzudenken, auf. Und da traf mich der nächste Schlag. Leo stand vor der Tür. »Prinzessin, geht es dir gut?«

Ich nickte, nur und ging zum Sofa. Ich musste mich für einen Moment hinsetzen und mich beruhigen, sonst würde ich auf der Stelle umfallen.

Leo brachte mir ein Glas Wasser; ich trank hastig, bis es leer war.

Er setzte sich neben mich, und ich spürte, wie ich wieder schwach wurde.

»Prinzessin, es tut mir leid, ich wollte dich nicht mit meinen Gefühlen überrumpeln, aber du fehlst mir so sehr.« Am liebsten wollte ich ihm auch sagen, wie sehr ich ihn vermisste und dass ich mich jede Nacht nach ihm sehnte. Aber dann dachte ich an Gabriel; ich fühlte mich wie zwischen zwei Feuern. »Leo, bitte fang jetzt nicht damit an!«

»Aber du hast gesagt, dass du den Fehler eingesehen hast, wo ist denn das Problem?«

»Ich bin schon mit jemandem anderen zusammen, schon daran gedacht?«

Er kniff die Augen zusammen; ein tiefschmerzlicher Seufzer entfuhr ihm.

Erst jetzt wurde mir bewusst, wie sehr ihn diese Worte verletzten. *Wieso tue ich ihm immer wieder weh?* Wieso verletzte ich immer Menschen, die ich am meisten liebte? »Ich wollte dich nicht damit verletzen, ich weiß nicht, was mit mir los ist. Bitte verzeih mir!«

Er sagte eine Weile nichts. Funkstille. Nach einer Weile brach es aus Leo heraus: »Bist du glücklich mit ihm?«

Ich sah ihn erstaunt an.

»Denn, wenn er dich so glücklich macht, wie ich es leider nie geschafft habe, kann ich mich nur für dich freuen. Ich wollte immer nur, dass du glücklich bist. Jetzt, wo ich es weiß, dass du es endlich bist, kann ich Salzburg ohne Bedenken verlassen.«

Seine Worte trafen mich genau ins Herz. Er glaubte wirklich, dass er mich nie glücklich gemacht hatte, stattdessen war ich mit ihm der glücklichste Mensch auf der ganzen Welt gewesen. Und was meint er überhaupt damit, er wolle Salzburg verlassen.

Geht er weg? Und von dem Gedanken, dass er weg ist, wurde mir schlecht. Bevor ich irgendetwas sagen konnte, ging er nach draußen und schloss die Tür hinter sich. Er war weg!!! *Du musst doch etwas unternehmen und ihn aufhalten, ihm endlich gestehen, dass du ihn unendlich liebst.* Aber stattdessen blieb ich nur wie angewachsen sitzen und bewegte mich nicht. Mein Herz war mit Schmerzen überfüllt, und am liebsten wollte ich nur noch schreien. Ich weiß nicht, wie lange ich noch da saß.

Irgendwann, spät am Abend, kam meine Mom. »Emma, was ist passiert? Wieso weinst du?«

»Mom wieso hast du mir nicht erzählt, dass Leo weggeht?«, war das Einzige, was ich herausbrachte.

»Leo, geht auch weg?«

»Mom, was meinst du damit, er geht *auch*? Wer geht noch, Mom?«

»Norah«, sagte sie leise.

»Norah, geht weg?!«, schrie ich.

»Ja, Norah hat jemanden kennengelernt; sie zieht zu ihm nach Wien. Aber Leo wollte eigentlich da bleiben, bis er mit der Schule fertig ist. Ich weiß nicht, wieso er es sich anders überlegt hat. Jetzt erzähl mir, wieso du geweint hast! Woher weißt du, dass Leo weggeht?«

»Mom, bitte versprich mir, wenn ich es dir erzähle, dass du mich verstehen wirst und mir keine Vorwürfe machen wirst!«

»Oh Schatz, ich weiß nicht, was vorgefallen ist, aber ich verspreche es dir.«

Als ich ihr die ganze Geschichte mit Leo erzählt hatte, war sie schockiert. Sie nahm mich in ihre Arme; statt mir Vorwürfe zu machen, machte sie sich selbst welche. »Es ist meine Schuld, dass du so eine große Angst vor der Liebe hast. Es ist kein Wunder, nach allem, was du mit deinem Vater erleben musstest. Aber Schatz, du musst aus deinem Schatten herausspringen und es versuchen. Dann wirst du sehen, dass Liebe etwas Schönes ist. Es ist das Beste, was wir Menschen erleben dürfen. Es gibt nichts Schöneres auf dieser Welt, als geliebt zu sein.«

Ich wusste, dass es stimmte. Warum fiel es mir so schwer, zuzugeben, dass ich ihn liebte? Meine Mom wischte meinte Tränen so lange ab, bis ich irgendwann in ihren Armen einschlief.

»Es wird alles gut werden, mein Schatz«, war das Letzte, woran ich mich erinnerte, bevor ich einschlief.

Als ich am Morgen meinen Wecker klingeln hörte,

schmerzten meine Augen, und die Erinnerungen kamen wieder hoch. Ich lag im Bett und wollte nur noch aus diesem blöden Albtraum aufwachen.

»Emma!«, rief meine Mom.

Oh Gott sei Dank, jetzt wird mich meine Mom aufwecken, und ich werde feststellen, dass ich das Ganze nur geträumt habe. »Gabriel holt dich ab! Bist du schon fertig?«

Oh nein, wieder ein Albtraum! »Mom sag ihm bitte, dass ich nicht da bin.«

»Emma, er ist hier, das kannst du ihm doch selber sagen.« Er war hier und hatte das auch noch gehört. Das hatte mir gerade gefehlt. Was sollte ich ihm jetzt erzählen. Wieso passierte so etwas nur mir?

Ich zog mich schnell an und versuchte, mit etwas Make-up meine verweinten Augen in Ordnung zu bringen.

Als ich in die Küche kam, sah ich Gabriel mit meiner Mom am Frühstückstisch sitzen.

»Morgen«, sagte meine Mom und warf mir einen tröstlichen Blick zu, bevor sie sich von uns verabschiedete und das Haus verließ.

Als sie weg war, setzte ich mich neben Gabriel.

»Morgen, Emma. Hast du gut geschlafen?«

»Nicht so«, erwiderte ich und goss mir Kaffee in die Tasse.

»Hast du etwas Schlechtes geträumt?«

»Schön wäre es.«

»Habe ich gestern etwas Falsches gesagt oder getan, sodass du mich heute in der Früh nicht mehr sehen wolltest?«

»Oh, es liegt nicht an dir. Ich hatte gestern einen schlechten Tag; heute geht es mir nicht so besonders gut«, sagte ich während mein Blick auf die Uhr fiel. Es war schon 8 Uhr. »Gabriel, du kommst zu spät zur Vorlesung«, stellte ich fest.

»Du auch!«

»Aber ich gehe heute nicht. Ich bin nicht in der Stimmung für irgendwelche Vorlesungen.«

»Und in welcher Stimmung bist du dann?«

»Gabriel, bitte verstehe mich nicht falsch, aber ich bin nicht bereit, mit irgendjemandem darüber zu reden. Ich will nur alleine sein.«

»Das kommt nicht infrage. Ich kann dich nicht hier alleine lassen, dann wird es dir nur noch schlechter gehen. Du hast etwas Besseres verdient als ihn«, sagte er traurig.

Ich war schockiert. Wieso wusste er, dass es um ihn ging, und wie konnte er es nur wagen, mir so etwas zu sagen. Leo war das Beste, was ich je gehabt hatte. Glaubte er im Ernst, er sei was Besseres für mich?

»Es fällt mir schwer, dich so leiden zu sehen«, bedauerte er mich.

»Mach dir keine Sorgen um mich! Ich werde schon klar kommen. Es wäre wirklich besser, wenn du jetzt gehst.«

»Na gut, aber wenn du irgendetwas brauchst, kannst du mich jederzeit anrufen.«

»Danke, ich werde es mir merken«, ich schloss hinter ihm die Tür.

Ich schlurfte wieder in mein Zimmer und legte mich ins Bett. Den ganzen Tag verbrachte ich weinend im Bett. Ich vermisste ihn jetzt schon, wie würde es wohl sein, wenn er ganz weg war?

Als meine Mom mich abends so im Bett fand, brüllte sie wütend: »Emma, es reicht jetzt! Du gehst nicht in die Schule, weinst dauernd, obwohl du eigentlich keinen Grund dafür hast!«

»Mom, du verstehst mich nicht.«

»Ich verstehe dich nicht?«, wiederholte sie zornig.

»Emma, du verstehst das nicht. Entweder du rufst ihn sofort an und sagst ihm endlich, dass du ihn auch liebst oder du gehst deinen eigenen Weg und gibst dich damit zufrieden. Ich will, dass du in Zukunft an den Vorlesungen teilnimmst.«

Die Worte meiner Mom fühlten sich wie ein Schlag ins Gesicht an. Ich wusste, dass sie recht hatte, aber aus irgendeinem Grund, der mir nicht bekannt war, konnte ich nicht anders.

Das Klingeln des Telefons riss mich aus meinen Gedanken; auf dem Display erkannte ich, dass es Isabell war. Sie fragt sich sicher, wieso ich nicht in der Schule gewesen war.

»Süße, geht es dir gut? Ist gestern etwas passiert, hast du dich mit Gabriel gestritten? Hat er dich verletzt? Er sah heute irgendwie benommen und traurig aus ...«

»Isabell, mit Gabriel ist alles in Ordnung. Er ist ganz nett, aber ich glaube, dass ich für ihn nicht so viel empfinde.«

»Du glaubst? Was ist passiert?«

»Isabell ich habe ...« Ich konnte nicht weitersprechen. Es tat so weh, über ihn zu reden.

»Emma, bist du noch da?«, fragte sie, als ich nach kurzer Zeit keinen Ton von mir gab.

»Ich bin noch da«, sagte ich und atmete tief aus. »Leo war gestern bei mir.« Ich erzählte ihr die ganze Geschichte. Als ich fertig war, meinte sie: »Ich komme gleich zu dir.«

»Isabell, ist schon gut«, sagte ich verweint. »Ich hatte einen Streit mit meiner Mom; es wäre besser, wenn du nicht kommst.«

»Oh, Süße, das tut mir leid.«

»Ist schon gut, Isabell, eigentlich hat sie recht. Sie meinte, entweder ich solle ihm meine Liebe gestehen oder mich mit meinem Leben ohne ihn zufriedengeben.«

»Da bin ich auf ihrer Seite. Wieso sagst du ihm nicht endlich, dass du ihn liebst?«

»Ich kann nicht, Isabell, bitte versteh mich doch!«

»Emma!«, hörte ich meine Mom rufen.

»Isabell, meine Mom ruft nach mir, wir sehen uns morgen«, sagte ich und legte auf.

»Ja Mom!«

»Kommst du bitte, Norah will sich von dir verabschieden.« *Norah ist hier! Ist er auch da, und was soll ich ihm sagen?* Ich spürte, wie meine Beine zitterten und ich keinen Atem mehr bekam.

»Emma kommst du?«

»Ja Mom, bin schon auf dem Weg«, und ging mit unsicheren Schritten in Richtung Wohnzimmer.

Als ich im Gang war, sah ich Norah mit meiner Mom vor der Eingangstür stehen.

Sie drehte sich um und ging einen Schritt auf mich zu.

»Hallo Norah«, sagte ich mit etwas zittriger Stimme.

»Emma«, sie umarmte mich fest. »Wir werden schon morgen abreisen; ich habe leider nicht so viel Zeit, sonst wäre ich hineingekommen.«

»Ihr verreist schon morgen?«, fragte ich überrascht.

»Ja, es ist etwas dazwischen gekommen«, sagte sie traurig. Ich wusste, dass sie über alles Bescheid wusste und mit etwas dazwischen meinte sie wohl mich.

»Du wirst mir fehlen«, sie umarmte mich noch einmal und dieses Mal gab sie mir einen Kuss auf die Wange.

In ihrer Umarmung fühlte ich mich so gut, so geborgen, und ich musste mit einem Tränenausbruch kämpfen. Ich löste schnell die Umarmung: »Du wirst mir auch fehlen; ich wünsche dir alles Gute.«

»Danke, ich dir auch«, sie sah mich liebevoll an.

»Ich gehe dann.«

Sie nickte nur.

Ich lief in mein Zimmer zurück und schloss die Tür hinter mir. Ich hasste den Frühling und die Frühlingsgefühle. Wieso hatte ich das Ganze zugelassen? Ich boxte vor Wut über mich selbst in mein Kopfkissen. Meine Gedanken kreisten ständig um Leo. Ich konnte es nicht glauben, dass er schon morgen für immer aus meinem Leben verschwinden würde, aber nicht aus meinem Kopf und aus meinem Herz. In meinem Herz würde eine Narbe bleiben, die mich an ihn für ewig erinnern würde. Ich vermisste ihn so sehr, dass es wehtat. Ich wusste nicht, wie ich ohne ihn weiterleben sollte. Er war mein bester Freund, meine erste große Liebe. Er war alles für mich. Ohne ihn hatte mein Leben keinen Sinn mehr.

Völlig erschöpft vom Weinen, schlief ich erst gegen 4 Uhr ein. Als mein Wecker um Punkt 6 Uhr klingelte, fühlte ich mich völlig zerschlagen; am liebsten wollte ich mich umdrehen und weiterschlafen. Mit viel Mühe stand ich endlich auf und begab mich ins Bad. Meine Augen taten höllisch weh, trotz des vielen kalten Wassers und Make-ups waren sie noch immer geschwollen. Zum Glück schlief meine Mom noch. Ganz erschöpft und müde ging ich zur Vorlesung. Isabell kam etwas später; wir redeten nicht viel. Ich war nicht in der Stimmung, mit irgendjemandem zu sprechen.

In der Mittagspause setzte ich mich mit Isabell in eine Ecke, aber als Gabriel mich entdeckte, kam er zu uns und setzte sich neben mich. An seinem Gesicht erkannte ich, dass er sich freute, mich zu sehen, nur ich war nicht bereit für ihn oder für irgendjemanden. Ich spürte noch immer den tiefen Schmerz; keiner konnte mich von diesem befreien. Nicht einmal Gabriel, auch wenn er es versuchte. Nach der Schule lief ich nach Hause. Ich wollte mich von Gabriel befreien, was sich als nicht so leicht herausstellte, denn am nächsten Tag wartete er vor meinem Haus.

Ich war wütend, aber als ich sein verzweifeltes, fast flehendes Gesicht erblickte, stieg ich doch in sein Auto ein. Er konnte eigentlich nichts dafür, dass ich mich auf einmal so mies fühlte. Er gab sich wirklich Mühe, mich aufzumuntern und schaffte es sogar, ein Lächeln auf mein Gesicht zu zaubern.

In der Mittagspause versuchte ich mich wieder vergeblich von ihm loszureißen, zum Glück schaffte ich es jedoch nach der Schule mit einer Ausrede und marschierte alleine nach Hause.

Meine Mom war dauernd beschäftigt mit ihren Konzerten, was mir ganz gut passte. Die Tage und Monate verstrichen, und ich vermisste ihn immer noch. Er ging fort und hinterließ eine Spur, ein Brandmal in meiner Seele. Nichts war so, wie es gewesen war, ohne ihn schien mir alles hoffnungslos zu sein. Der Schmerz war noch so stark wie am Anfang. Mit jedem Tag und mit jeder Stunde, die er länger weg war, liebte ich ihn noch intensiver. Am Anfang dachte ich, dass es mit der Zeit besser werden und die Wunden wieder heilen würden, aber meine Wunden heilten nicht.

Jedes Mal, wenn ich an ihn dachte, platzten die Narben in meinem Herz auf.

Als ob das nicht schmerzhaft genug wäre, kam der nächste Schock: Das Auslandsprogramm war vorbei. Isabell musste zurück nach Bosnien. Sie und Oliver waren am Boden zerstört. Obwohl wir alle vom ersten Tag wussten, dass es eines Tages soweit sein würde, hatte keiner von uns damit gerechnet, dass es so schmerzhaft sein würde. Für mich war es insbesondere schwer, da ich nicht nur Leo, sondern jetzt auch meine beste Freundin verlor.

Ich blieb alleine zurück. Ich hatte niemanden mehr, mit dem ich reden und lachen konnte. Wie in Trance versetzt, ging ich zu den Vorlesungen und gab die Prüfungen ab und nahm alles um mich nicht wahr. Der Einzige, der mich in die Realität immer wieder zurückholte, war Gabriel. Er zog meine letzte Kraft aus mir heraus, mit der ich mich immer wieder von ihm befreien musste.

Es war Samstag; ich war wieder ganz alleine zu Hause. Meine Mom bereitete sich für ihr Weihnachtskonzert vor; ich genoss die Stille. Niemand, der mich belästigte.

Immer wieder hörte ich die Musik, die mich an Leo erinnerte, und ich dachte an die Zeit, die wir einst gemeinsam verbracht hatten. Ich vermisste ihn, mein Leben fühlte sich leer an, sogar die Weihnachtsbeleuchtungen schienen mir ohne ihn dunkel zu sein. Der Schmerz in meinem Herz war unerträglich. Ich fühlte mich so verloren und so leer. Am liebsten hätte ich eine Löschtaste in meinem Kopf gedrückt, um ihn aus meinen Erinnerungen tilgen zu können, damit endlich dieser Schmerz verheilte.

Ein stürmisches Klingeln an der Tür riss mich aus meinen Gedanken. Wer konnte das sein? Ich ging zur Tür und öffnete sie.

Gabriel stand vor mir.

Als ich ihn sah, musste ich lachen. »Du schon wieder!

Mann du bist echt wie eine Zecke, du saugst mir mein ganzes Blut aus.«

»Ich kann dich nicht mehr so sehen. Ich weiß, dass du verletzt bist und dass du alleine sein willst, aber damit wird es nicht besser werden. Lass uns weggehen, irgendwohin, wo du hin willst?«

»Nein Gabriel, das bringt gar nichts.«

»Du kannst nicht, oder du willst nicht?«

»Oh Mann, welchen Teil von ‚nein‘ hast du nicht verstanden?«

»Emma, du brauchst eine Abwechslung, etwas, was dich auf andere Gedanken bringt, damit es dir besser geht. Zufällig weiß ich, wie ich dich auf andere Gedanken bringen kann«, seine Mundwinkel hoben sich nach oben.

Ich wusste, dass er recht hatte. Alles, was ich brauchte, war eine Ablenkung.

»Bist du bereit für das Abenteuer mit mir?«, seine braunen Augen leuchteten.

»Ich muss mich noch schnell umziehen.« Ich zog schnell meine Jeans und Pullover an, und schon waren wir auf dem Weg.

Er fuhr ziemlich schnell; nach kurzer Zeit erreichten wir ein Bauernhaus. Als wir das Haus betraten, merkte ich, dass es kein gewöhnliches Bauernhaus war. Es sah mehr nach einem Abenteuerpark aus. Man konnte dort klettern, Bogen schießen und Paintball spielen. Ich war total überrascht. Ich hätte nie im Traum gedacht, dass er mich hier herbringen würde. »Ich hoffe, es gefällt dir hier?«

»Machst du Witze? Das wird lustig«, ich begab mich zur Paintball-Station.

»Na dann legen wir los!«, ein Siegerlächeln in seinem Gesicht war nicht zu übersehen.

Wir spielten den ganzen Tag. Er brachte mich zum Lachen, In seiner Nähe fühlte ich mich wie ein ganz anderer Mensch. Ein Mensch, der keine Angst hatte. Wieso konnte ich bei Leo nicht so entspannt sein. Bei Gabriel hatte ich nie die Art von Angst, verletzt zu werden; ich fühlte mich so lebendig. Jedoch war eine Angst da, dass ich damit Leo für immer aus meinem Herz und meinen Gedanken verlieren würde. Aber das wollte ich doch, oder nicht?

Gabriel war so fürsorglich und kümmerte sich die ganze Zeit um mich, besonders als er merkte, dass ich wie jetzt wieder mit meinen Gedanken woanders war.

Der Tag verging wie im Fluge.

»Hast du Hunger?«, fragte er während der Heimfahrt. Obwohl wir dort eine Kleinigkeit gegessen hatten, spürte ich, wie mein Magen noch immer knurrte.

»Und wie«, wir beide mussten lachen, als sich mein Magen mit lautem Knurren wieder meldete.

»Ich habe nicht vergessen, was du mir vor längerer Zeit versprochen hattest.«

»Ich habe dir etwas versprochen?«, fragte ich etwas verwirrt.

»Ja Emma, du hast mir damals versprochen, meine Eltern kennenzulernen.«

»Oh, das habe ich total vergessen«, stieß ich aus.

»Aber ich nicht«, ein Lächeln zuckte um seine Mundwinkel. Er stoppte vor einem riesigen Anwesen. Jetzt wurde mir klar, dass wir vor seinem Haus standen. Ich war schockiert.

»Gabriel, ich kann mich nicht so vor deinen Eltern präsentieren.«

»Wieso nicht?«

»Sie mich doch an! Ich bin schmutzig und verschwitzt, das geht nicht. Außerdem was würden sich deine Eltern dabei denken, wenn sie mich so sehen?«

»Mach dir keine Sorgen, das bin ich auch!«, er stieg aus dem Auto.

Ich blieb noch eine Weile sitzen, dann öffnete er mir die Beifahrertür: »Es ist doch egal, was meine Eltern über dich denken. Wichtig ist, dass ich dich mag«, er nahm meine Hand.

Als wir im Garten waren, betrachtete ich das Haus genauer. Es war ein riesiges Gebäude mit viel Glaselementen und einem Pool im Garten. Als wir es betraten und ich die moderne Einrichtung sah, erinnerte mich das ganze Haus an unseres, das wir einst besessen hatten. Ich spürte Trauer.

»Hallo«, riss mich die Stimme seiner Eltern aus meinen Gedanken.

»Hallo, Mama, Papa das ist Emma, Emma das sind meine Eltern: Claudia und Stephan.«

Wir reichten uns freundlich die Hand.

»Wir haben euch schon vor einer halben Stunde erwartet«, sagte seine Mutter.

»Wir waren im Abenteuerpark, und es hat etwas länger gedauert«, sagte er gelassen.

Sie hatten gewusst, dass ich auch mitkommen würde. Ich warf einen bösen Blick zu Gabriel; er flüsterte mir ins Ohr: »Ich habe meiner Mom gesagt, sie sollte auf uns mit dem Abendessen warten, während du im Abenteuerpark in der Toilette warst.«

»Das wirst du mir büßen!«, zischte ich wütend. Nachdem ich mich für mein Aussehen entschuldigt hatte, gingen wir zu Tisch.

Claudia, seine Mutter, war eine richtige Dame, ein totales Gegenteil von meiner Mom und von Norah. Sie trug ein teures Markenkleid, und ihre Haare waren perfekt gestylt. Jede einzelne Haarsträhne saß an ihrem richtigen Platz. Ihre langen roten gefärbten Fingernägel sowie ihre Hände waren sehr gepflegt.

Sein Vater Stephan sah in seinem Designer-Anzug top aus. Während uns die Bedienung das Essen servierte, redeten wir die meiste Zeit über mich. Seine Eltern wollten alles über mich wissen; ich fühlte mich wie eine Schwerverbrecherin, die verhört wurde. Kein Wunder, sein Vater war ein Anwalt. Als wir mit dem Essen fertig waren, sagte Gabriel: »Mamma, Papa, ich werde Emma jetzt aus dem Gerichtssaal entführen. Ich hoffe, ihr habt genug Informationen bekommen.«

»Oh, es tut mir so leid, Emma, wir haben nicht gewusst,

dass es so schlimm war.«

»Ist schon gut«, ich versuchte, freundlich zu lächeln.

»Sagt ihr bitte zur Rosalie, dass sie uns oben die Nachspeise servieren soll«, meinte Gabriel, und wir gingen in sein Zimmer.

Als ich es betrat, verschlug es mir den Atem. Das Zimmer war riesig, wie alles andere in diesem Haus. Eine ganze Seite bestand aus Glas mit dem Blick auf den Pool. Sein Bett war an der anderen Seite des Zimmers, und in der Mitte standen ein Sofa und ein gewaltiger Fernseher mit Heimkino. So ein Zimmer hatte ich auch einmal gehabt, nur mit dem Blick aufs Meer, stellte ich traurig fest.

»Dein Zimmer gefällt mir, es ist so groß und so hell.«

»Ja, meine Mutter mag große und helle Räume, deswegen haben sie so ein Haus gebaut.«

Wir redeten noch eine Weile, und dann klopfte jemand an der Tür. Es war Rosalie mit der Nachspeise. Als wir den Kuchen aufgegessen hatten, sagte ich: »Ich glaube, es wäre besser, wenn ich jetzt gehe.«

Er nickte: »Ich werde dich Heim fahren.«

Als ich mich von seinen Eltern verabschiedete, fuhren wir los. Kurze Zeit danach stand er vor meinem Haus. Er sah mich mit seinen schokobraunen Augen an und sagte: »Danke für den heutigen Tag; ich hoffe, ich habe dich wenigstens für einen Moment lang auf andere Gedanken gebracht.«

»Ja Zecke, du hast es geschafft, ich muss dir dafür danken. Es war wirklich ein lustiger Tag; du hast mich heute zum Lachen gebracht.«

»Das freut mich«, wir verabschiedeten uns wieder mit einem Wangenkuss.

Meine Mutter war schon zu Hause, als ich reinkam.

»Wo warst du denn so lange?«, fragte sie mich.

»Ich war den ganzen Tag mit Gabriel unterwegs.«

»Ah so!«

»Gute Nacht, Mom.«

»Du gehst schon schlafen?«, fragte sie überrascht.

»Ja, ich bin ziemlich müde.« Als ich mein Zimmer betrat, legte ich mich aufs Bett und nahm ein Buch zum Lesen. Ich schaffte es sogar, drei Seiten zu lesen, ohne mit meinen Gedanken woanders zu landen, aber danach konnte ich nicht mehr. Meine Gedanken kreisten wieder um Leo; jetzt kam Gabriel auch noch dazu; ich fühlte mich überfordert.

Am nächsten Tag hatte Gabriel wieder eine Überraschung für mich. Dieses Mal fuhren wir in die Berge zum Rodeln. Es war lustig, durch die steile Piste mit dem Schlitten unterwegs zu sein; während mir der kalte Wind ins Gesicht blies, fühlte ich mich so lebendig und so frei. Es war schön mit ihm, nur seinetwegen konnte ich wieder lachen und mein Leben neu genießen. Jeden Tag holte er mich ab; wir gingen in die Schule, lernten gemeinsam und verbrachten dauernd die Zeit miteinander. Mein Leben nahm einen anderen Lauf, alles hatte sich in der Zwischenzeit geändert. Ich war mit Gabriel zusammen, und Leo war für immer weg. Es sah so aus, als ob er sich in Nichts aufgelöst hatte, als ob er nie in meinem Leben existiert hatte, nur die tragbaren Narben in meinem Herz erinnerten mich an ihn. In manchen Nächten tauchte er sogar in meinen Träumen auf, und ich spürte wieder diesen unerträglichen Schmerz.

MAXIMALE PUNKTZAHL

Ich freute mich auf das neue bevorstehende Jahr. Mit Schwung machte ich mich auf den Weg in die Küche, als ich rein kam, wartete meine Mom schon mit dem Frühstück auf mich. »Frohes Neues Jahr!«, sagte sie fröhlich und gab mir einen Kuss auf die Wange.

»Mom, du bist schon da!«

»Ja, ich habe den ersten Zug von Wien genommen, um mit dir zu frühstücken, außerdem muss ich heute ausnahmsweise am Vormittag arbeiten«, sie drückte mir ein weißes Kuvert in die Hand.

»Was ist das?«, fragte ich erstaunt.

»Mach es auf, es ist ein Geschenk von mir«, sagte sie lächelnd.

»Mom, das war nicht notwendig«, ich machte es gleich auf. »Wow!«, schrie ich vor Freude, denn es waren Gutscheine für verschiedene Einkaufsgeschäfte. »Mom, das ist so viel. Danke!«, ich küsste sie auf die Wange.

»Ich hoffe, dass du dir jetzt dein Lieblingsparfüm kaufen kannst.«

»Damit kann ich mir 10 Parfüms kaufen«, kreischte ich vor Glück. Während ich mir einen Kaffee in den Becher goss, fragte sie mich neugierig: »Wie habt ihr Silvester verbracht?«

Ich erzählte ihr kurz die Details, denn ich war so aufgeregt und wusste nicht, wie ich sie über ihre Silvesternacht ausfragen sollte, ohne dabei an Leo zu denken. Obwohl es schon lange her war, traute sich keiner von uns, über ihn zu reden.

»Norah lässt dich grüßen«, sagte meine Mom vorsichtig, als ich mit meiner kurz gefassten Version über die Silvesternacht fertig war.

»Danke, wie geht es ihr?«, ich spürte dabei einen Stich in

meinem Bauch. Sie fehlte mir so sehr.

»Es geht ihr gut, sie und Thomas sind glücklich, er kümmert sich so liebevoll um sie.« Danach berichtete sie mir über die Silvesterfeier mit Norah und Thomas, ohne ein Wort über Leo zu verlieren. Ich hätte so gern gewusst, wie es ihm ging, ob er eine Freundin hatte …

»Was hast du heute vor?«, fragte sie mich plötzlich.

»Nichts besonderes, am Abend werde ich mich wieder mit Gabriel treffen, er hat eine Überraschung für mich vorbereitet.«

»Er verwöhnt dich wie eine Prinzessin, wenn er so weitermacht, wird er dich zu sehr verwöhnen.«

»Ja, ich weiß Mom, und ich fühle mich dabei auch nicht wohl. Ich habe ihm oft gesagt, dass ich keine Überraschungen und Geschenke brauche, aber er macht es trotzdem.«

»Ja, weil er dich liebt, mein Schatz.«

Ja, er liebte mich wirklich; ein Lächeln umspielte meine Lippen.

»Mom wir zwei können zum Mittag essen gehen, wenn du Zeit hast?«

»Natürlich habe ich Zeit.«

»Super! Ich kann dich von der Musikschule abholen, wenn du willst.«

»Ja, ist gut, dann treffen wir uns um 12 Uhr vor der Schule«, sagte sie und machte sich auf den Weg zur Arbeit.

Den Tag genoss ich, indem ich endlich mal alleine sein konnte. Ich schaltete meine Lieblings-CD an und legte mich ins Bett. Den ganzen Vormittag verbrachte ich zu Hause, und um Punkt 12 Uhr wartete ich auf meine Mom vor der Musikschule.

Wir gingen in ein italienisches Restaurant, wo ich schon öfters mit Gabriel essen gewesen war. Der Rest des Tages verging wie im Flug. Ich bereitete mich viel zu spät für heute Abend vor, sodass ich nicht pünktlich war. Stürmisch verließ ich das Haus. Gabriel wartete schon sehnsüchtig vor dem Auto auf mich. »Hallo, Emma, du siehst umwerfend aus!«

»Also muss ich mich für die Verspätung nicht entschuldigen?«, zwinkerte ich ihn an.

»Nein, im Gegenteil, das Warten hat sich gelohnt.« Er öffnete mir die Tür von seinem neuen Jeep und ließ mich einsteigen.

»Wow, tolles Auto!«

»Ja, ein Geschenk von meinem Vater«, erklärte er verlegen.

Bevor er losfuhr, schenkte er mir einen liebevollen Blick und gab mir einen Kuss auf die Handfläche. »Ich hoffe, du hast Lust auf italienisches Essen?«, fragte er mich, als wir auf dem Weg zum Restaurant waren, in dem ich mittags mit meiner Mom gegessen hatte.

»Und wie!«, log ich.

Der Kellner lächelte, als er mich wiedersah: »Sie schon wieder, Frau Kubat!«

Ich lächelte verlegen: »Ja, ich wollte die maximale Punktzahl für heute erreichen, um einen Rabatt zu bekommen.«

»Auf jeden Fall erhalten Sie ein Willkommensgetränk von mir«, sagte er freundlich und brachte uns zu unserem Tisch. Ich war erstaunt, als ich den Tisch erblickte: Er hatte ein Candlelight-Dinner für uns reserviert.

Als uns der Kellner die Getränke brachte, schaute Gabriel mir tief in die Augen. »Was war das mit der Punktezahl?«

Ich musste lachen und erzählte ihm die ganze Geschichte. »Wenigstens muss ich nicht dasselbe essen.«

»Das tut mir leid, hätte ich das vorher gewusst, hätte ich das Essen hier abgesagt, und wir wären woanders hingegangen.«

»Mach dir deswegen keine Sorgen!«

Wir redeten noch eine Weile über die Schule, dann fragte er mich plötzlich: »Vermisst du deine Heimat?«

Ich wusste nicht, was ich sagen sollte. »Einerseits vermisse ich es, aber ich bin froh, dass wir hier sind. Am meisten vermisse ich das Meer und die Sonne, aber das Leben hier macht mich auch glücklich.«

Das Essen wurde serviert und wir aßen in Stille.

Als wir mit dem Essen fertig waren, fragte ich ihn:»Hast du je daran gedacht, Jura zu studieren?«

»Ich nicht, aber mein Vater. Ich habe eigentlich nach dem Gymnasium überlegt, ob ich Medizin studiere oder nicht, aber zum Schluss fiel die Entscheidung doch für die Krankenpflegeschule. Du kannst dir vorstellen, wie das Gesicht von meinem Vater aussah, als er erfuhr, dass sein einziger Sohn nicht studieren wollte.«

»Und bist du mit der Entscheidung zufrieden?«

»Ich weiß nicht ..., nicht wirklich, glaube ich.«

»Du weißt es nicht? An deiner Stelle würde ich mich für ein Medizinstudium bewerben, um es herauszufinden.«

»Vielleicht werde ich das eines Tages auch tun. Und was ist mit dir? Hast du auch daran gedacht, wie deine Mutter eine Pianistin zu werden?«

»Ja.«

»Nein, du veräppelst mich jetzt!«

Ich lächelte ihn an und neigte den Kopf.

»Das ist doch nur ein Scherz!«, er hob eine Augenbraue hoch und musterte mich.

»Nein«, erwiderte ich lächelnd. »Ich liebe die Musik und ich habe die Musikschule und das Gymnasium parallel abgeschlossen, und war sogar soweit, Musik zu studieren, aber dazu kam es leider nicht«, ich versuchte, meine traurige Stimme mit einem Lächeln zu überspielen.

»Wir sind jetzt schon einige Zeit zusammen, und du hast mir noch nie gesagt, dass du auch Klavier spielst. Du musst mir versprechen, dass du mir etwas vorspielen wirst.«

»Ich verspreche es dir.«

»Und wieso hast du dann nicht studiert, oder wolltest du auf einmal Krankenschwester werden?«

Ich wusste, dass er mir noch nicht glaubte:»Nein, im Gegensatz zu dir wollte ich wirklich in die Schuhe von meiner Mom hineinschlüpfen und Musik studieren, aber dafür reichte das Geld nicht.«

»Oh, das habe ich nicht gewusst«, seine Gesichtszüge änderten sich.

»Ist schon okay, das ist schon lange Zeit her; mittlerweile bin ich froh, dass es nicht so gekommen ist.«

Es war ziemlich spät, als wir das Restaurant verließen. Plötzlich stoppte er, als wir das Auto erreichten und drehte mich in seine Richtung. Er schaute mir tief in die Augen; ich fühlte, wie mein Puls raste. Seine Hände umfassten meine Wange; ich fühlte sein Gesicht näher kommen, dann die zarte Berührung seiner Lippen. Der Kuss war federleicht und überflutete meine Sinne; ich nahm nichts anderes um mich herum wahr. Es war unser erster Kuss; es fühlte sich gut an. Ich war wie betäubt und bewegte mich nicht.

Die ganze Fahrt über sprach keiner von uns. Ich war mit meinen Gedanken beschäftigt und dachte an unseren ersten Kuss. Als er endlich vor meinem Haus stand, spürte ich ein Kribbeln in meinem Bauch. Er beugte sich langsam zu mir und ich konnte seinen heißen Atem an meinem Gesicht spüren; wieder küsste er mich zärtlich. Ich schloss meine Augen und gab mich ganz meinen Gefühlen hin.

Seine Fingerspitzen strichen leicht über meinen Rücken. Ich spürte, wie sich alles in meinem Bauch zusammenzog. Die Berührung seiner Hände hinterließ eine spürbare Flammenspur.

»Es wäre besser, wenn ich jetzt gehe.«

Er guckte mich mit seinen strahlenden schokobraunen Augen an und gab mir noch einen flüchtigen Kuss.

»Na gut, aber ich vermisse dich jetzt schon.«

»Bis morgen wirst du es wohl aushalten müssen«, ich ging mit einem Lächeln ins Haus.

Am nächsten Tag holte er mich wie immer ab; wir fuhren mit seinem Jeep in die Schule. Die Tage verbrachten wir meistens bei ihm und lernten für die bevorstehenden Prüfungen.

Genau am Valentinstag hatten wir Innere Medizin Prüfung, die wir beide bestanden.

Am Abend holte mich Gabriel ab, um die erfolgreiche Prüfung und den Valentinstag zu feiern. Er parkte sein Auto im Zentrum, und den Rest liefen wir zu Fuß.

»Wohin gehen wir?«

»Das wirst du bald sehen.«

Nach einem langen Weg erreichten wir endlich das Ziel. Es war ein sehr kleines, aber hübsches Restaurant. Der Kellner brachte uns zu unserem Tisch und ich war erstaunt. Wir waren von den anderen Gästen abgetrennt; der Tisch war mit Rosenblättern bestreut und zwei Kerzen brannten. Es war so romantisch.

»Danke, das ist so traumhaft schön!«, strahlte ich.

»Freut mich, dass es dir gefällt«, er gab mir einen Handkuss.

Das Abendessen war sehr lecker, und ich fühlte mich gut. Als wir nach dem Essen nach Hause gingen und vor meinem Haus standen, wünschte er: »Alles Gute zum Valentinstag«, er überreichte mir ein Kuvert.

Ich sah ihn überrascht an. »Aber ich habe es dir schon einmal gesagt, keine Geschenke mehr!«

»Ja, aber es ist Valentinstag. Mach es auf!«, forderte er. Als ich das Kuvert öffnete, entdeckte ich zwei Flugtickets nach Split. Ich war völlig perplex, jedoch auf angenehmste Art. Schon seit wir hier waren, vermisste ich das Meer. Aber von den Gedanken, wieder nach Split zu reisen und meinen Vater zu treffen, bekam ich feuchte Hände und wusste nicht, was ich sagen sollte. »Danke!«, sagte ich fassungslos. »Aber ich kann das nicht annehmen.«

»Es ist ein Geschenk, und Geschenke muss man annehmen.«

»Ich weiß; und ich bin dir wirklich dankbar, aber ich weiß nicht, wie ich es dir am besten erklären sollte«, ich senkte meinen Blick nach unten.

Er legte mir einen Finger unters Kinn und hob den Kopf hoch, sodass ich ihn wieder anschaute. »Emma, du kannst es mir doch sagen, was immer es ist.«

Ich suchte nach den richtigen Worten. »Können wir die Tickets umtauschen?«

Er stierte mich verwirrt an. »Ich dachte, du vermisst deine Heimat, das Meer und die Sonne. Das hast du mir so oft gesagt.«

»Das stimmt, ich vermisse das alles, aber bitte versteh mich doch, aus einem Grund kann ich nicht wieder nach Split zurück. Ich will es so sehr, aber das geht einfach nicht.«

»Ich nehme an, den Grund, weshalb du nicht nach Split reisen kannst, willst du mir nicht verraten.«

»Es tut mir leid, aber das kann ich nicht.«

»Hast du es ihm erzählt. Weiß er den wahren Grund?«

»Wer?«, fragte ich verwirrt.

»Na du weißt schon wer! Dein Ex!«

Ich war baff. Noch immer kämpfte er insgeheim gegen Leo, obwohl er schon längst gewonnen hatte. Das, was ich mit Leo einmal hatte, war Vergangenheit. Leo hatte ich die Sache mit meinem Vater tatsächlich erzählt, nur weil er dasselbe Schicksal hatte, aber das konnte ich Gabriel nicht erklären. Also schwieg ich nur.

»Na gut, damit muss ich wohl leben«, sagte er enttäuscht. »Ich werde die Flugtickets umtauschen. Gibt es noch irgendein Land oder eine Stadt, welche du nicht besuchen möchtest?«, erkundigte er sich zynisch.

Ich fühlte mich schrecklich, eigentlich hatte er recht, auf mich böse zu sein. »Gabriel«, versuchte ich, mit meiner sanftesten Stimme die Anspannung zu besänftigen. »Es ist etwas vorgefallen, weswegen ich mit meiner Mutter nach Österreich geflüchtet bin.« Ich erzählte ihm die ganze Geschichte und fühlte mich irgendwie erleichtert.

Er sah mich besorgt an. »Das tut mir leid, das habe ich nicht gewusst. Ich bin so ein Idiot!«, sagte er und nahm mein Gesicht in beide Hände und küsste mich derart so zärtlich.

»Für wen ist das zweite Ticket?«

»Das kannst du dir selbst aussuchen«, sagte er grinsend.

»Na gut, dann nehme ich eine Freundin von mir mit«,

sagte ich und lachte.

»Bist du dir ganz sicher?«

Ich nickte und musste lachen, als ich seinen Gesichtsausdruck sah.

Er nahm mich in seine Arme und zog mich ganz nah an sich heran, während er einen Kuss auf meine Lippen hauchte. Mir stieg das Blut in den Kopf.

»Und nimmst du mich jetzt mit?«

»Mmmh, ich weiß noch nicht…«, säuselte ich verführerisch, und wieder trafen seine weichen Lippen meine.

Am nächsten Tag änderten wir unsere Flugroute; die Woche darauf flogen wir nach London. Ich war so aufgeregt. London hatte ich bis jetzt nur im Fernseher gesehen. Ich verliebte mich auf den ersten Blick in die Stadt. London war definitiv meine Traumstadt; ich war Gabriel so dankbar, dass er mir so ein Geschenk gemacht hatte. Umso mehr freute ich mich, dass ich das Ganze mit ihm erleben durfte.

Den ersten Tag verbrachten wir in der Stadt und sahen uns alle Sehenswürdigkeiten an. Erst gegen Abend machten wir uns auf den Weg ins Hotel. Auf einmal fing es stark zu regnen an. Innerhalb von ein paar Sekunden waren wir beide patschnass. Zum Glück war das Hotel in der Nähe. Wir rannten; da blieb er vor dem Hotel stehen und küsste mich im Regen. »Ich liebe dich Emma«, hauchte er und nahm meine Hand; wir liefen in den Fahrstuhl. Er drückte mich gegen die Wand des Aufzuges und küsste mich. Zuerst war es ein sanfter Kuss voller Zärtlichkeit, dann wurde er immer fordernder und leidenschaftlicher. Seine Hände glitten unter meinen Pullover; ich stöhnte, als er meine Brüste berührte. Als der Aufzug anhielt, hob er mich in seine Arme und trug mich in das Zimmer. Vorsichtig legte er mich auf das Bett und beugte sich über mich. Ich roch seinen bezaubernden Duft; sein Atem strich sanft über mein Gesicht. Während seine Hände mich zärtlich streichelten, senkte er seine Lippen auf meine und ließ seine Zunge zwischen meine Lippen gleiten. Er brachte damit ein Feuer in mir zum Glühen. Seine Küsse fühlten sich wie eine heiße Schokolade an, so süß und doch so heiß und verführerisch. Seine Hände glitten meine Taille hinunter; langsam zog er mich noch näher an sich. Ein wohliger Schauer rieselte mir über die Haut. Meine Hände glitten unter seinen Pullover; ich streichelte seine warme Haut. Er stöhnte. Ohne zu überlegen zog ich seinen Pullover aus. Ich spürte seinen heißen erregten Körper; eine Gänsehaut überzog mich. Seine Küsse wurden immer drängender, während er mein Oberteil auszog. Ich war wie versteinert; mein ganzer Körper zitterte, als ich seine Lippen auf meinen nackten Brüsten spürte.

Plötzlich löste er sich von mir und schaute mich nur liebevoll an.

Ich wusste, dass es ihm nicht leicht fiel, sich so plötzlich zu bremsen und dass er am liebsten weiter machen wollte. Aber ich war froh, dass er dies nicht von mir verlangt hatte, denn ich war noch nicht bereit dafür.

»Ich bin noch nicht soweit«, bedauerte ich, als mich sein sehnsüchtiger Blick traf.

»Ich kann warten, egal, wie lang es dauern wird, denn ich liebe dich.«

»Danke«, sagte ich kleinlaut und fühlte mich schlecht. Nicht mal »ich liebe dich« konnte ich aussprechen. Diese drei Worte brachte ich nicht über die Lippen.

Am nächsten Tag flogen wir am Abend wieder nach Hause; der Alltag kehrte in unser Leben zurück.

DAS GELBE KLEID

»Emma, Gabriel ist schon da, er wartet draußen im Auto«, rief meine Mom aus der Küche.

»Danke Mom, ich komme gleich«, ich nahm schnell meine Tasche und rannte aus dem Haus.

»Tut mir leid, Gabriel«, sagte ich außer Atem.

»Ist schon gut, ich habe so lange auf dich gewartet, und jetzt, wo wir zusammen sind, spielt es keine Rolle mehr, ob ich ein paar Minuten auf dich warte oder nicht. Hauptsache ist, dass du kommst!«, er küsste mich zärtlich.

»Blödmann!«, kommentierte ich seinen Satz, als er den Kuss löste und wegfuhr. Den ganzen Weg zur Schule redeten wir über die bevorstehenden Prüfungen, als er auf einmal äußerte: »Ich hoffe, du hast die Party meiner Eltern nicht vergessen?«

»Äh, nein«, stammelte ich verlegen, denn in Wahrheit hatte ich das total vergessen.

»Hast du dich entschieden, welches Kleid du anziehst?«

»Noch nicht, ich finde kein passendes Kleid in meinem Schrank und in den Geschäften wohl auch nicht. Ich will dieses Mal etwas ganz Besonderes, aber bis jetzt habe ich mein Traumkleid noch nicht gefunden. So wie es aussieht, werde ich wohl nackt kommen.«

Er grinste mich an: »Also, nicht, dass ich etwas dagegen hätte, aber wenn du willst, können wir heute nach der Schule in die Stadt fahren. Ich kenne ein gutes Geschäft; du kannst dich dort umschauen.«

»Ja, klingt gut«, ich guckte aus dem Fenster. Ich hasste Partys. Es waren nur wohlhabende Gäste eingeladen; in der Welt der Reichen fühlte ich mich nicht mehr wohl. Damals hatten wir auch solche Partys veranstaltet, und ich hatte es genossen, aber mittlerweile war ich ein anderer Mensch geworden. Ich mochte es nicht, wenn mich jemand, nur weil ich nicht reich war und keine Designerkleidung besaß, schief anschaute. Zum Glück war Gabriel ein Außenseiter in seiner Familie und akzeptierte mich so, wie ich war. Er scherte sich nicht darum, was die anderen sagten oder dachten. Am liebsten würde ich ihm mitteilen, dass ich nicht mitkommen würde, aber das konnte ich ihm nicht antun. Nicht nach all dem, was er das letzte Mal auf der Silvesterparty für mich getan hatte.

Seine Eltern hatten von ihm erwartet, dass er eine Freundin aus reichen Verhältnissen fand, eine die studierte. Deshalb hatten sie auf der Party versucht, obwohl ich anwesend war, ihn mit einem anderen Mädchen zu verkuppeln, dessen Vater ein bekannter Anwalt war. Gabriel war wütend geworden. Er hatte seinen Eltern eine fürchterliche und extrem peinliche Szene gemacht und vor allen Gästen erklärt, dass er mich liebte und mit mir zusammen sei. Alle hatten uns angestarrt. Mit einem Lächeln auf seinem Gesicht hatte er meine Hand genommen und ohne sich zu verabschieden, war er mit mir einfach weggegangen. Ich konnte die erstaunten Gesichter, die uns verfolgten, während wir nach draußen rannten, sehen; ich fühlte mich schuldig.

Seine Eltern hatten sich danach bei mir entschuldigt; seit dieser Aktion akzeptierten sie unsere Beziehung.

»Hallo Emma, soll ich das Auto in deinem Klassenzimmer parken oder steigst du endlich aus?«, holte er mich grinsend aus meinen Gedanken. »Oh, es tut mir leid«, sagte ich während ich mich auf den Weg in die Schule machte. »Ich war mit meinen Gedanken woanders«, sagte ich und als ich sein trauriges Gesicht sah, wusste ich, dass er wieder dachte, ich wäre mit meinen Gedanken bei Leo. »Ich dachte an die Silvesterparty deiner Eltern.«

»Das haben wir überstanden. Mach dir deswegen keine Sorgen, das wird nie mehr passieren. Die lieben dich mittlerweile auch, und das weißt du!«, er gab mir einen Abschiedskuss.

Die Vorlesungen waren inzwischen interessant, und die Zeit verging schnell.

Nach der Schule fuhren wir, wie ausgemacht, in die Stadt. »Emma, du wirst von dem Geschäft begeistert sein, glaube mir. Dort gibt es die besten Kleider in der ganzen Stadt, und wenn du dort kein passendes Kleid gefunden hast, können wir immer noch in ein Einkaufszentrum fahren«, sagte er schließlich. Die Fahrt dauerte viel länger, als ich es erwartet hatte und als wir endlich ankamen, sah ich das Geschäft. Der Laden sah schon von draußen glamourös aus. Die Frauen waren top gestylt und trugen teure Kleider. Neben denen kam ich mir nackt vor.

Als Gabriel mein verwirrtes Gesicht registrierte, nahm er meine Hand und wisperte: »Komm Emma, es ist nicht so wie du denkst, von mir aus kannst du in einem zerfetzten Kleid oder sogar nackt auf der Party erscheinen. Sieh dir die Kleider nur an, und dann kannst du dich noch immer entscheiden!«

Ich wusste, dass er mich nicht wegen der Party und seinen reichen Eltern herbrachte, die nur Luxusartikel trugen, sondern weil er wusste, dass ich auf der Suche nach etwas Besonderem war. Ich guckte ihn verlegen an und sagte nichts. Als ich mit dem ersten Schritt die exklusive Boutique betrat, wusste ich, dass jedes Kleid ein Einzelstück war und ein Vermögen kostete. Alles in diesem Geschäft war edel, angefangen von den Tapeten und den Teppichen bis zu den Kleidern. Am liebsten wäre ich gleich wieder gegangen, aber da kam eine junge Frau zu uns.

»Kann ich Ihnen behilflich sein?« Sie sah umwerfend aus in ihrem roten Kleid.

Ich wollte sagen, dass wir gehen wollten, aber Gabriel war schneller und erklärte ihr freundlich, wir würden ein Abendkleid für mich suchen.

Die Verkäuferin musterte mich von oben bis unten:
»Ich glaube, ich habe das richtige Kleid für Sie.«

Ich guckte ihn an und hob ganz skeptisch eine Augenbraue hoch, aber er lächelte nur und zog mich an sich heran. Wir folgten ihr. Sie reichte mir das Kleid in die Umkleidekabine. Als sie weg war, blieb ich wie angewachsen stehen. Wie sollte ich ihm erklären, dass ich mir dieses Kleid nicht leisten konnte und es nur reine Zeitverschwendung wäre, es anzuprobieren. Auf einmal spürte ich seine warmen Hände um meine Taille. »Soll ich dich ausziehen oder schaffst du es alleine?«, flüsterte er mir ins Ohr mit einer heißen und verführerischen Stimme, die mir einen Schauer der Erregung über den Körper jagte.

»Ich glaube, das schaffe ich alleine«, sagte ich lächelnd und ging in die Umkleidekabine. Als ich das Kleid probierte, stellte ich verblüffend fest, dass es wie angegossen saß. Es war das schönste Kleid, das ich je getragen hatte. Am liebsten hätte ich es gleich angelassen und nie wieder ausgezogen. Die gelbe Farbe machte mich irgendwie attraktiver, bemerkte ich, während ich mich im Spiegel betrachtete.

»Komm raus Emma, ich will dich sehen!«

»Das Kleid passt mir nicht«, log ich.

»Lass mich das selbst beurteilen!«, er öffnete die Umkleidekabine. Mit weit aufgerissenen Augen stierte er mich an: »Wow Emma, du siehst umwerfend aus! Du musst dir unbedingt dieses Kleid kaufen.«

»Ich weiß, es ist traumhaft, aber ich kann es mir nicht leisten, meine Mom würde mich umbringen, wenn ich meine ganzen Ersparnisse für das Kleid ausgeben würde.«

»Emma, ich werde es dir kaufen, mach dir wegen des Geldes keine Sorgen!«

»Danke, aber das kann ich nicht annehmen«, ich zog mich um. Als wir das Geschäft verließen, fing er wieder an: »Du siehst so traumhaft in diesem Kleid aus, bitte lass es mich dir kaufen!«

Ich musste ihn auf andere Gedanken bringen, sonst würde ich dieses Kleid nie loswerden. »Sehe ich nur in diesem

Kleid traumhaft aus?«

»Nein, du siehst immer traumhaft aus.«

»Na also!«, ich stellte mich auf die Zehenspitzen, um ihn zu küssen. Er beugte sich vor und erwiderte meinen Kuss, mit so einer Leidenschaft, dass ich spürte, wie mir das Blut in den Kopf stieg und mein Herz raste. Ich schlang meine Arme um ihn und wollte ihn nicht mehr loslassen, es fühlte sich so gut, an ihn zu küssen.

»Gehen wir!«

»Wo willst du jetzt hin?«

»Nach Hause.«

»Und was ist mit deinem Kleid?«

»Was soll sein, ich werde mir doch eins aus meinem Kleiderschrank zaubern.«

Er schaute mich ungläubig an.

»Na komm endlich!«

Den Rest des Tages verbrachten wir bei mir zu Hause und lernten für die nächsten Prüfungen.

»Wieso gehst du heute nicht mit mir nach Hause?«, fragte er, als wir mit dem Lernen fertig waren.

»Mit dir nach Hause?«

»Ja, du kannst doch bei mir übernachten.«

»Ich weiß nicht.«

»Ah Emma, wir sind jetzt schon so lange zusammen und ich habe noch keine einzige Nacht mit dir verbracht, außer in London.«

Ich merkte, wie ich im Gesicht rot wurde. Bei dem Gedanken, mit ihm im selben Bett wieder einzuschlafen, schlug mein Herz schneller.

»Emma, ich will nur neben dir einschlafen, sonst nichts. Bitte, ich vermisse dich so, jeden Abend, wenn ich mich ins Bett lege, fühle ich mich leer. Du fehlst mir. Bitte Emma, wenigstens nur für eine Nacht!«

»Na gut.«

»Danke.«

»Ich muss nur noch ein paar Sachen für morgen packen«,

sagte ich und verschwand ins Bad.

»Lass dir ruhig Zeit!«, rief er mir zu.

Als ich mir die nötigsten Sachen eingepackt hatte, ging ich noch zu meiner Mom ins Wohnzimmer. »Mom, ich werde heute Nacht bei Gabriel übernachten.«

Ich sah an ihrem Gesicht, dass sie überrascht war und nicht damit gerechnet hatte, aber sie sagte nichts, sondern nickte nur. Bevor wir das Haus verließen, wünschte sie uns eine gute Nacht.

Zum Glück waren Gabriels Eltern nicht da; wir gingen gleich in sein Zimmer. Ich war so aufgeregt, als ob ich das erste Mal bei ihm im Zimmer wäre.

Er sah mich lächelnd an. »Wollen wir uns noch einen Film anschauen, bevor wir schlafen gehen?«

»Ja, wieso nicht.«

Wir stöberten in den DVDs herum; die Entscheidung fiel auf einen Thriller. Während er die DVD in den DVD-Player legte, machte ich es mir auf dem Sofa gemütlich und dann setzte er sich ganz dicht neben mich, legte einen Arm um mich und zog mich noch näher an sich heran. Mein Herz raste und stolperte gleichzeitig in meiner Brust und ich wurde von Sekunde zu Sekunde nervöser. Ich versuchte, meine Fassung wieder zu bekommen, indem ich mich auf den Film konzentrierte, was mir nicht sehr gut gelang. Während wir eng umschlungen da saßen, strich er mit seinen Fingern meinen Arm hinunter zu meiner Hand, die er in seine nahm und unsere Finger miteinander verschränkte. Es fühlte sich so an, als wären seine Finger elektrisiert, mein ganzer Körper pulsierte unter seinen Berührungen. Völlig versunken in Gedanken und überrumpelt von meinen Gefühlen, bekam ich mehr als die Hälfte des Filmes nicht mehr mit.

»Macht es dir was aus, wenn ich zuerst ins Badezimmer gehe?«, fragte ich ihn, als der Film zu Ende war.

»Nein, geh ruhig«, sagte er lächelnd und ich nahm meine Sachen mit und verschwand für eine Weile im Bad. Ich wusste nicht, wie ich mich beruhigen sollte. *Verdammt Em-*

ma, das ist doch nicht das erste Mal, dass du neben ihm schläfst! *Du hast in London auch neben ihm geschlafen und hast es überstanden.* Aber heute fühlte sich alles irgendwie anders an. Nachdem ich mir die Zähne zum zweiten Mal geputzt hatte, zog ich meinen Pyjama an, atmete tief aus und ging wieder ins Zimmer zurück.

Gabriel stand in seinen Boxershorts neben dem Bett. Er sah so unglaublich gut aus. Mein Blick blieb an seinem makellosen durchtrainierten Körper hängen; ich spürte, wie meine Knie schwächer wurden.

Als er im Bad war, blieb ich wie angewurzelt stehen und konnte mich nicht bewegen. Meine Beine zitterten. Langsam ging ich zum Bett und legte mich hin.

Nach kurzer Zeit kam er zurück, ein Lächeln überspielte seine Lippen; seine schokobraunen Augen strahlten voller Freude.

Mein Herz schien fast aus meinem Körper springen zu wollen, als er sich neben mich legte. Er schlang seine Arme um mich und zog mich näher an sich heran, sodass ich seinen fast nackten Körper spüren konnte. Ganz langsam beugte er seinen Kopf zu mir, seine Lippen bewegten sich auf meinen und küssten mich zuerst ganz sanft und zärtlich, bald wurden seine Küsse immer gieriger und forschender.

Ich schlang meine Arme um seinen Hals; mit zitternden Fingern strich ich ihm durch seine Haare, während seine Lippen langsam hinunter zu meinem Hals wanderten. Seine Hände erforschten meinen ganzen Körper und hinterließen dabei ein prickelndes Gefühl.

Ganz vorsichtig löste er seine Lippen von meinen und sah mir tief in die Augen.»Ich liebe dich so sehr«, hauchte er und küsste mich wieder.

Mein Mund verschmolz mit seinem, das Verlangen und die Begierde nach ihm waren nicht zu übersehen. Ganz vorsichtig rollte er sich herum, sodass ich auf ihm lag. Mein Atem setzte für einige Sekunden aus; das Herz schlug mir bis zum Hals, als ich seine harte Erektion an meinem Bauch fühlte. Mit den Fingern glitt ich seinen Oberkörper entlang tiefer bis zum Bund seiner Boxershorts und zog sie ihm aus. Ein erregter Seufzer entrang sich ihm. »Emma, wir müssen das nicht tun, wenn du es nicht willst. Ich habe dich nicht deswegen mitgenommen.«

»Ich weiß, aber ich bin bereit, und ich will es auch«, sagte ich schließlich.

Er guckte mich überrascht an; in dem Moment wusste ich, dass er es wirklich nicht erwartet hatte, heute mit mir zu schlafen.

Ich warf ihm noch einmal einen verführerischen Blick zu und küsste ihn leidenschaftlich. Er erwiderte den Kuss voller Leidenschaft; vorsichtig zog er mich aus und ich spürte wie mein ganzer Körper zitterte. Er betrachtete meinen fast nackten Körper und kehrte dann wieder zu meinem Gesicht zurück.

»Du bist so wunderschön!«, hauchte er mir ins Ohr; meine Nackenhaare stellten sich auf. Dann rollt er sich auf mich und sah mich an. In seinen Augen entdeckte ich Feuer der Begierde. »Emma, bist du dir sicher? Ich kann warten.«

Ich nickte nur und presste meine Lippe an seine. Stöhnend grub ich meine Finger in seinen Rücken, als er behutsam in mich eindrang und erfüllte meinen Körper mit einem seltsamen Gefühl. Es fühlte sich schön, aber irgendwie anders an. Mir fehlten die Schmetterlinge im Bauch, die ich bei Leo immer gehabt hatte.

Oh mein Gott, wieso habe ich das getan? Ich habe Leo betrogen; ich werde ihn jetzt für immer verlieren, ich werde mich nicht mehr an ihn erinnern können, sagte mein Unterbewusstsein. *Emma, du hast ihn nicht betrogen, du bist nicht mit Leo zusammen, und du musst lernen, ohne ihn weiter glücklich zu sein,* verkündete mein Bewusstsein. Dieses Mal musste ich meinem Bewusstsein recht geben. Gabriel war wirklich etwas Besonderes; ich musste nach vorne schauen.

»Morgen, Emma«, hörte ich eine Stimme, die mich aus meinem Tiefschlaf aufweckte.

Langsam öffnete ich die Augen und sah Gabriels süßes Gesicht. »Morgen«, in dem Moment wurde mir klar, was gestern passiert war: Ich hatte wirklich mit Gabriel geschlafen.

»Ich habe uns das Frühstück vorbereitet«, verkündete Gabriel lächelnd.

»Du meinst Rosalie.«

»Nein, ich habe das selbst gemacht. Rosalie habe ich einkaufen geschickt, im Falle, dass du auf andere Gedanken kommst, als zu frühstücken«, sein Grinsen war nicht zu übersehen.

»Du bist echt verrückt!«, sagte ich und küsste ihn. »Ich muss dich leider enttäuschen, aber ich habe so einen Riesenhunger. Ich hoffe, du bist damit einverstanden, wenn wir das auf heute Abend verschieben«, sagte ich, und machte mich auf den Weg ins Badezimmer.

»Heißt das, dass du heute wieder bei mir schläfst?«

Ich nickte nur und schloss die Tür hinter mir.

Ich dachte die ganze Zeit während der Vorlesungen an Gabriel und an unsere letzte Nacht. Es war so schön mit ihm gewesen.

Nach der Schule brachte mich Gabriel gleich nach Hause; in einer Stunde würde er mich wieder wegen der Party abholen. Da ich nicht viel Zeit hatte, um mich fertigzumachen, überlegte ich auf dem Weg, was ich anziehen könnte, aber mir fiel nichts Passendes ein.

»Ich hole dich in einer Stunde ab.«

Ich stürmte gleich ins Haus. »Mom, du musst mir helfen«, schrie ich durch das ganze Haus, aber als ich keine Antwort bekam, stellte ich fest, dass meine Mom schon weg war.

Na toll und wer hilft mir jetzt? Ganz hektisch lief ich in mein Zimmer und als ich hereinkam, sah ich eine große weiße Schachtel mit einer roten Rose und einem Zettel auf dem Bett.

Es war die Schrift von meiner Mutter:

»Hallo, mein Schatz, das hat der Postmann

für dich abgegeben. Was immer da drinnen ist, ich hoffe, dass es dir gefällt. Viel Spaß heute Abend! Ich hab dich lieb, Mom.«

Lächelnd nahm ich die Rose und roch an ihr, während ich ganz neugierig die Schachtel öffnete. Ich war erstaunt: Es war genau das gelbe Kleid, das ich damals probiert hatte. Als ich das Kleid aus der Schachtel nahm, fand ich noch einen Zettel.

»Für meine liebste Emma, damit du deinen hübschen Kopf nicht damit anstrengst, was du heute anziehst. Ich liebe dich. Gabriel.«

Wann hatte er das Kleid gekauft? Er war doch die ganze Zeit mit mir zusammen gewesen. So ein Blödmann! Mein niedlicher Blödmann!

Ganz gerührt schminkte ich mich schnell und zog das Kleid an. Es war atemberaubend; ich musste lächeln, als ich mich im Spiegel bewunderte.

Um Punkt 18 Uhr holte mich Gabriel ab. »Wow, heute siehst du noch umwerfender aus!«, sagte er und küsste mich.

»Ich weiß nicht, wie ich dir danken soll. Das Kleid ist so atemberaubend und so teuer.«

»Du brauchst mir nicht zu danken. Als ich dich im Geschäft in dem Kleid so glücklich und so bezaubernd sah, musste ich es dir kaufen.«

»Aber wie hast du das geschafft, wann hast du es mir gekauft? Du warst doch die ganze Zeit mit mir unterwegs.«

»Als du in der Umkleidekabine warst.«

»Ah, jetzt ist mir alles klar.«

Die Party war zu meiner Überraschung unterhaltsam, und die Zeit verging schnell. Gabriel ließ mich keine einzige Sekunde aus seinen Armen; ich genoss seine Nähe. Erst nach Mitternacht, als sich die letzten Gäste verabschiedeten, gingen wir in sein Zimmer und schliefen wieder gemeinsam ein.

»Mom, hast du wieder Kopfschmerzen?«, fragte ich sie, als ich sie zusammengesunken am Tisch beim Frühstucken sah.

»Es wird mir gleich besser gehen. Ich habe die Tabletten schon genommen.«

»Mom, du musst unbedingt zum Arzt gehen und dich untersuchen lassen. Du siehst nicht gut aus. Irgendetwas stimmt nicht mit dir. Du hast schon seit Monaten andauernd Kopfschmerzen.«

»Das ist vom Stress, mein Schatz. Mach dir keine Sorgen um mich, es wird schon!«

»Mom, ich glaube nicht, dass es vom Stress ist. Bitte lass dich doch untersuchen! Sonst werde ich dich höchstpersönlich zum Arzt bringen.«

»Ich werde heute noch den Arzt anrufen.«

»Gut. Und wenn es dir besser geht, nimmst du dir ein paar Tage frei und besuchst Norah in Wien. Es wird dir bestimmt gut tun. Ihr habt euch seit Silvester nicht gesehen; sie wird sich bestimmt freuen.«

»Ich kann dich nicht wieder alleine lassen.«

»Mom, ich bin kein kleines Mädchen mehr.«

Sie überlegte kurz: »Das ist gar keine schlechte Idee. Nachdem sie die freien Tage nicht bekommen hatte, um uns zu besuchen, wird sie sich bestimmt freuen, wenn ich zu ihr komme. Ich werde heute mit Denise reden, vielleicht lässt es sich doch arrangieren, und ich könnte sogar Ende der Woche zu ihr fahren. Wirst du wirklich alleine zurechtkommen?«

»Mom!«, ich verdrehte dabei die Augen.

Von draußen hörte ich das Auto hupen.

»Gabriel ist schon da«, sagte sie.

»Bitte vergiss nicht, als Erstes rufst du den Arzt an!«

»Ist gut mein Schatz.«

»Bis heute Abend.«

Die Vorlesungen waren heute sehr interessant; ich konzentrierte mich, damit ich zu Hause nicht so viel lernen musste. Pathologie-Vorlesungen fand ich echt toll, besonders den Obduktionsteil. Als uns Dr. Hofer erklärte, wie dies funktionierte, kam die Schuldirektorin hinein.

Sie sprach kurz mit Dr. Hofer, dann sagte sie: »Emma, kommst du bitte nach vorne!«

Ich war überrascht. Was wollte sie von mir? Ich stand auf und ging langsam nach vorne.

Sie nahm mich unter den Arm und sagte: »Emma, ich muss dir etwas sagen.« Wir gingen hinaus in ihr Büro; ich folgte ihr verwirrt.

Als sie sich auf das Sofa setzte, zeigte sie mir, dass ich mich neben sie setzen sollte.

Ich war total verstört, denn ich ahnte, dass irgendwas nicht stimmte. Ich setzte mich neben sie.

»Emma, ich habe leider schlechte Nachrichten für dich. Du musst jetzt stark sein!« Ich merkte, wie ihre Augen glänzten. Das jagte mir Angst ein; mein Magen zog sich zusammen. »Deiner Mutter geht es nicht gut. Sie liegt auf der Onkologie.«

Ich hörte sie nicht mehr. In meinem Kopf drehte sich alles; auf einmal war alles schwarz. Als ich wieder zu mir kam, lag ich auf dem Sofa, und Sr. Maria hielt mir meinen Arm. Ich zog meine Hand zurück und stand langsam auf.

»Ich will zu meiner Mutter«, sagte ich ganz benommen.

»Ich werde dich zu ihr bringen.«

Als wir auf der Station ankamen, erwartete uns schon die Stationsschwester.

»Hallo, Emma«, grüßte sie. »Ich bin Sr. Andrea. Ich bringe dich zu deiner Mutter.«

Sr. Maria blieb im Dienstzimmer; ich folgte Sr. Andrea.

»Ich werde dich mit deiner Mutter alleine lassen«, sagte Sr. Andrea. »Sobald der Oberarzt kommt, werde ich ihn zu euch schicken; er kann dir den genauen Zustand deiner Mutter schildern.«

Ich brachte kein Wort heraus und nickte nur mit dem Kopf. Ich schritt ganz langsam zu dem Bett, in dem meine Mutter lag. Sie war blass im Gesicht und lag reglos da. Überall waren Schläuche angebracht.

Ich setzte mich auf das Bett. »Hallo Mom«, ich gab ihr einen Kuss auf die Wange.

Sie schaute mich mit ihrem blassen Gesicht an und versuchte, zu lächeln. In ihren Augen las ich, dass sie Bescheid darüber wusste, was uns der Arzt zu sagen hatte. Mir liefen die Tränen in Strömen über die Wangen.

Meine Mutter hob ganz langsam die Hand und wischte mir die Tränen ab. »Weine nicht, mein Schatz!«

»Mom, was ist los mit dir? Ist es was Ernstes?«

»Beruhige dich! Der Arzt wird gleich hier sein; er wird dir alles erklären, aber du musst mir versprechen, was auch immer passiert, dass du stark sein wirst.«

»Mom, was redest du da? Ich verstehe dich überhaupt nicht.« Bevor meine Mutter irgendetwas erwidern konnte, betrat der Arzt das Zimmer.

Ich stand auf, drehte mich mit dem Rücken zu meiner Mutter, sodass ich den Arzt begrüßen konnte. Es war mein Lehrer OA Klaus. Bei ihm hatte ich Onkologie.

»Hallo, Emma«, grüßte er. »Ich habe bei deiner Mutter schon vor paar Wochen einige Untersuchungen durchgeführt; heute haben wir das Endergebnis. Leider habe ich keine guten Nachrichten. Deiner Mutter geht es nicht so gut und …«, er senkte seinen Blick nach unten.

Ich merkte, dass es für ihn auch nicht einfach war, mir die bevorstehende Nachricht zu übermitteln; das jagte mir noch mehr Angst ein.

»Bitte sagen Sie es mir endlich, ich kann das verkraften«, erklärte ich ziemlich nervös.

»Emma, deine Mutter hat einen Gehirntumor.«

»Gehirntumor?«, wiederholte ich laut und panisch. »Aber

Sie wissen nicht, ob er gutartig oder bösartig ist? Man kann es mit Chemotherapie behandeln oder operieren, dann wird es ihr besser gehen, oder?«

»Nein Emma, deine Mutter hat Glioblastoma multiforme Grad 4 im Endstadium. Wir können nicht mehr operieren. Es ist leider schon zu spät.«

Ich war wie gelähmt, als er das mitteilte. Ich konnte es nicht glauben. Sie hatte oft Kopfschmerzen in der letzten Zeit gehabt, aber ich hätte nie im Leben gedacht, dass sie deswegen sterben müsste. Am liebsten wollte ich laut schreien, aber ich stand nur da, mit gesenktem Blick nach unten, und brachte kein einziges Wort mehr heraus. Ich kämpfte gegen einen Tränenausbruch, der mir meine Kehle zuschnürte.

»Emma, geht es dir gut?«, hörte ich die Stimme vom Arzt wie aus weiter Ferne.

Ich spürte seine kalte Hand an meiner Schulter. »Soll ich dir etwas zur Beruhigung geben?«, erkundigte er sich besorgt.

Ich war nicht fähig, zu reden, ich hatte Angst, dass meine Stimme versagte und meine Mutter merkte, dass ich es nicht verkraften konnte. Also nickte ich nur.

»Na gut! Wenn du irgendetwas brauchst, sag mir bitte Bescheid! Ich werde euch alleine lassen.«

Als er weg war, drehte ich mich langsam um und blickte zu meiner Mutter.

Sie guckte mich an und versuchte, ein Lächeln auf ihr Gesicht zu zaubern.

Aber ich entdeckte Tränen in ihren Augen.

»Komm zu mir, mein Schatz!«, bat sie mit zitternder Stimme. Ich legte mich zu ihr. Ich nahm sie in die Arme: »Mom, seit wann weißt du es, und wieso hast du mir nicht erzählt, dass du schon beim Arzt warst?«

»Schatz, ich wollte nicht, dass du dir meinetwegen Sorgen machst. Ich weiß es seit fast einem Monat; ich habe nicht gedacht, dass es so enden würde.«

»Mom, es wird alles gut werden. Die Ärzte täuschen sich

manchmal. Was ist mit Chemo oder Strahlentherapie?«

»Ich will keine Chemo. Ich will die restliche Zeit noch genießen.«

»Mom, wir zwei haben so viel besiegt, und diesen verdammten Krebs werden wir auch besiegen. Du darfst nicht aufgeben!«, beschwor ich sie und hielt den Schmerz nicht mehr aus. Meine Emotionen nahmen freien Lauf, ich konnte mich nicht mehr beruhigen; meine Tränen flossen und flossen.

»Es ist gut, mein Schatz«, meinte meine Mutter. »Weine dich nur aus, es wird dir danach besser gehen.«

Ich blieb bis zum Abend bei meiner Mom; wir redeten über die Vergangenheit und wollten nicht an die Zukunft denken. Den ganzen Heimweg über musste ich mit den Tränen kämpfen. Ich konnte das einfach nicht glauben. Ich war noch so jung, ich brauchte meine Mom. *Bitte Gott, lass sie noch bei mir, denn ich brauche sie mehr als du ...!*

Die Nacht zu Hause war schwieriger, als ich es mir gedacht hatte. Meine Gedanken kreisten immer wieder um das Gespräch, welches ich heute mit dem Arzt hatte. Ich drehte mich zur Seite und konnte meine Tränen nicht mehr zurückhalten. Mein Körper bebte wie bei einem Krampf. Wie sollte es weitergehen? Mein Schmerz wuchs, je mehr ich über unsere Lage nachdachte. Ich wusste nicht, wie lange ich noch da lag, mit einem Gefühl der Hoffnungslosigkeit und Schwäche in mir, bis ich nicht einschlief.

Nach einigen Tagen, die ich mit meiner Mutter im Krankenhaus verbrachte, kam sie wieder nach Hause. Es ging ihr etwas besser, aber uns war bewusst, dass es nur die Frage der Zeit war, wie lange es ihr noch gut gehen würde. Deswegen hatte ich die Arbeit in der Pizzeria aufgegeben, um mich voll und ganz auf meine Mom zu konzentrieren. Ich kochte uns jeden Tag Moms Lieblingsgerichte und zwang sie, diese zu essen; am Abend lag ich in ihrem Bett und strich ihr über die Haare. Ich versuchte, ihre Lieblingsmelodie nachzusingen, damit sie sich entspannen konnte, während ich gleichzeitig den enormen Tränensturm, der sich in mir angestaut hatte, unterdrückte.

Jede Nacht schlief ich weinend ein. Ich hatte Angst vor der Zeit danach.

Gabriel kam jeden Tag zu uns und brachte mir die Unterlagen, da ich nicht mehr zu den Vorlesungen ging. »Emma, soll ich bei euch bleiben?«, fragte er mich fürsorglich, als wir eines Abends ganz alleine waren. »Danke, Gabriel, aber wir kommen schon zurecht.«

»Du weißt, wenn du mich brauchst, kannst du mich jederzeit anrufen.«

»Danke, ich weiß das zu schätzen.«

Am nächsten Tag setzte ich mich vor das Klavier. »Mom, hast du Lust, mit mir zu spielen?«, fragte ich sie.

Sie schaute mich überrascht an; ich sah, wie ihre Augen voller Freude leuchteten.

Sie setzte sich neben mich; wir spielten stundenlang. Es war lustig, nach so langer Zeit wieder mit meiner Mom zu spielen.

»Das sollten wir öfters tun, Mom«, sagte ich, als wir unseren Spielmarathon beendeten.

»Unbedingt«, stimmte sie mir zu. »Schatz, ich werde mich ein bisschen hinlegen, ich bin ziemlich müde.«

»Ok Mom. Brauchst du Hilfe?«

»Nein danke, ich komme schon alleine zurecht.«

»Mom!«, rief ich aus der Küche: »Hast du einen Wunsch, was ich uns zum Essen kochen könnte?«

»Nicht wirklich.«

»Dann gibt es heute Steak mit Gemüse.«

Während ich das Essen vorbereitete, hörte ich ein Klingeln an der Tür. Ich sah auf die Uhr; es war kurz nach 12 Uhr. Wer könnte das sein? Ich hatte niemanden erwartet, außer Gabriel, aber er hatte doch Vorlesungen.

Als ich die Tür öffnete, war ich schockiert. Ich konnte es nicht glauben. Wie angewurzelt blieb ich stehen, ohne mich zu bewegen. *Scheiße, er sieht noch immer verdammt heiß aus!* »Hallo Prinzessin«, sagte er lächelnd.

Ich brachte zunächst keinen Ton heraus. Als ich wieder zu mir kam, fragte ich:»Seit wann bist du in Salzburg?«

»Ich bin eben erst angekommen. Ich wollte dich zuerst sehen. Wollen wir hier draußen weiter quatschen oder lässt du mich hinein?«

Ich stand immer noch unter Schock:»Na klar, komm doch rein Leo!«

Wir gingen ins Wohnzimmer.»Willst du etwas trinken oder hast du Hunger? Das Essen ist fast fertig«, fügte ich noch schnell hinzu.

»Prinzessin, setz dich nur!«, er zeigte auf den Platz neben sich.

»Ich sehe nur schnell nach meiner Mom, dann komme ich zu dir.« Mein Herz flatterte. *Das kann doch nicht wahr sein. Es ist schon so lange Zeit her; unmöglich, dass ich doch noch etwas für ihn empfinde. Außerdem bin ich mit Gabriel glücklich zusammen.*

Ganz vorsichtig öffnete ich das Zimmer von meiner Mom und sah, wie friedlich sie schlief.

Ich schloss die Tür, ging wieder ins Wohnzimmer und setzte mich neben ihn. Mein Herz raste jetzt noch schneller.

»Wie geht es deiner Mom? Wir haben erst vor Kurzem erfahren, was passiert ist«, ich konnte die Trauer in seiner Stimme hören.

»Sie schläft«, ich war kurz vorm Tränenausbruch.»Wo ist Norah?«

»Sie wird auch gleich da sein. Sie wollte zuerst in meine Wohnung gehen, bevor sie zu euch kommt.«

»Deine Wohnung? Seit wann hast du hier eine Wohnung? Für was brauchst du denn überhaupt eine?«

»Prinzessin, ich werde hier für eine Weile bleiben, bis es euch besser geht.«

»Aber was ist mit deiner Schule?«

»Ich werde wieder in meine alte Schule gehen.«

»Leo, du musst doch nicht hier bleiben. Wir kommen zurecht.«

»Das glaube ich dir, aber ich werde dich jetzt nicht im Stich lassen.«

»Danke Leo, aber ihr müsst nicht gleich eine Wohnung nehmen, ihr könnt bei uns bleiben, solange ihr wollt.«

»Danke Prinzessin, aber deine Mom braucht momentan etwas Ruhe; ich glaube, dass es so besser ist. Außerdem ist die Wohnung gleich um die Ecke und glaube mir, du wirst nicht mal merken, dass ich woanders wohne. Aber jetzt erzähl mir, wie geht es dir und wieso hast du mir das selbst nicht gesagt? Hätte es Emilia meiner Mom nicht erzählt, hätte ich es nie erfahren.«

»Es tut mir leid Leo, aber ich konnte dich nicht so einfach anrufen.«

»Prinzessin, du weißt doch, dass ich immer für dich da bin. Ich bin dein bester Freund, schon vergessen?«

»Ah Leo, ich wollte dich gleich am selben Tag, als ich es erfahren hatte, anrufen, aber ich habe deine Freundschaft wirklich nicht verdient. Ich habe dir so oft wehgetan, und jetzt, wo ich am Boden zerstört bin, kann ich einfach nicht von dir verlangen, dass du dein ganzes Leben umkrempelst, nur damit du bei mir bist, wenn ich dich brauche.«

»Doch das kannst du, Prinzessin. Nicht nur du hast Fehler gemacht, sondern ich auch. Ich habe dir immer versprochen, dass ich bei dir sein werde, um dich zu beschützen. Ich habe dir versprochen, dein bester Freund zu sein, aber das war ich nicht. Es tut mir so leid, Emma, dass ich nicht immer für dich da war. Ich hoffe, du kannst mir verzeihen. Ich verspreche dir, ab jetzt werde ich immer für dich da sein, ganz egal, was passiert.« Er schaute mich mit seinem liebevollen Blick an, nahm meine Hand und küsste sie sanft. Ich war so froh, wieder meinen besten Freund zu haben. Und dann kam alles auf einmal hoch, all die Erinnerungen, alles das, was passiert war; ich konnte meine Tränen nicht mehr zurückhalten. Ich ließ sie einfach laufen und konnte sie nicht mehr verbergen. Zu sehr war ich diesem enormen Druck ausgesetzt und hatte innerlich so lange Zeit gelitten. Auf einmal spürte ich eine Art innerer Befreiung. Es löste sich ein Teil von der Last, mit der ich mich herumschlug. Er war der Einzige, der mir in dieser Situation helfen konnte, der mich immer verstand und mir neue Kraft gab, jemand für, den es sich zu leben lohnte.

Später kamen noch Norah und Gabriel vorbei. Als meine Mom sich zu uns gesellte, staunte sie über den Besuch. Das Abendessen hätte gut verlaufen können, hätte ich die Blicke zwischen Gabriel und Leo nicht beobachtet. Die Anspannung zwischen ihnen war nicht zu übersehen. Sie strahlten sich gegenseitig wie Tschernobyl und Fukushima an.

An dem Abend ging es meiner Mom besonders gut. Doch nach einigen Wochen verschlechterte sich ihre Situation derart, dass sie nicht mehr alleine aus dem Bett aufstehen konnte. Nach einem Monat musste ich schweren Herzens mit meiner Mom zur Palliativ-Station gehen.

Ich wich ihr nicht von der Seite und schlief die ganze Zeit im Krankenhaus bei ihr. Sie war so schwach, dass sie mittlerweile kaum noch den Kopf heben oder sprechen konnte. Ihre ganze linke Seite war gelähmt. Manchmal wusste sie sogar nicht, wer ich war.

Als ich eines Tages in der Früh aufstand und mich halbwegs in Ordnung gebracht hatte, setzte ich mich neben sie aufs Bett und las ihr das Buch, das sie nicht zu Ende gelesen hatte, vor.

Sie wirkte, als hätte sie alle Kräfte verloren, sie war völlig erschöpft. Mittlerweile kamen die Schmerzen nicht mehr in auf- und abschwellenden Wellen, sondern wurden kontinuierlich immer schlimmer und schlimmer. Es tat weh, so unerträglich weh, sie so ansehen zu müssen, wie sie litt; die Tränen liefen ihr über die Wange.

Der Krebs hatte sie aufgefressen. Es waren nur noch Knochen von ihr übrig; als ob ihm das nicht genug wäre, musste er ihr noch solche Schmerzen zufügen.

Ich drückte auf den roten Knopf; als die Krankenschwester das Zimmer betrat, sagte ich weinend:»Bitte Schwester, können Sie ihr wieder was gegen die Schmerzen geben!«

Die Krankenschwester nickte freundlich und ging nach draußen, um Schmerzmittel zu holen.

Noch immer hielt ich ihre Hand und las das Buch weiter vor, als ich sie ganz leise etwas flüstern hörte.

Ich beugte mich etwas näher zu ihr, damit ich es besser hören konnte.»Folge deinem Herzen!«, riet sie mir mit ihrer letzten Kraft; es kam mir vor, als ob sich ein leichtes Lächeln in ihrem Gesicht unwillkürlich verfing; dann war sie weg. Sie schlief ein und wurde von den unerträglichen Schmerzen befreit.

»Mom, du darfst jetzt nicht sterben! Die Schwester wird dir gleich Schmerzmittel holen. Bitte Mom, ich brauche dich doch. Ich kann ohne dich nicht weiterleben. Mom, bitte hörst du mich? Wie soll ich ohne dich weitermachen. Mom!!!! Moooooooooom!!!«

Sie lag ganz friedlich da und antwortete nicht. Ihre Augen waren noch immer offen, aber sie bewegten sich nicht.

Sie ist nicht mehr da. Sie hat mich für immer verlassen.

Ich schloss ihre Augen und legte meinen Kopf auf ihre Brust. Ich bekam keine Luft mehr. Auf einmal wurde mir schwarz vor Augen.

DAS ABSCHIEDNEHMEN

Als ich wieder zu mir kam, erkannte ich Leos besorgtes Gesicht. »Prinzessin, geht es dir gut?«, fragte er mich.

»Wo bin ich?«

»Im Krankenhaus. Du bist ohnmächtig geworden.« Erst jetzt kamen die Erinnerungen wieder hoch; ich spürte einen tiefen Schmerz in meinem Herz; die Tränen strömten mir über die Wange.

Er setzte sich neben mich und nahm mich in seine Arme.

»Leo, sie hat mich verlassen. Sie wird nie wieder zurückkommen. Ich werde ihr Lächeln nie wieder sehen. Ich vermisse sie so sehr.«

»Ich weiß, Prinzessin, ich vermisse sie auch. Aber denk daran, dass es für sie so besser ist. Du hast selbst gesehen, wie sie gelitten hat. Wenn auch das hart klingt, für sie war der Tod die Erlösung.«

»Ich weiß das auch Leo, aber es tut trotzdem so verdammt weh.«

»Ich weiß Prinzessin, ich weiß.« Noch am selben Tag ging ich nach Hause.

Der Arzt verschrieb mir noch Beruhigungsmittel. Ich war am Boden zerstört. Ich wusste, dass sie bald sterben würde und ich war darauf vorbereitet. Aber ich war für den Schmerz in meinem Herz nicht bereit. Ich war noch nicht bereit, sie loszulassen.

Leo und Norah waren die ganze Zeit bei mir und ließen mich keine einzige Sekunde alleine.

Gabriel kam auch, als er die Nachricht erfuhr und gab sein Bestes. Er versuchte alles, nur damit es mir besser ging, aber am liebsten wollte ich ganz alleine sein. Zum Glück konnte ich Gabriel überreden, nicht bei mir zu bleiben. So waren noch Norah und Leo da.

Norah traute sich nicht, mich alleine zu lassen; als Gabriel weg war, beschlossen die zwei, dass Leo über Nacht bei mir bleiben sollte.

Ich verbrachte die ganze Nacht weinend im Bett und konnte nicht einschlafen.

Leo schloss mich in seine Arme und versuchte, mich zu trösten. »Es wird alles gut werden, Prinzessin.«

Am nächsten Tag weckte mich das Piepsen meines Handys. Es war Isabell:

»Hallo Süße, ich habe von Oliver die traurige Nachricht erfahren. Es tut mir so leid! Ich wünschte, ich könnte bei dir sein und dich umarmen, dir sagen, dass alles gut werden wird und dir Mut machen, weiterzukämpfen. Ich finde keine passenden Worte, die dir den Schmerz nehmen könnten. Bedauerlich, dass ich bei der Beerdigung nicht dabei sein kann. Auch wenn uns die große Entfernung trennt, sollst du wissen, dass du tief in meinem Herzen und meinen Gedanken bist. Deine Isabell.«

»Oh Isabell, ich wünschte, du wärst hier und könntest mich wirklich umarmen. Du fehlst mir. Ich hoffe auf ein baldiges Wiedersehen. In Liebe Emma.«

Schleppend ging ich in die Küche. Leo saß schon da; als er mich sah, holte er noch einen Teller und Kaffee.

»Ich nehme nur Kaffee«, bestimmte ich.

»Aber du musst doch etwas essen.«

»Ich kann jetzt nicht. Vielleicht nehme ich später etwas.« Keiner sagte irgendetwas.

»Ich muss mich heute um ihre Beerdigung kümmern«, durchbrach ich die Stille.

»Soll ich mich darum kümmern?«

»Danke Leo, aber das muss ich selber tun.«

»Ich werde mit dir gehen.«

»Bitte Leo, versteh mich nicht falsch, ich will das alleine machen.«

Er guckte mich etwas überrascht an und sagte schließlich: »Wie du willst, wenn du mich brauchst, weißt du, wo du mich findest!«

Nach dem Frühstück ging ich zum Bestattungsunternehmen, um die Einzelheiten für eine Beerdigung zu besprechen, da kam der nächste Schock. Die Beerdigung kostete ein Vermögen, das ich momentan nicht besaß.

Erst jetzt wurde mir klar, dass mir auch das Geld für die nächste Miete fehlte. Ich konnte nicht länger in unserem Haus bleiben.

Auf dem Heimweg überlegte ich, wie ich zu dem Geld kommen konnte, und ich entschied mich für einen Ausverkauf. Noch am selben Tag gab ich überall Anzeigen auf, für alle Gegenstände, die wir besaßen.

Gegen Abend ging ich zu Herrn Winkler, unserem Hausvermieter, um den Mietvertrag zu kündigen. Als ich ihm die Kündigung überreichen wollte, sah er mich erstaunt an. »Frau Kubat, Ihre Mutter hat die Miete für das ganze Jahr bezahlt, haben Sie das nicht gewusst?«

Ich starrte ihn nur ungläubig an. Ich hatte Glück im Unglück. Am nächsten Tag war alles Mögliche verkauft; als ich am Abend mit Leo das Geld zählte, fehlte mir immer noch einiges. »Ich weiß nicht mehr weiter«, sagte ich am Boden zerstört. »Das Begräbnis kostet so viel, wir haben alle unsere Ersparnisse für die Medikamente und das Krankenhaus ausgegeben. Wenn ich wenigstens Zeit hätte, an das restliche Geld heran zu kommen, dann könnte ich eine Doppelschicht machen und mit der Schule aufhören, aber das geht leider nicht.« Ich spürte den Schmerz in meiner Brust, als ich das Bild von meiner Mutter betrachtete. Es war unser erstes Foto in Österreich. Ich nahm das Bild mit zittrigen Händen und sah es an; die Erinnerungen kamen hoch. Ich schloss die Augen zu und sah meine Mutter ganz glücklich vor mir.

»Mom, es tut mir so leid, ich habe jetzt schon versagt«, schrie ich. Und die Tränen flossen mir über die Wange.

Leo wischte mir die Tränen ab: »Bitte Prinzessin, wir werden schon eine Lösung finden.« Seine Gesichtszüge änderten sich; er wirkte bekümmert. »Ich werde mein Auto verkaufen, und wenn das auch nicht reicht, ich habe Ersparnisse für das Studium.«

»Das kommt nicht infrage! Gabriel wollte sogar die ganzen Beerdigungskosten übernehmen, aber ich will das nicht. Ich kann weder von dir oder von Gabriel das Geld annehmen. Außerdem will ich nicht, dass du meinetwegen nicht studieren kannst; dein Auto brauchst du auch. Es muss einen anderen Ausweg geben.«

»Bitte Prinzessin, wieso machst du es dir so schwer? Wenn es dir leichter fällt, kannst du mir das Geld später zurückgeben.«

»Danke Leo, ich weiß das wirklich zu schätzen, aber ich kann einfach dein Geld nicht annehmen. Du hast schon so viel für mich gemacht, aber da muss ich alleine durch. Bitte versteh mich doch!«, sagte ich fest entschlossen.

Er guckte mich verzweifelt an, aber er sagte nichts.

»Leo, kannst du mir einen Gefallen tun?«

»Ja, Prinzessin, was immer du willst.«

»Würdest du mich bitte für einen Moment alleine lassen? Ich brauche etwas Zeit für mich.«

Er hob eine Augenbraue hoch. »Ich gehe dann mal in meine Wohnung und komme später zurück.«

Ich saß auf dem Boden und musterte unsere leere Wohnung. Alles war weg, nur das Piano stand in der Mitte vom Wohnzimmer. Alles war leer wie mein Herz und meine Seele. Nicht einmal Tränen zum Weinen hatte ich. Nur den Schmerz und das Leid. Ich betrachtete den Ring an meinem Finger. Der Ring musste viel wert sein; mit dem Geld könnte ich die restlichen Kosten bezahlen.

Ich musste mich entscheiden: entweder das Piano oder der Ring. Aber wie konnte man sich zwischen den zwei liebsten Sachen entscheiden. Beide hatten ihre eigene Geschichte. Wenn ich das Klavier verkaufte, würden all die schönen Erinnerungen an meine Mom verschwinden, außerdem liebte sie dieses Klavier so sehr, dass ich ihr das nicht antun konnte. Ich hatte schon das Auto, das sie mir zum Geburtstag ge schenkt hatte, verkauft. Wenn ich das Klavier jetzt auch noch weggab, blieb mir von meiner Mom gar nichts mehr übrig. Der Ring erinnerte mich an meine Oma; er bedeutete mir sehr viel. Was sollte ich jetzt machen?!

Als Leo später zurückkam, verkündigte ich meine Entscheidung. »Leo, ich weiß jetzt, wie ich zu dem Geld komme.«

Er sah mich verwirrt an.

»Ich werde den Ring von meiner Oma verkaufen.«

Er runzelte die Stirn: »Tu das nicht, Prinzessin! Wir können …«, aber bevor er den Satz zu Ende sprach, unterbrach ich ihn.

»Bitte Leo, das hatten wir schon!«

»Prinzessin, vermutlich ist das deine Sache, aber trotzdem solltest du dir das gut überlegen. Bitte versprich es mir!«, fügte er eindringlich hinzu.

Ich schaute ihn an und nickte nur. Ich konnte ihm nicht sagen, dass ich mich schon entschieden hatte, alles, was ich in seinen hinreißenden Augen entdeckte, war Sorge um mich; ich wollte ihn nicht noch mehr quälen.

Gleich am nächsten Tag nach der Schule ging ich in die Stadt zu einem Juweliergeschäft. Als ich die Straße erreichte, wo sich die meisten Juweliergeschäfte befanden, wollte ich umkehren, aber dann blieb ich kurz stehen und dachte mir, dass es keinen anderen Ausweg gibt. Es waren mehrere Geschäfte nebeneinander. Also lief ich von einem Geschäft zum anderen. Ich küsste den Ring, bevor ich das Geschäft betrat.

»Guten Tag«, grüßte eine ältere Dame. »Was kann ich für Sie tun?«

»Ich hätte gern gewusst, welchen Wert dieser Ring besitzt?«, mit zittrigen Händen überreichte ich ihr den Ring.

Sie nahm den Ring; nach einigen Stunden bekam ich von ihr auch den geschätzten Preis, der ein wenig höher war, als die anderen Ladenbesitzer mir angeboten hatten. Mit dem Erlös war ich mehr als zufrieden.

Ich war erleichtert, endlich genug Geld für das Begräbnis

zu haben, aber es tat doch weh, ohne den Ring zu sein. *Ich hoffe Oma, du kannst mir verzeihen.* Ich hatte es mir immer vorgestellt, meiner Tochter diesen Ring weiterzugeben, aber ich hatte ihn für einen guten Zweck veräußert. Nur mit dem Gedanken konnte ich diesen Schmerz ertragen.

Als ich nach Hause kam, rief ich gleich Leo an und erzählte ihm die Neuigkeiten. Er klang komisch am Telefon und sagte nur:»Ich bin gleich bei dir.«

Als er die Wohnung betrat, schrie er fast vor Wut.»Emma was hast du nur getan! Wieso hast du den Ring verkauft? Wie oft habe ich dir gesagt, dass ich dir das Geld leihen werde, aber du wolltest es nicht. Wieso tust du mir das an?!«

»Bitte Leo, beruhige dich! Du weißt, dass ich es tun musste. Ich will meine Mutter alleine beerdigen, nur mit meinem Geld. Bitte versteh mich doch! Das musste ich alleine schaffen.«

»Es tut mir leid Prinzessin«, sagte er und nahm mich in seine Arme, hielt mich ganz fest.»Prinzessin, an wen hast du den Ring verkauft?«

»Juwelier Steiner.«

Er nickte nur und sah mich liebevoll an.

Ich lag im Bett und nahm das Lieblingskleidungsstück von meiner Mom. Es war ihre blaue Satinbluse. Ich drückte sie fest ans Gesicht; der vertraute Geruch stieg mir in die Nase.

Ein überwältigender Schmerz packte mein Herz; ich spürte ein Kribbeln im Nacken und einen Kloß im Hals, der mich fast zu ersticken drohte. Ich holte tief Luft. *Meine Mutter ist weg und wird nie wiederkommen. Das ist die Tatsache, mit der ich leben muss, egal, wie schmerzhaft dies ist. Das Leben muss einfach weiter gehen. Ich muss mich beruhigen und neue Kraft sammeln. Meine Mutter hat wenigstens eine gute Abschiedsparty verdient. Das bin ich ihr schuldig.*

Ich hasste das Wort»Beerdigung« und konnte es nicht über meine Lippen bringen.»Abschiedsparty« fühlte sich irgendwie leichter an. Nicht so schmerzhaft.

Gegen Abend kam Gabriel zu mir und half mir, einige Sachen vorzubereiten für die morgige Party.

Diese Nacht, nach langer Zeit, blieb er wieder bei mir und tröstete mich.

Am nächsten Tag war es soweit. Mit allerletzter Kraft ging ich zum Pult, um meine Rede zu halten. Es fiel mir schwer, über meine Mom vor so vielen Leuten zu reden, ohne weinen zu dürfen. Sie wäre nicht froh, wenn sie mich weinen sehen könnte, für sie musste ich stark sein.

Mit zitternder Stimme sprach ich.»Ich danke euch, dass ihr gekommen seid. Wie ich sehe, habt ihr alle zu Ehren meiner Mom etwas Buntes und Farbenfrohes angezogen. Meine Mom wünschte sich keine richtige Trauerfeier, sondern eine Abschiedsparty mit viel Musik und Farbe. Ich hoffe, ich habe ihr dank eurer Hilfe diesen letzten Wunsch erfüllen können. Heute nehmen wir Abschied von einer sehr liebevollen Person. Sie war nicht nur die beste Mom, sondern sie war meine beste Freundin. Einmal hatte ich ein Klavierstück für die Schule nicht rechtzeitig gelernt und hatte ihr das anvertraut. Anstatt mir eine Lektion zu erteilen und mich danach zu bestrafen, befreite sie mich an dem Tag von der Schule und half mir bei dem Stück. Wir spielten so lange, bis ich es perfekt spielen konnte. Als ich am nächsten Tag in die Musikschule ging, war ich die Beste von allen.

Sie versuchte, aus ihren Fehlern zu lernen und aus mir einen besseren Mensch zu machen, als sie es war. Aber das hat sie nicht geschafft, denn sie war vollkommen. Keiner könnte so gut und so vollkommen wie sie sein. Nicht nur, dass sie die beste Mom oder Freundin war. Sie war eine begabte Pianistin. Sie liebte die Musik und die Bühne. Die Musik machte sie glücklich; in schweren Tagen gab sie ihr immer neue Kraft und Hoffnung für einen weiteren Kampf. Leider hat sie diesen letzten Kampf nicht gewonnen, aber sie hat ihn ehrenhaft verloren. Dafür ist es ihr gelungen, mir die Liebe zur Musik weiterzugeben. Als ich früher noch ganz klein war, hat sich meine ganze Familie bei uns jeden Sonntag getroffen, um sich die neuen Stücke von meiner Mom anzuhören. Aber das war nicht alles, wir mussten alle mitmachen. Einige von uns mussten singen, die anderen, die weniger Glück hatten, mussten Klavier spielen. Ich kann mich erinnern, die meisten von uns hatten immer Ausreden parat, um nicht spielen zu müssen. So hatte mein Großvater einmal den rechten Arm in einem Verband, in der Hoffnung, nicht spielen zu müssen, aber er wurde ausgewählt: Schließlich hatte er ja noch eine linke freie Hand. So musste er doch spielen. Wir alle haben sehr gelacht; ab dem Tag war es so, dass wir jedes Mal nur mit einer Hand spielten. Ich glaube, wenn wir auch unsere beide Hände verbunden hätten, wäre meiner Mom irgendetwas eingefallen, um spielen zu können. Sie war wirklich eine ehrgeizige Frau. Das liebte ich so sehr an ihr.

Wenn ich jetzt zurückblicke, waren die Sonntage das Beste in meinem ganzen Leben. Sie hat die ganze Familie zusammengebracht. Wir haben immer gelacht, denn keiner von uns war so begabt, wie sie es war, sodass es nicht immer angenehm war, jeden von uns zu hören, ohne eine Gehörschädigung zu bekommen. Und nur zu eurer Information, ich werde nach meiner Rede auch Klavier spielen, insofern werde ich auch verstehen, wenn sich jetzt einige von euch verabschieden.« Ich hörte, wie die meisten lachten; ein kurzes Lächeln huschte über meine Lippen. »Abschied zu nehmen, ist nicht besonders leicht, wenn es um einen liebenswürdigen Menschen geht. Sie hat uns verlassen und ist in eine andere Welt übergegangen. In eine Welt, wo alles vollkommen ist, so wie sie es war. Mom, ich hoffe, du hast endlich deinen Frieden gefunden. Ich werde dich vermissen; du wirst immer in meinem Herz sein. Ich liebe dich.«

Als ich mit der Abschiedsrede fertig war, ging ich zum Piano. »Das Lied habe ich für dich geschrieben. Ich hoffe, es gefällt dir, Mom.« Als ich die ersten Töne anschlug, kamen all die schönen Erinnerungen an meine Mom wieder hoch; ich spürte zum ersten Mal nach langer Zeit wieder eine Verbindung zur Musik. Es fühlte sich an, als ob sie noch bei mir wäre. Es war so ein gutes Gefühl, denn jetzt war ich ihr nah. In dieses Lied, das ich nach ihrem Tod geschrieben hatte, waren viele Emotionen eingebunden.

Als ich fertig war, kümmerte ich mich um den Rest der Trauergäste, die noch geblieben waren.

Oliver war auch gekommen, ihn hatte ich erst wahrgenommen, als er sich von mir verabschiedete. Ich war ganz benommen und konnte mich auf gar nichts konzentrieren. Die ganze Zeit musste ich mit einem Tränenausbruch kämpfen; als auch Gabriel wegging, wichen mir Leo und Norah nicht von der Seite.

An Leos Gesicht las ich ab, dass er sich große Sorgen um mich machte. Es fühlte sich so gut an, ihn zu haben, denn ohne ihn wäre ich verloren. Er war derjenige, der mir immer wieder neue Kraft gab, seit meine Mom nicht mehr da war.

»Es war eine gelungene Abschiedsparty, Emma, und ich muss dir sagen, dass du wie deine Mutter eine gute und begabte Pianistin bist. Dein Stück ist so unglaublich gefühlvoll gewesen«, kondolierte mir Denise. »Deine Mutter wäre stolz auf dich.«

Ich konnte gar nichts sagen, sondern nickte nur.

»Du weißt, wenn du je Arbeit brauchst, kannst du jederzeit bei uns anfangen. Ich würde mich wirklich freuen, eine so gute Pianistin im Team zu haben.«

Die restlichen Gäste hatten sich auch in der Zwischenzeit verabschiedet.

»Willst du bei mir schlafen?«, fragte Leo fürsorglich.

»Danke Leo, aber ich glaube, heute Nacht will ich ganz alleine sein.«

»Bist du dir sicher?«

»Ja, ich bin mir sicher«, ich lächelte, als ich sein besorgtes Gesicht sah.

»Ich werde dich bis nach Hause begleiten, und morgen in der Früh komme ich mit Frühstück zu dir«, er küsste mich sanft auf die Stirn.

Als ich nach Hause kam, war ich müde und fühlte eine innere Leere in mir. Ich legte mich gleich ins Bett, aber ich konnte nicht schlafen. Ich vermisste meine Mom so sehr. Sie war noch so jung gewesen, wieso musste sie ausgerechnet sterben? Irgendwann schlief ich weinend ein.

Am nächsten Tag hörte ich eine sanfte Stimme, die mich aufweckte. »Prinzessin, ich habe uns schon Frühstück vorbereitet«, Leo küsste mich auf die Stirn.

Nach dem Frühstück ging ich wieder in die Schule; den Rest des Tages verbrachte ich mit Gabriel bei mir zu Hause. Gegen Abend kam Norah zu uns und verabschiedete sich. Sie musste wieder nach Wien. »Emma, wenn du mich brauchst, du weißt, du kannst mich anrufen; in zwei Stunden bin ich bei dir. Ansonsten ist Leo da; er wird sich um dich kümmern.« »Danke Norah, ich weiß nicht, wie ich euch danken soll.«

»Du brauchst uns nicht zu danken. Du bist ein Teil unserer Familie«, sie umarmte mich noch einmal, bevor sie wegging.

HEIRATSANTRAG

Die Sonne schien wieder. Alles war anders. Ich war ganz alleine in einem fremden Land, ohne meine Mom, und musste weiterleben. Zum Glück hatte ich Leo und Gabriel. Ich vermisste meine Mom sehr; es gab keinen einzigen Tag, wo ich nicht weinend eingeschlafen bin. Ich ging weiterhin in die Schule und legte zu meiner Überraschung die Prüfungen ab.

In der Zwischenzeit hatte Leo eine neue Freundin; mir schien, als ob endlich die zwei wichtigsten Männer in meinem Leben einen Waffenstillstand geschlossen hatten. So verbrachten wir auch manchmal die Zeit mit Leo und Barbara gemeinsam.

Leo und ich trafen uns jeden Donnerstag alleine; wir genossen unsere Zweisamkeit. Wir kochten oder gingen ins Kino. Alles war so, wie ich es mir erträumt hatte. Ich hatte meinen besten Freund wieder bei mir; wir beide waren glücklich verliebt. Wenn nur meine Mom hier sein könnte, dann … dann wäre es perfekt. Sie fehlte mir so sehr und ich wünschte, sie könnte sehen wie glücklich ich endlich bin. Aber das wird sie wohl nie erfahren und der Schmerz zerriss meine Seele. Zum Glück war Leo immer bei mir. Er war der einzige, der mir in diesen schweren Tagen helfen konnte, deshalb war er öfters bei mir, als bei Barbara. Manchmal hatte ich Angst, er würde seine Beziehung meinetwegen aufs Spiel setzen. Das wollte ich nicht.

Also redete ich mit Barbara und entschuldigte mich, dass ich ihr ihren Freund so oft wegnahm.

»Emma, er ist dein bester Freund; du brauchst ihn jetzt; ich kann das wirklich verstehen. Ihr kennt euch schon lange, du bist ein Teil von ihm. Ich weiß, dass er dir viel bedeutet, so wie du ihm. Das habe ich von Anfang an gewusst. Er hat es mir auch gleich gesagt, dass er immer für dich da sein würde. Also komme ich damit klar, denn ich liebe ihn über alles. Ich werde auch alles tun, nur damit er bei mir bleibt. Ich werde dir deinen besten Freund nie wegnehmen, er wird immer für dich da sein, so oft wie du ihn brauchst. Er wird alles tun, nur damit du glücklich bist. Für ihn bist du der wichtigste Mensch auf diesem Planeten«, sagte sie mit fast trauriger Stimme. »Aber du musst mir eins versprechen, dass du ihn mir nicht ganz wegnimmst.« Sie war so einfühlsam, obwohl sie um ihn Angst hatte. Sie hatte Angst vor mir, Angst, dass ich ihn ihr wegnehmen könnte. Ihre blauen Augen füllten sich mit Tränen.

Ich fühlte mich schuldig. »Barbara, ich bin dir dankbar für alles«, sagte ich mit zittriger Stimme. »Es macht mich so glücklich, dass er dich hat, denn du bist wirklich eine tolle Freundin; er hat dich wirklich verdient. Ich verspreche dir, dass ich in Zukunft so oft wie es möglich ist, auf meinen besten Freund verzichten werde; du kannst dir sicher sein, dass ich ihn dir nie wegnehmen werde. Ihr beide habt euch verdient; ich werde euch nicht im Weg stehen.«

Sie schaute mich dankbar an.

Als wir uns verabschiedeten, umarmten wir uns; mir fiel ein Stein vom Herzen. Ich wünschte mir, ich wäre so wie sie, so verständnisvoll und so hübsch. Sie war eine außergewöhnliche Frau; ich schämte mich so sehr, dass ich am Anfang eifersüchtig auf sie gewesen war.

An dem Abend schlief ich erst spät ein. Ich dachte an Barbara und an alles was passiert war.

Am nächsten Tag fuhr ich zum Magistrat, um mein Visum zu verlängern, und da folgte der nächste Schock.

»Frau Kubat, es tut mir sehr leid, Ihnen die schlechte Nachricht übermitteln zu müssen, aber wir können Ihnen das Visum nicht verlängern«, sagte die Dame hinter dem Schalter.

»Aber wieso?«

»Sie haben das Visum bis Ende Oktober; sobald Sie mit der Schule fertig sind, haben wir keinen Grund mehr, Ihnen das Visum zu verlängern, außer Sie wiederholen die Klasse, dann werden wir Ihnen selbstverständlich das Visum wieder für ein Jahr verlängern.«

»Aber ich werde die Klasse nicht wiederholen«, sagte ich ganz verzweifelt. »Das kann doch nicht die einzige Möglichkeit sein, es muss doch noch etwas anderes geben, damit ich hierbleiben kann.«

»Es gibt noch einige Möglichkeiten. Entweder Sie finden eine Arbeit, aber dafür brauchen Sie vorher die Arbeitsbewilligung, was auch nicht einfach sein wird, oder Sie machen sich selbstständig. Und die letzte Möglichkeit wäre, zu heiraten.«

Ich spürte, wie sich alles um mich drehte.

»Geht es Ihnen gut, Frau Kubat?«, hörte ich ihre Stimme, die mir vorkam, als wäre sie meilenweit von mir entfernt. Ich nickte nur und verließ den Schalter.

Ich schleppte mich bis zur Toilette; als ich in den Spiegel sah, war ich noch erschrockener. Ich war kreideblass; um meine Augen bildeten sich schwarze Augenringe. Ich drehte den Wasserhahn auf und ließ das kalte Wasser in das Waschbecken laufen. Ich wusch mein Gesicht mit eiskaltem Wasser so lange, bis ich endlich Farbe in mein Gesicht bekam. Ich schaute noch einmal in den Spiegel und betrachtete mich nachdenklich. In meinem Gesicht zeigten sich Spuren von schlaflosen Nächten und ständigem Weinen. Wenn ich jetzt nach Hause fuhr, würde ich sicher nur noch weinen und mich selbst bemitleiden, also wäre es besser, wenn ich in die Schule ging; sobald ich wieder einen klaren Kopf hatte, würde ich über die Möglichkeiten nachdenken.

Ich musste einfach eine Lösung finden. Ich versuchte, mich zusammenzureißen, atmete tief durch; deprimiert verließ ich die Toilette.

Zum Glück schaffte ich es noch rechtzeitig zur Chirurgie-Vorlesung.

In der Mittagspause traf ich Gabriel. Ich hatte ihn seit einigen Tagen nicht gesehen. Ich wusste nicht, ob das schon länger so war oder ob es mir erst jetzt auffiel, aber es schien mir, als ob er sich von mir entfremdet hätte. Er versuchte, freundlich und aufmerksam zu klingen, aber in seinem Blick erkannte ich, dass er mit seinen Gedanken mit etwas Anderem beschäftigt war. Irgendwie wirkte er nervös; ich entschied mich, ihm nicht von den Visumsproblemen zu erzählen. Nach der Schule hatten wir uns für heute Abend bei mir verabredet, damit wir gemeinsam lernen konnten.

Als ich nach Hause kam, setzte ich mich auf die Couch und versank in meine Gedanken. Ich ließ den heutigen Tag Revue passieren. Wenn ich keine Lösung fand, musste ich wohl zurück nach Split.

Sobald ich mir ein Wiedersehen mit meinem Vater vorstellte, zog sich mein Magen zusammen, mein ganzer Körper zitterte vor Angst.

Das plötzliche Klingeln des Telefons ließ mich noch mehr zusammenzucken; auf dem Display sah ich, dass es Leo war. Er wollte sicher wissen, wie mein heutiger Tag gewesen war. Am liebsten wollte ich abheben und ihm alles erzählen, ich brauchte ihn so sehr, aber dann dachte ich an Barbara und ließ das Telefon weiterklingeln.

Ich schaute automatisch auf die Uhr; es war schon 18 Uhr. Gabriel würde jeden Moment da sein. Ich schüttelte den Kopf und versuchte, an etwas Positives zu denken. Gabriel sollte mich nicht so durcheinander sehen, außerdem wollte ich gut gelaunt sein, wenn er kam.

Kurz darauf klingelte er an der Tür.

»Hallo Emma«, er gab mir einen flüchtigen Kuss, als ich die Tür öffnete. »Ich muss mit dir reden.« Er setzte sich auf die Couch im Wohnzimmer, während ich uns etwas zu trinken holte.

Ich stellte die vollen Gläser auf den Tisch; er wirkte angespannt.

»Ich hol noch schnell die Bücher.« Ich lief in mein Zimmer. Ich ahnte, dass ihn etwas bedrückte, aber ich traute mich nicht, zu fragen. Ich hatte Angst, schlechte Nachrichten zu bekommen; jetzt sah ich wieder seinen verzweifelten Gesichtsausdruck; mir wurde klar, dass es nicht gut enden würde. Ich spürte einen Stich im Magen und fragte ihn mit etwas zittriger Stimme: »Worüber möchtest du mit mir reden?«

Er guckte mich prüfend an, als wäre er sich nicht sicher, ob ich dem, was er zu sagen hatte, gewachsen sei.

Ich schaute ihn forschend an.

»Emma, ich …, ich, äh ich weiß nicht, wie ich es dir sagen soll.«

»Sag es einfach!«

»Ich bin für ein Medizinstudium angenommen worden.«

Ich war sprachlos und stierte ihn nur an. »Ist es das wirklich, was du mir sagen wolltest?«

Er nickte nur; seine Gesichtszüge verspannten sich dabei, und ich wusste, dass er mir in Wirklichkeit etwas Anderes mitteilen wollte.

»Ich dachte, du wirst mir etwas Schlechtes erzählen. Dabei sind das gute Neuigkeiten«, ein Lächeln huschte über meine Lippen.

»Du freust dich wirklich für mich?«

»Ja, ich freue mich wirklich, aber musstest du nicht vorher eine Aufnahmeprüfung machen?«

»Ich wollte es dir schon vorher sagen. Aber du hattest so viel um die Ohren; mir schien das nicht der passende Zeitraum zu sein, um mit dir darüber zu reden«, er senkte seinen Kopf nach unten.

Ich wusste, was er damit gemeint hatte. Ich war mit meiner Mom beschäftigt gewesen; ich hatte mich für niemanden anderen interessiert. Ich hatte damals keine Zeit für ihn, obwohl ich dauernd mit Leo zusammen war, hatte er das alles ertragen müssen, nur mir zuliebe. *Aber jetzt geht er auch weg. Das kann doch nicht wahr sein! Wieso tut er mir so etwas an? Kann der Tag noch schlimmer werden? Eigentlich kann ich ihm dafür keine Vorwürfe machen, ich war diejenige, die ihm damals ein Medizinstudium eingeredet hat.*

Ich fixierte ihn prüfend: »Und wann ist es soweit?«

»Ich werde gleich nach der Diplomfeier nach Graz gehen.« Ich freute mich für ihn, aber ich wusste, wenn er wegging, würde ich ihn für immer verlieren. Eine Weile saßen wir still da; ich merkte, dass er noch immer nervös war und ihn noch etwas bedrückte. »Das war nicht das Einzige, was du mir mitteilen wolltest, nicht wahr?«, fragte ich ängstlich. Er war extrem angespannt und nervös, sodass ich Panik bekam. Plötzlich kniete er sich vor mich hin, mein Herz raste, meine Beine zitterten; mein Atem beschleunigte sich, als würde ich rennen.

Aufgeregt holte er eine kleine blaue Schachtel aus seiner Tasche, öffnete sie und hielt mir einen Diamantring entgegen. *Oh du alter Schwede, er macht mir wirklich einen Heiratsantrag!* »Emma, willst du meine Frau werden?«

Mir blieb der Mund offen stehen. »Ich... Aä... Ich, ich... «

»Ist schon gut, Emma, du musst mir nicht gleich antworten«, er steckte mir den Ring auf den Ringfinger.

Ich war wie gelähmt. Ich wollte am liebsten »Ja« sagen, aber vorher sollte ich ihm die Wahrheit mitteilen. Aber wenn ich das tun würde, würde er mich sicher nicht mehr heiraten wollen.

»Emma, ich wollte dich damit nicht überrumpeln«, seine Stimme bebte vor Schmerz.

»Nein, mir tut es leid, ich hatte heute einen beschissenen Tag; aber bevor ich dir eine Antwort gebe, will ich, dass du die ganze Wahrheit erfährst, denn dann kann es sein, dass du mich nicht mehr heiraten willst.«

»Du warst heute Vormittag nicht in der Schule, hat es damit zu tun?«, fragte er plötzlich.

Ich sah ihn überrascht an, ich wusste nicht, dass er es bemerkt hatte, dass ich am Vormittag abwesend gewesen war.

»Ich war heute im Magistrat, weil mein Visum im Oktober abläuft; ich wollte es verlängern, aber es war nicht möglich«, erklärte ich bedrückt.

»Nicht möglich?«, wiederholte er überrascht.

»Ja, es ist nicht möglich.«

»Emma, mach dir deswegen keine Sorgen, mein Vater wird sich um dein Visum kümmern, er wird alles in Ordnung bringen. Jetzt erzähle mir, was du angestellt hast und weswegen ich meine Meinung ändern werde.«

»Eigentlich habe ich nichts angestellt, es ist nur ... Äh, wie soll ich dir das am besten erklären?«

»Sag es einfach!«

Ich atmete tief ein, bevor ich weitersprach. »Ich kann das Visum verlängern im Falle, dass ich: die Klasse wiederhole, eine Arbeit finde, mich selbstständig mache oder ... heirate.«

»Ich hätte gedacht, du hast jemanden anderen«, er lächelte mich an.

Ich schaute ihn skeptisch an.

»Wo ist das Problem, Emma? Wir werden doch heiraten, dann wirst du dein Visum bekommen. Das einzige Problem ist, dass du nicht so viel Zeit haben wirst, dir dein Hochzeitskleid auszusuchen, denn wir müssen jetzt bis Oktober heiraten.«

»Du ... du willst mich noch immer heiraten? Und was ist mit deinem Studium in Graz?«, fragte ich verblüfft.

»Ich werde studieren, und du kommst natürlich mit. Wenn du willst, kannst du auch Musik studieren oder tun, was immer du willst. Wir müssen uns nur vorher eine Wohnung in Graz suchen. Also was sagst du?«

»Ja, ich will, nur ich dachte ...«

»Psst!«, er senkte seine weichen Lippen auf meine; ein herrlicher kribbelnder Schauer durchfuhr mich und ließ mich zittern. Der Kuss wurde immer leidenschaftlicher und fordernder; ich stöhnte. Ich hatte ihn so sehr vermisst, seine Küsse, seine Hände auf meinem nackten Körper...

Und als ob er meine Gedanken lesen konnte, presste er mich an sich, sodass ich seinen warmen Körper spüren konnte, und das Kribbeln in meinem Bauch wurde stärker. Seine gierigen Küsse und Hände hinterließen eine angenehme Wärme an den Stellen, wo er mich berührte; ich ließ mich einfach in Bedeutungslosigkeit versinken und vergaß alles, was hinter mir lag.

»Ich habe dich so sehr vermisst; ich will dich«, stöhnte er mir ins Ohr; eine Gänsehaut überfiel mich.

»Ich will dich auch!«, flüsterte ich und presste mich noch enger an ihn.

Ganz langsam zog er Stück für Stück meine Kleider aus und ließ sie zu Boden fallen.

Mein Atem beschleunigte sich; mein Herz schlug mir bis zum Hals, als ich seine heiße nackte Haut an meiner spürte. Seine Küsse wurden noch drängender; das Verlangen nach mehr wurde unerträglich. Es war so lange her, dass wir miteinander geschlafen hatten. Da spürte ich ihn in mir, und eine gewaltige Explosion durchströmte meinen ganzen Körper.

Total erschöpft lagen wir nebeneinander; ich fühlte mich endlich wieder lebendig.

»Was für ein Tag!«, murmelte ich leise vor mich hin, während er mir mit einem Finger über die Wange strich.

»Ja, was für ein Tag, aber der ist noch nicht zu Ende. Wir müssen auch meinen Eltern Bescheid sagen.«

»Oh nein, die werden ausflippen«, ich verdrehte die Augen bei dem Gedanken daran, vor seinen Eltern zu stehen und ihnen die Neuigkeiten zu berichten. »Können wir das auf morgen oder übermorgen verschieben?«

»Ja, wieso nicht, meine Mutter wird mich sowieso umbringen, sobald sie erfährt, dass die Hochzeit demnächst stattfinden wird und sie nicht so viel Zeit für die Hochzeitsvorbereitung hat.«

»Da bin ich mir sicher, sie wird dich zerfleischen, ich wünschte, ich könnte dir irgendwie dabei helfen«, sagte ich grinsend.

»Du könntest«, lächelte er und senkte seine bezaubernden Lippen auf meine.

Ich spürte, wie ich wieder schwach wurde und löste den Kuss noch rechtzeitig. »Wir sollten lernen!«

Ein leiser Seufzer entrang sich ihm, dann nahm er das

Buch; bis tief in die Nacht lernten wir für die Prüfung.

»Gute Nacht, zukünftige Frau Mayr«, wünschte er mir beim Einschlafen.

Ich spürte eine angenehme Wärme in meinem Herz. Es fühlte sich gut an. »Gute Nacht, Herr Mayr!«

Am nächsten Tag fuhren wir gemeinsam in die Schule; ich versuchte, mich auf die Vorlesungen zu konzentrieren, aber immer wieder endete mein Blick auf meinem Finger; ich betrachtete den Diamantring und dachte an den Heiratsantrag. Ich konnte es kaum erwarten, dass die Vorlesungen zu Ende gingen und wir endlich in die Stadt fuhren, um unseren Hochzeitstermin festzulegen.

»Also Emma, es ist nicht mehr weit. Am 22.09. bist du offiziell meine Frau Mayr. Ich muss noch schnell etwas erledigen; in eineinhalb Stunden bin ich wieder bei dir«, sagt er und senkte seine weiche Lippe auf meine. »Bis gleich, Gabriel«, ich trat ins Haus.

Meine Knie zitterten vor Angst, als ich feststellte, dass ich nicht alleine war. Ich stand vor dem Wohnzimmer und wollte gerade laut um Hilfe schreien, als ich Leo ganz verzweifelt auf dem Boden hocken sah.

Ich atmete erleichtert aus, bevor ich auf ihn losging, um ihn zu beschimpfen, weil er mir so eine Scheißangst eingejagt hatte.

»Emma, wo warst du die ganze Zeit? Wieso meldest du dich nicht bei mir? Was ist los mit dir?«, schrie er außer sich.

»Leo, sorry, aber ich hatte heute mein Handy vergessen.«

»Und was war gestern?«

»Ich wollte dich nicht stören.«

»Du hast mir versprochen, sobald du vom Magistrat zurückkommst, wirst du mich anrufen und mir erzählen, wie es war.«

»Ja, das wollte ich, aber mir ging es nicht so gut«, sagte ich mit kläglicher Stimme.

»Was ist passiert, Prinzessin?«

Ich berichtete ihm alles, bis auf den Heiratsantrag. Das

konnte ich ihm nicht sagen, ich wusste nicht, wieso, aber irgendwie hatte ich vor seiner Reaktion Angst.

»Prinzessin, wir werden eine Lösung finden.«

»Schon okay«, ich kratzte mich an der Stirn.

»Woher hast du den?«, er hielt erstaunt meine Hand fest. Erst jetzt wurde mir klar, dass er den Verlobungsring gesehen hatte; mir wurde siedend heiß. »Es ist ... Äh, ich habe den Ring von Gabriel bekommen. Es ist ein Verlobungsring.«

Sein Gesicht wurde auf einmal ganz blass; er bewegte sich nicht. »Er hat dir einen Heiratsantrag gemacht?«, fragte er fassungslos. »Er hat dir nur aus Mitleid den Antrag gemacht, und du wirst ihn nur wegen des Visums heiraten, oder? Das ist gegen das Gesetz«, aus seiner Stimme konnte ich Verachtung heraushören.

Ich guckte ihn wütend an. Wie konnte er nur so etwas denken, geschweige denn, es mir auf diese Art sagen! Ich war so wütend und so verletzt.

»Ich habe mich so in dir getäuscht«, war alles, was ich rausbrachte.

»Emma, es ist nicht so, wie du denkst. So habe ich das nicht gemeint, ich...«

»Bitte erspar dir dieses Gelaber!«, unterbrach ich ihn empört. »Ich habe nicht vor, ihn zu heiraten, damit ich ein Visum bekomme. So wie ich es sehe, kennst du mich zu wenig. Aus diesem Grund könnte ich niemanden heiraten.«

Er wirkte erleichtert. »Dann ist ja alles gut!«

»Nichts ist gut, Leo. Ich werde Gabriel aus Liebe heiraten, nur damit du es weißt, und du kannst mir deswegen kein schlechtes Gewissen einreden.«

Seine Miene änderte sich; er stieß einen leisen Seufzer aus. »Du willst ihn wirklich heiraten?«

»Es wäre besser, wenn du jetzt gehst. Ich glaube, wir haben uns nichts mehr zu sagen«, ich spürte einen Stich in meinem Herz.

»Emma«, schaute er mich flehend an. »Ich wollte dich wirklich nicht verletzen. Ich will nicht, dass es so zwischen uns endet.«

»Ich auch nicht, aber manchmal nimmt das Leben einen anderen Lauf, und wir können es nicht ändern. Bitte geh jetzt!«

Er sah mich wehmütig an, bevor er noch irgendetwas sagen konnte, schrie ich fast: »Geh endlich!«, und mit der Hand zeigte ich in Richtung Tür.

Mit langsamen wankenden Schritten verließ er mein Haus und schloss die Tür hinter sich. Er hinterließ eine grenzenlose Leere in mir. Die Tränen rollten über meine Wangen. Ich verstand nicht, wieso er auf einmal so reagiert hatte. Er war doch mein bester Freund; er sollte sich eigentlich darüber freuen. Wieso tat er mir das an?

Ich wischte mir schnell die Tränen ab, als Gabriel an der Tür klingelte; mit einem Lächeln öffnete ich die Tür.

»Ich muss dich etwas fragen«, sagte ich. Wir setzten uns nebeneinander auf die Couch.

»Wieso willst du mich heiraten?«, fragte ich ganz leise.

Er sah mich verwirrt an. »Weil ich dich liebe und ich mir ein Leben ohne dich nicht mehr vorstellen kann. Wieso fragst du?«

»Ah nur so, ich dachte, du hast mir den Antrag nur wegen des Visums gemacht.«

»Wie kommst du denn da drauf? Ich habe vorher nicht gewusst, dass du Probleme mit deinem Visum hast, also wie kannst du nur so etwas denken?«

»Ich weiß nicht, es ist nur etwas verwirrend für mich.«

»Ich kann dich verstehen. Du konntest nicht ahnen, dass ich dir einen Heiratsantrag machen werde, nachdem ich dir seit längerer Zeit aus dem Weg gegangen bin. Seit Tagen trage ich diesen Ring bei mir; ich wollte dich die ganze Zeit fragen, aber ich hatte Angst. Ich hatte Angst davor, dass du nein sagen würdest. Ich hoffe, du hast es dir nicht anders überlegt!«

»Nein, Gabriel.«

Am nächsten Tag hatten wir Pathologie Prüfung. Ich war erleichtert, als sie zu Ende war.

»Ich habe bestanden«, schrie ich vor Glück, als ich Gabriel sah.

»Ich auch! Wir sind ein unschlagbares Team«, er hob mich hoch in seine Arme.

»Wir sehen uns später«, ich verließ das Schulgebäude. Ich rannte bis zum Grab meiner Mutter und konnte es nicht erwarten, ihr alle Neuigkeiten zu erzählen. »Hallo Mom, es tut mir leid, dass ich seit paar Tagen nicht bei dir war. Es ist so viel passiert. Aber ich werde dir nur die guten Neuigkeiten erzählen. Ich habe heute wieder eine Prüfung bestanden; es bleibt mir noch die Diplomprüfung, dann bin ich endlich fertig. Mom, du wirst mir nicht glauben, aber Gabriel hat mir einen Heiratsantrag gemacht, und ich habe JA gesagt, jedoch bin ich mir nicht mehr sicher. Mom, ich bin verzweifelt; ich wünschte mir, du wärst hier und könntest mir helfen. Ich vermisse dich so sehr. Du fehlst mir jeden Tag; ich habe niemanden, mit dem ich so richtig reden kann. Leo ist sauer auf mich, seit er von der Hochzeit erfahren hat. Er fehlt mir so sehr. Ich vermisse ihn; er ist noch immer in meinem Herz und wird dort auch für immer bleiben. Ich weiß einfach nicht, ob das wirklich die richtige Entscheidung ist, Gabriel zu heiraten. Bitte Mom, hilf mir!«

SOLANGE MEIN HERZ SCHLÄGT

Die Diplomprüfung war schon festgelegt; der Tag rückte immer näher und näher. Ich hatte viel um die Ohren. Gabriels Eltern wussten jetzt Bescheid über unsere Hochzeit und hatten es mit einem Schock überlebt. Mein passendes Hochzeitskleid hatte ich bis jetzt noch nicht gefunden, aber dafür hatten wir schon unsere Wohnung in Graz. Ich konnte es kaum erwarten, endlich mit Gabriel zusammen zu wohnen.

Meine Gedanken kreisten um Isabell. *Verdammt, ich habe sie noch nicht über meine Hochzeit informiert!*

Schnell nahm ich mein Handy und schrieb:»Hallo Isabell, ich hoffe, dir geht es gut! Halt dich fest! Traraaaa: Am 22.09. kannst du mich Frau Mayr nennen. Ich möchte, dass du meine Trauzeugin sein kannst, denn du bist die einzig wahre Freundin, die ich besitze. Ich hab dich lieb und hoffe auf eine positive Rückmeldung. Emma.«

Ganz angespannt wartete ich auf ihre Antwort; plötzlich piepste mein Handy:»Hey Süße, wow, kann es nicht glauben! Du hast den richtigen Code für den Typ wirklich geknackt, hahaha. Ich freue mich sehr für dich und wünschte mir von ganzem Herzen, deine Trauzeugin sein zu dürfen. Jedoch muss ich dich enttäuschen, denn die Beantragung für das Visum dauert sehr lange; ich würde es bis zu deiner Hochzeit nicht rechtzeitig schaffen. Sobald ich bei dir bin, werden wir natürlich die Feier nachholen. In Liebe Isabell.«

»Ich weiß, es ist kurzfristig, und der Termin lässt sich nicht verschieben. Ich freue mich auf ein baldiges Wiedersehen; natürlich holen wir alles nach. Kiss Emma.«

Als ich dabei war, mein Handy wegzulegen, klingelte das Telefon: Es war Leo. Er hatte mich einige Male angerufen, aber ich hatte keine Zeit, mich mit ihm über die Hochzeit zu streiten.

Verdammt, ich wollte, dass wenigstens einer von meinen besten Freunden bei meiner Hochzeit dabei ist. Als Leo das nächste Mal anrief, ging ich dran.

»Bitte leg nicht gleich auf Prinzessin«, hörte ich von der anderen Seite. »Es tut mir leid, dass ich so reagiert hatte. Es war falsch von mir; ich hoffe, du kannst mir verzeihen.«

Ich kämpfte mit meinen Gefühlen und wollte nicht, dass er es merkte, also sagte ich nichts.

»Prinzessin, bist du noch da?«, hörte ich seine besorgte Stimme.

»Ja, ich bin da.«

»Kannst du mir bitte verzeihen?«

»Ja, ich kann dir verzeihen, aber nur, wenn du mir versprichst, meine Brautjungfer zu sein. Isabell hat mir gerade den Laufpass gegeben, also?«

Stille.

»Leo, bist du noch da?«

»Ja, ich habe nur überlegt, welches Kleid ich anziehen soll.«

Ein Stein fiel mir vom Herzen. Ich hatte wieder meinen besten Freund, ich würde heiraten; es wäre alles in Ordnung.

»Ich glaube, pink würde dir gut stehen.«

»Ja, das habe ich mir fast gedacht.«

»Hast du Lust, zu mir zu kommen?«

»Ich dachte, du würdest mich das nie fragen. Mach die Tür auf!«

Ich stürmte zur Tür.

Die Zeit bis zu Diplomprüfung verging schnell. Aufgeregt ging ich in die Schule. Ich stand vor der Tür und wartete, bis ich aufgerufen wurde. Ich hatte eine panische Angst, dass ich es nicht schaffen würde. Mein Gehirn funktionierte nicht mehr. Es schien, als ob es zurzeit auf Stand-by war und sich nicht hochfahren ließ, denn ich wusste nicht einmal, wie ich heiße. Ich hoffte nur, dass ich den richtigen Schalter finden würde, bevor es ganz abstürzte. »Frau Kubat«, hörte ich eine Frau rufen, und mit einer Tachykardie trat ich ein.

Als ich nach fast einer Stunde wieder herauskam, machte ich mich gleich auf den Weg. Ich wollte nur noch eins, so schnell wie es möglich war, endlich bei meiner Mom sein. Als ich den Grabstein erreichte, legte ich die Blumen, die ich ihr auf dem Weg gekauft hatte, auf das Grab.

»Hallo Mom! Ich habe heute meine Diplomprüfung geschafft und wollte, dass du es als Erste erfährst. Ich bin mir sicher, dass du heute auf mich stolz sein würdest. Ich wäre ohne deine Hilfe nie so weit gekommen; ich bin dir so dankbar, dass du mir dies ermöglichen konntest. Morgen Abend haben wir die Diplomverleihung; alle werden mit der Familie kommen. Ich wünschte, du wärst da und könntest mich begleiten. Mom, ich vermisse dich so sehr!« Eine Tränenflut überkam mich. »Ah, Mom bevor ich es vergesse, ich spiele in der letzten Zeit an deinem Piano; es macht mir wirklich Spaß. Ich hatte schon einige Lieder selbst komponiert. Das beruhigt mich und verleiht mir neue Kraft. Erst jetzt habe ich verstanden, was du die ganze Zeit beim Spielen gefühlt hast. Ich danke dir, Mom. Ich liebe dich; wir sehen uns morgen wieder.«

Als ich nach Hause kam, stand ein Paket vor meiner Tür. Ich nahm es und trat ins Haus. Es war für mich, aber ich hatte keine Ahnung, von wem es war.

Neugierig öffnete ich das Paket und war überrascht. Darin fand ich eine Halskette mit passenden Ohrringen dazu. Die Kette war atemberaubend schön. Es war eine sehr elegante Kette mit silbernen Blumen, die kleinen Blütenblätter waren mit glänzenden Diamanten versehen. Ich fand einen Brief und öffnete ihn. Als ich den Text durchlas, liefen mir die Tränen in Strömen.

»Mein liebster Schatz,

ich gratuliere dir zu deinem Diplomabschluss; ich bin so stolz auf dich. Ich hatte gewusst, dass du es schaffen wirst, denn du bist mein starkes und ehrgeiziges Mädchen. Was immer du dir wünschst, wirst du nur dann erreichen können, indem du an dich glaubst und hart dafür kämpfst. Vergiss nicht, du darfst den Glauben an dich selbst nie verlieren, und zweifle nie daran, dass du nicht gut genug bist. Solange du deinem Herzen folgst, wirst du immer die richtige Entscheidung treffen können und überlege nicht zu lange, sondern handele gleich. Nur so wirst du dein Ziel im Leben erreichen können. Ich wünsche dir alles Gute für deine Zukunft; ganz egal, wie du dich entscheidest, ich bin immer auf deiner Seite und werde immer stolz auf dich sein.

Ich liebe dich und bin immer bei dir.

Mom.

PS: Das Geschenk ist für deinen Abschlussball. Ich hoffe, es gefällt dir. Ich wünsche dir viel Spaß und lass es krachen!!!«

»Ich danke dir Mom!«, sagte ich laut.

Ich konnte das nicht glauben. Das war doch unmöglich. Wie hatte sie das nur geschafft. Ich fühlte, wie mein Herz innerlich blutete, es tat so weh. *Ich vermisse dich so sehr Mom; ich wünschte, du wärst bei mir. Mom, bitte komm zurück zu mir, ich brauche dich. Ich kann nicht ohne dich leben.* Ich zitterte am ganzen Körper und ließ mich zu Boden sinken.

Ich wusste nicht, wie lange ich so am Boden weinend lag, als ich Gabriels besorgte Stimme hörte:»Oh mein Gott, Emma, was ist passiert?«, aber als keine Reaktion von mir kam, nahm er den Brief und las ihn durch.

Ganz vorsichtig nahm er mich in seine Arme und hielt mich fest, bis ich mich beruhigt hatte.

Ich las wieder jedes einzelne Wort und blieb bei dem Satz stehen:»Solange du deinem Herz folgst, wirst du immer die richtige Entscheidung treffen, und überlege nicht zu lang, sondern handle gleich.«

»Emma vielleicht solltest du den Brief nicht mehr lesen, solange du dich nicht beruhigst.«

»Ich kann mir ein Leben ohne dich nicht mehr vorstellen«, wiederholte ich leise und schaute in Gabriels verwirrtes Gesicht.

Erst jetzt wurde mir klar, wieso ich so unsicher gewesen war.

Ein langes Leben ohne den geliebten Menschen auf der eigenen Seite zu haben, ist nichts wert. Auch wenn der geliebte Mensch dich nicht so liebt und du ihn nie haben wirst, ist es doch kein Grund, jemanden zu heiraten, der dich abgöttisch liebt und du ihn nicht. Ich kann ihm nicht weh tun. Er hat es verdient, glücklich zu sein und jemanden an seiner Seite zu haben, der ihn so lieben wird, wie ich Leo liebe.

»Emma, was soll ich tun, damit es dir besser geht?«

Ich war nicht fähig, zu reden, also schüttelte ich nur mit dem Kopf.

Er nahm mich in seine Arme und versuchte, mich liebevoll zu trösten, aber die Tränen brachen sich wie ein Wasserfall ihre Bahn. Ich fühlte mich so schlecht.

Er tröstete mich, und ich würde ihm seinen Verlobungsring zurückgeben. *Das hat er nicht verdient. Ich kann das nicht tun. Ich werde ihn heiraten. Ja, das werde ich tun.*

Meine Gefühle fuhren Achterbahn und machten die Entscheidung noch schwerer.

Das Klingeln des Telefons riss mich aus meinen Gedanken; als ich auf dem Display sah, dass es Leo war, legte ich das Handy zu Boden und ließ es weiter klingeln. Vielleicht war das ein Zeichen!

»Willst du nicht rangehen?«, fragte Gabriel erstaunt.

Ich kämpfte noch immer mit meinen Tränen: »Nein!«

Er guckte mich konfus an. »Du willst nicht rangehen, obwohl er der einzige Mensch ist, der dir gerade jetzt helfen könnte. Ich hatte nie so einen Draht zu dir, er war der Einzige, der dir in deinen schwierigen Momenten wirklich half, nicht ich, und du willst jetzt nicht rangehen. Ich verstehe dich nicht.«

»Ich habe keine Lust, mit ihm zu reden«, schrie ich.

Er musterte mich, dann stöhnte er voller Qual: »Du weinst seinetwegen, nicht wahr?«

In dem Moment war ich mir nicht sicher, was ich ihm sagen sollte, also schwieg ich.

»Du liebst ihn noch immer, nicht wahr? Herr Gott, Emma, rede mit mir!«

»Ja, ich liebe ihn, es tut mir so leid, Gabriel. Ich habe wirklich die ganze Zeit versucht, ihn nicht zu lieben, aber ich würde dich anlügen, wenn ich dir jetzt sage, dass ich dich mehr liebe, als ihn. Ich kann dich nicht heiraten«, sagte ich mit zittriger Stimme.

Sein Gesicht verkrampfte sich; ich wusste, wie sehr ihn meine Worte schmerzten »Ich liebe dich Emma, und ich werde dich immer lieben solange mein Herz schlägt. Ich kann verstehen, dass du jetzt so handelst, damit will ich nicht sagen, dass es mir gefällt, aber ... Ich muss damit leben.« Er zögerte, ehe er weitersprach: »Ich hoffe, du wirst uns eines Tages eine Chance geben können, und ich werde so lange auf dich warten. Ich werde dich nie aufgeben.« Seine Worte trafen mich direkt ins Herz. Wieso musste er so gut zu mir sein? Wieso konnte er mich nicht hassen und mich beschimpfen? Dann würde ich mich besser fühlen. »Du hast etwas Besseres verdient«, ich gab ihm den Ring.

Aber er nahm ihn nicht. »Du kannst den Ring behalten. Du bist die erste und die letzte Frau, der ich einen Heiratsantrag gemacht habe. Ich werde ihn nicht mehr brauchen, also kannst du ihn behalten.«

»Wieso sagst du so etwas?«

»Weil es die Wahrheit ist!«, seine Stimme klang wehmütig. Ich fühlte mich elend. Ich haderte mit mir, ob das wirklich eine richtige Entscheidung war. Er war doch das Beste, was mir je passiert war!

»Ich gehe lieber«, er gab mir einen letzten Kuss auf die Stirn, schloss die Tür hinter sich.

Ein stürmisches Läuten an der Tür weckte mich am nächsten Morgen.

»Prinzessin, wieso gehst du nicht ran?«, schimpfte Leo, als ich die Tür öffnete; erst, als er mein verweintes Gesicht und meine geschwollenen Lider bemerkte, fragte er besorgt: »Prinzessin, was ist passiert?«

»Wir haben uns getrennt!«

»Ich werde diesem aufgeblasenen Sexgott gleich zeigen, wo es langgeht!«

Hatte er Gabriel wirklich »Sexgott« genannt? Am liebsten hätte ich über diesen neuen Spitzname gelacht, aber der Schmerz war zu unerträglich. Ich ahnte, wie wütend Leo sein musste, um ihn so zu titulieren.

»Wie konnte er dich nur so verletzen? Glaubt er, dass er mit seinem Geld alles tun kann?«

Ich bekam Angst. »Bitte Leo, beruhige dich! Es war nicht seine Entscheidung.«

»Prinzessin, wieso verteidigst du ihn noch?«

»Ich verteidige ihn nicht, schließlich war ich diejenige, die es beendet hat, und trotz allem, was ich ihm angetan habe, war er liebevoll zu mir. Ich bin diejenige, die es verdient, angeschrien zu werden.«

»Jetzt gibst du dir noch die Schuld dafür, ich fasse es nicht!«, er ging zur Tür.

»Wohin gehst du?«, fragte ich ihn ängstlich.

»Zu Gabriel, er kommt nicht unbeschadet aus dieser Sache heraus!«

Erst jetzt wurde mir klar, dass er alles, was er sagte, auch so meinte.

»Leo, bleib bei mir!«

»Ich werde gleich zu dir kommen, sobald ich mit Gabriel fertig bin.«

»Leo, bitte tu das nicht! Ich brauche dich wirklich. Kannst du nicht bei mir bleiben und mich einfach festhalten. Bitte Leo!«

»Aber ich werde die Sache mit ihm klären, nur dass du es weißt.«

»Da gibt es nichts zu klären, er hat mir nicht wehgetan, sondern ich ihm.« Er sah mich noch immer unglaubwürdig an. »Du glaubst mir wohl nicht?«

Aber er antwortete nicht.

Den ganzen Vormittag verbrachte Leo bei mir; wir versuchten, eine Lösung für mein Visum zu finden. Zum Glück hatte sich Leos Wut über Gabriel im Laufe des Tages aufgelöst; ich wollte nur noch am liebsten schlafen gehen und ganz alleine sein.

»Ich hole dich am Abend ab.«

»Du holst mich ab? Wohin gehen wir?«

»Die Diplomverleihung, klingelt es jetzt bei dir?«

»Ah das, da geh ich aber nicht hin.«

»Wie, du gehst nicht hin? Prinzessin, du musst heute zur Diplomverleihung.«

»Wieso? Die können mir mein Diplom per Post schicken oder ich hole es irgendwann selbst ab.«

Leo blieb hartnäckig, bis ich ihm endlich versprach, zur Diplomverleihung zu gehen.

Am Abend war ich froh, dass er mich doch überredet und sich selbst angeboten hatte, mit mir zu gehen.

Als wir dort ankamen, gab es eine Überraschung: Norah wartete auf uns.

Als ich sie sah, sprang ich vor Glück in ihre Arme. »Norah, wieso hast du nicht gesagt, dass du kommst?«

»Hätte ich es dir gesagt, wäre es keine Überraschung.«

»Oh, ich bin so froh, dass du da bist! Ich hätte nie gedacht, dass du kommst.«

»Oh Emma, wieso sollte ich denn die Diplomverleihung meiner einzigen Tochter verpassen.«

Ich spürte den Schmerz in meiner Brust. Für Norah war

ich immer wie eine Tochter; ich liebte sie auch.

Ich war so dankbar, dass ich Leo und Norah während der Feierlichkeiten um mich herum hatte.

Gabriel traf ich nur kurz, aber es war lang genug, um zu sehen, wie tief verletzt er war.

Da Leo ihm die ganze Zeit böse Blicke zuwarf, traute er sich nicht, mich anzusprechen. Es war schmerzhaft, ihn so leiden zu sehen.

Ich war ein schlechter Mensch. Ich tat den Menschen am meisten weh, die mich liebten; ich hasste mich dafür.

Die Tage nach der Diplomfeier verbrachte ich meistens mit Arbeitssuche, aber wie sich herausstellte war es alles andere als einfach. Ich brauchte wieder eine Arbeitsbewilligung, und die meisten Krankenhäuser hatten eine viel zu große Auswahl, da jetzt alle mit der Schule fertig waren.

Um mich abzulenken, setzte ich mich vor das Klavier und spielte, als ich es an der Tür klingeln hörte.

Ich stand auf und öffnete die Tür. »Mensch Leo, wie siehst du denn aus? Gehst du auf eine Hochzeit?«

»Nein Prinzessin, wir besuchen den Abschlussball.«

»Abschlussball?« Den hatte ich total verdrängt.

»Das kannst du vergessen, Leo.«

»Wie du willst nicht?! Du hast es immer bereut, dass du schon einmal deinen Abschlussball in Split verpasst hast. Und jetzt willst du mir sagen, dass du freiwillig nicht gehen wirst. Ist es wegen Gabriel?«

»Nein!«

»Und wieso dann? Brauchst du einen Begleiter, wenn ja, dann steht er vor dir?«

»Oh Mann, Leo, du kannst nerven!«, ich verdrehte die Augen.

»Ich werde dich so lang quälen, bis du endlich kommst. Also Prinzessin, es wäre besser, wenn du dich gleich anziehst und dir die Quälerei ersparst.«

»Leo, auch wenn ich will, ich habe nichts zum Anziehen.«

»Ha, dass ich nicht lache! Du hast nichts zum Anziehen?

Was Besseres ist dir nicht eingefallen? Geh lieber und such dir selbst etwas in deinem Schrank aus, bevor ich mir etwas für dich aussuche.«

Ich wusste, dass er nicht aufgeben würde, also ging ich in mein Zimmer und schminkte mich zuerst. Danach suchte ich mir etwas Passendes zum Anziehen. Ich stöberte durch meinen Kleiderschrank und entdeckte dieses traumhafte Kleid. Das Kleid, das mir Gabriel geschenkt hatte; ich spürte den Schmerz in meiner Brust. Ich konnte das nicht anziehen, was würde er denken, wenn ich in diesem Kleid aufkreuzte.

»Prinzessin, bist du schon fertig? Wenn du noch nichts gefunden hast, komme ich zu dir.«

Oh Gott, was sollte ich jetzt tun?

»Wir müssen los, sonst werden wir zu spät kommen.«

»Ich komme gleich«, ohne nachzudenken, zog ich mir das Kleid an und nahm die Halskette und Ohrringe von meiner Mom und ging zu Leo.

»Wow Prinzessin, du bist so hübsch!«, sagte er verblüfft. »Du siehst bezaubernd aus, und du hast behauptet, du hättest nichts zum Anziehen. Woher hast du denn dieses Kleid gezaubert?«

»Ah, ist eine lange Geschichte…«

Als wir ankamen, war die Party schon in Gange.

»Hey Emma!«, hörte ich Johanna rufen; kaum hatte ich mich umgedreht, zog sie mich zu sich, und ich befand mich mitten drinnen zwischen meinen Schulkollegen.

Nachdem ich mich mit meinen Klassenkameraden kurz unterhalten hatte, suchten wir uns einen Platz.

Gabriel konnte ich nicht entdecken. Vielleicht war er schon weg. Irgendwie vermisste ich ihn, aber es war nicht so, wie ich damals Leo vermisst hatte.

Der Schmerz war nicht vergleichbar.

»Gehen wir tanzen?«, schlug Leo vor. Er legte seinen Arm um meine Taille und führte mich auf die Tanzfläche.

Die Musik war laut, sodass ich nur vereinzelt hören konnte, was er sprach.

»Prinzessin, ich habe gestern …. Barbara und ich …«

Ich tat so, als ob ich ihn verstanden hätte und nickte nur mit dem Kopf.

Er schaute mich überrascht an: »Und du hast nichts zu sagen?«

Ich hatte keine Ahnung, wovon er sprach.

Ich ließ meinen Kopf auf seine Brust sinken und spürte, wie er mich fester an sich drückte und mir einen Kuss auf den Kopf gab. Ich wusste nicht, wieso er das tat, aber ich genoss es.

Als die Musik zu Ende war, bemerkte ich, dass Gabriel uns beobachtete.

Er stand ganz alleine da; sein Gesicht war schmerzerfüllt. Oh Gott der Arme! Was hatte ich nur getan! Er wirkte elend. Seine immer top gestylten Haare waren verwuschelt; er hatte sich seit Tagen nicht rasiert.

»Prinzessin, ich muss nur schnell auf die Toilette, kommst du alleine zurecht?«

»Leo, ich kann schon alleine auf mich aufpassen, während du weg bist«, ich verdrehte die Augen.

Als Leo weg war, spürte ich Gabriels Hand auf meiner Schulter. »Emma, kann ich dich kurz sprechen?«

»Natürlich.«

»Emma, ich will nicht, dass wir uns so trennen. Ich liebe dich; wenn du nicht willst, dass wir gleich heiraten, müssen wir das auch nicht tun. Bitte komm mit mir in unsere Wohnung nach Graz.«

Seine Worte schnürten mir die Kehle zu. Ich wollte ihn nicht wieder verletzen; es tat mir weh, ihn leiden zu sehen. *Verdammt wieso gibt es kein Wörterbuch mit den passenden Vokabeln dafür!*

»Bitte ignorier mich nicht, und behandle mich nicht so, als ob ich Luft für dich wäre.«

»Gabriel, ich wollte dir nicht weh tun, sowie ich dich jetzt auch nicht verletzen möchte, aber ich kann nicht mitkommen. Du hast jemanden Besseren verdient, der dich von ganzem

Herzen liebt, und das bin ich leider nicht. Auch wenn ich es die ganze Zeit versucht habe…«

Da hörte ich auf einmal Leos wütende Stimme:»Was tust du bei ihr?!«

»Leo, bitte, reiß dich zusammen!« Im letzten Moment konnte ich ihn davon abhalten, Gabriel zu ohrfeigen.

Ich schaute Gabriel erst an und sagte:»Es tut mir leid, aber es wäre besser, wenn du jetzt gehst.«

Sein Blick war schmerzerfüllt, eine Sekunde lang guckte er mich nur an und dann sagte er:»Ich werde dich immer lieben, so lange mein Herz schlägt. Vergiss das nie!«, und ging nach draußen.

Als er weg war, brüllte ich Leo wütend an:»Was hast du dir dabei gedacht? Wolltest du ihn wirklich beim Diplomball verprügeln?«

»Ich wollte dir den Abend nicht vermasseln.«

»Aber das hast du getan!«

»Als ich ihn bei dir sah, dachte ich …«

»Was dachtest du? Dass ich selbst nicht in der Lage bin, die Sache zu regeln? Mann Leo, ich kann mich doch selbst um mich kümmern.«

»Ich weiß Prinzessin, aber ich wollte dich nur beschützen. Ich wollte nicht, dass er dir wieder wehtut.«

»Er hat mir nicht weh getan, sondern ich ihm. Wann geht das in deinen leeren Schädel hinein? Außerdem kannst du mich nicht dauernd beschützen. Leo, du bist kein Supermann, oder glaubst du, dass du jedes Mal, wenn ich vor einer Gefahr stehe, gleich her fliegen kannst.«

»Nein ich bin kein Supermann. Ich bin ein Batman«, er grinste mich an.»Baaatmaaaaaan«, fing er zu singen an, und ich musste lachen.

»Na Batman, jetzt sieh zu, wie du mich nach Hause bringen kannst.«

Als meine Wut verraucht war, fragte ich ihn:»Bist du schon fertig mit dem Einpacken?«

»Nicht ganz.«

»Ich werde dir morgen helfen.«

»Das brauchst du nicht, das werde ich alleine schaffen. Ich hoffe nur, du kommst morgen zum Abendessen.«

»Natürlich komme ich. Es ist unser letzter Abend, bevor du wieder nach Wien gehst. Mann, ich bin so stolz auf dich, dass du eine Zulassung für das Kunststudium bekommen hast! Ich werde dich vermissen.«

Er nahm meine Hand. »Ich kann auch hier bleiben, wenn du willst.«

»Das kommt nicht infrage!«

»Wieso kommst du nicht mit? Norah würde sich freuen.«

»Ich muss mich zuerst um mein Visum kümmern, dann komme ich vielleicht.«

»Hast du schon irgendeine Lösung für dein Visum?«

»Noch nicht, aber ich habe noch drei Monate Zeit. Mir wird schon irgendetwas einfallen.« Als wir vor meinem Haus standen, verabschiedeten wir uns, und er gab mir einen Kuss auf die Wange.

»Gute Nacht, Prinzessin, schlaf gut.«

»Gute Nacht, Pferdchen.«

Als ich mich ins Bett legte, musste ich an Leo denken und war erstaunt, nach allem, was heute Abend passiert war, dass meine Gedanken nur um ihn kreisten. Gabriel fehlte mir auch, aber Leo ... Leo war etwas Besonderes. Es war mein Leo, und ich liebte ihn noch immer. Ich würde ihn so lange lieben, bis mein Herz aufhörte, zu schlagen.

DAS ZERBROCHENE GLAS

Am nächsten Tag stand ich ziemlich spät auf. Den Tag verbrachte ich zu Hause. Endlich hatte ich Zeit, das Haus zu putzen. Als ich fertig war, zog ich mich an und ging zu Leo. Es war schon dunkel, als ich vor seiner Wohnung stand. Ich war so aufgeregt, wie beim ersten Date. Es war unser letztes gemeinsames Essen. Wir zwei ganz alleine. Als er mir die Tür öffnete, sah ich an seinem Gesicht, dass er auch aufgeregt war. Ich fragte mich, warum. Es war doch nicht das erste Mal, dass wir gemeinsam alleine waren. Als ich die Wohnung betrat, staunte ich: Es war dunkel; überall waren Kerzen angezündet; der Boden war mit Rosenblättern bestreut.

Unsicher schlenderte ich über den Rosenteppich. »Leo, kommt Barbara zu dir?«, fragte ich und spürte einen Stich in meinem Magen.

»Nein, wie kommst du darauf?«

»Vielleicht jemand anders? Du kannst es mir ruhig sagen. Du weißt ja, ich werde nicht böse sein. Wir können unser Treffen auf morgen verschieben, bevor du wegfährst.«

»Emma!«, schrie er böse. »Wie kommst du darauf, dass ich jemanden anderen erwarte? Und besonders jetzt an unserem letzten Abend.«

Jetzt war ich noch aufgeregter. Mein Herz klopfte wie wild. Ich fragte mich, was er vorhatte. Durch den Kopf gingen mir alle Möglichkeiten. Geburtstag hatte keiner von uns. Dann versuchte ich mich daran zur erinnern, wann wir uns das erste Mal gesehen hatten. Oder ich rief mir unser erstes Date in den Sinn, obwohl dies keine Bedeutung mehr hatte, da er schon länger mit Barbara zusammen war. Ich fand keine Antwort.

»Prinzessin, wieso bist du so ruhig heute Abend?«

»Äh ... ich ..., ich habe nachgedacht«, rutschte es mir heraus. Ich biss mir auf die Lippen vor Wut.

»Worüber?«

Ah, was soll's? Es ist mein Leo!

»Ich habe gegrübelt, wieso du es so schön und so romantisch dekoriert hast?«

»Das wirst du rechtzeitig erfahren.«

Nach dem Essen ging ich in sein Schlafzimmer und wollte ihm beim Packen helfen, da er bis jetzt noch nicht fertig war. Währenddessen bereitete er uns das Dessert vor. Als ich sein Zimmer betrat, staunte ich. Überall lagen Klamotten verstreut; es waren keine Umzugskartons zu sehen.

Was hatte er die ganze Zeit getan? Eigentlich sollte er schon fast fertig sein. Typisch Mann!

Während ich seine Sachen in die Umzugskartons packte, entdeckte ich eine Mappe mit der Überschrift »FOREVER TOGETHER«. Ich legte sie in den Umzugskarton, aber die Neugier war so groß, dass ich sie wieder auspackte. Mit zittrigen Händen öffnete ich die Mappe. Als ich den Inhalt sah, konnte ich es einfach nicht glauben. Jedes einzelne Stück darin, weckte in mir Erinnerungen.

Ich liebte ihn so sehr und hatte nur seinetwegen mit Gabriel Schluss gemacht, aber ich würde seine Liebe nie mehr haben, denn er war mit Barbara zusammen; so sollte es auch sein. Wenigstens war einer von uns glücklich.

Ich hatte nicht bemerkt, dass sich die Tränen in meinen Augen gesammelt hatten und mir über die Wange liefen, als eine Träne auf das Papier tropfte. Vorsichtig wischte ich sie weg.

Ich war so verblüfft, dass ich ihn nicht kommen hörte. »Prinzessin, das Dessert ist fertig.« Als er mich mit der Mappe sah, verfärbte sich sein Gesicht. Da bemerkte er mein verweintes Gesicht. »Prinzessin, ich wollte dich damit nicht verletzen.«

Er setzte sich neben mich. Nervös fuhr er sich mit den Händen durch die Haare. »Ich wollte es dir sagen, aber ich

habe immer auf den richtigen Zeitpunkt gewartet.«
»Anscheinend hast du bis jetzt noch keinen richtigen Zeitpunkt gefunden.«

Seufzend senkte er den Blick. »Schade, dass du es auf diese Art erfahren musstest!«, bedauerte er.

Es quälte ihn sichtlich. Das hatte ich nicht gewollt. Er hatte ja nichts verbrochen, indem er mich gemalt hatte. Jedes Bild von unseren glücklichsten Momenten befand sich in der Mappe. Sie waren so real, wie das Portrait von mir, das er damals gemalt hatte. »Pferdchen, die Bilder sind fabelhaft, sodass man sie förmlich fühlen kann. Wann hast du sie gemalt?«

Sein Blick wurde weicher. »Als du geschlafen hast oder durch irgendetwas abgelenkt warst. Ansonsten hatte ich mir jedes einzelne Bild von dir in meinem Kopf genau eingeprägt. Wenn ich alleine war, habe ich gemalt.« »Bekomme ich eines als Entschädigung?«, fragte ich ihn grinsend.

»Eigentlich wollte ich dir eins von den Bildern schon vor zwei Jahren zu deinem Geburtstag schenken, aber leider ...«

»Psst, sag jetzt nichts!«, sagte ich. Es war damals gewesen, als wir uns getrennt hatten, kurz vor meinem Geburtstag; an diesen schrecklichen Moment wollte ich nicht mehr denken.

Er nahm ein Bild aus der Mappe und gab mir noch einen Brief mit. »Alles Gute zum Geburtstag nachträglich!«

»Danke Pferdchen«, ich küsste ihn auf die Wange. »Darf ich den Brief gleich aufmachen?«

»Ich glaube, es ist egal, was ich sage, wie ich dich kenne, wirst du es gleich aufmachen. Aber tu mir bitte wenigstens einen Gefallen, gehen wir wieder in die Küche, das Dessert wird kalt!«

Ich folgte ihm neugierig. Zum Dessert gab es einen warmen Schokokuchen und mittlerweile geschmolzenes Vanilleeis. Nach dem Essen öffnete ich den Umschlag. Es befanden sich eine Karte und ein Brief darin.

Ich öffnete die Karte zuerst und las:

»Liebe Prinzessin,
ich wünsche dir alles Gute zum Geburtstag!!!
Dein bester Freund
Pferdchen.«
Dann las ich den Brief:

»FOREVER TOGETHER
Forever Together
sind die Worte unserer Jugend,
die Worte, die uns viel sagen
und die uns viel bedeuten.
Auch wenn du alt wirst, sind sie unsterblich.
Und wenn du durch Erinnerungen blätterst
von uns zwei.
Denk an die wunderschöne Zeit,
Tränen der Liebe und warme Worte der Ermutigung.
Uns zwei, als ob etwas durch uns fließt.
Ein Gewinde des Schicksals.
Weil das Schicksal es so wollte.
Dass wir zusammen leben und dass wir einander haben.
Um Freude und Trauer zu teilen.
Zu lieben und nie zu vergessen.
Liebe und erinnere dich!!!
FOREVER TOGETHER
Dein Pferdchen.«

Als ich fertig war, kam er zu mir und guckte mich mit seinen bezaubernden blauen Augen an.

Meine Kehle war wie zugeschnürt; ich brachte kein einziges Wort heraus.

Er umarmte mich; ich roch wieder meinen Lieblingsduft. Es fühlte sich so gut an, wieder in seinen Armen zu liegen und diesen unwiderstehlichen Duft zu riechen. Ich spürte, wie mir die Tränen in die Augen hochstiegen und langsam über meine Wangen hinunter rollten, wie die kalten Regentropfen, die vom Himmel fielen. Er zuckte zusammen, als er sie auf seiner Haut spürte. Ich vergrub mein Gesicht an seiner Brust und weinte haltlos. Ich bebte so stark, dass er mich festhalten musste.

Er ließ mich weinen und streichelte beruhigend meinen Rücken. »Prinzessin, alles wird gut werden.«

Ich wendete meinen Blick zu ihm. Er sah mich liebevoll an und sein Blick verriet mir, dass er fest davon überzeugt war, alles würde sich zum Guten wenden, aber ich war anderer Meinung. Es war nichts mehr wie früher; es würde nie mehr so sein, dessen war ich mir sicher. Ich liebte ihn noch immer, aber das durfte ich ihm nicht sagen, ich hatte es Barbara versprochen. Und das Schlimmste war, dass er morgen ging und ich ihn vielleicht nie wieder sah.

Auf einmal machte er einen Schritt zurück, kniete sich vor mich hin und holte eine kleine Schachtel aus seiner Tasche. War das ein Déjà-vu? Wieso tat er das? Er war doch mit Barbara zusammen. Vielleicht probte er das mit mir für Barbara.

Er öffnete die Schachtel und hielt mir einen Ring entgegen. »Prinzessin, willst du mich heiraten?«, er steckte mir den Ring an den Ringfinger.

Als ich den Ring betrachtete, war ich wie gelähmt. Es war mein Ring. »Wo... Woher hast du den Ring?«, fragte ich verwirrt.

»Von demselben Juwelier, dem du ihn verkauft hattest.«

Ich war erstaunt. »Aber er war sehr teuer, woher hattest du so viel Geld?«

»Prinzessin, du hast meine Frage noch nicht beantwortet.«

Am liebsten wollte ich ihn küssen und ›ja‹ sagen, aber dann dachte ich wieder an Barbara und wurde wütend.

»Leo, findest du nicht, dass es gerade ein falscher Moment ist, um mich so etwas zu fragen.«

»Emma, ich versteh dich nicht, ich dachte, dass du für Gabriel nichts empfindest ...«

»Es hat nichts mit Gabriel zu tun, sondern mit dir. Machst du das nur aus Mitleid oder aus schlechtem Gewissen, wegen meiner jetzigen Situation?«

»Verdammt Emma, was ist plötzlich los mit dir? Ich frage dich nicht aus Mitleid, sondern weil ich dich liebe und ich den Rest meines Leben mit dir verbringen will.«

Ich war völlig überfordert und schlug genervt mit beiden Händen auf die Schenkel. Ich liebte ihn so sehr, aber ich konnte nicht zulassen, dass er mich aus Mitleid heiratete. Er machte sich wahrscheinlich Sorgen um mich und jetzt bot er sich freiwillig an, mich zu heiraten. Wenn er mich heiraten würde, würde ich das Visum bekommen. Aber er wäre nie glücklich. *Ich kann ihm das einfach nicht antun. Ich habe so oft Menschen, die ich liebte, verletzt; ihn werde ich dieses Mal nicht verletzen.*

»Leo, ich kann dich nicht heiraten.«

Sein gequältes Gesicht verriet mir, wie sehr ich ihn damit verletzt hatte. Als ich dabei war, ihm den Ring zurückzugeben, starrte er mich wütend an. »Hasst du mich so sehr, dass du nicht einmal deinen eigenen Ring tragen kannst? Oder war Gabriels Ring besser, sodass du ihn gleich behalten hast.«

Ich spürte, wie mein Herz in tausend Stücke brach; die Tränen strömten mir über die Wange. »Leo, ich, ich … Ich hasse dich nicht, aber ich habe den Ring nicht verdient.«

»Es ist dein Ring; ich habe ihn für dich gekauft, also kannst du ihn behalten, wenn du willst«, sagte er ganz außer sich.

»Ich würde ihn gern behalten«, erklärte ich ganz leise.

»Na dann ist alles gut, wenn du mich jetzt bitte entschuldigst, ich muss noch meine Sachen packen.«

»Leo, bitte lass uns darüber reden!«

»Es wäre reine Zeitverschwendung; ich habe meine Zeit zu oft mit dir verschwendet. Du hast schon alles gesagt, es gibt nichts mehr, worüber wir noch reden sollten. Also es wäre nett, wenn du jetzt gehst.«

Ich war erstaunt, ich konnte nicht glauben, dass diese Worte aus Leos Mund stammten. Wieso hasste er mich auf einmal? Ich sah ihn das letzte Mal an und verließ weinend seine Wohnung. Was war los mit ihm? Hatte er das mit dem Heiratsantrag wirklich ernst gemeint? Was war mit Barbara? Als ich nach Hause kam, legte ich mich gleich ins Bett. Nach kurzer Zeit war mein ganzer Polster mit Tränen bedeckt. Immer wieder gingen mir seine Worte durch den Kopf:»Es wäre reine Zeitverschwendung; ich habe meine Zeit zu oft mit dir verschwendet.«

Ich bin für ihn eine reine Zeitverschwendung! Es fühlte sich so an, als hätte mein Herz in dem Moment zu schlagen aufgehört und wäre in tausend Stücke zerbrochen.

Ich liebte ihn so sehr, aber wieder hatte ich ihn verletzt. Dieses Mal würde er mir nie wieder verzeihen.

Was sollte ich jetzt machen? Jetzt hatte ich niemanden mehr. Ich hatte alle, die ich am meisten liebte, verloren. Der Schmerz wurde von Sekunde zu Sekunde schlimmer; es tat höllisch weh.

Ich schrie laut vor mich hin:»Neeeeiiiiiin, ich hasse mein beschissenes Leben.«

Erst in der Früh schlief ich vor Erschöpfung ein. Ich wurde von einem lauten ununterbrochenen Klingeln geweckt. Zuerst dachte ich, es sei jemand an der Tür, aber dann realisierte ich, dass es mein Handy war. Mit halb geöffneten Augen tastete ich auf dem Boden, um es zu finden.

Ich kniff die Augen fest zusammen, als das grelle Licht einen hellen Streifen in das Zimmer warf. Ich nahm das Handy und erkannte auf dem Display, dass es Barbara war. Wieso rief sie mich an?

»Hallo Barbara«, sagte ich verschlafen.

Von der anderen Seite hörte ich eine wütende Stimme.

»Wie kannst du so etwas tun, du dumme egoistische Kuh! Es war dir nicht genug, mit ihm einmal zusammen zu sein und ihn dann so abblitzen zu lassen, sondern du musstest ihn mir auch noch wegnehmen. Was bist du nur für ein Mensch?«, schrie sie weiter.

Ich war wie gelähmt, ich wusste nicht, was sie damit meinte. Wieso war sie so wütend auf mich?

»Du verlogenes Miststück, hast alles gut geplant. Zuerst spielst du die verletzte beste Freundin, nur damit du an ihn rankommst; ich war so dumm und hätte dir alles geglaubt. Und jetzt willst du ihn noch heiraten.«»Heiraten!«, erwiderte ich überrascht. »Barbara, du hast etwas missverstanden. Ich werde Leo nicht heiraten.«

»Ah erzähl das jemandem anderen! Ich hatte gestern bei ihm einen Ring gesehen. Er hatte ihn für dich gekauft. Für dich, Emma!!!«

»Barbara, bitte beruhige dich! Ich werde Leo nicht heiraten.«

»Du wirst ihn nicht heiraten?«, wiederholte sie ungläubig.

»Nein, Barbara, ich habe es dir versprochen. Ich habe gestern seinen Heiratsantrag deinetwegen abgelehnt. Ich würde dir so etwas nie antun. Wie kommst du nur auf so eine Idee?«

Auf der anderen Seite hörte ich eine weinende Stimme.

»Er hatte vor ein paar Tagen mit mir Schluss gemacht. Zuerst dachte ich, dass er sich Sorgen um unsere Beziehung macht und nur eine kurze Pause braucht, wegen des Umzugs, aber als ich gestern meine Sachen aus seiner Wohnung holte, entdeckte ich den Ring. Ich war so glücklich, ich dachte, er hätte es sich anders überlegt. Aber dann habe ich den wirklichen Grund für unsere Trennung erfahren. Er liebt dich. Er schaute dich immer so verliebt an; jedes Mal, wenn er dich sah, strahlten seine Augen. Mich hat er noch nie so angesehen.«

Ich spürte einen Stich in meinem Herz.

»Emma, ich habe dich so gehasst, weil er nur dich liebte, aber jetzt weiß ich, dass man die Liebe nicht erzwingen kann. Er hat mir gleich am Anfang gesagt, dass er dich liebt und dass du für ihn immer die Liebe seines Lebens sein wirst, aber ich habe es ihm nicht geglaubt. Du warst doch mit Gabriel glücklich zusammen; ich dachte, er würde dich irgendwann vergessen. Aber da lag ich falsch«, sagte sie traurig.

»Es tut mir unendlich leid, Barbara«, sagte ich leise und legte auf. Ich spürte einen Kloß in meinem Hals. Meine Augenlider waren rot und angeschwollen; ich hatte dunkle Augenringe unter den Augen. Kaum hatte ich meine Tränen abgewischt, liefen mir schon weitere herunter. Ich wusste nicht, was ich tun sollte. Ich hatte noch nie für jemanden solche Gefühle empfunden, wie für ihn. Wieso musste ich ihn ausgerechnet so sehr lieben? Und wieso war ich immer so ein Dickkopf, wenn es sich um ihn drehte.

Meine Gedanken kreisten um ihn. Seine Worte, als er mir den Heiratsantrag machte, hallten in meinem Kopf wider. Ich war so dumm und egoistisch. Hätte ich ihn genauer gefragt oder ihm zugehört, wäre ich längst mit ihm verlobt, aber stattdessen hatte ich ihn nur mit meinen Problemen belästigt und nie nach seinem Befinden gefragt. Jetzt war Leo für immer weg; ich würde ihn nie wiedersehen.

Oder doch? Ich schaute auf die Uhr: Es war schon 10:30 Uhr; sein Zug fuhr um 11:15 Uhr.

Wenn ich mich beeilte, würde ich ihn vielleicht noch erwischen. Ich zog mich schnell an, verließ das Haus und rannte über die Straße zur Bushaltestelle.

Zum Glück stand der Bus an der Haltestelle, als ich ankam. Im Bus versuchte ich, ihn telefonisch zu erreichen, aber er ging nicht ran. Ich wusste, dass er verletzt und wütend auf mich war, und da hatte er recht. Ich war so wütend auf mich selbst.

Als ich wieder versuchte, ihn zu erreichen, war sein Handy ausgeschaltet.

Kurz nach 11 Uhr erreichte ich den Bahnhof. Ich hoffte, dass der Zug sich verspätet hatte, aber als ich auf dem Bahnsteig ankam, sah ich den Zug wegfahren.

Ich hatte ihn verpasst. Wäre ich nur eine Minute früher da gewesen, hätte ich ihm alles erklären können.

Ich inspizierte die Bänke auf dem Bahnsteig und erhoffte, sein Gesicht zwischen den Leuten zu sehen. *Vielleicht wartet er auf mich, wie in Hollywood-Filmen.* Diese Idee brachte mich zum Lachen. Die Leute würden sicher denken, ich sei verrückt. Zuerst hatte ich geweint; jetzt lachte ich. Ich war so armselig. Innerhalb kurzer Zeit hatte ich zwei liebe Menschen verloren. In Gedanken versunken, verließ ich den Bahnhof und ging die Straße entlang. Allmählich wurde es dunkel. Es regnete inzwischen heftig. Ein kalter Wind fuhr mir durch die Haare; eisige Kälte durchströmte meinen Körper.

Ich drehte mich um, um nachzusehen, wo ich mich befand, aber ich konnte nichts erkennen. Ich konnte mich nicht erinnern, dass ich schon einmal hier gewesen war. Ich musste jemanden fragen, wie ich nach Hause kam.

Ich lief die Straße entlang, aber es war keine Menschenseele zu sehen. Kein Wunder, wer würde schon freiwillig in der Nacht bei so einem Sturm auf der Straße spazieren. Ich war patschnass und durchgefroren, als ich eine Frau am Rande der Straße entdeckte. Ich lief schnell zu ihr und fragte sie nach dem Weg.

Sie erklärte mir, wie ich am schnellsten nach Hause käme. Nach drei Stunden Marsch erreichte ich endlich mein Ziel. Ich ging schnell ins Bad und duschte mich. Das warme Wasser strömte über meinen Körper, das tat so gut. Ich war so fertig, alles tat mir weh.

Ich rief noch einmal bei Leo an, aber wieder ging er nicht ran. *Na gut, wenn du nicht mit mir reden willst, dann schreibe ich dir eine SMS:* »Leo, ich weiß, dass du sauer auf mich bist, aber bitte heb ab, ich muss mit dir reden. Bitte Leo!« Ich wartete auf seine Antwort. Aber es kam keine.

Vielleicht hatte er meine SMS gelesen und meinte, ich würde ihn jetzt anrufen. Ich wählte seine Nummer. Es klingelte und klingelte, aber er gab keine Reaktion von sich. Vielleicht hatte er meine SMS bisher nicht gelesen.

Er wird sich sicher noch melden, tröstete ich mich selbst. Die Stunden vergingen, aber mein Handy klingelte nicht. Wahrscheinlich empfand er es auch als Zeitverschwendung, mir eine SMS zu schreiben.

Und dann in der Früh hörte ich endlich mein Handy. Es war eine SMS. Eine SMS von Leo! Ich konnte es nicht fassen. Mit zitternden Händen öffnete ich die Nachricht und las sie durch:»Emma, lass mich in Ruhe! Ich will nichts mehr von dir hören. Heute werde ich meine Handynummer wechseln, also wäre es sinnlos, wenn du mich weiter anrufst oder mir Nachrichten schreibst.« Ich war am Boden zerstört. Alle bisherigen Hoffnungen waren weg.

Ich war so wütend auf mich selbst. Er hatte mir sicher erzählt, dass er mit Barbara Schluss gemacht hatte, aber ich wusste nicht, wo und wann. Ich versuchte, mich die ganze Zeit daran zu erinnern, und setzte die Bruchstücke unserer Unterhaltungen wie ein Puzzle zusammen.»Prinzessin, ich habe gestern... Barbara und ich... « Er hatte mir, während wir auf dem Diplomball tanzten, erzählt, dass er mit Barbara Schluss gemacht hatte!

Ich war so eine blöde Kuh! Wieso hatte ich nicht nachgefragt, was er erzählt hatte. Jetzt verstand ich auch seine Reaktion, als ich nichts gesagt hatte. Er hatte wahrscheinlich gedacht, als ich meinen Kopf auf seine Schulter legte, dass ich für ihn auch noch etwas empfinde; deswegen hatte er mich so fest an sich gedrückt und mich geküsst. Er wollte mir damit seine Zuneigung signalisieren. Und als er mich dann mit Gabriel gesehen hatte, war er eifersüchtig gewesen.

Ich schrie so laut, bis ich keine Stimme mehr hatte:»Ich bin so dumm, ich bin so dumm, ich habe alles vermasselt!« Mit dem Gedanken schlief ich endlich ein. Als ich wieder aufwachte, war es hell. Ich sah auf die Uhr und stellte fest, dass es Nachmittag war. Ich hatte gestern den ganzen Tag geschlafen. Alles tat mir weh; ich konnte mich nicht bewegen. Ich fühlte mich heiß und krank. Ich hatte über 39° Fieber. Nach einer Woche ging es mir viel besser, aber meine seelischen Schmerzen waren noch immer da.

Ich vermisste Leo so sehr, dass es wehtat, und meine Mom fehlte mir umso mehr. Ich war alleine. Mein ganzes Leben war innerhalb einer kurzen Zeit zerbröckelt. Es war gar nichts mehr übrig geblieben, für was es sich zu kämpfen lohnte. Ich konnte genauso nach Hause fahren und dort wieder von vorne anfangen. Dort hatte ich sicher eine bessere Chance, einen Job zu finden, aber hier hatte ich mehr Sicherheit vor meinem Vater. Und vielleicht konnte ich Leo irgendwann wiedersehen.

Von dem Gedanken spürte ich einen Stich in meinem Herz und in diesem Moment zog sich alles in mir zusammen. Ich versuchte normal zu atmen, aber es schien mir, als ob die Luft in der Lunge nicht ankam. Die Erinnerungsflut überfiel mich wieder und ließ sich nicht einfach wegdrücken, so sehr ich es versuchte. Die Bilder von seinem makellosen Gesicht spiegelten sich in meinem Kopf und mit aller Kraft versuchte ich gegen mein Gefühlschaos anzukämpfen, aber es war alles umsonst. Das Gefühl war viel stärker und ließ sich nicht besiegen. Ich war so wütend auf mich und auf die ganze Welt.

Ich ging wie stets in der letzten Zeit laufen, als könnte ich alles hinter mir lassen, wenn ich nur weit genug lief. Da hörte ich hinter mir eine vertraute weibliche Stimme: »Emma, bist du das?«

Ich blieb stehen und drehte mich um. Es war Denise. »Hallo Denise«, sagte ich atemlos und rang nach Luft. »Wie geht es dir?«

»Es geht mir gut, danke. Wir haben ziemlich viel Arbeit; jetzt haben wir neue Schüler bekommen. Arbeitest du jetzt als Krankenschwester?«

Ich erzählte ihr die ganze Geschichte mit dem Visum, die Einzelheiten über Gabriel ließ ich aus. »Oh, Emma, wieso hast du mich nicht gleich angerufen? Ich habe dir damals bei der Beerdigung schon gesagt, dass du jederzeit bei mir anfangen kannst.«

»Ich hatte das nicht so ernst genommen.«

»Oh, mein Liebes, ich habe es ernst gemeint, wenn du Lust hast, kannst du bei mir anfangen, das Angebot steht noch immer!«

»Wirklich?«

»Ja, du kannst morgen zu mir kommen, damit wir alles schriftlich fixieren und uns um dein Visum kümmern.«

»Oh, danke, Denise. Du hast mich in letzter Sekunde gerettet. Ich weiß wirklich nicht, wie ich dir danken soll.«
»Ich bin froh, jemanden, der so gut wie du bist, in meinem Team zu haben. Wir sehen uns morgen.«

Es war der erste Abend, wo ich nicht an meinen Kummer dachte, sondern Licht in meinem Leben sah.

Nach einer Woche fing ich bei Denise zu arbeiten an, ich gab Klavierunterricht, und das Beste war, ich konnte nebenbei Musik studieren. Die Arbeit und das Studium waren die einzigen Sachen, die mich am Leben hielten. Ich zog mich in mich zurück und lebte einfach mein Leben. Ein Leben, das wie Glas in tausende Stücke zerbrochen war. So versuchte ich, aus einem zerbrochenen Glas wieder ein neues zusammenzubauen. Aber auch wenn man es Teil für Teil wieder kittet, würde sich nie dasselbe Glas entwickeln, wie einst. Ein gebrochenes Glas würde nie wieder so sein, wie es früher war.

Norah rief mich auch dauernd an und erkundigte sich, wie es mir ging, aber keiner von uns sprach über Leo. Das zerriss mir das Herz. Ich wusste nicht mal, wie es ihm ging und was er machte. Schmerzerfüllt nahm ich wahr, wie sehr ich ihn noch immer liebte.

Mit Isabell telefonierte ich ab und zu. Sie und Oliver führen wie zuvor eine Fernbeziehung. Sie litt sehr unter der räumlichen Trennung. Er fehlte ihr. Wir machten uns gegenseitig am Telefon Mut.

Ein Jahr verstrich; ich hatte mein erstes Studienjahr erfolgreich abgeschlossen. Gleich nach der letzten Prüfung rannte ich zum Grabstein meiner Mom. Ich legte die Blumen ab und küsste das Foto von ihr. »Hallo Mom, wir haben was zum Feiern. Ich habe meine letzte Prüfung geschafft. Mom, es tut mir so leid, dass ich damals so unehrlich zu dir war und dir gesagt hatte, dass das Musikstudium nur dein Traum wäre. Es war unser Traum; ich hatte ihn nie aufgegeben. Ich hoffe, du kannst mir verzeihen. Mom, ich bin so froh, deine Tochter zu sein, denn du hast mir so viel Liebe gegeben und hast immer an mich geglaubt, sogar als ich selbst daran gezweifelt hatte. Ich bin mir sicher, dass du auf mich stolz bist, nur wünschte ich, du wärst hier und könntest mich umarmen und mir dies selbst sagen. Ich vermisse dich so sehr. Du kannst dir nicht vorstellen, wie schmerzhaft ein Leben ohne dich ist. Ich hoffe nur, dass es dir da, wo immer du bist, gut geht. Und dass du es dort besser hast. Wir sehen uns bald.«

ICH LIEBE DICH!

Das zweite Studienjahr hatte mittlerweile begonnen. Das Einzige, was mich an Leo erinnerte, war der unerträgliche Schmerz in meinem Herzen, der mich oftmals an den Rand meiner Kräfte brachte und mir ein Zeichen gab, dass ich noch immer lebte und ihn bedingungslos liebte. Ich versuchte, soweit es möglich war, mein Leben zu genießen, und traf mich ab und zu mit anderen Studenten.

Eines Tages bekam ich einen Brief von Isabell. Sie schrieb mir, dass sie und Oliver heiraten würden. Sie bat mich, ihre Trauzeugin zu sein. Ich war so froh, dass sie es geschafft hatten.

Und kaum hatte ich mich umgedreht, war der Tag vor der Hochzeit schon da. Die Nacht verbrachte Isabell bei mir. Sie wollten ihre letzte Nacht vor der Hochzeit getrennt verbringen. Ihre Eltern blieben bei Oliver.

Wir redeten über alte Zeiten und über ihre bevorstehende Hochzeit. Ich freute mich, sie endlich wiederzusehen und insbesondere über ihr Glück.

Am nächsten Tag fuhren wir zu Oliver, um uns für die Hochzeitsfeier vorzubereiten. Als wir dort ankamen, ging ich schnell mit Isabell in Olivers Zimmer, wo sie sich umziehen konnte. Zum Glück waren noch keine Gäste da. Im Zimmer merkte ich, wie aufgeregt sie war. Bei mir war die Nervosität auch zu spüren. Aber ich war nicht nur wegen der Hochzeit kribbelig, sondern weil ich meinen Leo nach so langer Zeit sehen würde.

Isabell fragte vorsichtig: »Wie geht es dir? Ich meine, bist du neugierig, ihn nach so langer Zeit wieder zu sehen.«

»Ich bin sowas von aufgeregt, aber ich freue mich so sehr, obwohl ich vor der Begegnung Angst habe. Ich weiß, dass er mich hasst und dass er mir das nie verzeihen wird, aber ich hoffe ich werde es ihm wenigstens erklären können.«

Ich stand vor dem Spiegel und betrachtete mein gelbes Kleid.

»Emma, du siehst großartig aus. Der gelbe Satin betont deine schlanke Figur und lässt zugleich deine goldgebräunte Haut geheimnisvoll wirken.«

»Danke Isabell«, ich lächelte zurück. »Aber heute geht es nicht um mich, sondern um dich. Es dauert nicht mehr lange, dann bist du Frau Wimmer.« Wir lachten.

»Jetzt genug mit dem Gequatsche, ich muss dich noch in Ordnung bringen, bevor die anderen kommen, um dich abzuholen.« Zuerst trug ich ihr Make-up auf; danach machte ich ihr die Frisur, obwohl es nicht viel zu tun gab, denn sie hatte von Natur aus wunderschönes lockiges Haar.

Kaum war ich fertig, kam Isabells Mutter wie bestellt. Wir halfen ihr, das Hochzeitskleid anzuziehen.

Ganz in Weiß, mit ihren blonden lockigen Haaren wirkte sie wie eine Prinzessin.

»Du bist so hübsch, mein Kind«, Isabells Mutter liefen die Tränen herunter.

Ich war gerührt, denn das Beste was einer Braut passieren kann, ist, die eigene Mutter bei der Hochzeit dabei zu haben. Das würde ich leider nie erleben.

»Ich gehe schnell nach unten, um zu sehen, ob alle schon da sind«, ich verließ fluchtartig das Zimmer.

Die Hochzeitsfeier fand im Garten von Olivers Eltern statt. Es war ein sonniger Sommertag, die meisten Gäste waren schon da. Ich schlenderte die Wege entlang, und plötzlich sah ich ihn kommen. Ich war wie vom Blitz getroffen. Mein Körper zitterte. Das Atmen fiel mir schwer. *Verfluchte Scheiße! Er sieht in seinem grauen Anzug einfach geil aus.* Ich ging einen Schritt auf ihn zu, viel mehr stolperte ich, als ich merkte, dass er in Begleitung von einer wunderschönen Frau war.

Sie war groß, schlank und ihr langes goldblondes Haar fiel ihr über die Schulter. Sie war stark geschminkt und trug ein rotes Minikleid und dazu passende rote Sandalen mit einem sehr hohen Absatz.

Als er mich wahrnahm, änderte sich sein freundlicher Gesichtsausdruck. Dieser Gesichtsausdruck brannte sich in mein Herz und in meinen Kopf, eine dauerhafte Wunde, die mich immer daran erinnern würde, was ich ihm angetan hatte. Er hatte es mir nicht verziehen und er hasste mich, ging mir durch den Kopf. Am liebsten würde ich mich umdrehen und wegrennen. Aber als er zu mir kam, änderte sich seine Miene; ein freundliches Lächeln umspielte seine Lippen.»Hallo Emma«, er umarmte mich so fest, dass ich nicht wusste, wie ich reagieren sollte.

»Hallo Leo«, stammelte ich. Ich war überrascht von seiner Reaktion.

Er löste die Umarmung und stellte mir seine Freundin vor.

»Emma, das ist Sophie, meine Freundin«, erklärte er mit einer liebevollen Stimme, sodass es wehtat.

Ich schaute in das wunderschöne Gesicht der Frau und wusste nicht, was ich sagen sollte.

Sie lächelte mich freundlich an; ich reichte ihr meine Hand.

Ich versuchte, freundlich zu wirken, obwohl es nicht so einfach war.

»Es freut mich sehr, dich endlich mal kennenzulernen«, sagte sie freundlich.

»Es freut mich auch Sophie«, ich versuchte, normal zu klingen.

»Norah und Leo hatten mir so viel über dich erzählt, eigentlich reden sie die ganze Zeit nur über dich.«

Ich zog eine Augenbraue hoch, aber als ich sein verzweifeltes Gesicht bemerkte, wollte ich ihn nicht in Verlegenheit bringen:»Hoffentlich haben sie dir nur etwas Gutes über mich erzählt.«

Bevor sie irgendetwas äußern konnte, eilte Norah auf uns zu.»Emma!« Sie umarmte mich fest und gab mir einen Kuss auf die Wange.»Du hast uns so gefehlt!« Sie musterte mich:

»Du bist noch hübscher geworden.«

»Du auch«, sagte ich und versuchte, meine Tränen zu verbergen, aber es war schon zu spät.

Sie wischte mir die Tränen ab, strich mir dabei über die Haare, so wie es meine Mutter früher auch immer getan hatte. Ich fühlte mich geborgen in ihren Armen und wünschte mir inständig, dass sie mich nie loslässt. Verdammt, verdammt, verdammt!

Mein Blick wanderte zu Leo und blieb an seinem verzweifelten Gesicht hängen.

Ich hatte mich noch nie so zerrissen gefühlt, wie in diesem Moment. Alles stürzte zusammen.

»Norah, ich wollte ihn damals wirklich nicht verletzen.«

»Ich weiß, Emma, ich hatte euch nie verstanden; jetzt nach so langer Zeit verstehe ich es noch immer nicht. Ich sehe, wie ihr beide darunter leidet; keiner will es zugeben. Emma du weißt, dass du für mich wie eine Tochter bist, du gehörst zu unserer Familie.«

»Danke, Norah.«

Das tat gut, ihre Worte gaben mir wieder neue Kraft. Wir gingen zusammen zu Leo und seiner Freundin.

»Es tut mir leid, aber ich muss zu Isabell. Die Trauzeugenpflicht ruft.«

»Warte Emma, ich muss zu Oliver, ich bin auch Trauzeuge schon vergessen?«, er grinste mich an.

Schweigend gingen wir zum Brautpaar. Als sie sich das Ja-Wort gaben, kamen mir die Tränen. Kaum hatte ich mich beruhigt, war ich mit meiner Rede dran. »Liebe Gäste, liebes Brautpaar, wir haben uns heute versammelt, um einen wichtigen Tag in eurem Leben zu feiern. Einen Tag, den ihr mit Sicherheit nie vergessen werdet, nicht, weil ich mich jetzt mit meiner Rede vor euch allen blamieren werde, sondern weil es der beste Tag eures Lebens ist. Der Tag, als aus euch zwei eins wird. Ab jetzt seid ihr nur ein Herz und eine Seele. Ich kann mich noch gut daran erinnern, an den ersten Tag, wo ihr euch zum ersten Mal begegnet seid. Ihr beide wart so aufgeregt und so verliebt, vom ersten Augenblick an. Es war so schön, zuzusehen, wie ihr versucht hattet, eure schüchternen Blicke voreinander zu verstecken. Eure Liebe wuchs von Tag zu Tag mehr und mehr. Aber dann hatte euch das Schicksal getrennt; keiner von uns konnte es wirklich glauben, dass ihr euch dem Schicksal stellen werdet. Ihr beide wart am Boden zerstört und konntet es selbst nicht fassen. Aber ihr habt das Schicksal mit eurer Liebe besiegt. Eure Liebe war so groß, dass ihr alle Barrikaden, die euch im Wege standen, beseitigt habt und uns allen gezeigt habt, dass man mit Liebe alles schaffen kann. Möge eure Liebe für die Ewigkeit sein!«

Alle erhoben die Gläser; als wir angestoßen hatten, verschwand ich kurz auf die Toilette. Kaum war ich zurück, hörte ich, wie die Trauzeugen und das Brautpaar aufgerufen wurden, um auf die Tanzfläche zu kommen. Wieso sollten wir jetzt auf die Tanzfläche?

Ich beeilte mich und betrat die Tanzfläche. Ich war schockiert, als ich erfuhr, dass ich mit Leo tanzen musste. Als er mich in seine Arme nahm, zitterte ich am ganzen Körper. Mein Herz flatterte wie verrückt. Es schlug so heftig, dass ich Angst bekam, dass es jeder hören konnte. Wir tanzten zu »Beneath Your Beautiful«, ein Lied von »Labrinth feat. Emeli Sandé.«

You tell all the boys 'No' Makes you feel good, yeah.
I know you're out of my league
But that won't scare me away, oh, no
You've carried on so long,
You couldn't stop if you tried it.
You've built your wall so high
That no one could climb it,
But I'm gonna try ...

Es war mein Lied, das Lied, das mich an uns erinnerte. Und ich wusste, dass die Mauer, die zwischen uns war, langsam einstürzte. Plötzlich kamen mir alle Erinnerungen hoch. Die Erinnerungen an alles, was er für mich geopfert hatte.

»Ich liebe dich, Leo«, flüsterte ich. Zum ersten Mal in

meinem ganzen Leben sprach ich die drei Worte aus; ich hatte keine Angst mehr, denn ich liebte ihn über alles, alles andere war mir egal.

Er sah weg; ich merkte, wie er mit seinen Gefühlen kämpfte. Ich drehte ihm das Gesicht zu und schaute ihm tief in die Augen. »Pferdchen, ich liebe dich, mehr als mein eigenes Leben!«

Sein Gesichtsausdruck war versteinert. Er sagte nichts, nahm meine Hand so fest, dass es weh tat und holte mich von der Tanzfläche weg. Er stapfte wütend durch die Menschenmasse; als wir alleine waren, blieb er stehen. »Herr Gott Emma, was hast du dir dabei gedacht? Ich bin mit meiner Freundin hier, und dann kommst du und sagst mir, dass du mich liebst. Glaubst du wirklich, nach so langer Zeit und nach allem, was du mir angetan hast, hast du ein Recht, mir so etwas zu sagen.«

Ich spürte einen Kloß in meinem Hals und war unfähig, zu reden.

»Nachdem du meinen Heiratsantrag abgelehnt hattest, war ich wie eine Leiche in dem lebenden Körper. Weißt du, wie lange ich gebraucht habe, um wieder normal zu sein?« Sein ganzer Körper war angespannt, und seine Augen funkelten böse. »Und jetzt, wo du mich glücklich mit einer anderen siehst, glaubst du auf einmal an die Liebe. Emma, du hattest deine Chance, jetzt bin ich an der Reihe, und dieses Mal werde ich mir mein Glück deinetwegen nicht kaputt machen.«

»Ich habe nicht gewusst, dass du sie so sehr liebst. Ich freue mich wirklich für dich«, sagte ich unter Tränen. »Aber bevor ich weggehe, will ich, dass du eins weißt: Damals, als du um meine Hand angehalten hast, wollte ich ja sagen, aber ich war der Meinung, dass du noch immer mit Barbara zusammen warst und mich nur wegen meines Visums gefragt hattest. Erst am nächsten Tag hatte ich von Barbara erfahren, dass ihr nicht mehr zusammen seid; ich wollte dich am Bahnhof aufhalten, jedoch war ich zu spät da. Ich hatte wirklich versucht, dir das Ganze zu erklären, indem ich dich dauernd angerufen habe, aber du wolltest nicht mehr mit mir reden. Ich habe dich so geliebt; bitte glaube mir, ich wollte dir nie wehtun, jedes Mal, als ich dir wehtat, tat ich mir selbst weh. Ich habe sehr gelitten. Ich hoffe, eines Tages kannst du mir dies verzeihen. Ich liebe dich und ich wünsche dir viel Glück«, ich gab ihm einen letzten Kuss auf die Wange und rannte zu meinem Auto.

Ich spürte einen starken Schmerz in meinem Herz und konnte meine Tränen nicht mehr zurückhalten und ließ sie jetzt ungehindert fließen.

»Emma, können Sie mich hören!?« Langsam wendete ich meinen Blick in die Richtung, aus der die Stimme kam, und entdeckte eine junge bildhübsche Frau in weißer Uniform. Haben Engel jetzt eine neue Uniform ohne Flügel? Ich schaute mich noch einmal im Zimmer um; als ich sonst niemanden außer ihr und den jungen Mann, der noch immer fest schlief, bemerkte, fragte ich sie unsicher: »Haben Sie mich gemeint?«

Ihr Blick wirkte auf einmal besorgt. »Emma, geht es Ihnen besser?«

Noch immer verwirrt, nickte ich; als ich aus meiner Trance wieder in die Realität zurückkam, stellte ich fest, dass es sich um eine Krankenschwester handelte. Nachdem sie sich vergewissert hatte, dass es mir gut ging, drehte sie sich zu dem jungen Mann um, der noch immer neben mir saß.

Erst jetzt fiel mir ein, dass er die ganze Zeit meine Hand gehalten hatte.

Sie weckte ihn vorsichtig auf und sprach leise mit ihm, sodass ich kein einziges Wort verstand. Er stand auf und ging bis zur Tür und blieb stehen. Er sah verdammt gut aus. Bevor er das Zimmer verließ, wendete er einen letzten Blick zu mir. In seinen leuchtenden Augen erkannte ich Lebensfreude. Dieser Blick verwirrte mich noch mehr, als ich es schon war.

»Ich bin Schwester Manuela«, erklärte die Frau in Uniform. »Wie geht es Ihnen?«, wiederholte sie.

»Ich habe ziemlich starke Kopfschmerzen.«

»Ich werde Ihnen gleich etwas gegen die Schmerzen geben.«

»Danke Schwester!«, bevor sie das Zimmer verließ, fragte ich sie:

»Wo … wo bin ich?«

»Sie sind in der Uni-Klinik Graz.«

»Wieso bin ich hier?«

Sie guckte mich besorgt an: »Sie können sich an nichts erinnern?«

Ich starrte sie nur an. »Nein.« Diese Kopfschmerzen machten mich fertig. *Verdammt, ich kann mich an nichts mehr erinnern!*

»Sie hatten heute in der Früh einen schweren Autounfall und sind danach ins Krankenhaus eingeliefert worden«, erklärte sie mir. Ich versuchte krampfhaft, mich wieder an irgendetwas zu erinnern. Und dieses Mal mit etwas mehr Erfolg. Ich war mit meiner Mom in das neue Haus eingezogen. Meine Mom! »Wie geht es meiner Mom?«

»Ihre Mom?«, wiederholte sie erstaunt.

»Ja, meine Mom, war sie bei mir im Auto?«

»Nein, Sie waren ganz alleine im Auto.«

»Frau Kubat, Sie sollten sich bitte beruhigen. Der Arzt kommt gleich zu Ihnen«, sie verließ schnell das Zimmer.

Ich war alleine im Auto gewesen, na Gott sei Dank! Dann ging es meiner Mom gut. Aber mir war noch immer nicht klar, wieso ich in Graz war. Während ich in meine Gedanken versank, kam die Schwester mit den Schmerzmitteln.

Kurz darauf erschien der Arzt. »Guten Morgen, Frau Kubat, ich bin Dr. Klaus«, grüßte er mit sanfter Stimme. »Wie geht es Ihnen?«, fragte er, während er aus seiner Kitteltasche eine kleine Lampe herauszog. Nachdem er meine Augen untersucht hatte und ich seinen Anweisungen gefolgt war, antwortete ich: »Ich weiß nicht, wo ich anfangen soll. Ich habe ziemlich starke Kopfschmerzen, mein Brustkorb, meine Hände, meine Füße schmerzen. Aber das Schlimmste ist, dass ich mich an nichts erinnern kann.«

»Frau Kubat, das Schmerzmittel, das ihnen die Schwester gegeben hat, sollte gleich wirken. Ich werde Ihnen zuerst einige Fragen stellen. Versuchen Sie bitte, soweit es geht, die Fragen zu beantworten. Falls es Ihnen zu anstrengend wird, werde ich die Befragung abbrechen.«

Ich war noch immer verwirrt und nickte nur.

»Wissen Sie, wie Sie heißen?«

»Emma Kubat.«

»Wie alt sind Sie?«

»19.«

»19?«, fragte er noch einmal.

»Ja, ich bin 19«, erwiderte ich.

»Wann sind Sie geboren?«

»Am 18. Juli 1990.«

»Sagen Sie mir bitte, was ist das Letzte, woran Sie sich noch erinnern können?«

Ich konzentrierte mich auf meine Gedanken, und da kamen die Bilder hoch. »Ich habe mich von meiner Mutter verabschiedet und ging in die Krankenpflegeschule.«

»Wann war das?«

»Gestern, oder heute? Ich weiß nicht genau. Wenn Sie mir das heutige Datum sagen, kann ich es Ihnen genauer sagen.«

»Heute ist der 14.07.«

Ich bekam Angst. Irgendetwas stimmte nicht. Es konnte nicht Juli sein! Es war doch Oktober. Das konnte nicht wahr sein. Er hatte sich wahrscheinlich geirrt.

»Frau Kubat, wissen Sie den Tag jetzt?«

»Ja, es war Oktober«, entgegnete ich verwirrt.

»Oktober? Und wissen Sie, in welchem Jahr das war?«

»2009.«

»2009, sind Sie sich sicher?«

»Ja, das bin ich.« Seine dauernden Nachfragen, ob ich mir sicher sei, machten mich wütend und unsicher.

»Frau Kubat, wir haben heute das Jahr 2014.«

»2014?«, sagte ich erschrocken. *Das heißt, dass ich am 18. Juli 24 Jahre alt werde. Das kann doch nicht wahr sein. Es muss ein Albtraum sein; ich werde aufwachen. Meine Mom wird mich bestimmt gleich aufwecken.*

Und dann hörte ich ihn wieder reden: »Frau Kubat, machen Sie sich deswegen keine Sorgen! Sie leiden unter einer Amnesie, das ist vollkommen normal nach einem Schädel-

Hirn-Trauma. Sie haben heute einen schweren Autounfall überlebt. Sie hatten einen Schutzengel.«

»Sie wollen mir sagen, dass es normal ist, dass ich mich an die letzten fünf Jahre nicht erinnern kann?«

»Frau Kubat, es ist von Patient zu Patient unterschiedlich. Manche Patienten können sich wieder an alles erinnern, und bei manchen bleibt es eine dauerhafte Lücke. Wir werden noch einige Untersuchungen durchführen, dann wissen wir mehr.« Als er mir dies mitteilte, war ich wie am Boden zerstört. Mein Gedächtnis war weg. Die Einzige, die mir helfen konnte, war meine Mom.

»Weiß eigentlich meine Mom, dass ich im Krankenhaus liege?«, fragte ich fast weinend.

»Es tut mir leid, Ihnen das sagen zu müssen, aber Frau Kubat ...«, er machte eine Pause, als ob er nach den richtigen Worten suchte. »Frau Kubat«, fing er wieder an, »Ihre Mutter ist tot.«

»Tot!«, schrie ich. »Also war sie doch mit mir im Auto!«

»Frau Kubat, bitte beruhigen Sie sich! Sie war nicht mit Ihnen im Auto. Sie waren ganz alleine. Ihre Mutter ist an Krebs gestorben, aber es ist am besten, wenn Sie mit Herrn Mayr darüber reden. Er kann Ihnen das besser erklären.«

»An Krebs?« Ich fühlte mich elend, alles tat mir so weh, ich konnte mich nicht bewegen, und ich hatte zum zweiten Mal erfahren, dass meine Mom tot war. War es nicht genug, einmal um meine Mom zu trauern, jetzt musste ich es wieder tun. Wieso bin ich so bestraft worden, wieso hatte ich den Unfall überlebt. Wieso??? Und wer zum Teufel war Herr Mayr? »Frau Kubat, ich werde Ihnen gleich die Schwester schicken. Sie wird ihnen etwas zur Beruhigung geben.«

Kaum war er draußen, tauchte wieder diese freundliche Krankenschwester mit der Infusion auf.

Während sie mir die Infusion anschloss, betrachtete ich ihr Gesicht. Ich erkannte Mitgefühl in ihren Augen.

Sie lächelte. »Gleich wird es Ihnen besser gehen«, versprach sie und verließ das Zimmer.

Ich lag weinend da; in meinem Kopf herrschte ein richtiges Chaos. Ich fühlte mich so alleine gelassen mit diesen Schmerzen. Ich hatte niemanden, der mir helfen konnte, um meine Erinnerungen wieder in Ordnung zu bringen.

»Emma!«, hörte ich eine Stimme.

Ich sah einen jungen Mann zu mir kommen. Er setzte sich vorsichtig neben mich. »Kannst du dich an mich erinnern?«, fragte er mich.

Ich musterte ihn genauer: »Du warst gerade bei mir.«

Er nickte.

»Sollte ich dich wirklich kennen?«

Er lächelte, als ich ihm die Frage stellte. »Eigentlich schon. Ich bin Mayr Gabriel«

»Ah, du bist also Herr Mayr«, stellte ich erleichtert fest. Er guckte mich überrascht an.

»Du kannst dich wieder an mich erinnern?«

»So habe ich das nicht gemeint. Ich meine, der Arzt hatte mir vorher gesagt, dass du mir mehr über den Tod meiner Mutter erzählen kannst. Alles, was dich betrifft, ist wie ausgelöscht. Ich kann mich an nichts erinnern. Kannst du mir bitte alles erzählen, was du über mich weißt, über meine Mom?«

Er lehnte sich an den Sessel und fing mit unserer Geschichte an: »Ich glaube es ist am besten wenn ich von vorne anfange. Wir haben uns in der 2. Klasse der Krankenpflegeschule kennengelernt, dann waren wir fast 2 Jahre zusammen.«

»Wir waren zusammen?«, staunte ich.

»Ja, das waren wir, wir haben wirklich eine tolle Zeit gehabt.«

»Und wieso haben wir uns getrennt?«

»Es war mein Fehler, ich habe dich einfach so gehen lassen. Ohne zu kämpfen. Es war kurz vor dem Diplomabschluss. Ich wurde für das Medizinstudium in Graz aufgenommen und wollte es dir mitteilen, aber ich wartete immer auf den richtigen Zeitpunkt, denn ich hatte auch eine Überraschung für dich, und dafür brauchte ich verdammt viel Mut. Als ich endlich soweit war, wusste ich nicht, dass es dir an dem Tag nicht so gut ging. Du warst im Magistrat wegen deines Visums gewesen. Sie teilten dir mit, dass du es nicht verlängern kannst. Du hattest mehrere Möglichkeiten, und eine davon war, zu heiraten.«

»Sind wir verheiratet? Habe ich dich gebeten, mich zu heiraten, damit ich das Visum bekomme?«, fragte ich ängstlich.

Seine Miene änderte sich; seine Lippen hoben sich zu einem Lächeln. Er sah wirklich süß aus, wenn er lächelte. »Nein, das hast du nicht. Du würdest keinen Menschen um so etwas bitten.«

Ich atmete erleichtert auf.

»Nachdem ich dir von meinem Studium in Graz erzählt hatte, habe ich dir einen Heiratsantrag gemacht, das war die Überraschung, und du hast mir dein Ja-Wort gegeben.«

»Also dann studierst du hier in Graz, und wir sind doch verheiratet.«

Sein Gesicht verkrampfte sich. »Ja, ich studiere hier, und in diesem Krankenhaus mache ich gerade mein Praktikum. Aber nein, wir sind nicht verheiratet, dazu kam es leider nicht.

»Nachdem wir eine Wohnung in Graz gefunden und den Hochzeitstermin festgelegt hatten, hast du es dir anders überlegt.«

»Es tut mir leid«, sagte ich, obwohl ich nicht wusste, wieso ich mich dafür entschuldigte. Ich hatte keine Ahnung, wieso ich es mir damals anders überlegt hatte, aber ich war mir sicher, dass ich dafür einen triftigen Grund hatte. »Hast du mich damals betrogen?«

Er lächelte und schüttelte mit den Kopf. »Nein, dafür liebte ich dich zu sehr.«

»Wieso hatte ich mir es dann anders überlegt?«

Er atmete tief aus; ich merkte, dass die Wunden noch immer nicht ganz verheilt waren.

»Leonardo war da und…«

»Wer ist Leonardo?«

»Du kannst dich nicht an Leo erinnern?«

»Nein, sollte ich das?«, fragte ich etwas ängstlich.

»Emma, Leo ist … Leo war dein bester Freund, und ihr wart ein Liebespaar.«

»Ich war mit Leo zusammen?«

»Ja, du warst vor unserer Zeit mit ihm zusammen, und ich weiß nicht, ob du je über ihn hinweg gekommen bist…«

In dem Moment öffnete sich die Tür; mein Herz fing vor Freude doppelt schnell zu schlagen an: Ein gut aussehender junger Mann trat ein und erweckte ein unbeschreibliches Gefühl in mir. Ein Gefühl, das ich nicht kannte. Während seine Lippen meine Wange berührten und ein Feuerwerk in mir verursachten, wusste ich, dass es Leo war und ich ihn noch immer nicht vergessen hatte. Zumindest mein Herz, denn ich konnte mich an keinen von den beiden erinnern; ich wusste nicht, ob und wann ich mich je daran erinnern würde. Aber eins war klar: Ich würde nie aufgeben; ich würde alles tun, nur damit meine Erinnerungen wieder wach wurden, ganz egal, wie lange es dauern würde!

DANKSAGUNG

Danke an meine ersten Leserinnen, Amira Milic, und meine Mutter.

Einen riesigen Dank an meine Freundin Vesna, die einen Engel geboren hat - Tamara Kustura. Danke Tami für die Zeit, die du mir vergoldet hast, und für die tolle Zusammenarbeit.

Ein Dank geht an meine Lektorin Gaby Hoffman.

Manuela Rösner - Fürweger: Danke, dass du dich für diesen Roman eingesetzt und ihn verbessert hast. Ich kann mich glücklich preisen, dich kennengelernt zu haben.

Vielen herzlichen Dank an meinen Fotograf Ing. Martin Stepien und seine bezaubernde Frau Monika. Ich bin so froh euch als Freunde zu haben.

Danke an Sanja Pocrnja

Und »last but not least« ein großer Dank an meine zwei größten Fans, Laura und Sebastian, die Mamas Buch leider noch nicht lesen dürfen, und an meinen liebsten Mann. Danke für die Unterstützung und das Verständnis, dass ich in letzter Zeit nicht so oft für euch da war.
Ich habe euch sehr lieb.

Und ein ganz großer Dank an all meine Leser und Leserinnen, die dieses Buch gelesen haben. Ich hoffe, es hat euch gefallen.

www.ingramcontent.com/pod-product-compliance
Lightning Source LLC
Chambersburg PA
CBHW022142170626
46807CB00005B/2036